Né en décembre 1946 au Sénégal dans un village traditionnel de pêcheurs à trente-cinq kilomètres de Dakar, infirmier d'État, Abasse Ndione a publié aux Nouvelles Éditions Africaines *La vie en spirale*, ensuite repris en Série Noire. *Ramata*, paru en 2000, confirme le talent d'un romancier dénonçant par ses histoires la corruption, le mensonge et l'injustice.

À Lucio Mad
mon Toubab
dont la rencontre et l'amitié
m'ont été révélées
il y a trente-trois ans.
À Malick, Seynabou, Abdourahmane
et Abdoulaye
mes petits-enfants
qui sont venus agrandir le cercle familial
durant la rédaction de cet ouvrage.

Le désir et l'amour spontané qu'elle éprouva
Lui ôtèrent contenance et contrôle de ses actes ;
Elle oublia les faveurs de Douga,
Elle oublia qu'elle était première reine
D'un État célèbre pour le courage de ses guerriers
Et la richesse de sa population ;
Une seule idée demeurait dans sa tête :
Posséder Da, le saisir dans ses bras, se donner à lui entièrement ;
Elle oublia le reste du monde,
Il lui fallait Da à n'importe quel prix.

AMADOU HAMPATÉ BÂ,
Da Monzon de Ségou.

PROLOGUE

Le samedi 3 avril, veille de la fête nationale, dès les premières heures de la matinée, la température se mit à baisser de façon tout à fait inhabituelle. Normalement aux environs de vingt-cinq degrés, parfois même trente, en cette période de l'année, elle s'était brutalement effondrée à dix. De mémoire d'homme, jamais une telle vague de froid n'était tombée sur le pays.

Contre toute attente — l'hivernage commençait fin mai-début juin, et hier soir seulement, les services de la météo avaient annoncé un temps ensoleillé pour la journée d'aujourd'hui —, il se mit à pleuvoir. Précoce ou parasite, c'était une pluie fine, obstinée et glaciale, semblable à du brouillard qui enveloppait la nature d'un linceul gris sale.

Un temps à ne pas mettre un chien dehors.

Et pourtant, il m'arriva de sortir...

Ma femme était en voyage dans son village natal, avec les enfants, comme elle le faisait toujours à cette époque. La saison des pluies avait été très bonne, les cultures vivrières avaient prospéré, la traite arachidière venait à peine de s'achever et l'argent circulait encore en masse, les greniers de mil étaient pleins, le bétail ne manquait pas d'herbe à fourrage et le lait était abondant. En attendant les travaux champêtres qui allaient démarrer dès le mois prochain, les villages de la contrée organisaient de grandes réjouissances populaires durant une semaine entière. Tous les émigrés retournaient au pays, chaque village, à tour de rôle, tuait un taureau pour les festivités. C'étaient des séances de tam-tam dès le lever du soleil, qui duraient toute la journée, et à la nuit tombée, sur la place publique éclairée par des lampes Petromax, étaient organisées des parties de lutte simple, sans frappe, où les adversaires devaient s'affronter à deux reprises pour déterminer le vainqueur, et une troisième fois en cas de match nul, qui ne se terminaient qu'aux premières lueurs de l'aube.

Après un solide petit déjeuner fait de couscous accompagné de tranches de raie manta séchées, restes de mon dîner de la veille et d'un café très fort, sans sucre, je m'étais confortablement installé dans un fauteuil du salon, la tête bien calée contre le dossier, un encensoir rempli de braises ardentes dégageant une fumée d'encens d'une grande fragrance placé entre les jambes, un Mecarillos allumé pincé entre l'index et le majeur de la main gauche, un vieux roman, *Le vieil homme et la mer*, acheté avant-hier dans un « par terre[1] » de Dakar, tenu dans ma dextre.

J'aimais bien ce petit livre, je l'avais lu six fois, avec un plaisir toujours renouvelé. Mon intérêt pour cet ouvrage ne tenait point à l'histoire, somme toute banale, du vieux pêcheur, Santiago, qui part seul en mer dans sa barque, capture un espadon si gigantesque que l'embarcation ne peut le contenir et qu'il

1. Librairies où les livres et journaux, le plus souvent usagés, à bas prix, sont exposés à même le sol sur les trottoirs.

est obligé de l'attacher à l'un des deux flancs pour le ramener à terre. Sur le chemin du retour des requins attaquent le marlin, le mettent en pièces, n'en laissent qu'une carcasse dont la tête et la queue sont intactes. Rien de bien terrible comme histoire en effet, vraiment, loin de tout pédantisme de ma part. Cet intérêt ne tenait pas non plus à la fluidité géniale, au rythme trépidant et captivant avec lequel l'auteur raconte la lutte épique que mène le pêcheur avant de venir à bout du poisson géant. Ce qui me faisait adorer ce roman, c'est que dans mon imagination, et ceci depuis ma première lecture, Santiago n'était autre que Mame Ablaye Djine, un pêcheur qui habitait le même quartier que moi à Ngoudeu, et que j'avais bien connu dans mon enfance.

Mame Ablaye était de la trempe des hommes d'autrefois. Les cheveux, les cils, les sourcils, la moustache et la barbe fournie blancs comme de la percale, très grand, les épaules puissantes, la poitrine large, la taille mince, les biceps développés, c'était une vraie force de la nature. Il n'avait jamais été malade au point de garder le lit une seule journée et vécut plus que centenaire, cent douze ans exactement, la dentition complète, le regard perçant, l'esprit alerte, solide sur ses jambes, marchant tout droit, sans jamais s'aider d'une canne. Sa connaissance de la mer et de ses secrets était sans limites, il ramenait souvent des prises spectaculaires qu'on accourait admirer à la plage, et de son vivant même, son existence était émaillée de hauts faits légendaires. Pour moi, d'ailleurs, Mame Ablaye sans aucun doute surpassait Santiago, et je suis certain qu'il n'aurait pas perdu son combat, impuissant contre les squales qui lui volaient son espadon. Il n'était jamais à bout de ressources ; d'une manière ou d'une autre, il se serait débarrassé des requins et aurait ramené son marlin intact à terre. On racontait qu'il y a bien longtemps, dans sa jeunesse, Mame Ablaye avait disparu en mer. Au bout de deux semaines de vaines recherches, sa famille, aidée par tous les pêcheurs du village, résignée à la volonté divine, avait estimé qu'il était mort, et sa pirogue à voile perdue à tout jamais. On avait organisé ses funérailles, un bœuf avait été sacrifié, le saint Coran récité pour le repos de son âme, et ses deux épouses, après avoir défait leurs tresses, étaient entrées en période de viduité. Le soir même où l'on devait célébrer la quarantième nuit de son décès, Mame Ablaye avait débarqué sur le rivage peu avant le crépuscule et sa réapparition avait provoqué un tollé extraordinaire.

Que s'était-il passé ? Où était Mame Ablaye durant tout ce temps ?

Une baleine l'avait avalé avec sa pirogue et pendant qu'on l'avait recherché, puis considéré comme décédé, il avait vécu dans le ventre sombre du cétacé. Lorsque la faim le prenait, il découpait, délicatement, à l'aide de son couteau, un morceau de viande qu'il mangeait cru. Par bonheur, sa gourde se trouvait dans la barque ; il avait rationné son eau, ne buvant qu'avec parcimonie, quand la soif le tenaillait. Un jour, en prélevant un morceau pour son repas, soit il avait coupé trop profondément, soit il avait coupé trop près du cœur, la baleine avait ressenti la douleur et l'avait régurgité avec son embarcation. Il se trouvait au milieu de la mer, en pleine nuit, loin de toute habitation. Il avait rapidement évalué les dégâts, qui étaient minimes. La pirogue n'avait subi aucune avarie, la voile n'était pas déchirée, le mât n'était pas brisé. Seule sa pagaie était perdue.

Depuis, naviguant sous bon vent, guidé par les étoiles la nuit, par le disque solaire le jour, une jambe plongée dans l'eau en guise de gouvernail à la place de la pagaie, puis, quand elle était transie par le froid ou gagnée par la crampe, remplacée par l'autre, le soleil s'était levé et couché trois fois avant qu'il ne parvînt au village.

Chaque jour que le bon Dieu faisait, Mame Ablaye partait en mer, et la veille même de sa mort, il était allé à la pêche. Il en était revenu à la tombée de la nuit, sa pirogue remplie de mérous. Il avait dîné, fait sa dernière prière de la journée, s'était couché sans se plaindre du moindre mal, pas même d'un rhume. À l'aube, au premier appel du muezzin, il ne s'était pas levé, comme à son habitude. Cela avait intrigué sa fille aînée, une vieille femme de plus de soixante-dix ans qui s'occupait de ses affaires depuis qu'il était veuf de la dernière de ses dix-huit épouses. Elle avait pénétré dans sa chambre et constaté que son père s'était éteint tranquillement dans son sommeil.

Après son inhumation, comme pour lui rendre hommage, durant la nuit, la mer s'était déchaînée avec une violence inouïe. De partout, on entendait ses mugissements sourds qui ressemblaient à des lamentations. Au petit matin, elle s'était calmée enfin, et on avait découvert que les vagues avaient déferlé jusqu'au cimetière de Rouhou Diagne où avait été enterré le vieux pêcheur, éloigné de la plage de plus de cinq cents mètres. Ce qui ne s'était jamais produit, ni avant ni après. Le plus étonnant encore était que seule la tombe de Mame Ablaye au milieu du cimetière avait été mouillée par les vagues. Le phénomène, considéré comme miraculeux, avait eu un grand retentissement. J'avais dix ans à l'époque.

Pour la septième fois donc, j'allais replonger dans l'ambiance maritime de l'œuvre magistrale d'Hemingway, pour revoir, en mémoire, à travers Santiago, Mame Ablaye Djine aux prises avec l'espadon géant…

Au bout d'une demi-heure, je n'avais pas fini de lire la première page du livre. Le mauvais temps jouait sur mon esprit, baladeur, incapable de la moindre concentration. Je tirai sur mon Mecarillos, n'obtins que de l'air dans ma bouche. Négligé, le petit cigare s'était éteint. Je secouai la cendre grise qui terminait le bout dans la coquille Saint-Jacques faisant office de cendrier au milieu de la table basse, pris le briquet à côté et rallumai le Mecarillos. Je tirai une importante bouffée, la gardai le plus longtemps possible dans mes bronches, avant de l'éjecter d'un souffle puissant par la bouche et les narines. Un léger vertige s'empara de tout mon être. Une seconde bouffée accentua l'agréable sensation. Au moment de rejeter la fumée, il me vint à l'esprit d'aller au Brise de Mer.

Je déposai le livre sur la table basse, repoussai du pied l'encensoir et me relevai. Je gagnai la chambre à coucher, pris dans l'armoire mon anorak que je passai sur mon pull, mis mon écharpe et sortis.

Dehors, le vent soufflant en rafales ne parvenait pas à dissiper l'odeur pestilentielle en provenance des immenses tas d'ordures en pleine décomposition qui envahissaient les rues désertes, et des eaux usées débordant des caniveaux à ciel ouvert, qui ne s'écoulaient plus depuis belle lurette, truffés de sacs en plastique, de pots vides, de cadavres de petits animaux domestiques putréfiés, chiens, chats, poulets, cabris, recouverts d'une épaisse couche de vert-de-gris.

ment l'escalier, la main appuyée sur la rampe, et regagna sa chambre.

Il pleuvait toujours.

Moro et Gobi retournèrent en silence dans le bar.

Je les rejoignis. Je commandai une bière La Gazelle, choisis une table près de la fenêtre et m'assis en allumant un Mecarillos.

En dehors de Moro, le garçon, un jeune gambien trapu et musclé, Gobi, un vieux rat de bar, et moi, le Brise de Mer était vide.

Moro revint avec ma commande, déposa la bouteille et le verre sur la table, prit dans la poche de son tablier un ouvre-bouteille et fit sauter la capsule.

— Ramène le verre, je bois au goulot, dis-je en constatant que, de même que Diodio, quand je parlais, on aurait dit que je rejetais la fumée d'une cigarette.

Le garçon reprit le verre, repartit vers son comptoir.

Gobi quitta le tabouret sur lequel il était juché et marcha à sa rencontre.

— Tu me donnes une cigarette, Moro ? fit-il.

— Je n'ai pas de cigarette, répondit sèchement le garçon.

— Comment ça, tu n'as pas de cigarette ?

— Je n'ai pas de cigarette ! Elles sont à vendre, les cigarettes, pas à donner.

— Donne-moi alors une pièce de dix francs[1], que je me paie un bâton, ou mieux, fais-moi crédit.

— Pas question de te faire crédit, en plus je n'ai pas de pièce de dix francs.

Gobi, d'un geste brusque, attrapa Moro au poignet.

1. Franc CFA. 1 FF est égal à 100 FCFA.

— Pas question de te faire crédit, en plus, je n'ai pas de pièce de dix francs ! répéta-t-il en imitant l'intonation de la voix traînante de Moro. Tu n'as jamais rien, toi. Rien. En vérité, tu as les mains amputées, tu es un type méchant, au cœur étroit.

Moro libéra son poignet avec vigueur.

— Dis ce que tu veux, ce qui est sûr et certain, c'est que je ne fais pas de crédit et que je n'ai pas de pièce de dix francs à te donner.

— Oh, je sais ! Tu n'as jamais rien, absolument rien. Te demander quoi que ce soit a été, de ma part, une grossière erreur. J'avais oublié que tu n'as jamais rien eu. Tu es né pauvre, sans rien, tu vis pauvre, sans rien, et tu mourras pauvre, sans rien.

— D'accord ! lança Moro, parvenu à son comptoir. Tu peux dire ce que tu veux, mais tu n'auras rien, parce que, comme tu le dis, et je trouve que tu as raison, je n'ai rien.

Je me frottai vigoureusement, l'une contre l'autre, les paumes de mes deux mains engourdies pour en chasser le froid rigoureux, après une longue rasade qui avait vidé les deux tiers de la bouteille lorsque Gobi s'approcha de moi.

C'était un quinquagénaire de petite taille, maigre comme un fakir, un torpédo, qu'il ne quittait jamais, toujours vissé sur la tête, le visage, émacié, mangé par une grande barbe poivre et sel, les yeux chassieux larmoyants. Il était habillé d'un costard hors de mode, constellé de taches de graisse, dont il avait relevé le col sur une chemise à laquelle manquaient tous les boutons et chaussé de samaras en plastique.

— Salut, mon grand ! dit-il, ses mains décharnées posées à plat sur la table. Tu me passes une cigarette, s'il te plaît ?

— Je n'ai pas de cigarettes, mais des petits cigares,

répondis-je. Si tu veux, je t'en donne, mais ne m'appelle pas mon grand. Tu pourrais être mon père ou mon oncle !

— C'est vrai ! s'exclama Gobi d'un ton enjoué avec un grand sourire révélant une mauvaise dentition. Des petits cigares, c'est ce que je préfère, de loin.

Je lui tendis la boîte de Mecarillos.

Gobi en choisit un que je lui allumai avec mon briquet. La première bouffée lui infligea une violente quinte de toux. Au hasard, il balança le petit cigare qui me frôla le bout du nez et alla s'écraser sur la vitre de la fenêtre fermée dans une gerbe d'étincelles. Plié en deux, il toussota pendant un long moment, les mains crispées sur la poitrine.

Derrière son comptoir, Moro partit d'un éclat de rire persifleur.

— C'est ce que tu préfères, de loin, dis-tu ? Frimeur que tu es, tu n'as jamais fumé de cigare, petit ou grand, de ta vie, ça se voit clairement. Eh bien, vas-y donc, si tu tiens à abréger tes jours !

Incapable de parler, Gobi se redressa, la respiration sonore et précipitée, des morves sur la moustache, les yeux plus larmoyants que jamais. Il prit place sur une chaise en face de moi, indifférent aux moqueries de Moro. Sa toux enfin calmée, il essuya ses larmes et ses morves avec sa paume, puis nettoya sa main sur son pantalon.

Je lui offris un autre Mecarillos.

Il refusa en secouant énergiquement la tête et en agitant les mains devant moi.

Moro continuait à rigoler.

— C'est ce que tu préfères, de loin, alors vas-y !

Petit à petit, Gobi retrouva son souffle et m'interrogea d'une voix étonnée :

— Comment fais-tu pour encaisser cette grenade dans ta poitrine ?

— J'ai une poitrine blindée ! plaisantai-je.

— C'est vrai !

Ma bouteille était terminée, j'en commandai une autre.

Gobi en profita pour me taper :

— Tu m'offres un verre de vin, mon grand, c'est pour…

— Je t'ai dit de ne pas m'appeler mon grand ! l'interrompis-je.

— Un verre de vin, c'est pour lutter contre ce froid meurtrier, reprit-il avec un petit rire. Un froid véritablement meurtrier, je suis sûr que c'est lui qui a tué Jolie Madame !

— C'est qui, Jolie Madame ?

— La vieille femme retrouvée morte dans la cour ce matin. Effectivement, tu ne devais pas la connaître. Aucun client du bar ne la connaissait, d'ailleurs. Pourtant, elle habitait ici, au Brise de Mer. Son vrai nom est Ramata Kaba. Tu m'offres un verre de vin, mon grand… et je te raconte son histoire, fort intéressante, du reste.

Même si je n'avais pas particulièrement envie d'écouter les ragots d'un poivrot, je dois admettre qu'elle n'était vraiment pas cher payée, son histoire : un verre de vin ! Et puis, pourquoi ne pas l'avouer, cette vieille femme portant une chaîne en or de valeur au cou m'intriguait, je voulais en connaître davantage sur elle, savoir par quel cheminement bizarre, tordu, son existence s'était achevée de manière si misérable ici. Manifestement, ce n'était pas une clocharde, elle n'en portait pas les stigmates : sa longue chevelure était bien entretenue, sa camisole et son pagne étaient très propres, ses pieds n'étaient pas fendillés aux talons. Surtout, aucune clocharde ne porte un bijou en or. Mais que pouvait bien me raconter d'intéressant Gobi, un vieux rat de bar qui, du matin au soir, vidait les restes de bouteilles, quémandait par-ci par-là, et la nuit venue, complètement ivre, s'endormait sur l'un des sièges du Brise de Mer à la fermeture ? N'allait-il pas me faire mourir d'ennui avec une histoire insipide, sans queue ni tête, ce dont, en toute franchise, je n'aurais pas à me plaindre car elle ne m'aurait rien coûté, tout juste un verre de vin ? Je me surpris à lui offrir plus qu'il ne demandait.

— Prends une bouteille.

— Une bouteille entière ? interrogea-t-il d'un ton incrédule.

Je confirmai d'un signe de tête.

Gobi se releva, le visage rayonnant de joie, écarta de sa jambe la chaise et appela le garçon avec emphase :

— Hé, petit Moro ! Apporte-moi vite une bouteille de vin, du Valpierre !

Moro avait quitté son comptoir et arrivait, ma Gazelle en main.

— Une bouteille de Valpierre pour toi, comment ? Et avec quoi tu vas la payer ? Avec tes vilaines dents ?

Gobi, qui s'était assis, attendit que Moro, parvenu auprès de nous, eut déposé la bouteille de bière en face de moi sur la table avant de répondre :

— Tout le monde n'a pas les mains amputées comme toi, pauvre type ! Dieu merci, il y a sur terre des gens généreux, qui ne laissent jamais leur prochain dans la panade. Allez, vite, une bouteille de sang de lion pour moi, c'est le grand qui paie. Et n'oublie pas le verre.

— C'est vrai, ce qu'il dit ? s'enquit le garçon, le regard tourné vers moi.

— Mais, tu te fiches de moi, Moro ? s'offusqua Gobi avec colère. Tu oses mettre mes paroles en doute, impoli que tu es ?

— Quoi, je n'ai pas le droit de m'informer ? rétorqua Moro. Et ne me traite plus d'impoli !

— Ce qu'il dit est vrai, c'est moi qui paie, annonçai-je pour ramener la paix.

— Voilà, tu es informé maintenant ! s'exclama Gobi. Décidément, tu es un gosse impoli.

— Je t'ai déjà dit de ne pas me traiter d'impoli, s'insurgea Moro.

Gobi déclara en martelant ses mots :

— Je te dis neuf mille neuf cent quatre-vingt-dix-neuf fois que tu es un gosse impoli. Et alors ?

— Et moi, je te réponds autant de fois que je n'ai pas mangé le riz de ton père ! répliqua Moro sur le même ton.

— Je n'ai pas mangé le riz de ton père ! répéta Gobi. Des insultes qui traduisent bien ton manque d'éducation et ton impolitesse. Si je n'avais pas envie de converser avec le grand, je t'aurais cassé la gueule, mais tu ne perds rien pour attendre. Allez, apporte-moi vite mon Valpierre, espèce d'impoli.

À nouveau, je tentai d'apaiser les esprits :

— Bon, à présent la querelle est terminée ! Moro, apporte le vin d'autrui, et toi, Gobi, cesse de traiter Moro d'impoli.

Par bonheur, j'y parvins.

Le garçon ravala le boulet qu'il s'apprêtait à tirer sur le rat de bar. Il retourna à son comptoir, ramena une bouteille de Valpierre et un verre qu'il déposa sur la table, devant Gobi.

— Le singe a des allumettes, toute la savane va

brûler aujourd'hui ! lança-t-il en décapsulant le Valpierre.

— Dis ce que tu veux, Moro, tout ce que tu veux, déclara Gobi en s'emparant de la bouteille. Ta mauvaise langue ne saurait m'atteindre, tu ne pourras pas me gâcher mon plaisir. En vérité, tu es un si méchant type, ton cœur est si étroit que le bonheur de ton prochain te cause de la peine. Dis tout ce que tu veux, ça me laisse indifférent !

Il remplit son verre à ras bord, le leva d'une main tremblante qui fit se déverser le vin sur ses doigts et sur la nappe en toile cirée recouvrant la table, le cogna violemment contre ma bouteille de bière, augmentant encore les dégâts.

— Et voilà, la savane brûle déjà ! lança Moro.

Gobi ne releva pas. Il vida son verre d'un trait, alors que le garçon s'en allait vers son comptoir, le remplit à nouveau, et déclara, sans me regarder :

— Il ne manque que des cigarettes !

— Dis à Moro de te donner un paquet.

Il demanda un paquet de Dunhill, que le garçon lui apporta en me disant que je commettais un grand gâchis, car on n'offrait pas des bananes à un âne.

Gobi fit comme s'il n'avait pas entendu. Il défit l'enveloppe de cellophane du paquet avec l'ongle de son pouce, l'ouvrit, prit une cigarette et la coinça au coin de ses lèvres en me demandant d'un signe de tête de la lui allumer.

Je lui offris du feu avec mon briquet.

Il tira sur sa cigarette, avec délectation, une grosse bouffée de fumée, la rejeta lentement par les narines, tira une deuxième, puis une troisième encore avant de s'emparer de son verre, et après une profonde inspiration, les paupières mi-closes, commença sa narration.

RIEN QU'UN GARDIEN

Le soleil, au terme de sa course pour plonger dans la mer, faisait scintiller de ses rayons obliques la grosse pendule aux chiffres romains, située en haut de la façade à l'architecture sahélienne de la maternité de l'hôpital Aristide-Le Dantec. Il était dix-sept heures trente, mais on se serait cru encore en début d'après-midi, tant la chaleur était torride en cette deuxième quinzaine du mois de juin.

Une foule impatiente s'agglutinait devant le portail dans l'attente de l'heure des visites. Lorsqu'une ambulance ou un autre véhicule entrait ou sortait, les gens s'écartaient avec réticence en récriminant sous les coups de klaxon énervés et insistants du chauffeur et les remontrances de Ngor Ndong, le gardien, un sérère bon teint, et réoccupaient le terrain aussitôt après son passage.

Au premier rang, une vieille femme, les yeux embués de larmes, un baluchon sous le bras, implorait le gardien :

— Homme bon, toi aussi, aide-moi, fais-moi entrer ! J'ai quitté Golam depuis l'aube pour voir ma petite-fille amenée ici hier nuit, je ne sais rien d'elle, j'ignore ce qu'elle est devenue. Pour l'amour de Dieu, fais-moi entrer, aide-moi, homme bon.

— Je connais Golam, c'est pas loin, c'est du côté de Sangalcam, répondit Ngor Ndong. Si, comme tu le dis, tu as quitté Golam depuis l'aube, tu devais être là très tôt ce matin. Dans ce cas, pourquoi n'es-tu pas entrée quand on a ouvert de sept à huit heures, puis de treize à quatorze pour les visites ?

Debout à côté de la vieille, une femme beaucoup plus jeune, les tresses enjolivées par des perles multicolores, répondit à sa place.

— Toi, ne nous tue pas avec tes questions ! Inutile de chercher à t'amadouer, tu n'es pas un homme bon, tu es un homme mauvais, un homme très mauvais même, déclara-t-elle avec véhémence en changeant de main la soupière qu'elle tenait enveloppée dans un foulard en tissu Lagos. Oui, tu es un homme très mauvais, c'est moi qui te le dis, ce n'est pas la peine de me regarder avec de gros yeux, je n'ai pas peur de toi, et puisque cela te déplaît tant, je le répète, tu n'es pas un homme bon, tu es un homme très mauvais. Dans tout l'hôpital, les visites ont déjà commencé, et toi tu refuses d'ouvrir. Au nom de quoi ? Le jour de la Résurrection, heureusement que tu ne seras pas le gardien du paradis car personne n'y entrerait !

Nullement offusqué par la diatribe de la jeune femme, Ngor Ndong, d'un ton goguenard, lui rétorqua :

— C'est là où tu te trompes, belle femme aux jolies tresses ! Le jour de la Résurrection, je serai bien le gardien du paradis. Tu regarderas bien à gauche, tu verras un bel homme tout de blanc vêtu avec un turban noir sur la tête. Ce sera moi. Mais là-bas comme ici, sans autorisation, on n'entre pas.

La jeune femme lui décocha un meurtrier coup d'œil en coin.

— Toi, si j'étais en grossesse, j'aurais accouché de toi !

— Et tu aurais eu un très beau bébé, aussi beau que moi, lança le gardien dans un grand éclat de rire. Seulement, que de problèmes tu aurais eus avec ton mari, car comment lui expliquerais-tu cette ressemblance, non pas avec lui, mais avec moi ? Réponds-moi, belle femme aux jolies tresses.

— Laisse-moi tranquille, je ne réponds rien de rien, jeta la jeune femme, agacée.

En dépit de l'énervement dû à la longue attente, l'atmosphère se détendit, des rires amusés fusèrent dans la foule.

Depuis bientôt cinq ans qu'il avait été engagé comme gardien de la maternité de l'hôpital Le Dantec, Ngor Ndong avait souvent entendu des invectives plus acérées que celles de la jeune femme, sans jamais se départir de sa bonne humeur, la repartie, spirituelle, toujours facile. Du premier jour de l'an à la Saint-Sylvestre, il était présent à son poste, jamais en retard. Son travail était la clé de voûte de son univers. Travail qui, selon son propre entendement, n'était ni pénible ni compliqué : interdire l'accès de la maternité à toute personne étrangère en dehors des heures de visite. Tout simplement. Il le faisait avec une grande conscience. Jamais il n'avait été pris en défaut. Pourtant, forte était la tentation. Que de fois, dans la journée, un visiteur pressé ou important essayait de le saluer à la sénégalaise. Ngor Ndong refusait toujours le billet plié qu'il tentait de lui glisser en douce dans la main. Et le visiteur perdait pendant un bref moment les pédales, restait penaud comme un enfant surpris en pleine gaffe, mais surtout s'étonnait de voir un simple gardien ne pas faire comme tout le monde, refuser de se laisser corrompre et ainsi rejeter de l'argent en ces temps si difficiles.

Un jour, il y a un peu plus de deux ans, le ministre de la Santé publique en personne s'était présenté aux environs de dix heures pour rendre visite à sa sœur qui avait accouché ici la veille.

Ngor Ndong avait refusé d'ouvrir le portail.

— Si tu étais le ministre de la Santé publique, le professeur Gomis m'aurait certainement prévenu de ta visite, avait-il déclaré. Tu n'es pas le ministre de la Santé publique. Si tu n'as pas de laissez-passer, dis à ton chauffeur de libérer le passage ; si tu as un laissez-passer, montre-le-moi. Où est ton laissez-passer ?

L'homme du gouvernement avait failli s'étrangler de rage mais était parvenu à se dominer. Il avait refusé de répondre, avait rentré sa tête qu'il avait sortie par la vitre baissée de la portière pour s'annoncer lorsque le chauffeur s'était arrêté, et s'était calé sur le dossier du siège arrière, le visage renfrogné.

Son chauffeur ne l'avait pas entendu de cette oreille ; il avait mis pied à terre, avait violemment apostrophé Ngor Ndong :

— Toi, toi, le gardien, c'est à toi que je m'adresse, tu es ivre ou tu es fou ? Tu n'as pas vu que c'est un véhicule SO ? Tu oses empêcher le ministre de la Santé de pénétrer dans la maternité ? Mais pour qui te prends-tu ?

— Fais doucement, mon parent chauffeur, fais doucement, avait répondu Ngor Ndong, nullement ébranlé. Je me prends tout simplement pour le gardien que je suis. J'ai bien vu l'immatriculation

SO, mais ça ne prouve pas que lui, c'est le ministre de la Santé. Je ne suis pas fou, je ne suis pas ivre, j'ai reçu des ordres de mon chef, le professeur Gomis, qui sont de ne laisser personne entrer en dehors des heures de visite. Rien ne me prouve que c'est le ministre de la Santé. Parent chauffeur, reprends ton volant et dégage le passage, s'il vient un autre véhicule, tu vas le gêner.

N'eût été l'intervention du ministre qui, à son tour, était descendu et lui avait dit de laisser tomber en le tirant en arrière par le bras, le chauffeur se serait bagarré avec Ngor Ndong.

Un interne, revenant du laboratoire, qui avait assisté à la scène, était parti prévenir le professeur Armando Gomis, médecin-chef de la maternité. Il était arrivé en toute hâte, s'était confondu en plates excuses devant le ministre. C'était un homme de taille moyenne, rond et énergique, dont l'embonpoint s'était renforcé depuis sa réussite à l'agrégation l'année où Ngor Ndong avait été embauché à la maternité, le teint noir foncé, la tête frappée par une calvitie sévère. Après les civilités au ministre, il s'était tourné vers le gardien, l'avait vertement tancé, l'avait traité de tous les noms d'oiseau possibles, avant de décréter d'un ton incisif :

— Tu es renvoyé !

Ngor Ndong, nullement ébranlé, avait soutenu le regard furibond du médecin et avait déclaré calmement :

— D'accord, patron, je suis renvoyé, j'accepte. Mais cependant c'est toi, patron, qui m'as ordonné de ne laisser personne entrer en…

— Ce n'est pas vrai, je ne t'ai jamais rien ordonné, triple imbécile ! l'avait coupé vivement le professeur Gomis en balançant le bras en direction de Ngor

Ndong. Tu es renvoyé, je te dis. Prends tes affaires et fous le camp d'ici !

Le ministre s'était opposé à cette mesure extrême. Certes, il avait été fort horripilé par le refus du gardien mais, honnête bougre, il avait trouvé qu'en dépit des dénégations du professeur, le gardien n'avait fait que suivre les directives reçues, par conséquent il estimait qu'il était un agent consciencieux, discipliné, qui avait fait convenablement son travail et que, si de l'employé le plus modeste au poste le plus élevé, tout le monde était et faisait comme lui, le pays se porterait beaucoup mieux. Après lui avoir demandé son nom, il lui avait chaleureusement serré la main, lui avait dit qu'il avait très bien agi et méritait des félicitations. Ce qu'il avait fait de manière très officielle le même jour par une lettre adressée à Ngor Ndong par voie hiérarchique.

Dix-sept heures quarante-cinq à la pendule.

Le groupe d'élèves sages-femmes de troisième année avait terminé son tour de garde à la salle d'accouchement. Elles allaient déboucher bientôt du long couloir, pressées, comme tous les samedis soir, de regagner leur dortoir, un bâtiment de quatre étages construit en face de la maternité, de se changer et rentrer à la maison pour passer le weekend en famille.

Les voilà, dans leurs blouses roses, conversant à haute voix et riant aux éclats.

Au même moment, il y eut un mouvement de la foule qui s'écartait pour laisser le passage à une luxueuse Mercedes cabriolet, de couleur rouge. La jeune femme au volant stoppa en face du portail, passa sa tête à la coiffure impeccable à travers la vitre baissée de la portière et s'adressa à Ngor Ndong :

— Gardien, ouvre, je veux voir le professeur Gomis.

Ngor Ndong reconnut Mme Samb. Elle venait assez souvent, à des heures parfois indues. À chaque visite, le professeur le prévenait pour qu'il la laissât entrer. Il ne l'avait pas fait cette fois. Peut-être possédait-elle un papier.

— Tu as un laissez-passer, madame ?

— Quel laissez-passer ?

— Un laissez-passer signé par le professeur Gomis.

— Je n'ai pas de laissez-passer à te donner. On ne t'a rien dit, toi ! Je te dis que je veux voir le professeur Gomis, je te dis d'ouvrir le portail et toi, tu oses me demander un je ne sais pas quoi. Sais-tu bien qui je suis ?

— À coup sûr la femme d'autrui, mais il faut un laissez-passer pour voir le professeur Gomis.

— Je suis l'épouse du procureur général, ouvre-moi, je te dis !

La jeune femme, excédée par l'obstination gouailleuse du gardien, avait hurlé presque.

— Sans laissez-passer que tu appelles un je ne sais pas quoi, tu n'entres pas, madame, maintint Ngor Ndong en tournant le dos.

Il ouvrit la porte étroite pour piétons et, tenant le loquet d'une main, se plaqua contre le mur pour céder le passage aux élèves sages-femmes parvenues auprès de lui, et répondit aux salutations et taquineries habituelles qu'elles lui lancèrent en sortant.

L'épouse du procureur général coupa le moteur de son véhicule et mit pied à terre. Malgré la colère qui assombrissait son visage, elle était très belle. Sa mise cadrait parfaitement avec la Mercedes ; son tailleur et sa jupe assortis à la couleur du véhicule, son chemisier en satin, ses escarpins aux talons hauts et effilés et son sac en bandoulière, en croco, tous noirs, indiquaient la grande prospérité, la haute classe.

Elle se baissa, enleva une de ses chaussures et se redressa vivement en s'écriant :

— Tu vas faire ce que j'ai dit et ouvrir ?

Le loquet toujours en main, Ngor Ndong, sans mégarde, se retourna. Il ne vit pas arriver le coup porté avec violence. Le talon ferré de l'escarpin entailla son arcade sourcilière, le sang gicla et inonda son visage et le col de sa blouse bleue. Il lâcha le loquet, attrapa de justesse le poignet de la jeune femme sur le point de lui porter un second coup et, d'une torsion, fit tomber la chaussure. Elle essaya de lui griffer la figure avec sa main libre. Il s'empara de son autre poignet. Pendant qu'elle se démenait comme un chat enfermé dans un sac en proférant pêle-mêle des menaces et des grossièretés innommables, il la repoussa sans ménagement jusqu'à ce qu'elle fût adossée contre le capot de son véhicule puis la relâcha.

— Si tu n'étais pas une femme, je t'aurais fait regretter pour toujours ton geste, jamais plus tu ne porterais la main sur quelqu'un, pas même sur ton propre enfant, lui jeta-t-il d'un ton contenu.

Complètement hors d'elle, elle débita une injure vulgaire en parlant du sexe de la mère de Ngor Ndong avant de menacer :

— C'est toi qui vas regretter pour toujours d'avoir posé la main sur moi. Tu verras !

Elle se sépara de la chaussure qui lui restait et qui la faisait claudiquer, la lança avec force sur le gardien et le manqua.

— Tu seras jeté en prison, tu verras ! assena-t-elle une dernière fois.

Sans s'occuper de ses escarpins perdus dans la foule, elle monta dans la Mercedes, pieds nus, la coiffure en désordre, la tenue débraillée. Elle repartit en marche arrière, sous les commentaires et les huées de la foule encore sidérée, à toute vitesse, heurtant de peu sur son passage la vieille femme venue de Golam avec son baluchon, qui ne dut son salut qu'à un bond d'une agilité étonnante pour son âge.

Quelqu'un déclara qu'elle était une vraie dingue, d'autres lui donnèrent raison, tous, à la vue du portail libre, Ngor Ndong préoccupé par sa blessure, s'engouffrèrent dans la maternité.

Un mouchoir roulé en boule appliqué sur son arcade sourcilière blessée, le visage et la blouse ensanglantés, Ngor Ndong entra dans la salle de pansement du pavillon Avicenne au moment où Paul Djibalène, l'infirmier de garde, venait de prendre son service de nuit et finissait d'enfiler sa blouse blanche.

— Mon captif, que t'est-il arrivé ? s'enquit-il d'un ton inquiet lorsqu'il se retourna de l'armoire et vit Ngor Ndong.

Le gardien, sérère, et l'infirmier, diola, selon la légende descendaient de sœurs jumelles, Akine et Diambogne, ils étaient donc cousins à plaisanteries, chacun se proclamait maître de l'autre. Mais ce soir, Ngor Ndong n'avait pas du tout envie de plaisanter, il étouffait de rage, à présent il regrettait amèrement de n'avoir pas corrigé cette femme comme elle l'aurait mérité.

— Que t'est-il arrivé, mon esclave ? réitéra Djibalène. Tu as fait un accident ?

Ngor Ndong secoua la tête d'un signe négatif, demeura un instant silencieux puis finit par lancer, comme malgré lui :

— Non, c'est une femme qui m'a frappé.

Il se tenait au milieu de la pièce, le mouchoir

toujours posé sur son arcade sourcilière. Djibalène s'avança vers lui, l'enleva pour observer la blessure. Le sang se remit à couler, il reposa le mouchoir en place et indiqua la table.

— Couche-toi. Qui t'a blessé comme ça, tu dis ?

— Une femme, répondit Ngor Ndong en s'étalant sur la table.

— Une femme ? Comment ça, une femme et, d'ailleurs, pourquoi ?

— Elle voulait voir le professeur Gomis, je lui ai demandé si elle avait une autorisation, sinon, elle n'entrait pas. Elle est descendue de son véhicule et a profité de ce que j'ouvrais la porte aux élèves sages-femmes pour me frapper avec sa chaussure.

— Ce n'est pas vrai ! Comme ça, simplement, elle te frappe avec sa chaussure ? Mais vous avez dû vous chamailler, tu as dû lui lancer quelques gros mots ?

— Même pas. En toute vérité, ça s'est passé comme je t'ai dit.

— Ça alors ! Celle-là est vraiment impolie ! Tu lui as au moins cassé la gueule bien bon ?

— Non, je ne l'ai pas frappée.

— Mais pourquoi, mon captif, pourquoi ?

— C'est ce que je regrette à présent.

Djibalène ouvrit l'armoire, en retira un plateau, un haricot, un rouleau de sparadrap, un flacon d'antiseptiquc qu'il déposa sur une autre table, plus petitc, à côté de celle sur laquelle Ngor Ndong était couché, puis, à l'angle de la pièce, il prit dans la poupinelle les boîtes à instruments et à compresses stériles et les plaça près du plateau. Il les ouvrit, et après s'être passé les mains à l'alcool contenu dans le flacon, il lui fit une infiltration de Novocaïne, saisit une compresse à l'aide d'une pince, l'imbiba du liquide antiseptique et commença à nettoyer la blessure.

— Tu as de la chance ! fit-il en jetant la compresse rougie de sang dans le haricot pour en prendre une autre. Si le coup t'avait atteint deux centimètres plus bas, cette femme t'aurait crevé l'œil. C'est une véritable folle, celle-là. Mais qui est-elle, tu la connais ?

— Elle s'appelle Mme Samb et a dit qu'elle est l'épouse du procureur général, répondit Ngor Ndong.

— Et après ? fit Djibalène d'un ton indigné. Elle peut bien être l'épouse du président de la Cour suprême ou même de la République, ça ne lui donne guère le droit d'agresser les gens comme ça. La plaie est profonde, il va falloir poser des agrafes, cinq ou six. Mais toi aussi, mon esclave, pourquoi tu ne lui as pas cassé la gueule ? Si c'était à moi qu'elle avait fait ça, épouse du procureur général ou pas, je l'aurais frappée jusqu'à la déshabiller. Mais pourquoi tu ne l'as pas frappée ?

Ngor Ndong ne répondit pas.

Djibalène reprit, sur un ton moqueur :

— Tu sais quoi, mon captif ? Tu n'as pas de tête. Te laisser blesser comme ça, par une femme, sans réagir, on n'a pas idée ! Est-ce que vraiment ton pénis se lève ?

Ngor Ndong persista dans son silence, il n'avait assurément pas goût à la plaisanterie.

Trente minutes plus tard, de retour à la maternité, Ngor Ndong, un gros pansement de sparadrap lui recouvrant l'arcade sourcilière, retrouva le portail grand ouvert. Pour la première fois, il avait commis une faute professionnelle : il s'était absenté de son poste sans autorisation, et les visiteurs étaient entrés une quinzaine de minutes avant l'heure. Si jamais le professeur Gomis était au courant, il risquait fort de se faire engueuler, peut-être même recevrait-il une demande d'explications. Dans ce cas, il aurait des raisons valables pouvant justifier son absence. Mais on ne sait jamais, le professeur pourrait bien ne pas tenir compte de ces raisons et le sanctionner, intransigeant comme il était. Mieux valait qu'il ignore l'incident.

Ngor Ndong referma l'un des battants du portail, puis regagna sa chambre située à l'entrée, un cagibi tout juste assez grand pour contenir un lit d'hôpital et une petite table métalliques réformés, à la peinture blanche écaillée. Il enleva sa blouse tachée de sang, la roula en boule, la jeta sur le lit, en remit une autre décrochée à un gros clou fixé sur la porte de la chambre. Sa fureur s'était à présent calmée, il remerciait le bon Dieu de lui avoir permis de se maîtriser. S'il avait riposté, il aurait sans doute blessé grièvement la femme. Et certainement, il aurait eu de sérieux ennuis, car quel que soit le préjudice subi, nul n'avait le droit de se faire justice soi-même. Cette femme était un vrai suppôt de Satan, qui te pousse à commettre un acte te paraissant bien justifié, irréprochable, mais que tu regrettes aussitôt d'avoir commis, par ses conséquences néfastes inattendues, et pour longtemps. Il avait bien fait d'avoir gardé son contrôle. Il n'avait qu'à porter plainte, s'il n'était pas content, pour coups et blessures volontaires, avec un certificat médical à l'appui, comme le lui avait suggéré Djibalène après l'avoir soigné. Cette dernière réflexion lui arracha un sourire bref. Porter plainte ! N'avait-elle pas clamé qu'elle était l'épouse du procureur général, donc une grosse huile de la Justice ? On ne l'écouterait même pas, sa plainte serait déchirée purement et simplement, et de surcroît, on pourrait lui créer des problèmes carabinés, le jeter même en prison, comme elle l'en avait menacé en partant, pour avoir eu le toupet de déposer une plainte contre elle. Dans ce pays, tout existe, sauf l'égalité devant la loi. Jamais il n'aurait raison, donc, inutile de songer à une plainte.

— Je la laisse avec le bon Dieu, déclara-t-il à haute voix d'un ton résigné. Un jour, elle rencontrera le fils de la sœur de son père qui la remettra sur le droit chemin !

Ngor Ndong ressortit du cagibi et vint s'asseoir sur le tabouret, dans la guérite installée à côté du portail.

Le jour s'achevait, le soleil était déjà couché mais il faisait encore clair, et l'ombre des flamboyants plantés en bordure de l'allée menant à la porte d'entrée de l'hôpital, dont le vert feuillage était remplacé sur toutes les branches, grandes et petites, par des grappes compactes de fleurs écarlates pointillées de blanc au centre, s'allongeait démesurément dans la lumière teintée de mauve du crépuscule naissant. Le ciel, tapissé à l'est de sombres nuages, indiquait que l'hivernage était proche.

Ngor Ndong avait mal à la tête, il avait l'impression que des coups de maillet s'abattaient à intervalles réguliers sur le sommet de son crâne. En plus, sous son pansement, il ressentait une vive brûlure, comme si on y avait placé un charbon ardent. Les effets de l'anesthésique local que Djibalène lui avait administré avant de lui poser les agrafes commençaient à s'estomper et il sentait, en dehors de la douleur propre à sa blessure, la morsure des petits crochets en fer plantés dans ses chairs. Il allait monter à la salle de garde demander à l'une des sages-femmes de lui donner un calmant. Il se leva pour partir et vit, à cet instant, le dragon noir[1] s'engager dans l'allée. Il se demanda ce que pouvaient bien chercher les policiers à la maternité. D'habitude, quand ils venaient à l'hôpital, c'était pour transporter aux urgences un individu mal en point après quelques interrogatoires trop musclés. Peut-être que l'épouse de l'un d'entre eux avait accouché ici...

Ngor Ndong se posait encore des questions lorsque le dragon noir stoppa à ses pieds. Sept policiers en descendirent, six en tenue de combat, un autre, le chef, en saharienne kaki, de la cabine d'où attendait un huitième, au volant.

— C'est toi le gardien de la maternité ? interrogea le chef.

Ngor Ndong pensa aussitôt à la menace de la femme. Mais non ! Ça ne devait pas être ça, on ne pouvait pas provoquer quelqu'un, le blesser, et après le jeter en prison, quand bien même on était la femme du procureur général !

— Oui, c'est bien moi le gardien de la maternité, répondit-il d'une voix où perçait une légère inquiétude.

Aussitôt les policiers l'entourèrent.

— Allez ! Suis-nous sans faire d'histoires, intima le chef.

— Vous suivre pourquoi, qu'ai-je fait ? s'enquit Ngor Ndong, surpris.

— Tu ne sais pas ce que tu as fait, mais tu le sauras au commissariat. Pour commencer, où sont les chaussures de madame que tu as confisquées ?

— Quelles chaussures de madame que j'ai confisquées, moi ? D'ailleurs, quelle madame ?

1. Panier à salade.

Un des flics, la tenue impeccable, en bottillons noirs bien cirés, les épaules larges mais les jambes cagneuses, intervint :

— Chef, ce gars parle trop, on ne lui demande pas de nous raconter le mariage de son père et sa mère, il n'a qu'à nous suivre, un point un tiret !

Ngor Ndong se tourna vers le policier en bottillons, posa sur lui un regard si fixe que ses yeux paraissaient en porcelaine et le fusilla de son index.

— Hé, toi ! Le mariage de mes parents est trop énorme sur ta langue, déclara-t-il d'un ton posé. Rien ne te permet de m'insulter. Tu sais bien que si nous étions seuls tous les deux, il ne viendrait jamais dans ta tête l'idée de m'insulter.

D'un geste brutal de la main, le flic repoussa le doigt de Ngor Ndong pointé sur lui, puis l'empoigna fermement par le col de sa blouse en s'écriant :

— Ah bon ! Tu te permets de me menacer, tête de con ?

Et il voulut l'entraîner vers le dragon noir.

Mais, en dépit des apparences, Ngor Ndong n'était pas de nature à se laisser entraîner aussi facilement. Constitué d'un seul os, il trompait beaucoup de monde. Deux ans avant qu'il ne vienne à Dakar, il avait terrassé tous les lutteurs de son terroir lors d'un tournoi, et remporté, à la surprise générale, la coupe, le cheval et la somme de cent mille francs mis en compétition.

Ngor Ndong ne bougea pas d'un pouce, malgré les efforts considérables du policier qui finirent par déchirer la blouse. Manquant soudain de prise, des lambeaux de tissu entre les mains, le flic fut vivement projeté en arrière, emporté par son élan. Il trébucha, essaya de retrouver son équilibre, mais ne put s'empêcher de tomber à la renverse, bottillons en l'air. Il ne s'était pas encore relevé que le chef avait sorti de sa poche un sifflet.

Tout se passa très vite. Au premier sifflement, les flics attaquèrent ensemble. Une jambe placée devant l'autre, la tête rentrée entre les épaules, les mains fermées en avant, Ngor Ndong tenta de se défendre. Mais le combat était par trop inégal. Sous les coups de pied et de poing qui pleuvaient de partout, devant, derrière, à droite, à gauche, il tomba rapidement à terre, sonné. Les policiers s'acharnèrent sur lui avec leurs rangers jusqu'à ce que, totalement dans les pommes, il ne bouge plus. Ils le retournèrent sur le ventre, lui passèrent les menottes, les mains derrière le dos, le traînèrent, ses pieds raclant le sol, jusqu'au dragon noir et le jetèrent comme un sac de paille d'arachides dans le fourgon.

Au moment où le véhicule noir démarrait, une petite pluie, la première de l'année, se mit à tomber.

Les quelques visiteurs, entrant ou sortant de la maternité, qui s'étaient arrêtés pour assister à la bagarre sans intervenir, se lancèrent dans une vive discussion, avec force commentaires. N'étant pas présents au commencement de l'affaire, ils se mettaient déjà à en donner des versions différentes. Quelqu'un affirma que le gardien, particulièrement irascible, avait interdit l'accès aux policiers et était même allé jusqu'à injurier leur chef. Un autre avança qu'il avait eu une altercation avec une femme. Un policier, présent sur les lieux, après avoir essayé en vain de les calmer, avait décidé de les amener tous les deux au commissariat. La femme avait accepté, mais le gardien avait refusé d'obtempérer, s'était empoigné avec le policier et avait arraché trois boutons de son uniforme. L'homme de loi, fort mécontent, était parti accompagné de la femme au commissariat et en était revenu quelque temps après avec dix collègues en renfort à bord du dragon noir. Le gardien, intraitable, avait persisté dans son refus et avait voulu se battre avec tous les policiers qui, fort naturellement, avaient eu le dessus. Un autre encore estima que, de toutes les façons, les flics n'avaient pas le droit de tabasser un être humain aussi sauvagement qu'ils venaient de le faire.

La petite pluie s'intensifia, la foule se dispersa et, soudainement, la lumière dorée du crépuscule fit place à l'obscurité profonde de la nuit.

Au moment où Matar Samb sortait de la salle de bains, le téléphone se mit à sonner dans la chambre à coucher. Il pressa le pas vers l'appareil posé au pied du lit à même la moquette, tout en nouant la ceinture de son peignoir en coton d'un blanc immaculé, et décrocha le récepteur à la quatrième sonnerie.

— Le procureur général à l'appareil, annonça-t-il.

— Salut, juriste !

Matar Samb reconnut la voix du professeur Armando Gomis, son ami d'enfance depuis l'école primaire Kléber. Ils ne s'étaient plus quittés, ayant fait le lycée Van puis l'université ensemble.

— Tu vas bien, Armando ? On ne t'a pas vu hier soir au club !

— Je corrigeais la thèse d'un de mes étudiants, c'est pourquoi d'ailleurs je suis encore à mon bureau. Écoute, juriste, il y a un problème très grave : mon gardien, que Ramata a…

— Ah bon ! l'interrompit Matar Samb. Tu es au courant ? Tu sais ce que ce zèbre a fait à Ramata ?

— Qu'est-ce que ce zèbre, comme tu dis, a fait à Ramata ?

— Eh bien, Armando, elle est souffrante depuis

quelques jours, elle vient te voir et ton gardien, cet imbécile, non seulement refuse de la laisser entrer mais se permet de la molester. Il l'a repoussée avec une telle brutalité qu'elle est tombée devant tout le monde et a perdu ses chaussures qu'il lui a confisquées. Tu te rends compte, Armando ?

— Balivernes, tout ça, juriste, les choses ne se sont pas du tout passées ainsi !

Matar Samb cala le récepteur entre son épaule et sa joue, prit sur le lit son briquet et son paquet de cigarettes, mit un bâton au coin de ses lèvres, l'alluma.

— Mais si, Armando ! lança-t-il vivement en rejetant la fumée par les narines. (Il balança le paquet de cigarettes et le briquet sur le lit, reprit le récepteur dans sa main avant de continuer.) C'est exactement ainsi que les choses se sont passées, c'est ce que Ramata m'a dit.

— Elle t'a raconté des histoires.

Et le médecin de lui restituer la véracité des faits.

— Armando, qu'est-ce que cela veut dire ? s'indigna Matar Samb lorsque son ami eut terminé. Comment ton gardien se permet-il de refuser l'accès de la maternité à Ramata ? Il est culotté, ton gardien.

— C'est le règlement, on n'entre pas en dehors des heures de visite sans autorisation. Ramata n'avait qu'à me téléphoner avant de venir, j'aurais avisé le gardien. C'est simple !

Matar Samb secoua négativement la tête comme si le médecin était devant lui.

— Mais le règlement ne l'autorise pas à agresser ma femme, et en plus, à lui confisquer ses chaussures. Je vais le coffrer, il va voir !

— Juriste, mon pauvre gardien est incapable de voir, il est mort.

— Mort, comment ?

— Mort entre les mains des policiers venus le prendre. Je viens.

La ligne fut coupée.

Matar Samb écrasa sa cigarette à peine allumée dans le cendrier en cristal posé sur la table de chevet et, abasourdi, s'assit sur son lit. Il dégagea le récepteur de son oreille, le regarda avec un air surpris comme s'il voyait pour la première fois un objet bizarre, le reposa sur la fourche, le reprit et enfin composa fébrilement le numéro du commissariat du palais de justice. Il se releva du lit en allumant une nouvelle cigarette.

— Passez-moi le commissaire Diallo, s'il vous plaît, annonça-t-il lorsqu'il entendit le déclic à l'autre bout du fil.

— Lui-même à l'appareil, répondit son correspondant. À qui ai-je…

Matar Samb l'interrompit sans ménagement.

— Diallo, qu'est-ce qui s'est passé avec le gardien de la maternité ?

— Ah, c'est vous, monsieur le procureur général ! fit le commissaire en reconnaissant sa voix. J'allais justement vous téléphoner pour vous mettre au courant de…

— Aux faits, Diallo, aux faits ! s'impatienta Matar Samb.

Il entendit le commissaire se racler la gorge, pousser une longue expiration, avant de déclarer :

— Bon, voilà, chef ! Le gardien, il n'a pas voulu obtempérer quand mes gars sont allés le chercher à la maternité. Il a fallu lui mettre les menottes pour pouvoir l'amener. Dès qu'on les lui a enlevées au commissariat, il s'est jeté comme un forcené sur le premier agent à sa portée, l'a saisi à la gorge et a failli l'étrangler. Allô ! Monsieur le procureur général, vous m'écoutez ?

— Et après, Diallo, qu'est-ce qui s'est passé exactement ?

— Oui, oui, après ! Et après, il a fallu lui faire lâcher prise avec énormément de difficulté, mais sans brutalité aucune. Et je vous le jure, monsieur le procureur général, sur la tête de mes enfants, le gardien, il devait souffrir d'un mal mystérieux, car, dès que mes hommes ont réussi à le maîtriser, il s'est effondré et a vomi du sang. Il paraît que la tuberculose se manifeste parfois comme ça. Le temps de le mettre dans le véhicule pour le transporter à l'hôpital, il meurt avant que le chauffeur ne démarre. Au nom de Dieu, sur la tête de mes enfants, ça s'est passé comme ça, monsieur le procureur général. Le cadavre a été déposé à la morgue de l'hôpital Le Dantec. Ah, j'oubliais, monsieur le procureur général, mes hommes ont dit qu'ils n'ont pas retrouvé les chaussures de madame. Bon, maintenant, je voudrais savoir, qu'est-ce qu'on va faire en cas de pépin, monsieur le procureur général ?

— Tu es cinglé de me demander ça, Diallo ! hurla Matar Sarah. En tous les cas, tu m'entends, Diallo, je ne t'ai jamais rien demandé, rien, absolument rien, tu m'entends bien ? Je n'ai jamais entendu parler d'un gardien quelconque, je ne t'ai jamais parlé, ne t'avise pas de prononcer mon nom ou le nom de ma femme à propos de cette histoire, ça ne me regarde pas, ni de près ni de loin, tu m'as bien entendu, Diallo ?

— Oui, j'ai bien entendu, ça ne vous regarde pas, ni de près ni de loin, monsieur le procureur général.

— Non, Diallo, je ne m'amuse absolument pas ! Si jamais tu prononces mon nom ou celui de ma femme, en toutes circonstances, je te liquide sans hésiter, au nom de Dieu, je te tue, c'est tout ce que j'ai à te dire. Tu m'as entendu, Diallo ?

Matar Samb reposa brutalement le récepteur sans attendre de réponse. Malgré le bain qu'il venait de prendre et la climatisation de la pièce, de grosses gouttes de sueur perlaient sur son front. Il reprit place sur le lit, les coudes appuyés sur les cuisses, la tête entre les mains, la cigarette coincée entre les lèvres.

Il revit Ramata faire irruption dans son bureau, au troisième étage du palais de justice, où, en bras de chemise, cravate dénouée, il avait passé le samedi après-midi à travailler sur des dossiers. Elle était en larmes, la mine, la coiffure et la mise défaites. Tremblant d'appréhension, il s'était levé d'un bond de son fauteuil, avait contourné sa large table, s'était précipité à sa rencontre en s'écriant :

— Que se passe-t-il ? Il n'est rien arrivé à Dieynaba ?

Elle n'avait pas répondu, s'était jetée dans ses bras, avait blotti sa tête contre sa poitrine et s'était mise à sangloter.

Il avait essayé de se dominer à grand-peine, vainement, sa voix avait trahi le désarroi qui l'envahissait.

— Il n'est rien arrivé à Dieynaba, au moins ? Dis-moi ce qu'il y a, pour l'amour de Dieu !

Elle avait reniflé plusieurs fois avant de commencer :

— Le gardien... de la... maternité...

Les sanglots avaient repris de plus belle, l'empêchant de continuer. Il avait poussé un gros soupir de soulagement. En voyant Ramata plongée dans un pareil état, il avait pensé aux malheurs les plus noirs, aux accidents les plus terribles arrivés à leur fille Dieynaba. Tranquillisé, il l'avait repoussée doucement, avait pris son menton, avait redressé sa tête, l'avait regardée, les yeux dans les yeux. Elle avait cessé de sangloter, et il avait tiré un mouchoir de la poche de son pantalon, l'avait déplié, avait essuyé les larmes qui dégoulinaient sur ses joues, puis le lui avait placé sous le nez. Elle lui avait pris le mouchoir, s'était mouchée bruyamment.

— J'étais partie voir Armando à la maternité, avait-elle expliqué, en gardant le mouchoir dans sa main après s'être essuyé les yeux et le nez, la voix entrecoupée par les reniflements. Le gardien a refusé de me laisser entrer. Il m'a humiliée devant tout le monde. Il ne voulait pas que je pénètre avec la Mercedes, alors je l'ai garée, je suis descendue, j'ai voulu entrer par la porte, mais il m'a repoussée avec une telle violence que je suis tombée par terre sous les rires sarcastiques de la foule qui attendait devant le portail. J'ai perdu mes chaussures dans ma chute, il me les a confisquées et…

— Et tu es venue pieds nus ?

Il avait regardé ses pieds. Une colère noire l'avait submergé à le faire frémir, tout contrôle perdu. Le poing brandi, les traits du visage et la voix déformés, il avait éructé :

— Ce gardien, c'est aujourd'hui seulement que je vais piétiner sa mère jusqu'à l'os. Il va voir avec moi, il me dira pourquoi il t'a fait ça !

Il avait pris Ramata par l'épaule, l'avait entraînée vers l'un des fauteuils du petit salon aménagé dans un coin de la pièce, l'avait fait asseoir, puis était retourné à sa table et avait appelé le commissaire Diallo au téléphone.

Le commissariat se trouvant au sous-sol, Diallo

n'avait pas tardé à venir haletant, après avoir gravi au pas de charge les marches menant au troisième étage.

Matar Samb l'avait apostrophé dès son arrivée :

— Commissaire Diallo, voyez ce que le gardien de la maternité a osé faire à ma femme ! Pour l'empêcher d'entrer, il l'a repoussée, l'a fait tomber devant tout le monde. Vous vous rendez compte, commissaire ?

Diallo, toujours haletant, avait reculé d'un pas, s'était tourné vers Ramata qui s'était remise à sangloter, avait posé sur elle un regard incrédule pour marquer sa surprise.

— Il se prend pour qui, ce gardien, il est fou ou quoi ? s'était-il écrié d'un ton indigné. C'est le gardien de quelle maternité d'ailleurs, chef ?

— La maternité de l'hôpital Le Dantec, l'avait-il informé. Et je ne vous ai pas tout dit, commissaire : ma femme, lorsque le gardien l'a repoussée et qu'elle s'est retrouvée par terre, elle a perdu ses chaussures, le gardien s'est permis de les lui confisquer. Ça, c'est vraiment le comble, confisquer les chaussures de ma femme !

Les sanglots de Ramata avaient redoublé.

— Cessez de pleurer, madame, l'avait calmée Diallo. Mes hommes vont me l'amener, ce gardien, je vais m'occuper de lui personnellement. Séchez vos larmes !

— Commissaire, vous avez bien vu ce que ce gardien a fait à ma femme ? Mais les gens se croient tout permis dans ce pays. Non ! Avec moi, ça ne se passera pas ainsi. Commissaire, vous allez me coffrer cet énergumène, pour commencer. Après une semaine au violon, il me dira pourquoi et au nom de quoi il s'est permis de maltraiter ma femme.

— Ne vous en faites pas, monsieur le procureur général, avait lancé Diallo d'un ton décidé. Je vais m'occuper personnellement de lui !

Et à présent, Armando venait de lui déclarer que les faits ne s'étaient pas déroulés comme l'avait prétendu Ramata et avait donné une autre version. Elle lui avait donc raconté des histoires, comme avait dit Armando, pour ne pas dire tout simplement qu'elle lui avait menti. Intolérable, le mensonge était le vice qu'il détestait le plus. Elle le savait. Mais son esprit se rebiffa : Ramata lui mentir ? Non ! Ce n'était pas dans sa nature, elle ne lui avait jamais menti, elle en était incapable. Il y avait deux versions et la sienne était la seule valable. Armando, à coup sûr, avait été désinformé par son personnel qui, comme toujours, par solidarité corporative, avait mis tous les torts sur le dos de Ramata. Elle n'était pas folle, elle ne pouvait pas se comporter ainsi, se donner en spectacle en public !

Le seul problème, et il était de taille, c'était la mort du gardien. Il n'avait guère été convaincu par les explications de Diallo, qu'il trouvait trop boiteuses, trop tirées par les cheveux. Il n'y avait aucun doute là-dessus, le gardien avait été tué par les policiers. « Je vais m'occuper personnellement de lui ! » avait-il clamé. Très bien, voilà, il s'était très bien occupé personnellement de lui ! Jamais, au grand jamais, il ne fallait faire confiance à un flic, du simple agent au commissaire divisionnaire. Tous de la graine de tortionnaires, ils ne savent que cogner, cogner, cogner. Et ils cognaient mal. Parfois même cogner ne leur suffisait pas et ils y allaient avec le courant électrique branché aux testicules, le chiffon imbibé d'essence placé entre deux orteils et puis enflammé, le bout incandescent d'une cigarette écrasé sur le dos ou le ventre. Que de fois, en pleine audience au tribunal, des prévenus s'étaient rétractés en expliquant que leurs aveux leur avaient été arrachés par la torture et que pour la faire cesser, ils avaient raconté tout ce que voulaient leurs tortionnaires. Certains n'hésitaient pas à se déshabiller ou à se déchausser pour exhiber des traces de coups ou de brûlures sur leur corps. Quand on leur demandait pourquoi ils n'avaient pas révélé ces méfaits au juge lors de l'interrogatoire dans son bureau, ils répondaient qu'ils ne l'avaient pas fait parce que, dans ce cas, aussitôt ramenés dans les locaux de la police, la torture aurait repris plus férocement encore. C'est ça, tous de sales tortionnaires, la preuve, ils avaient tué le gardien ! Comment pouvait-on avoir confiance en un tortionnaire ? En toute conscience, lui n'avait absolument rien à se reprocher. Tout ce qu'il avait demandé au commissaire Diallo, c'était de coffrer le gardien qu'il se proposait d'interroger au bout d'une semaine. Il n'avait pas dit de le frapper, encore bien moins de le tuer.

Seulement, avec la mort du gardien, un gros scandale risquait d'éclater, scandale auquel seraient forcément mêlés son nom et celui de sa femme. Il ne le fallait surtout pas, c'était à éviter à tout prix, ce serait un sérieux coup de frein à sa brillante et ascendante carrière…

Plus de trois quarts d'heure s'étaient écoulés depuis que le professeur Armando Gomis avait prévenu qu'il arrivait de la maternité. Il trouva Matar Samb assis sur le lit, la tête baissée, entre ses mains, la cigarette éteinte, collée aux lèvres. Plongé dans ses pensées, il ne parut pas s'apercevoir de son entrée dans la pièce. Le médecin lui posa doucement la main sur l'épaule et l'appela :

— Hé, juriste !

Matar Samb sursauta comme s'il avait été réveillé brutalement d'un profond sommeil, redressa la tête, regarda à droite et à gauche avec un air étonné, posa des yeux écarquillés sur le médecin debout en face de lui et se releva d'un bond du lit.

— Armando, est-ce que la mort de ton gardien ne va pas soulever des vagues à l'hôpital ? interrogea-t-il à brûle-pourpoint.

Le professeur Gomis mit ses mains dans les poches de son pantalon, lui tourna le dos, marcha jusqu'à la fenêtre. Le visage collé contre la vitre fermée, il contempla en bas le jardin bien entretenu aux arbres taillés récemment, aux fleurs épanouies, brillamment éclairé par des lampadaires sous la petite pluie qui continuait à tomber.

Devant son silence, Matar Samb s'avança vers lui et réitéra sa question.

— Très certainement, il y aura des vagues, de grosses vagues même, finit par répondre le médecin, le dos toujours tourné.

— Ces connards de flics m'ont enfoncé dans le merdier jusqu'à la racine du nez ! se plaignit-il d'un ton désespéré.

Le professeur Gomis se retourna d'un bloc, une lueur de colère dans les yeux.

— Ah non ! N'accuse pas les flics, ce ne sont pas eux qui t'ont enfoncé dans le merdier comme tu dis, mais bel et bien Ramata.

— Comment ça, Ramata ? Ne dis pas ça, Armando.

— Et pourquoi ? N'est-ce pas elle qui a provoqué et agressé ce pauvre diable de gardien qui ne faisait que son boulot ? Et toi, toi, au lieu d'envoyer tes connards de flics comme tu les appelles, tu ne pouvais pas me téléphoner pour savoir ce qui s'était exactement passé entre lui et Ramata ? Mais non, tu préfères envoyer, tel un caïd, tes tueurs qui ont assassiné Ngor Ndong. Les flics, certes, sont responsables, mon propos n'est pas de les absoudre, c'est hors de question. Mais Ramata, par la faute de qui tout est arrivé, est bien la première responsable. C'est elle qui t'a enfoncé dans le merdier.

— Ce n'est pas vrai, je n'ai pas envoyé de tueurs, je n'ai pas de tueurs.

— Mais si, tes flics que tu as envoyés sont des tueurs, des assassins !

— Je ne leur ai pas dit de tuer ton gardien mais de me l'amener pour que je l'interroge !

— Ce qui est sûr, c'est que tes flics ont tué mon gardien et c'est toi qui les a envoyés !

— Pas pour le tuer, pour l'interroger !

Ils avaient parlé à haute voix, avaient crié presque. Ils se turent et continuèrent à se défier du regard, haletants comme deux champions qui s'affrontent au bras de fer.

La sonnerie du téléphone retentit et les fit sursauter tant ils étaient tendus.

Matar Samb se détourna, marcha vers l'appareil au pied du lit, s'empara du récepteur et entendit la voix de Ramata à l'autre bout du fil.

— Père de Dieynaba, tu as vu l'heure qu'il est ? annonça-t-elle d'un ton plein de reproches. Tu nous as certainement oubliées !

Depuis la naissance de leur fille, c'était le petit nom par lequel Ramata l'appelait. Il regarda son poignet, s'aperçut qu'il avait omis de remettre sa montre après son bain. Il mit la paume de sa main sur le micro devant sa bouche, fit un signe de tête en direction du professeur Gomis.

— Quelle heure, Armando ? C'est Ramata.

— Vingt heures trente.

Matar Samb enleva sa main.

— Vingt heures trente, répéta-t-il. Mon Dieu, il fait tard, je n'avais pas regardé ma montre ! Vous allez dîner sans moi.

— C'est déjà fait.

— J'avais complètement oublié. Et Dieynaba ?

— Elle est là devant moi, elle dit qu'elle est fâchée contre toi. Que se passe-t-il, père de Dieynaba ? Tu as la voix bizarre.

— Non, je n'ai pas la voix bizarre, non, il ne se passe rien. Je suis avec Armando. Allez, à tout à l'heure.

Il raccrocha et, sans un regard pour le professeur Gomis, reprit place sur le lit.

— Où est Ramata ? s'informa le médecin.

— Au Bilboquet, avec Dieynaba qui doit partir demain matin en colonie de vacances à Rabat. Elles avaient décidé que nous fêtions tous les trois son départ par un dîner au restaurant. Elles m'avaient devancé, je m'apprêtais à les rejoindre quand j'ai reçu ton coup de téléphone.

— Pour quelqu'un qui provoque un incident aussi funeste, elle a le temps de faire la fête !

— Armando, je t'en prie, fit Matar Samb avec une petite voix, un moment désappointé, avant d'exploser carrément. Et puis, toi, cesse de me savonner, nom de Dieu, ce n'est vraiment pas le moment !

— Mais je ne te savonne pas du tout, juriste, pas du tout, protesta le médecin d'un ton conciliant. C'est vrai, tout à l'heure, j'étais en boule, parce que je n'arrive toujours pas à comprendre le comportement de Ramata qui, comme un système de vases communicants, a une incidence sur le tien. Non,

non, juriste, ne m'interromps pas, laisse-moi continuer et dire ce que je pense. Ce n'est pas la première fois que Ramata provoque des histoires dans les lieux publics. L'année dernière, au marché Kermel, elle a giflé un policier qui lui signifiait qu'elle avait mal garé son véhicule et qui s'est retrouvé par la suite radié parce qu'il avait, malheur à lui, riposté. Quelques mois après, un vigile du supermarché Filfili, qu'elle avait injurié sans raison, s'est retrouvé en prison pendant quarante-cinq jours. Dans les deux cas, tu as fait ce qui t'a plu, car selon ton intime conviction, comme vous dites dans votre jargon, tu savais très bien que Ramata avait tort. Aujourd'hui, par sa faute, il y a mort d'homme. Tu te rends compte du boucan que cela va provoquer à l'hôpital lundi, avec le syndicat qui, pour un oui ou pour un non, déclenche des actions ?

Matar Samb se releva du lit d'un bond.

— Il ne faut surtout pas, Armando ! s'écria-t-il en lui saisissant le poignet. S'il y a du boucan autour de cette affaire, mon nom y sera forcément mêlé, cela aura une conséquence néfaste sur ma carrière. Tu n'ignores pas que le premier président de la Cour suprême doit faire valoir ses droits à la retraite en fin d'année et que c'est moi qui suis pressenti pour le remplacer, c'est assuré, le ministre d'État en personne m'en a fait la confidence. Si jamais on est au courant du rôle que j'ai joué dans la mort de ton gardien, je n'aurai pas le poste, et perdre ce poste, pour moi, il n'en est pas question. Il faut faire quelque chose, Armando.

Le professeur libéra son poignet, écarta les bras d'un geste d'impuissance.

— D'accord, juriste, il faut faire quelque chose, mais quoi ?

— Il faut étouffer l'affaire à tout prix, qu'il n'y ait aucun boucan !

— Ce sera difficile et, en toute franchise, je ne vois rien que je puisse faire. Du boucan, c'est sûr, il y en aura dès lundi matin ; les syndicalistes vont en profiter, et moi, je ne pourrai rien faire.

— C'est vrai ! déclara Matar Samb.

Il demeura un long moment méditatif avant d'interroger :

— Est-ce que Jackson est là ?

— Je ne sais pas s'il est de retour.

— Il était en voyage ?

— Je l'ai rencontré le mois passé à l'aéroport, il partait faire le petit pèlerinage de La Mecque en compagnie d'un groupe d'une cinquantaine de personnes amené par un marabout homme d'affaires, tous frais payés. Bien trouvé, juriste. S'il est revenu, Jackson pourrait bien faire quelque chose. Je me demande pourquoi je n'avais pas pensé à lui !

La sonnerie du téléphone retentit à nouveau, alors que le médecin n'avait pas fini de parler.

Matar Samb décrocha. Si c'est cet âne de Diallo, je l'envoie paître ! songea-t-il avant d'annoncer :

— Le procureur général à l'appareil.

— Salut, tout jeune !

La voix de son correspondant était énorme, accompagnée d'un éclat de rire extravagant auquel il ne s'habituait jamais et qui le faisait toujours frissonner. De surprise, il faillit lâcher le récepteur.

— Grand Jackson ! C'est incroyable, à la seconde même où tu as téléphoné, Armando et moi parlions de toi. C'est vrai ce qu'on dit : l'appel de Dieu est meilleur que l'appel de l'homme. J'ai impérativement besoin de toi, grand Jackson.

— Je sais, tout jeune, avec la mort du gardien de

la maternité de l'hôpital Aristide-Le Dantec, je sais qu'il faut que tu aies impérativement besoin de moi. Pourquoi crois-tu que j'ai téléphoné ?

Le visage de Matar Samb se décomposa subitement. D'une voix à peine audible, il interrogea :

— Où te trouves-tu, Jackson ?

— À Thiès. J'arrive.

Matar Samb reposa le récepteur en émettant un sifflement long et strident.

— Que se passe-t-il ? s'informa le médecin devant son désarroi manifeste. Qu'a dit Jackson ?

— Il dit qu'il arrive. Les nouvelles vont très vite dans ce pays. De Thiès où il se trouve, Jackson est déjà au courant de la mort du gardien.

— Comment ça, de Thiès ?

— De Thiès, je te dis. Ce qui veut dire que tout le pays sait ce qui s'est passé. Ça y est, ma carrière est brisée !

Découragé, il prit place sur le lit, les larmes au bord des yeux, les mains appuyées sur la tête.

— Du nerf, juriste ! fit le professeur Gomis en le tirant par le bras pour l'obliger à se lever. Du nerf, que diable ! Rien n'est encore joué, tout peut s'arranger, avec Jackson. Maintenant, habille-toi, après, on descend au salon l'attendre. Puisqu'il a dit qu'il arrivait, il ne va pas tarder.

Le médecin lui donna une grande tape dans le dos et le poussa vers l'armoire, puis descendit au rez-de-chaussée où se trouvait le vaste salon meublé de cuir vert, gagna le bar situé au fond de la pièce, se servit un verre de vodka mélangé de jus d'orange, ajouta des cubes de glace et vint s'installer dans l'un des fauteuils.

Quelques instants après, Matar Samb, vêtu d'un ensemble en lin bleu Matisse, descendit à son tour.

Au bar, il mit la bouteille de Smirnoff, la boîte de jus d'orange et le bac à glaçons sur un plateau qu'il tint entre ses deux mains et vint déposer sur la table basse en face du médecin. Il prit place à côté de lui, n'osant pas le regarder, pour ne pas montrer qu'en dépit de tous ses efforts pour paraître calme, s'il s'asseyait sur un œuf, il ne se briserait même pas. Il s'empara de la bouteille, remplit son verre à moitié, le reposa, prit la boîte, s'apprêtant à le compléter avec du jus d'orange, se ravisa, reposa la boîte, reprit la bouteille et finit par remplir son verre de vodka à déborder. D'un trait, les yeux fermés, il le vida.

Le professeur Gomis observait d'un air étonné ses gestes indécis.

— Tu vas être ivre, juriste ! le prévint-il lorsqu'il eut ouvert les yeux et déposé le verre sur la table.

— Oui ! concéda Matar Samb. J'ai envie d'être ivre, complètement ivre.

À nouveau, il remplit son verre de vodka pure d'une main tremblante, but une longue lampée avant d'ajouter d'une voix grave :

— Armando, l'affaire est très sérieuse, crois-tu que Jackson sera en mesure de l'étouffer ?

— Oh ! il pourra, il peut régler toutes sortes de problèmes, si sérieux soient-ils, tu le connais.

— Tu dis ça pour me tranquilliser !

— Mais non, juriste. Tu l'as toujours entendu dire que dans ce pays, tout peut s'arranger, même la mort d'un homme, et il connaît bien le pays.

Ramata et Dieynaba entrèrent dans le salon sur ces entrefaites.

Matar Samb, déjà soûl, reposa son troisième verre presque vide, se leva à demi et tendit sa joue à sa fille qui se pencha pour l'embrasser après avoir salué le médecin d'un « Bonsoir, tonton Armando ! ».

— Pa, je suis fâchée contre toi ! lança-t-elle alors que Matar Samb se remettait en place dans son fauteuil. Pourquoi tu n'es pas venu au Bilboquet ?

— J'ai eu un sérieux contretemps, ma chérie, expliqua-t-il, la voix rendue pâteuse par l'alcool. Tu as bien mangé ?

— Non. Je t'attendais, et quand tu as dit que tu ne venais plus, j'ai eu l'appétit coupé. J'ai tout juste pris le dessert et après, j'ai dit à Ramata de rentrer. (Elle appelait sa mère par son nom.)

— Je suis vraiment désolé, ma chérie, j'ai eu un sérieux contretemps, réitéra-t-il. Mais je te promets, à ton retour, sans faute, je vais tout réparer.

— Bien, pa, tu as promis !

— J'ai promis, ma chérie, et je vais tenir ma promesse. À ton retour, on ira tous ensemble au Bilboquet.

— O.K., pa ! À présent, je vais monter me coucher, demain matin il faut que je me réveille très tôt. Bonne nuit, pa.

À nouveau, Dieynaba embrassa son père sur la joue et tourna le dos.

Matar Samb regarda sa fille gravir d'un pas leste les marches de l'escalier menant aux appartements de l'étage jusqu'à ce qu'elle eut disparu en haut, derrière la porte qui donnait sur un couloir. Une bouffée de tendresse balaya momentanément l'angoisse qui le tenaillait. C'était une adorable fillette de dix ans, plus grande que son âge, dont les petits seins se dessinaient précocement sous son T-shirt, et qui devait faire l'année prochaine la cinquième au collège Sainte-Marie-de-Hann. Il n'avait pas adressé la parole une seule fois à Ramata, parce qu'il serait obligé de parler de la mort du gardien. Or, il ne voulait pas en parler, en tout cas, pas avec elle maintenant.

Ramata, un air soupçonneux sur le visage, s'assit sur le canapé, faisant face à son mari et au médecin, tous deux tête baissée, silencieux. Au bout d'un moment, le silence s'épaississant de plus en plus, elle lança d'un ton suspicieux :

— Vous deux, vous complotiez contre moi, c'est sûr, votre air gêné me le prouve !

— Mais non, on ne complotait pas contre toi, fit Matar Samb sans redresser la tête. Pourquoi, d'ailleurs, pourquoi ? Et on n'est pas du tout gênés !

— Armando, toi, pourquoi me boudes-tu ? reprit-elle. Vu la façon dont ton gardien m'a maltraitée cet après-midi alors que j'étais venue te voir, tu ne devrais pas me bouder !

— Mais non, il ne te boude pas, déclara Matar Samb, conciliant.

— Laisse-le avec moi, père de Dieynaba. Il me boude, la figure n'est pas une prison, mais si on t'y enferme, tu le sais !

Le médecin prit sur lui-même pour ne pas répondre. Il saisit son verre, but une rasade, le reposa.

Ramata se pencha vers lui, lui donna une tape sur la cuisse.

— C'est à cause de ton gardien que tu me fermes ta figure. C'est un vrai cerbère, cet individu !

En dépit de tous ses efforts pour se dominer, le médecin ne put s'empêcher d'éclater :

— Toi, cesse de plaisanter, ce n'est vraiment pas le moment. Que s'est-il passé entre Ngor Ndong et toi ?

— Ngor Ndong, Ngor Ndong ? interrogea Ramata, le front plissé. C'est qui, cet indigène que je ne connais pas, dont j'entends le nom pour la première fois ?

— Ngor Ndong, le gardien de la maternité.

— Ah, c'est ainsi qu'il s'appelle ! Dis-lui au moins de me rendre mes chaussures qu'il m'a confisquées. Il m'en a fait voir de toutes les couleurs pour m'empêcher de te voir.

— Tu racontes des histoires ! assena le médecin.

Ramata se releva brusquement de son fauteuil, piquée au vif.

— Là, tu me traites de menteuse ! Armando, tout sauf ça, je ne te le permets pas !

— Tu sais très bien que tu racontes des histoires, maintint le médecin sans se soucier de la réaction indignée de Ramata. Ngor Ndong n'avait rien fait d'autre que de te demander un laissez-passer, et correctement. Tu lui as rétorqué qu'étant l'épouse du procureur général, tu n'avais pas de laissez-passer à lui présenter et qu'il devait ouvrir le portail de gré ou de force. Il a refusé…

— J'avais besoin de te voir, j'étais souffrante, d'ailleurs je suis toujours souffrante, l'interrompit Ramata.

— Il a refusé, continua le médecin, intraitable, et tu as profité de la sortie des élèves sages-femmes, alors qu'il tenait le loquet de la porte, pour le blesser au visage avec ta chaussure. Tu as voulu le frapper une seconde fois, il t'a attrapée aux poignets, t'a repoussée, sans brutalité aucune, jusqu'à ton véhicule. Il ne t'a pas fait tomber, il ne t'a pas confisqué tes chaussures non plus. Quand il t'a saisi le poignet, il t'a fait lâcher la chaussure avec laquelle tu l'as blessé et t'a relâchée ; tu as alors enlevé celle qui te restait au pied, et tu la lui as lancée sans l'atteindre. Après, tu es montée dans ton véhicule en l'injuriant et en le menaçant de prison et tu es partie sans te préoccuper de tes chaussures. Lorsque les flics sont venus chercher Ngor Ndong et le passer à tabac, mes élèves ont assisté à toute la scène de la fenêtre de leur dortoir au quatrième étage…

— Ce sont tes élèves qui t'ont raconté des histoires ! le coupa à nouveau Ramata.

— Ce ne sont pas des histoires mais la vérité, répliqua le médecin. Et mes élèves ne m'ont rien raconté, pour la simple raison que je ne les ai même pas vues. Elles ont parlé de l'incident à la surveillante générale, qui elle, est venue me parler dans mon bureau. Mais cela n'a pas d'importance, ce qui est important, gravement important, c'est que Ngor Ndong est mort, tué par les policiers !

— Où est le problème ? demanda Ramata. Si les policiers ont tué le gardien, ils sont entièrement responsables.

Le professeur Gomis bondit de son fauteuil.

— Le problème, c'est que les flics ne sont pas les seuls responsables ! s'emporta-t-il. Toi aussi, tu es responsable, toi qui as provoqué et agressé ce pauvre diable, et ton mari, qui a envoyé les flics, est aussi responsable.

— Je n'ai rien à voir là-dedans !

— Mais si, ton mari et toi, vous êtes aussi responsables que les flics !

Matar Samb attrapa le médecin par le bras, le força à reprendre place dans son fauteuil.

— Ça suffit vous deux ! déclara-t-il d'un ton sans réplique. Le problème des responsabilités est dépassé et bien dépassé, vous chamailler ne nous avance à rien. Le vin est tiré, il faut le boire. Toi, Ramata, monte te coucher, je vais m'occuper de tout. Au fait, puisque tu es toujours souffrante, pourquoi Armando ne te consulterait pas dans la chambre ?

Ramata, debout, fit la moue devant l'air furibond du médecin.

— Des fois, ton ami n'est pas intéressant, père de Dieynaba ! jeta-t-elle, au bout d'un moment.

— Ne lui en veux pas, Armando, elle déconne, elle ne dit pas ce qu'elle pense, plaida Matar Samb. Je vous demande de faire la paix, maintenant. Faites-moi aussi le plaisir de ne plus parler de cette sale affaire. Ramata, tu es bien imprudente de te quereller avec ton gynéco, ça ne se fait pas. Allez, ne m'emmerdez pas tous les deux, faites la paix, il m'est impossible de prendre parti entre vous, l'une est ma femme, l'autre mon ami !

Ramata posa sur le médecin qui gardait son sérieux un regard encore boudeur. Il finit par se détendre et un sourire équivoque se dessina sur ses lèvres.

— Tu as raison, père de Dieynaba, ce n'est pas malin de me mettre mal avec mon gynéco, admit-elle en souriant à son tour. Alors, Armando, on fait la paix ?

— D'accord, on fait la paix, accepta le médecin. Mais…

— Écoute, Armando, pas de mais, intervint Matar Samb. Il ne faut pas faire le malin, elle a demandé la paix, tu as accepté, ne pose pas de condition. Faites la paix, totalement, sans condition !

Le professeur Armando Gomis se mit debout. Ramata contourna la table, l'embrassa bruyamment sur les deux joues et lui prit la main.

— Voilà, on a fait la paix maintenant, jeta-t-elle. Alors, tu viens me consulter ?

— C'est mieux ainsi, je suis content à présent ! annonça Matar Samb en battant des mains.

— Les consultations à domicile sont payantes et coûtent cher, je vous préviens, madame ! plaisanta le médecin.

— Mon mari réglera la note, professeur. Envoyez la facture à sa secrétaire, vous serez payé, n'ayez aucune inquiétude à ce sujet ! répondit Ramata sur le même ton.

— Pas de problème, professeur ! renchérit Matar Samb. Comme vous l'a annoncé ma femme, n'ayez aucune inquiétude, vous serez réglé !

Et tous les trois éclatèrent de rire à l'unisson.

— Il va falloir que j'aille prendre ma trousse dans mon véhicule, fit le médecin en retirant sa main de celle de Ramata.

— Moi, je monte, jeta-t-elle.

Il sortit du salon alors qu'elle attaquait l'escalier.

Matar Samb termina son verre, le remplit pour la quatrième fois de vodka pure et demeura plongé dans ses pensées.

Ainsi donc, Ramata lui avait bel et bien menti, il n'y avait pas de doute là-dessus. L'histoire qu'avait rapportée Armando était claire, nette, et pas une seule fois elle n'avait nié les faits qui lui étaient reprochés. C'était intolérable, inadmissible. Et puis, pour quelle raison se donner en spectacle de manière si malsaine en public et ensuite venir lui raconter des boniments ? Il ne pouvait pas admettre le mensonge. Il allait régler ce point avec elle... lorsque la tempête qui s'annonce se sera apaisée ! songea-t-il en portant le verre à ses lèvres.

Peu de temps après, le professeur Gomis fut de retour dans le salon, sa trousse médicale en main.

— Tu risques d'être noyé avant l'arrivée de Jackson, lança-t-il à Matar Samb en le voyant vider d'un coup la moitié de son verre.

— Mais non, je ne risque pas d'être noyé !

Armé de sa trousse, il monta à l'étage, sonna à la porte de la chambre à coucher qui s'ouvrit et se referma aussitôt après qu'il fut entré. Ramata, en déshabillé noir lui arrivant à mi-cuisse, le dos tourné, la croupe offerte, finissait de verrouiller la porte. Le médecin vint se coller et se frotter contre elle et mima quelques coups de reins. Elle le laissa faire, l'accompagna dans ses mouvements de va-et-vient, le repoussa au bout d'un instant, se retourna et lui fit face.

— Je n'ai nullement besoin d'être consultée, je ne suis pas souffrante, minauda-t-elle. Pas plus que lorsque j'étais venue à la maternité dans l'après-midi. Désœuvrée, j'étais passée, comme ça, pour t'embêter. Je n'étais même pas certaine de te trouver à ton bureau le samedi soir.

Elle lui arracha sa trousse médicale, la jeta par terre, et commença à lui déboutonner sa chemise.

Il entreprit de déboucler la ceinture de son pantalon avec des gestes fébriles.

— Tu es une vraie garce, tu me provoques toujours, tu sais que j'ai un faible pour toi ! souffla-t-il alors qu'elle lui titillait les mamelons.

— Et toi, tu es le dernier des salauds qui saute la femme de son ami ! répliqua-t-elle.

Enlacés, ils s'écroulèrent sur le lit en pouffant.

Lorsque, une demi-heure plus tard, le professeur Gomis redescendit au salon, il trouva Matar Samb endormi. Les jambes croisées sur la table, la tête calée contre le dossier du fauteuil, les mains serrées sur le verre à moitié rempli posé sur son ventre, il ronflait comme un soufflet de forge, terrassé par la grosse quantité de vodka qu'il avait ingurgitée.

La cinquantaine avenante, drapé dans un imposant grand boubou en basin de premier choix, de couleur jaune citron, richement brodé, fortement empesé à l'amidon, coiffé d'un bonnet rouge sang de chien, une écharpe en soie noire jetée négligemment sur les épaules, chaussé de bottes en cuir assorties au grand boubou, l'immense, le scintillant Jackson entra dans le salon où attendaient impatiemment Matar Samb et Armando Gomis peu après vingt-deux heures trente. Tout était démesuré en lui. Sa taille dépassait les deux mètres dix et toutes les parties de son corps, la tête, le cou, les épaules, la poitrine, le ventre, les membres supérieurs et inférieurs, étaient d'une dimension de loin supérieure à celle d'un homme normal. Jackson (il se nommait en vérité Sangoné Loukoubar, mais nul ne l'appelait par son nom) vouait un véritable culte à l'or. Il portait une grosse chaîne Cartier au cou, une chevalière à chaque annulaire, une gourmette avec son surnom en relief au poignet droit, et au gauche, une montre-bracelet.

— Qu'est-ce qui se passe, mes tout jeunes ? s'enquit-il, de sa voix énorme accompagnée d'un éclat de rire étrange qui lui fit rejeter la tête en arrière.

J'entends parler du gardien de la maternité de l'hôpital Le Dantec tué par des flics envoyés par le procureur général téléguidé par sa femme qui avait provoqué et blessé ledit gardien !

Le professeur Gomis se redressa dans son fauteuil et serra la main du géant.

— Salut, grand Jackson !

— Salut, Mandiago bouffeur de cadavres d'animaux, répondit-il.

— D'accord, moi, je suis mandiago, mais toi, Jackson, de quelle ethnie es-tu ?

— Mais, je suis wolof, petit Mandiago !

— Ah non ! Les Loukoubar ne sont pas des Wolofs, c'est une ethnie qui n'existe pas, ni wolof, ni sérère, ni toucouleur, rien. C'est ça, Jackson, tu n'es rien.

Au rire de Jackson à son entrée, Matar Samb s'était réveillé, et, tenant toujours son verre à moitié plein, il se redressa sur son séant.

— Grand Jackson, c'est vrai que c'est à Thiès que tu as appris tout ce que tu viens de dire à propos du gardien ? interrogea-t-il.

Jackson prit place sur le canapé. Son grand boubou, déployé, occupait entièrement le meuble d'un bout à l'autre. Il enleva son bonnet, le déposa en face de lui sur la table basse, se gratta avec l'index le sommet de son crâne énorme et chauve comme une calebasse.

— À Thiès, oui ! répondit le géant enfin, alors que Matar Samb, après avoir terminé son verre, s'apprêtait, impatienté, à répéter sa question.

— Alors, ma carrière est brisée, fichue, stoppée net ! se plaignit-il. Si la nouvelle est arrivée à Thiès, alors que le corps du gardien n'est pas même refroidi, pourquoi pas à Fongolimbi, à Kabrousse ou à

Kaédi ? Non, non, ce n'est pas possible, ma carrière est stoppée net, brisée, fichue !

— Mais non, juriste ! le rassura le médecin. Jackson est là, il va arranger ça.

— Je ne crois pas, je n'ai aucun espoir. Tu n'as pas entendu ce que grand Jackson vient de dire ? se lamenta Matar Samb. Tout le pays est déjà au courant, ma carrière est fichue !

Jackson prit la bouteille de vodka, s'aperçut qu'elle était vide, la secoua comme pour s'en convaincre puis la brandit devant son visage.

— Vous avez sifflé la bouteille entière en m'attendant ? s'étonna-t-il.

— Moi, je n'ai pris qu'un verre fortement panaché de jus d'orange, se démarqua le médecin en désignant du doigt Matar Samb. C'est lui qui a sifflé tout le reste.

Jackson reposa la bouteille.

— Voilà pourquoi il se mélange un peu les pédales ! rigola-t-il. Mon procureur général, j'ai soif.

— Qui se mélange les pédales ? Je ne me mélange pas les pédales, moi, protesta Matar Samb.

Il se dirigea vers le bar d'une démarche hésitante. Lorsqu'il revint un moment plus tard, une bouteille de vodka dans chaque main, il trouva Jackson et le professeur Gomis en train de se chahuter. Le géant traitait le médecin d'amateur de charognes et ce dernier rétorquait que, s'il était né un siècle et demi plus tôt, il aurait été vendu à coup sûr à des négriers comme esclave pour cultiver le coton ou la canne à sucre en Amérique car il avait le physique de l'emploi.

— Bouffeur de cadavres pourris !

— Esclave !

Et ils riaient à gorge déployée.

clenchera une action de protestation. Pourras-tu l'étouffer ?

— Il pourra bien ! répondit le professeur Gomis à sa place. Il a l'habitude de dire que même la mort d'un homme est arrangeable dans ce pays. Voilà de quoi le mettre à l'épreuve. Alors quoi, Jackson, tu disais cela pour épater la galerie ?

Jackson se pencha, frappa avec vigueur de sa paume ouverte la poitrine du médecin qui, le souffle coupé, se releva à demi et riposta par un direct. Le géant, toujours assis, bloqua le poing du médecin dans sa main large comme un battoir et, avec un grand rire, d'une pression le força à s'asseoir en hurlant de douleur.

— Je n'ai pas besoin d'épater qui que ce soit, Mandiago bouffeur de charognes ! annonça-t-il sans cesser de rire. M'as-tu bien regardé ? Je suis favorisé par la nature, tout est épatant en moi !

Il accentua la pression, faisant craquer les os de la main du médecin emprisonnée dans son battoir, ce qui redoubla ses hurlements, avant de le relâcher.

Le professeur Gomis regarda avec inquiétude sa main, la secoua d'un geste saccadé devant son visage, puis la présenta à Matar Samb.

— Juriste, dis à ce monstre que cette main est un outil trop précieux, avec lequel j'ouvre le ventre des femmes pour les sauver et sauver en même temps leurs bébés qui refusent de sortir par voie basse. Dis-le-lui, juriste !

Matar Samb fusilla du regard le professeur Gomis, outré qu'il pût plaisanter en ce moment si critique pour lui.

— Vraiment, je ne te comprends pas, Armando ! lança-t-il d'une voix tremblante, les yeux toujours braqués sur lui. On dirait que tu éprouves de la jubilation quand j'ai de sérieux problèmes. Je vois que moi, je te considère comme un ami, mais toi, assurément, non.

Le médecin, tête baissée, accusa le coup.

Matar Samb se détourna de lui et s'adressa au géant :

— Pourras-tu faire quelque chose, grand Jackson ?

— Je pourrai, mais ce sera une tâche ardue, répondit-il.

— Bien sûr, ce sera une tâche ardue, je sais. Surtout avec les syndicalistes. Dis-moi ce qu'il te faut pour réussir.

Jackson sirota trois gorgées de vodka suivies d'un claquement de langue.

— Il me faut deux armes pour réussir, deux ! déclara-t-il en présentant l'index et le majeur de sa main droite en signe de V. La première arme, c'est l'emploi d'une langue agréable dans mes contacts. Là, pas de problème, comme je l'ai dit tout à l'heure, moi, je suis favorisé par la nature : ma langue est aussi agréable que le miel quand je veux. La deuxième arme, c'est de disposer d'un budget conséquent. Les paroles enroulées dans les billets de banque sont écoutées et sont convaincantes comme tu n'as pas idée. Langue agréable et argent ! Avec ces deux subtilités, on vient à bout de toutes les difficultés du monde, si compliquées soient-elles. Étouffer dans l'œuf les commérages provoqués par la mort d'un homme est une entreprise fort difficile !

— Difficile mais réalisable quand même, grand Jackson ? s'enquit Matar Samb.

— Bien réalisable, confirma le géant. À condition d'avoir en main les deux armes dont j'ai parlé, la langue agréable et l'argent. Moi, j'ai la langue agréable…

— Et moi, j'ai l'argent, continua Matar Samb en se martelant la poitrine avec la paume de sa main. L'argent, c'est mon affaire. Combien il te faut ?

Jackson vida son verre en trois gorgées, claqua la langue, le remplit à nouveau de vodka et de jus d'orange puis regarda son bracelet-montre.

— Il est exactement vingt-deux heures quarante-cinq minutes, annonça-t-il, éludant la question du procureur général. On démarre les opérations dès à présent, il n'y a aucune seconde à perdre. Chacun d'entre nous à un rôle à jouer. Mandiago, c'est à toi de donner le coup d'envoi, tu es le seul à avoir connu le gardien, tu dois donc pouvoir donner des renseignements sur lui. Trois questions. Qui était-il ? Avait-il de la famille connue ? Où habitait-il ?

La tête appuyée sur le dossier du fauteuil, les paupières closes, les bras croisés sur la poitrine, le professeur Gomis sifflotait *Stranger in the Night*, le tempo rythmé par le battement de la semelle de sa chaussure sur la moquette.

Matar Samb lui donna un coup de coude sur l'épaule.

— Armando, réponds !

Imperturbable, il continua à siffler.

— Ne profite pas de la situation, Armando ! jeta Matar Samb. D'accord, j'ai dit des bêtises tout à l'heure, je les avale. Cesse de faire le malin et réponds vite aux trois questions de Jackson. Ton gardien, qui est-il, a-t-il de la famille connue, où habite-t-il ? Allez, réponds.

Le professeur Gomis ne put persister dans son flegme. Malgré tous ses efforts, il finit par sourire.

— Tu parles de Ngor Ndong au présent comme

s'il était encore vivant ! fit-il remarquer en se redressant dans son fauteuil.

Matar Samb balaya l'argument d'un revers de la main.

— Sois sérieux, Armando, cesse de plaisanter ! Alors, le gardien, qui est… était… Voilà ! Tu m'embrouilles avec tes observations à la gomme. Armando, sois sérieux. Réponds : un, qui était-il, ton gardien, deux, avait-il de la famille connue, et trois, où habitait-il ?

— Ben, moi, ce que je sais de lui n'est pas trop important, annonça le médecin après un petit moment de réflexion. Je vais essayer de répondre pêle-mêle aux trois questions. Il était marié, et habitait à l'hôpital où il avait une petite chambre à l'entrée de la maternité. Dans la journée, sa femme vendait à la porte de l'hôpital des fruits, des cacahouètes et des beignets. Une brave femme. Elle est rentrée à leur village natal il y a trois semaines, en état de grossesse avancée. En dépit de mes conseils, Ngor Ndong n'avait rien voulu entendre et avait décidé de l'envoyer accoucher chez eux, parce qu'à deux reprises, elle avait mis au monde des bébés mort-nés, à la maternité. Pour lui, et sa femme partageait son avis, c'était une affaire de génie à régler avec des fétiches au village. Après ça, qu'est-ce que je sais encore ? Ah oui, il avait un frère qui vit à Sangalcam où il travaille comme garçon de ferme. Il s'appelle, si je ne me trompe pas… Mbagnick, oui, c'est bien ça, l'un de mes assistants porte le même nom que lui, il s'appelle bien Mbagnick Ndong. Le mois passé, quand je voulais acheter un verger, Ngor Ndong m'avait emmené chez lui pour qu'il me mette en contact avec des propriétaires terriens. Oui, il s'appelle bien Mbagnick Ndong, il habite au village de Sangalcam où il est garçon de ferme. C'est tout ce que je peux donner comme renseignements.

— Ça peut aller ! fit Jackson. Il te reste un autre rôle à jouer, le dernier, mais le plus important. D'après ce qu'a dit le procureur général, et d'après les renseignements en ma possession, le syndicat va déclencher une action dès lundi matin à l'hôpital Le Dantec. Or, l'histoire s'étant déroulée un samedi soir, presque tout le personnel était déjà rentré, et seules quelques élèves de troisième année de ton école, un petit groupe, en ont été les témoins oculaires. Les visiteurs présents au moment des faits ne comptent pas ; chacun y va de sa propre version, souvent fausse, et puis, surtout, les gens n'aiment pas les complications, ils détestent être dérangés dans leurs petites habitudes, ils ne viendront donc certainement pas témoigner. On peut compter là-dessus, de leur côté, pas de problème. Du côté de tes élèves, par contre, si. S'il y a des pépins, c'est de leur côté qu'ils viendront, et c'est là où tu dois intervenir énergiquement !

— Intervenir énergiquement comment ? s'étonna le médecin.

— Intervenir énergiquement, oui ! martela Jackson. Il ne faut pas que tes élèves parlent, tout simplement. Si elles la ferment, les syndicalistes vont pédaler dans la semoule, je vous le promets. Rien à craindre, à condition que tes élèves la bouclent. Pour cela, il n'y a pas mille deux cent trente-quatre façons de les obliger à se taire, mais une seule ; il faut les menacer. Tu les convoques toutes et tu leur dis que la première d'entre elles qui fait seulement semblant d'ouvrir la bouche pour parler de l'affaire est virée illico presto de ton école, sans autre forme de procès. Il n'est pas question qu'à cause de la longue langue de l'une d'elles, le prestige et la renommée de ton école soient ternis, éclaboussés par le plus petit scandale, de quelque nature que ce soit. Alors, au moindre murmure, c'est la porte. Elles ne sont au courant de rien, elles ne savent rien et n'ont rien à dire. Celle qui a la langue trop longue ne mérite pas l'insigne honneur de porter le beau titre de sage-femme et n'a pas sa place dans ton école, car où irait le monde si une sage-femme, avec tout ce qu'elle voit et ce qu'elle entend dans la salle d'accouchement, avait la langue si longue qu'elle ne pouvait pas la tenir tranquille dans sa bouche ? Voilà, bouffeur de cadavres, tu dois pouvoir concocter ça beaucoup mieux que moi parce que tu es instruit et que ce sont tes élèves. Il faut être ferme, la fermeté, tout est là !

— Tu as entendu, Armando ? questionna Matar Samb. Celle qui a la langue trop longue est virée de ton école illico presto, sans autre forme de procès. Il faut être ferme ; la fermeté, tout est là !

Après avoir bu trois gorgées de vodka et claqué la langue, Jackson s'adressa à Matar Samb.

— À toi de jouer, à présent, mon procureur général. Le nerf de la guerre, maintenant.

— Combien te faut-il, grand Jackson ?

— Dix millions.

Le professeur Gomis émit un sifflement de surprise.

— J'ai entendu combien, dix briques ? Mais c'est une vraie fortune, ça, Jackson !

Matar Samb fut d'un avis tout à fait contraire.

— Quelle vraie fortune ? Ce n'est rien du tout au regard de l'enjeu, Jackson, n'aie pas pitié de moi. Est-ce que les dix millions suffiront bien ?

Jackson claqua la langue après trois gorgées de

vodka et, comme s'il se désintéressait de l'affaire, répondit d'un ton désabusé :

— Puisque ton ami trouve que dix millions constituent une vraie...

— Non ! Jackson, écoute-moi bien, l'interrompit Matar Samb. Ce que déclare ce grand saboteur ne me concerne pas, tu ne dois pas en tenir compte.

— Mais..., tenta d'expliquer le médecin.

— Non non ! Tu n'as rien à déclarer, Armando, le coupa Matar Samb. Tu es un grand saboteur, tais-toi. Grand Jackson, c'est à toi que je m'adresse : les dix millions suffiront-ils, oui ou non ?

— Je crois bien que ça ira, concéda comme à regret le géant.

Matar Samb secoua la tête en signe de désapprobation.

— Non, grand Jackson, je ne suis pas d'accord avec toi. Pas de « je crois que ça ira », je t'ai déjà dit de ne pas avoir pitié de moi. Je veux du sûr et certain, pas du « je crois ». Je te demande : est-ce que les dix millions te suffiront bien ?

— Avec dix millions, c'est sûr et certain, l'affaire est étouffée.

— Je ne veux même pas savoir comment tu vas les employer, je ne te demande aucun compte, pourvu que tout soit bien réglé. Il te faut les dix millions quand ?

— Tout de suite.

— Je n'ai que deux millions en liquide ici. Je te les donne et je te fais un chèque de huit millions que tu pourras encaisser à la banque lundi à la première heure.

— Il me faut maintenant la totalité des dix millions en liquide, objecta Jackson. D'ailleurs, il m'est impossible de les toucher à la banque, je n'ai ni carte d'identité ni permis de conduire et mon passeport, je l'ai oublié à Saint-Louis. En dehors de ça, lundi matin, l'affaire aura déjà fait du bruit, il sera trop tard pour agir. C'est dès à présent qu'il faut commencer. Je dois voir cette nuit même l'infirmier qui a soigné la blessure de Ngor Ndong et aller à Sangalcam demain matin avant le lever du soleil pour contacter son frère. Après, je dois encore…

— Non ! Jackson, ça ne m'intéresse pas de savoir comment tu vas procéder, le coupa à nouveau Matar Samb.

Il se tourna vers le médecin et l'interrogea :

— Armando, tu as huit millions chez toi ? Je vais te faire un chèque…

Il lui fut impossible de continuer devant l'attitude du médecin secoué par un rire inextinguible.

— Quoi, qu'ai-je dit de si rigolo ? s'enquit Matar Samb, étonné. De quoi te marres-tu, Armando ?

— C'est toi le saboteur, vraiment ! annonça le médecin sans pouvoir se départir de son hilarité. Où vais-je trouver huit millions, moi ? Tu sais bien que je n'ai jamais eu un million d'une seule corde, ni chez moi ni sur mon compte.

L'anxiété qui avait disparu du visage de Matar Samb resurgit brutalement, déformant ses traits. Une expression de biche traquée par une meute de chiens, harassée, éperdue, qui pressent l'issue fatale, se dessina dans ses yeux.

Un silence pesant plana dans le salon pendant un long moment, qu'il finit par rompre avec un long soupir de découragement.

— Je ne connais personne qui pourrait me prêter les huit millions qui manquent. Si DS, ma grande sœur, était là, il n'y aurait aucun problème, mais malheureusement elle est en voyage à Hong Kong depuis hier soir. Jackson, tu ne vois pas parmi tes connaissances quelqu'un qui pourrait te passer la somme, ce soir ?

Opportuniste à souhait, Jackson saisit la balle au rebond.

— J'ai un ami homme d'affaires qui pourrait bien nous dépanner, dit-il. Mais c'est un usurier sans vergogne et sans pitié, un requin. Pour huit millions prêtés, il demandera douze en paiement, même pour un prêt d'une demi-journée. C'est trop cher.

— J'accepte !

— Dans ce cas, pas de problème.

Le professeur Gomis fronça les sourcils, mais ne pipa mot.

Matar Samb s'inclina devant le géant, prit son battoir dans ses deux mains, le serra avec ferveur.

— Merci, Jackson, mon grand, merci beaucoup ! lança-t-il, la voix tremblante de reconnaissance. Aujourd'hui, je ne peux rien dire, mais nous avons d'autres jours devant nous, je te prouverai que je ne suis pas un ingrat. Oh, grand Jackson, merci, merci, merci.

Confiant, il se redressa dans son fauteuil, les traits à nouveau détendus.

Jackson termina son verre en trois gorgées accompagnées d'un dernier claquement de langue, le reposa sur la table basse, récupéra son bonnet, le replaça sur sa tête et se mit debout.

— Pas de quoi, mon tout jeune, fit le géant avec son rire extravagant. Bon, je vais me barrer, mon procureur général. Je n'attends que toi pour descendre sur le terrain.

Le professeur Gomis se leva à son tour.

— Je rentre moi aussi, je suis éreinté.

Matar Samb les imita.

— Grand Jackson, je monte chercher les deux millions.

Parvenu dans la chambre, il trouva Ramata endormie sur le lit. Il s'arrêta et la contempla longuement.

Elle était couchée sur le dos, ses longs cheveux répandus épars sur le drap, les traits paisibles comme l'eau d'un marigot, un côté du visage reposant sur l'oreiller, une main posée sur le bas-ventre, l'autre sur le lit, les jambes légèrement écartées. Son déshabillé transparent, retroussé, s'arrêtait à la racine de ses cuisses fuselées. Quand elle respirait, que sa poitrine se soulevait, ses seins gros et fermes s'écartaient en frémissant sous le tissu vaporeux et semblaient augmenter de volume.

Envahi par une soudaine vague de désir, Matar Samb se passa le bout de la langue sur ses lèvres sèches. Bon Dieu, qu'elle était divine, adorablement divine ! Comment avait-il pu, lui, Matar Samb, songer un seul instant qu'elle lui avait menti et qu'il réglerait la question avec elle ? Il ne devait certainement pas être en possession de tous ses sens. Non et non ! Elle avait raison sur toute la ligne, ce qu'elle avait raconté était la vérité absolue. Avec cette sérénité qui se dessinait sur son visage dans son sommeil, elle ne pouvait avoir menti. Par conséquent, il n'avait rien, absolument rien à régler avec elle. C'est ce gardien qui avait tous les torts, il n'avait qu'à ne pas lui interdire l'accès de la maternité, c'est tout. Il sentit son désir s'intensifier. Qu'elle était adorable, mon Dieu ! En temps normal, qu'il fût gai ou triste, à plat ou en forme, il se serait jeté sur elle et l'aurait prise, tout habillé. Plus d'une décennie de mariage n'avait entamé en rien sa fougue des premiers jours. Avec elle, la balade mille fois répétée était, chaque fois, une aventure nouvelle. Mais ce soir, en cet instant, il n'était point tranquille, il était déstabilisé. Par la faute de ces cogneurs de flics sans cervelle et de ce pauvre gardien qui s'était créé lui-même des problèmes, une lourde menace planait au-dessus de sa carrière. Et sa carrière était tout pour lui.

Il se baissa, effleura si doucement du bout des lèvres la joue de Ramata qu'il ne la dérangea nullement dans son sommeil.

Lorsqu'il revint dans le salon, un attaché-case marron à la main, il trouva Jackson qui l'attendait seul.

Le professeur Gomis était parti.

Il déposa l'attaché-case sur la table basse, se pencha, mit ses doigts sur le métal doré des serrures.

— Pour ouvrir, tu composes, de chaque côté, les quatre lettres RKMS, expliqua-t-il. Facile à retenir, RK pour Ramata Kaba et MS pour Matar Samb.

Jackson éclata d'un rire gigantesque, remit en place, d'un geste des bras, les amples manches de son grand boubou.

— RKMS : RK pour Ramata Kaba et MS pour Matar Samb, facile à retenir, en effet ! répéta-t-il.

Matar Samb ouvrit l'attaché-case, montra les liasses de billets, referma le couvercle et le tendit au géant qui s'en empara.

— Bon ! Voilà les deux briques, grand Jackson. Arrange-toi avec ton ami homme d'affaires pour les huit qui restent. Lundi, on fait la situation, je rembourse tout.

— Pas de problème, tout jeune, tu peux dormir tout tranquillement.

Matar Samb lui mit la main sur l'épaule.

— Grand Jackson, mon avenir est entre tes mains. Je te souhaite bonne chance !

— La chance, je lui dis merde ! rigola le géant. Je n'ai nullement besoin d'elle pour régler cette affaire. Langue agréable et argent, tout jeune, langue agréable et argent ! Oh, j'oubliais un point très important, mon procureur général.

— Lequel, grand Jackson ?

— Il faut faire affecter ailleurs tous les flics du commissariat du palais de justice, tous, du dernier agent au commissaire Diallo. Il faut les éparpiller aux quatre coins du pays, le plus loin de Dakar.

— Je m'en occupe dès lundi, à la première heure.

— Bien, tout jeune ! fit Jackson en prenant la bouteille de Smirnoff non encore ouverte sur la table basse. Je m'en vais, à présent. Désolé de ne pas pouvoir te serrer la main pour te dire au revoir, les miennes sont occupées.

— Au revoir, grand Jackson.

Le géant tourna le dos et partit avec, dans une main, l'attaché-case marron et, dans l'autre, la bouteille de vodka.

La dernière sécheresse avait eu des effets néfastes encore visibles sur la végétation jadis luxuriante de la région des Niayes. Les nombreux buissons qui fixaient les dunes étaient desséchés, laissant le sol à nu. Les palmiers majestueux avaient été déparés de leur feuillage. Il n'en restait que des troncs longilignes qui, de loin, faisaient penser à des poteaux électriques dont on n'avait pas encore monté les fils, plantés en désordre sur le sable jaune. Les baobabs emblématiques avaient perdu leur splendeur d'antan. Les feuilles caduques ne se renouvelaient pas, les grosses branches pourrissaient, avant de tomber, entraînant les plus petites, l'écorce se détachait du tronc en plaques, comme une peau d'enfant se desquame après une rougeole, faisant apparaître un bois ligneux, aussi friable que de la biscotte, rapidement érodé et dispersé en miettes poussiéreuses par l'harmattan.

Le fleuve, bordant autrefois Sangalcam à l'est, qui prenait sa source peu après Goundoukouye, derrière les champs de Bargny, et se jetait dans la mer à Niaga, n'était plus qu'une mare à l'eau stagnante, envahie par les feuilles de nénuphar, refuge des moustiques voraces, des sangsues hématophages et des grenouilles aux coassements caverneux interminables. Il y a juste deux décennies, c'était encore un grand fleuve aux eaux très poissonneuses où l'on trouvait parfois des crocodiles.

Les propriétaires de fermes agricoles dont les domaines se trouvaient sur les berges de l'ancien fleuve étaient des privilégiés. Leurs puits possédaient encore de l'eau à une dizaine de mètres, alors que partout ailleurs, d'après la Société nationale des forages qui avait sondé pendant deux semaines, en plusieurs endroits, jusqu'à une profondeur de six cents mètres, sans trouver la moindre goutte, la nappe phréatique était tarie.

Mbagnick Ndong se réveilla dès le premier chant du coq. Il se devait d'être matinal aujourd'hui. On était dimanche, jour de visite de son patron. Jeudi dernier, il avait ramassé, à la gare routière, au moment de rentrer à la ferme peu avant le crépuscule, un billet de cinq mille francs. Il était retourné aussitôt sur ses pas et était allé le reconvertir en vin de palme chez Étienne, propriétaire d'une cabane située hors du village, sur la route du Service de l'élevage. Depuis lors, il avait négligé son travail, fréquentant plus assidûment le débit de boissons que la ferme. Il arrivait tôt le matin, restait toute la journée, et ne quittait que la nuit, lorsque Étienne fermait, toujours en état d'ivresse avancé. Aussi, à la ferme, la catastrophe s'annonçait déjà. Les feuilles des arbres fruitiers, en floraison, commençaient à se flétrir, les fleurs à tomber. Les poules pondeuses, affamées et assoiffées, de même que les poulets de chair, jouaient un concert de caquetage continu. Il fallait rapidement réparer les dégâts : inonder les arbres, chaque pied avec le contenu de deux arrosoirs, ramasser les œufs, les ranger dans leurs tablettes, servir une triple ration d'aliments et de l'eau en abondance à la volaille. Son patron n'y verrait que du feu ; il ne connaissait pas grand-chose aux travaux agricoles, encore moins à l'aviculture. Peut-être même qu'à la vue de la terre bien mouillée autour des arbres (il contrôlerait comme il le faisait toujours en enfonçant son index dans le sol), de ses œufs rangés en ordre dans les tablettes, de ses gallinacés en train de picorer avec voracité, le patron serait content, au point de le gratifier d'un billet de cinq cents francs. Ce qui lui permettrait, dès son départ, son inspection terminée et emportant ses tablettes d'œufs, d'aller chasser à la cabane d'Étienne la gueule de bois carabinée avec laquelle il s'était réveillé. Il lui fallait un bon coup de gnôle pour retrouver la forme et calmer ses douleurs, car sa tête et toutes ses articulations lui faisaient un mal de chien. Malheureusement, il avait bu tout le billet ramassé, et Étienne refuserait de lui accorder le moindre crédit.

Mbagnick Ndong s'étira en ronronnant comme un chat puis se gratta avec rage longuement avant de se lever du lit. Hier soir, revenu de la cabane ivre mort, il s'était couché tout habillé, ses chaussures en plastique à ses pieds. Dans l'obscurité, il s'orienta difficilement. Après de longs tâtonnements, il trouva enfin la porte de la chambre, l'ouvrit et sortit au moment où un vol de corbeaux passait au-dessus de sa tête en croassant.

Dehors, le fil blanc de l'aube parvenait à peine à se distinguer du fil noir de la nuit. À l'ouest, il faisait toujours sombre, et là-bas au loin, au-dessus des trois lumières rouges situées au sommet des gigantesques émetteurs de Yeumbeul, quelques étoiles scintillaient encore dans le ciel indigo, tandis que l'est commençait à s'éclaircir et se teintait d'une lueur couleur minium annonciatrice du prochain lever de soleil.

La motopompe du puits s'alluma au quart de tour. Le bruit assourdissant du moteur annihila le caquetage de la volaille et les cris des mange-mil encore tapis dans leurs nids innombrables suspendus aux branches des arbres, qui poussaient des piaillements aigus pour saluer la naissance du jour.

Mbagnick Ndong s'installa d'une fesse sur le rebord du bassin qui se remplissait à vue d'œil. L'eau jaillissait du tuyau avec un gigantesque borborygme. Il y plongea la main et entreprit de se débarbouiller. Il s'essuyait le visage avec un pan de sa chemise lorsqu'il entendit, malgré celui de la motopompe, un autre bruit de moteur et aperçut à travers les barreaux du portail les phares d'un véhicule qui arrivait sur la piste en latérite.

Mon patron est venu trop tôt aujourd'hui ! songea-t-il avec inquiétude. Il remarquera l'état de la ferme et me mettra à la porte.

Il quitta le bassin et vint ouvrir le portail au moment où une BMW jaune s'arrêtait à l'entrée. Il poussa un soupir de soulagement en constatant que ce n'était pas son patron. Il se dit que le propriétaire du véhicule, dont il ignorait la marque, s'était sans doute trompé et venait demander son chemin. Il considéra, avec une sensation de malaise indicible, le géant qui en descendit, un attaché-case marron à la main. Habillé d'un grand boubou jaune brodé de haut en bas, un bonnet rouge sur la tête, foulard noir autour du cou, aux pieds des bottes jaunes (ce furent surtout les bottes qui l'impressionnèrent), l'homme rappelait à Mbagnick Ndong le chef de canton en visite dans son village natal quand il était enfant.

— Mbagnick, bonjour ! Comment vas-tu, mon frère ? Ndong, Ndong ! salua d'emblée Jackson d'un ton si enchanté, la main tendue si familièrement que Mbagnick Ndong se demanda s'il n'était pas victime d'un trou de mémoire qui lui jouait des tours et l'empêchait de reconnaître une vieille connaissance.

Il scruta le géant en fronçant les sourcils. Son flottement fut de courte durée. Non ! Un tel gabarit ne pouvait pas s'oublier. Il ne l'avait jamais vu avant, c'était sûr et certain. Il trouva presque naturel que cet homme qu'il ne connaissait pas l'eût appelé par son nom. Il serra l'énorme main tendue, sans oser lui demander qui il était et ce qu'il pouvait bien lui vouloir.

— J'ai à te parler, Mbagnick mon frère ! Allons dans la chambre, fit le géant.

— Est-ce la paix ? s'inquiéta Mbagnick Ndong.

— C'est la paix, ce n'est pas la paix, en vérité ! répondit Jackson. Mais attends que nous soyons dans la chambre, Mbagnick, mon frère.

Mbagnick Ndong hésita un moment avant de précéder Jackson dans la pièce obscure. Il trouva dans l'une des poches de sa culotte, un jean découpé aux genoux, une boîte d'allumettes, craqua un brin, approcha la flamme vacillante de la mèche d'un morceau de bougie fixé sur un pot de Nescafé et l'alluma.

La chambre, misérable, dégageait une odeur de tabac et de renfermé. Les murs, fissurés, sans fenêtre, n'avaient jamais reçu de couche de peinture. Un lit, placé au milieu, constituait l'unique ameublement. Si toutefois on osait attribuer le nom de lit à la vieille paillasse en sacs de jute posée à même le sol crevassé, recouverte d'un drap en loques et d'où s'échappait de la paille dispersée aux quatre coins de la pièce.

Demander à ce « chef de canton » de s'asseoir ici, sur cette paillasse remplie de puces, de poux, de punaises, était une incongruité que Mbagnick Ndong repoussa vivement de son esprit. D'ailleurs, s'il ne l'avait pas proposé, jamais il n'aurait pris l'initiative de l'introduire dans ce taudis qu'il n'aimait guère.

— Un parent d'où ? se hasarda-t-il à demander timidement, après avoir formulé plusieurs fois la question dans sa tête, dans l'attente et l'espoir que le chef de canton se présenterait lui-même enfin.

— De Dakar ! jeta Jackson.

Il changea d'une main à l'autre son attaché-case qui lui échappa volontairement, sans que Mbagnick Ndong s'en rendît compte, tomba à terre avec un bruit mat, et comme il n'était pas fermé, le couvercle s'ouvrit. Innombrables, les billets de banque neufs se répandirent sur le sol.

— Quel maladroit je suis ! lança-t-il d'un ton faussement consterné.

Du coin de l'œil, il observa Mbagnick Ndong et constata que sa réaction était identique à celle des enfants faméliques d'Afrique devant la semoule de l'aide alimentaire internationale cuite dans des chaudrons et servie dans des sacs en plastique. Il demeurait comme hypnotisé, bouche bée, les yeux, exorbités de convoitise, rivés sur les billets. Jackson se baissa, replaça l'argent dans l'attaché-case, le referma et se redressa en le tenant par la poignée.

— Mbagnick, tu ne me connais pas, mais moi, je te connais très bien, attaqua-t-il. Tu es mon frère, car ton frère Ngor Ndong, qui m'avait tant de fois parlé de toi, était mon ami, mon plus qu'ami, mon frère véritable.

Mbagnick Ndong se dit qu'assurément Ngor avait fait du chemin à Dakar, car il était parvenu à se lier d'amitié avec un genre d'homme très important, qui se promenait avec de l'argent si considérable, alors que le soleil ne s'était même pas encore levé.

— Ngor et moi, nous sommes de même père et de même mère, expliqua-t-il avec un sourire de fierté sur les lèvres, honoré que le chef de canton l'ait appelé « Mbagnick mon frère ». Ngor est mon aîné de deux ans, bien que je paraisse plus âgé que lui. Il a tété le sein, me l'a donné, j'ai tété. Comment va-t-il ?

— Nous sommes entre hommes, Mbagnick mon frère. Il faut être fort. Ngor est mort ! révéla brutalement Jackson.

Mbagnick Ndong sursauta vivement.

— Que dis-tu, Ngor, mon frère, Ngor Ndong est mort ?

— Nous sommes des créatures de Dieu, nous retournerons à Dieu ! Il faut être courageux, Mbagnick mon frère, Ngor Ndong est bien mort.

— Woy, ma mère ! Quand ?

— Hier soir, peu après le crépuscule.

— De quoi ? D'un accident ? Je l'ai quitté la semaine dernière, il n'était pas malade, il ne souffrait de rien. Il est mort par accident ?

— Il faut que je t'explique, Mbagnick mon frère. Ngor n'est pas mort par accident. Tout ce qui est arrivé procède de la volonté divine. C'est très dur, mais si tu le prends ainsi, tu seras soulagé de ta peine. Du courage, Mbagnick mon frère !

Mbagnick Ndong répondit à l'encouragement de Jackson par un cri perçant. Les deux mains appuyées sur la tête, les coudes serrés devant son visage, il recula lentement en appelant son frère d'une voix déchirante jusqu'au mur opposé à la porte où il s'adossa.

— Hé ! Ngor, où es-tu ? Hé ! Ngor, que t'est-il arrivé ? Hé ! Ngor Ndong, mon frère aîné, hé ! Ngor, fils de père Timack et mère Hémess, où es-tu, où es-tu, où es-tu ? Ah ! Mon grand frère Ngor est mort !

— Oui ! Mon frère Mbagnick, Ngor est mort, malheureusement, jeta Jackson d'un ton attristé, les mots entrecoupés de reniflements comme s'il luttait dans son for intérieur pour ne pas éclater en sanglots. Tu as bien raison de le pleurer, Mbagnick mon frère ! Ngor était si bon, et l'adage dit vrai, ce sont toujours les bons qui devancent. Moi aussi, je l'ai pleuré à ne plus avoir une seule larme.

— Qu'est-il arrivé à Ngor, était-il malade ?

— Non. C'est ce que je voulais t'expliquer. Hier soir, au marché Sandaga, Ngor a eu une altercation avec une femme. Elle l'accusait d'avoir volé sa pochette contenant quinze mille francs, parce que dès qu'elle a constaté la disparition de la pochette, elle a vu Ngor près d'elle et...

— Elle a menti, l'interrompit avec force Mbagnick Ndong. Père Timack et mère Hémess n'ont pas engendré des voleurs. On peut remonter à plus de dix générations, on n'en trouve pas dans notre famille, homme ou femme. Je jure que cette femme a menti. Que je rejoigne mon grand frère Ngor là où il se trouve si cette femme n'a pas menti !

— Échappe-toi, échappe-toi, Mbagnick mon frère ! souhaita Jackson. Tu ne rejoindras pas Ngor là où il se trouve. La femme ne disait pas la vérité, en effet. Un policier qui se trouvait sur les lieux les a conduits tous les deux au commissariat. Au moment de fouiller Ngor, il a eu un malaise et est tombé soudainement par terre. Transporté d'urgence à l'hôpital, il est mort peu après son admission.

Les lamentations de Mbagnick Ndong, qui n'avaient pas cessé une seule fois, même lorsqu'il parlait, redoublèrent d'intensité.

— Mon grand frère, que t'est-il arrivé ? Cette femme a menti, je le jure !

— Tu as raison, mon frère Mbagnick, cette femme a menti. Avant même qu'on ait transporté Ngor dans l'ambulance, elle a reconnu qu'elle s'était trompée, que sa pochette n'avait jamais été volée et qu'elle était gardée dans son soutien-gorge, ce qu'elle avait oublié. Dès que j'ai été mis au courant, je suis allé à la police, j'ai attaqué le commissaire, je lui ai fait savoir que si Ngor était un simple gardien à la maternité de l'hôpital Le Dantec, il avait dans ce pays des parents et des amis qui représentaient quelque chose, qui tenaient à ce que les circonstances de son décès soient éclaircies. Une enquête a aussitôt été ouverte, que j'ai suivie de bout en bout, pour savoir ce qui s'était réellement passé, si les policiers avaient frappé Ngor ou non. Mais on n'a rien fait à Ngor, je le jure, c'est Dieu et Dieu uniquement qui est la cause de sa mort. À l'hôpital, le médecin qui l'a reçu m'a expliqué, quand je l'ai interrogé, qu'il était mort d'une crise cardiaque. Le médecin m'a dit que, lorsqu'il a regardé son cœur, il a vu que c'était la honte d'avoir été accusé de vol et d'avoir été emmené à la police qui avait emporté Ngor. Il y a des hommes dont le sang est si pur, si noble, qu'ils ne supportent pas une humiliation de ce genre. Ngor était de ceux-là. Mais, pour moi, l'affaire ne pouvait pas en rester là, parce que Ngor était mon ami. Je suis retourné à la police, j'ai menacé le commissaire, puis je suis parti au ministère de l'Intérieur. Si le policier avait fait des vérifications sur place et n'avait pas emmené Ngor à la police, il serait encore en vie, la police avait par conséquent une grande responsabilité dans sa mort. On devait donc obligatoirement indemniser sa famille. Moi, quand je m'occupe des affaires d'un ami, surtout d'un ami comme Ngor que je considérais comme mon propre frère, je le fais comme s'il s'agissait de mes propres affaires, je ne m'adresse pas à des subalternes, à des sous-fifres, je frappe en haut lieu. Là, quand j'ai tapé sur la table, on a commencé par me proposer deux millions. Je les ai refusés net. Ngor avait de la famille, il était marié, sa femme, en état de grossesse avancée, était au village, il était exclu d'accepter deux pauvres millions, des miettes. Aussi, j'ai exigé dix millions, pas moins. Après d'âpres négociations, je les ai obtenus. Cinq millions maintenant, cinq millions dans quinze jours. Moi, ce que je te propose, Mbagnick mon frère, c'est de prendre les cinq millions de maintenant, puisque Ngor a tété, t'a donné le sein, tu as tété. Ils te reviennent de droit. Les autres cinq millions, tu les partageras entre la veuve et les autres proches parents dans quinze jours. Ça restera entre nous.

Pendant que Jackson expliquait, Mbagnick Ndong, tout à ses pleurs, ne semblait pas l'écouter. Lorsqu'il annonça la somme qui devait prétendument lui revenir, les lamentations s'arrêtèrent aussitôt. Il se décolla du mur où il s'était adossé, s'avança de trois pas en se tapant la poitrine avec la paume de la main.

— Tous les cinq millions pour moi, moi Mbagnick Ndong ? interrogea-t-il d'un ton incrédule, les yeux braqués à présent sur l'attaché-case que tenait Jackson.

— Tous les cinq millions sont entièrement pour toi, Mbagnick mon frère, déclara-t-il en le tapotant amicalement à l'épaule.

— Tu ne me trompes pas, vraiment ?

Jackson poussa son grand rire.

— Est-ce que j'en ai l'air ? Et puis, pourquoi te tromperais-je en un moment si pénible pour toi, Mbagnick mon frère ?

— Tu as raison, je te demande pardon. Hééé ! Moi, Mbagnick Ndong, en possession de cinq millions. Dieu n'a rien dit à personne !

— C'est vrai ! appuya Jackson. Ce qu'Il te réserve arrive toujours au bon moment ! Seulement, l'homme est pressé et ne sait pas attendre. Mbagnick mon frère, il faut que tu m'écoutes encore, c'est très important.

— Mes oreilles n'écoutent que toi seul !

— Bien, les dix millions ont commencé à faire des jaloux à l'hôpital Le Dantec. Ils prétendent que Ngor a été arrêté sur son lieu de travail, à la porte de la maternité, par des policiers qui l'ont battu à mort. Ce qui est faux. Ils veulent organiser des manifestations à l'hôpital et sont prêts à tout faire pour que les indemnités ne soient pas versées sous prétexte que la famille de Ngor n'a pas besoin de dix millions mais de justice…

— Ce sont des menteurs ! s'écria Mbagnick Ndong indigné. Qui leur a dit ça ? Je ne les connais pas, mais je sais que ce sont de gros menteurs, des jaloux comme tu as dit. La famille de Ngor n'a pas besoin de dix millions mais de justice ! Quel gros mensonge !

— Tu as bien compris, mon frère Mbagnick, alors

fais attention, reprit Jackson. Il se pourrait qu'ils viennent te voir aujourd'hui même ou demain pour te raconter des histoires. La vérité est que Ngor a été faussement accusé de vol par une femme au marché Sandaga et qu'aucun policier ne l'a touché. Encore une fois, fais très attention, je te le redis. S'ils viennent te voir, ne les écoute pas, chasse-les. Ce sont des syndicalistes, des gens dangereux, contre le parti, des fauteurs de troubles, des chercheurs de poux sur la tête des gens. Parce que si tu les écoutes, s'il y a des problèmes à l'hôpital, l'État retire les dix millions et ordonne une nouvelle enquête qui sera longue, très longue, cela prendra même dix ans peut-être. Et il n'est pas certain qu'au terme de la nouvelle enquête, les dix millions soient versés à nouveau. C'est connu de tout le monde, quand l'État donne puis reprend ce qu'il a donné, il ne redonne plus jamais. Tu as déjà cinq millions pour toi tout seul, mon frère Mbagnick, et dans quinze jours, il y aura encore cinq millions pour le reste de ta famille. Alors, ne sois pas fou. Si des syndicalistes envieux, jaloux viennent te contacter, chasse-les, ne les écoute pas !

— Laisse-les avec moi ! fit Mbagnick Ndong d'un ton farouche, sans comprendre grand-chose, si ce n'est que des jaloux, des envieux pourraient l'empêcher de toucher ses cinq millions. J'attends le premier qui viendra, je le chasserai avec un gourdin sans lui laisser le temps d'ouvrir la bouche !

— D'accord, très bien, mon frère Mbagnick, je te fais confiance. Est-ce que tu sais signer ?

Mbagnick Ndong écarquilla les yeux et secoua la tête avec dépit.

— Je ne suis pas allé à l'école, française comme arabe.

Le rire énorme de Jackson retentit.

— Ça ne fait rien, mon frère Mbagnick.

Il ouvrit l'attaché-case, en tira plusieurs feuilles de papier dactylographiées et un tampon encreur, le referma, le maintint appuyé sur son avant-bras plié en angle droit, déposa sur le couvercle le tampon et les feuilles.

— C'est pas bien grave, mon frère Mbagnick! fit-il. Tu poses ton index sur le tampon. Voilà, c'est ça. Après, tu appliques ton doigt ici, au bas de la première page. Très bien, sur l'autre, sur l'autre encore. Ton doigt sur le tampon à nouveau. Bien, sur une autre page, encore. Très bien, Mbagnick mon frère!

Il replaça les feuilles et le tampon dans l'attaché-case, en ressortit une épaisse liasse de billets, la tendit à Mbagnick Ndong qui s'en empara avec la vivacité d'un chat capturant une souris.

— Maintenant, Mbagnick mon frère, tu vas venir avec moi à Dakar, proposa Jackson. Nous devons remplir certaines formalités afin de pouvoir percevoir tes cinq millions. Ces deux cent cinquante mille francs, je te les donne, avec un cœur froid. C'est ma participation aux funérailles de notre pauvre frère Ngor. Ah! j'oubliais, nous devons procéder à son inhumation. Vous avez d'autres parents à Dakar?

— Non.

— Ce n'est pas grave, j'ai tout prévu. Je t'attends dans la voiture, dépêche-toi.

Resté seul, Mbagnick Ndong, perché déjà sur un nuage, déposa les billets sur le lit, recula pour mieux les observer. Les mains appuyées aux hanches, il ne put s'empêcher d'avoir un sourire de béatitude sur les lèvres. Il se retourna d'une pirouette, se dirigea vers la vieille valise en carton au coin de la chambre en se disant qu'il ne pouvait quand même pas se rendre à Dakar vêtu d'une culotte et d'une chemise sales comme un foie de chien pour enterrer son frère aîné !

La valise contenait le reste de sa garde-robe, un ensemble boubou-pantalon bouffant en basin, à la couleur verte défraîchie, que son patron lui avait offert il y a deux ans comme étrennes lors de la fête du mouton et qu'il ne mettait que les grands jours, un pantalon en Tergal, un jean et deux chemises, achetés chez un fripier à Rufisque.

Mbagnick Ndong opta pour la tenue des grands jours.

Il se changea rapidement en se demandant s'il devait garder son argent dans la pièce ou l'amener avec lui. Pas pour longtemps.

— Je ne suis pas fou ! lança-t-il à haute voix. Là où j'irai, ira aussi mon argent.

Il revint près du lit, prit les billets, les mit dans la poche avant de son boubou après avoir contrôlé qu'elle n'était pas percée, et s'apprêta à sortir. Parvenu sur le seuil, il se ravisa, revint sur ses pas, retira l'argent de la poche, enleva le boubou et le jeta sur le lit. Il vérifia la poche gauche du pantalon bouffant et, rassuré, y introduisit les billets. Il reprit le boubou, le retourna à l'envers, défit à l'aide de ses dents la couture de la poche latérale correspondant à celle du pantalon bouffant où se trouvait l'argent, remit le boubou à l'endroit et l'enfila à nouveau. Il plongea sa main gauche dans la poche déchirée, puis dans celle du pantalon et, enfin tranquillisé, saisit solidement les billets.

Il lui fallait se méfier, prendre ses précautions, être perpétuellement sur ses gardes. Il y avait à Dakar des voleurs très forts qui opéraient en tous lieux et en tous temps. D'une adresse diabolique, armés d'une lame de rasoir, ils découpaient la poche où se trouvait l'argent qui les attirait comme le cadavre d'un âne attire les charognards. Le temps de se rendre compte de leurs méfaits, ils avaient disparu déjà. Quant à lui, Mbagnick Ndong, personne, si adroit soit-il, ne parviendrait à lui voler son argent. Il faudrait lui couper avant tous les doigts de la main, sans qu'il s'en aperçoive. Ce qui était tout à fait impossible.

Quand Mbagnick Ndong fut dehors, il faisait totalement clair, le jour s'était levé. Il retrouva Jackson au volant de sa BMW jaune, l'avant du véhicule tourné en direction de la route, moteur allumé, sirotant au goulot, à petits coups, sa bouteille de vodka à peine entamée. Il s'installa sur le siège à côté de lui, la main dans la poche de son pantalon.

Jackson reboucha la bouteille et s'essuya les lèvres du revers de la main.

— Tu es prêt, mon frère Mbagnick ? s'enquit-il.

— Oui, fit Mbagnick Ndong avec un petit retard, une lueur d'envie dans les yeux fixés sur la bouteille.

Il aurait bien aimer soigner sa gueule de bois, mais n'osait pas le dire.

Jackson le remarqua. Il poussa son rire extravagant, fit un clin d'œil entendu, lui passa la bouteille, démarra en douceur.

Mbagnick Ndong ouvrit la bouteille, voulut la porter à ses lèvres, hésita au dernier moment et regarda Jackson.

— Je peux boire au goulot ?

— Mais bien sûr, mon frère Mbagnick, mais bien sûr ! Quelles sont ces manières ? Nous sommes entre frères, non ?

— Si, si, pardonne-moi !

Mbagnick Ndong se dit que c'était aujourd'hui uniquement que son jour était arrivé : il avait tiré un as, un as de pique !

Le soleil venait de crever un amas de nuages et ses puissants rayons, en dépit de l'heure matinale, annonçaient une chaleur torride pour la journée.

À la morgue de l'hôpital Le Dantec, Mbagnick Ndong, complètement ivre (il avait vidé en cours de route la bouteille), les yeux dans le vague, les jambes flageolantes, salua une dizaine d'hommes que Jackson lui présenta comme étant les représentants du personnel, venus accompagner à sa dernière demeure leur pauvre collègue Ngor, et deux vieux, chargés l'un de la toilette, l'autre de la prière mortuaire.

Retirer un cadavre de la morgue est une entreprise longue, fastidieuse, où l'on perdait au bas mot deux ou trois heures en jour ouvrable, une demi-journée ou une journée entière le dimanche. En moins de quinze minutes, la dépouille de Ngor Ndong, placée dans un corbillard, était en route pour le cimetière musulman de Bétoir. La BMW de Jackson, Mbagnick Ndong dodelinant de la tête assis à côté de lui, ouvrait le cortège funèbre que fermait un car rapide qui transportait les deux vieux et les « représentants du personnel ».

La prière et l'inhumation furent rapidement menées au cimetière. Le fossoyeur n'avait pas encore fini de fermer la tombe que Jackson, suivi de ses compères, prit la direction de la sortie.

Mbagnick Ndong, la main toujours dans la poche de son pantalon bouffant (en dépit de son ivresse, pas une seule fois il n'avait lâché les billets), jeta un dernier regard sur le monticule de terre qu'achevait de former le croque-mort et leur emboîta le pas.

Dehors, le corbillard et le car rapide étaient déjà partis.

Jackson se tenait debout, adossé à la portière avant de sa BMW. Lorsque Mbagnick Ndong parvint auprès de lui, il tira de la poche de son grand boubou six billets de cinq mille francs et les lui remit.

— Mon frère Mbagnick, il y a un petit contretemps, fit-il. J'avais oublié qu'on était dimanche aujourd'hui, la banque n'ouvre pas. C'est demain seulement que tu pourras toucher tes cinq millions. Ce n'est pas bien grave. Prends ça en attendant pour rentrer à Sangalcam en taxi. J'ai le chèque avec moi, attends… (il plongea à nouveau la main dans la poche de son grand boubou, en sortit un chèque qu'il plaça sous le nez de Mbagnick Ndong). Tu as vu le chèque de cinq millions, poursuivit-il. J'ai mieux, d'ailleurs. Je vais t'éviter le déplacement demain. À la première heure, je passe à la banque retirer moi-même les cinq millions et je viens te les remettre à Sangalcam à midi pile. Alors, on est d'accord, mon frère Mbagnick, on fait comme ça ? Mais si tu préfères, on se donne rendez-vous à la banque lundi à huit heures, tu viens avec ta carte d'identité toucher toi-même tes cinq millions.

— Je n'ai pas de carte d'identité, annonça Mbagnick Ndong.

— Dans ce cas tu ne pourras pas retirer l'argent toi-même, fit Jackson en remettant le chèque dans sa poche. C'est un chèque au porteur, il te faut obligatoirement la carte d'identité pour que la banque te donne tes cinq millions, Mbagnick mon frère.

Mbagnick Ndong ignorait ce que signifiait un

chèque au porteur, et même s'il était possesseur de la carte d'identité, il aurait laissé toutes les transactions entre les mains du chef de canton.

— Je préfère que tu fasses ce que tu as proposé en premier. Tu passes à la banque demain, tu retires toi-même l'argent. Je te demande pardon pour tout ton temps que je te prends et pour le dérangement que constitue le déplacement que tu feras jusqu'à Sangalcam demain.

— Non, non ! Mbagnick mon frère, tu n'as pas à me demander pardon, tu ne me prends pas du tout mon temps et me déplacer jusqu'à Sangalcam pour te remettre tes cinq millions ne constitue nullement un dérangement pour moi, mais un devoir plutôt, à cause des liens profonds qui me liaient à Ngor. Alors à demain, à midi pile, je te retrouve à Sangalcam et je te remets tes cinq millions. On fait comme ça. Surtout ne bouge pas, attends-moi.

De gratitude, Mbagnick Ndong avait les larmes aux yeux. Il fouilla dans son esprit plusieurs formules de remerciement et de vœux pouvant traduire ses sentiments.

— Dieu, qui a de quoi payer, qui sait payer, te paiera ! parvint-il à trouver.

Jackson, après lui avoir serré la main, monta dans sa BMW et démarra dans un gigantesque éclat de rire.

Mbagnick Ndong suivit d'un regard débordant de reconnaissance le véhicule jaune du chef de canton qui, le bras levé hors de la portière par la vitre baissée, lui faisait un signe d'adieu de la main. Pauvre hère, il n'avait aucune conscience de la sordide machination dont il venait d'être l'objet. Les deux cent cinquante mille francs qu'il serrait dans la poche de son pantalon bouffant, les trente mille dans la poche avant de son boubou, mais surtout, la perspective d'être en possession, demain à midi, de la somme colossale de cinq millions obnubilaient son esprit, comme la flamme attire le papillon pendant la nuit.

Il trouva un taxi au parking du cimetière, s'installa sur le siège arrière, cala confortablement sa tête contre le dossier.

— À Sangalcam je vais ! annonça-t-il.

— On discute le tarif ou je mets en marche le compteur ? s'informa le chauffeur.

Mbagnick Ndong n'avait aucune envie de discuter.

— Compteur, fit-il.

Quand le taxi démarra, Mbagnick Ndong lâcha enfin les billets, sortit la main de sa poche, fit craquer les articulations ankylosées de ses doigts, les massa longuement, puis se croisa les mains sur le ventre en fermant les yeux. Il était toujours ivre. Mais beaucoup moins que tout à l'heure à la morgue et au cimetière, où, voyant double êtres et objets, les jambes en coton, assailli sans cesse par le hoquet, la nausée et le vertige, il se demandait encore comment il était parvenu à ne pas dégueuler et s'affaler. À présent, il se sentait léger, euphorique. Cinq millions de francs tout rond pour lui ! Il n'éprouva aucune gêne en se disant qu'assurément la mort de son frère aîné était une bonne... que disait-il... une excellente affaire pour lui. Sa misérable existence de serviteur de poules pondeuses et de poulets de chair mieux nourris, mieux entretenus, mieux soignés que lui était dès à présent finie, terminée pour de bon. Pauvre, il avait toujours rêvé d'être riche, comme on songe naturellement à manger quand on a faim, à s'endormir quand on a sommeil. Avec cependant le sentiment désagréable que son rêve, un rêve fou, ne se réaliserait jamais au grand jamais. Or, incroyable, vraiment incroyable, voilà que le rêve fou se réalisait bel et bien !

De deux ans le cadet de Ngor, ils avaient quitté Fafaho, leur village natal, dans les îles du Sine, à la mort de leurs vieux parents. De pérégrinations en pérégrinations, les deux frères avaient atterri à Sangalcam où vivait une forte colonie de Sérères, leur ethnie. Au bout de quelques jours, Ngor, plus débrouillard, avait trouvé du travail dans une ferme, qu'il avait cédé à Mbagnick un mois plus tard, et avait continué jusqu'à Dakar où, peu de temps après, il était parvenu à se faire engager comme gardien à la maternité de l'hôpital Le Dantec.

Pour Mbagnick, les quinze mille francs perçus chaque mois représentaient un important revenu. Plus que ce que rapportait annuellement, du fait de la sécheresse, à chaque récolte, le champ d'arachides hérité de leur père, qu'il cultivait avec Ngor. En se serrant la ceinture, il pourrait, dans un an ou deux, aller en visite au village. Cela ne devrait pas être bien difficile pour lui, un insulaire, qui n'était pas habitué aux grosses dépenses. Chaque mois, il mettait de côté les deux tiers de son salaire et vivait avec le tiers restant. Trois ans plus tard, il était reparti à Fafaho comme prévu. Son séjour avait duré deux semaines et avait été fort agréable. Il avait les poches pleines, s'était marié avec une jeune fille de Fafandang, un village sur l'autre rive du fleuve, avait organisé de grandes festivités, puis était retourné à Sangalcam en compagnie de son épouse.

Au bout d'un an, sa femme avait mis au monde des jumeaux en miroir. Son salaire avait été doublé, et Mbagnick Ndong, tout heureux, clamait partout que son patron était le meilleur et le plus généreux de tous les patrons propriétaires de fermes. Cependant, les mauvaises langues déclaraient, dès qu'il tournait le dos, que si sa paie avait été augmentée, ce n'était point par magnanimité, mais parce que son patron entretenait ses propres enfants. Elles n'avaient pas tort, ces mauvaises langues : les jumeaux étaient le portrait craché du patron, Dasylva, un Cap-Verdien dont ils avaient du reste les cheveux frisés, les yeux marron et le teint café au lait. On avait tellement radoté sur les jumeaux que cela leur avait été fatal. La langue n'est pas bonne, et chaque jour, leurs noms, Assane et Ousseynou Ndong, étaient sur toutes les lèvres, dans toutes les conversations, ce que n'aurait pu supporter même l'arbre le plus solide dont les feuilles auraient été desséchées. « Tu as vu Ousseynou et Assane, les jumeaux ? Leur teint si clair, alors que Mbagnick et sa femme sont noirs comme des culs de marmite ? Et leurs yeux ? Moi, ce qui m'a frappé, ce sont leurs cheveux, ils ne sont pas crépus, mais ondulés comme ceux d'un Cap-Verdien ! » Les pauvres enfants n'avaient vécu que deux mois et demi, décédant l'un après l'autre, soudainement, sans être malades, un beau matin.

La femme de Mbagnick Ndong l'avait quitté peu de temps après, sans qu'on ait jamais su pourquoi. C'est à cette époque qu'il avait commencé à être un habitué de la cabane d'Étienne, tentant de noyer dans le vin de palme le chagrin, la déprime et la solitude provoqués par la mort de ses enfants et la fuite de son épouse. Comme une pierre roule sur une pente raide, il était devenu rapidement un ivrogne. Dasylva l'avait renvoyé, parce que, soûl en permanence, il n'était plus en mesure de s'occuper de la ferme. Et toujours, les mauvaises langues d'affirmer que la perte de son travail procédait du départ de sa femme. Il avait pu trouver à grand-peine un autre emploi, au bout de trois mois difficiles, dans une ferme beaucoup plus grande mais avec un salaire de dix mille francs.

Au moment de l'irruption de Jackson dans sa vie, Mbagnick Ndong, à trente-trois ans, ne possédait rien, en dehors des vêtements qu'il portait sur lui, ceux qui étaient dans la valise en carton, ceux qu'il avait enlevés en venant à Dakar et les chaussures en plastique à ses pieds. C'était tout. Son avenir, incertain, et son horizon, bouché, s'arrêtaient à la ferme où, pour vivre, pour survivre plutôt, il lui fallait arroser les arbres, donner à picorer aux gallinacés et ramasser les œufs d'autrui. Pas d'alternative.

Or, voilà que le bon Dieu faisait de lui, Mbagnick Ndong, d'un seul coup, un homme riche. Il était en possession de cinq millions. Dans son esprit, il les détenait aussi sûrement que les six billets de cinq mille et la liasse de deux cent cinquante mille francs dans ses poches, il n'avait pas le moindre doute là-dessus. Il allait régler radicalement, définitivement, son compte à la misère crasse qui avait été son lot quotidien dans ce bas monde depuis toujours. Un, deux, trois, quatre, cinq millions ! À lui, Mbagnick Ndong, la vie de nabab, belle villa, belle voiture, belles épouses, oui, quatre très belles et très jeunes épouses. Et — qui pourrait l'en empêcher ? — une vaste ferme où un garçon bossera pour lui, s'occupera de ses arbres et de sa volaille, de beaux habits en basin riche, jaune de préférence, des bottes de même couleur. Comme le chef de canton. Il lui demandera de lui indiquer le nom et l'adresse de son tailleur, et de son cordonnier aussi qui devait certainement être de Ngaye Mékhé. Plus jamais il ne se rincera le gosier avec du vin de palme. Ça pousse à trop uriner et ça pue. Non, il ne savourera que de la fine liqueur, au goût et à l'odeur agréables, qui réchauffait tout le long du trajet, de la bouche à l'estomac, comme celle qu'il s'était tapée tout à l'heure. Les gens seront étonnés, ils se diront que ce n'était pas Mbagnick Ndong, l'homme qu'ils voyaient et…

— On est presque arrivés à Sangalcam, patron !

La voix du chauffeur fit sursauter Mbagnick Ndong en le coupant de ses pensées. Il ouvrit les yeux. Le taxi venait de dépasser Ndjihirat. Il constata avec joie que le chauffeur l'avait appelé « patron ». Jamais personne ne l'avait appelé ainsi. Il n'y avait aucun doute, ses cinq millions le transfiguraient déjà, on voyait sur son visage qu'il était un homme riche, le chauffeur l'avait remarqué et l'avait appelé « patron ».

— Après avoir dépassé la maison à étage à l'entrée du village, tu prends l'embranchement à droite, juste avant le grand fromager, indiqua-t-il.

Peu après, le taxi stoppa à l'entrée de la ferme, près de la 504 bleue de son propriétaire.

— Quatre mille trois cent quatre-vingt-dix francs, patron, annonça le chauffeur en arrêtant le compteur.

Mbagnick Ndong contrôla la poche gauche de son pantalon pour être sûr que l'argent s'y trouvait, lui tendit un billet de cinq mille francs par-dessus son épaule, lui demanda de garder la monnaie, ce qui lui valut de vifs remerciements, descendit du taxi et pénétra dans la ferme.

Il trouva son patron en train de patauger dans la boue jusqu'aux chevilles. L'eau avait débordé du bassin et avait inondé tout le terrain. Il se rappela qu'il avait oublié d'éteindre la motopompe en partant avec le chef du canton.

Dès qu'il l'aperçut, le patron, la figure fumante de colère, prête à s'enflammer, l'interpella vivement :

— Mbagnick Ndong, je t'attendais ! Je m'adresse à toi, tu es fou, tu te moques de moi ou le trou de ton cul te fait mal ? Crois-tu que je te paie pour que tu saccages mes biens, espèce de bâtard ? Regarde, mais regarde donc tous les dégâts que tu m'as occasionnés !

— Pardonne-moi, c'est moi qui t'ai taquiné, aussi je te demande pardon, plaida Mbagnick Ndong, bien que blessé par l'insulte.

Il reconnaissait que son patron avait bien raison d'être courroucé, qu'il lui avait vraiment porté préjudice, même s'il trouvait que l'injure était de trop. Il avait tort, il devait encaisser.

— Je te demande pardon, répéta-t-il avec sincérité. C'est que j'ai été informé de la mort de mon frère de même père et de même mère très tôt ce matin. La mauvaise nouvelle m'a tellement bouleversé que je suis allé à Dakar pour retirer le cadavre à la morgue de l'hôpital Le Dantec et procéder à son enterrement au cimetière de Bétoir sans remarquer que j'avais déjà allumé la motopompe. Pardonne-moi, je t'ai causé des dégâts. Du cimetière de Bétoir, je suis revenu le plus rapidement possible. J'ai même pris un taxi pour revenir à Sangalcam…

Le patron balança son bras au-dessus de sa tête d'un geste de rage.

— Piétine ta mère, Mbagnick Ndong, tu m'entends ? fulmina-t-il, complètement hors de lui. Je me moque de la mort de ton frère, que vous soyez de même mère et de pères différents et inconnus, je m'en moque. Ton père, ta sœur, ton frère, ta mère, tes cousins, ta famille entière, tous crevés, tu m'entends, Mbagnick Ndong ? tous crevés comme des chiens écrasés par un camion, je m'en tamponne. Va là-bas ! Et puis, toi, le fait de venir de Dakar à Sangalcam en taxi m'a ôté d'un doute que j'ai sur ton compte depuis bien longtemps. Où as-tu pu trouver de l'argent pour te payer un taxi ? Je t'ai pris enfin la main dans le sac, tu voles mes poulets et mes œufs et tu les vends, c'est pourquoi tu as de l'argent qui te permet de prendre un taxi. Voleur ! Je vais piétiner ta mère avant de te mettre en prison, attends, tu vas voir. En plus, regarde le matériel que tu m'as abîmé. (Il désigna la motopompe d'où s'échappait un épais filet de fumée noire.) Tu es parti en laissant le moteur allumé, l'huile est finie, tout est complètement grillé là-dedans, tu l'as fait exprès. Une motopompe neuve qui m'a coûté un demi-million, bousillée. Et puis, dis-moi depuis combien de temps mes poulets et mes pondeuses n'ont pas eu leurs rations d'aliments et d'eau ? Depuis quand n'as-tu pas ramassé mes œufs ? Au moins trois ou quatre jours, ou même plus. Rendus fous par la faim et la soif, les poulets se sont mis à se bagarrer sauvagement, s'éventrant à coups de bec, presque tous sont morts, les survivants ne vont pas tarder à mourir aussi car éviscérées, leurs intestins traînent par terre. Quant aux pondeuses, elles ont cassé tous leurs œufs pour les boire et ont commencé à s'éventrer aussi. Va jeter un coup d'œil dans les poulaillers, tu verras que mon élevage est irrémédiablement perdu. Et, toi, tu n'as rien d'autre à me dire que je ne sais qui, ton père ou ton frère, est crevé ? Tu vas voir avec moi, espèce de bâtard, je vais...

Mbagnick Ndong brusquement s'avança, empoigna fermement le patron par le col de sa chemise-veste, à l'étouffer, et posa sur ses yeux exorbités un regard foudroyant.

— C'est toi, Gallo Diagne, qui vas voir avec moi ! éructa-t-il, lui coupant la parole. Gallo Diagne, qui es-tu, pour qui te prends-tu pour oser m'injurier ? Je vais te dire qui tu es vraiment, tu sauras que tes traits simiesques ne sont point un effet du hasard : ton père est un singe, en vérité, un cynocéphale. C'est pourquoi ta mère t'a donné, à ta naissance, le prénom de Gollo[1], au lieu de Gallo comme tu te fais appeler, et ton nom Diagne, de la famille des singes, en souvenir de ton père. Écoute-moi donc bien, Gollo Diagne, de tes deux oreilles, je vais te raconter ton histoire !

Mbagnick Ndong expliqua qu'il y a bien longtemps, dans un petit village du Ferlo, une jeune femme, la mère de son patron, était partie un soir chercher du bois mort en brousse. Sur le chemin du retour, au moment crépusculaire, son fagot sur la tête, elle avait rencontré un troupeau de cynocéphales. Les singes l'avaient capturée et emmenée dans leur repaire, une clairière difficile d'accès. La première partie de la nuit, le grand chef, après l'avoir déshabillée, se l'était appropriée, puis l'avait livrée aux autres mâles de la tribu excités par l'accouplement de la bête et de la femme sous leurs yeux. Ils s'étaient jetés avec frénésie, tous ensemble, sur elle, et, partout où elle avait un trou, le vagin, l'anus, la bouche, les oreilles, les narines, les yeux même, ils avaient introduit leur pénis. Les villageois, qui s'étaient rendu compte qu'elle n'était pas rentrée, l'avaient recherchée durant toute la nuit, en vain ! Ce n'est qu'au matin, aidés par des chiens, qu'ils étaient parvenus à la retrouver, encore saillie par les cynocéphales. Neuf mois après, elle avait mis au

1. Singe.

monde un bébé mi-singe mi-homme : Gallo, pardon, Gollo Diagne.

Des réminiscences soudain resurgirent et se précisèrent dans l'esprit du patron. Il se revit enfant à l'école primaire, en classe de CM1, le maître fait l'appel des élèves, ils répondent « présent ! » à chaque nom. « Gollo Diagne ! » annonce le maître. Assis au fond de la classe, il baisse la tête sur sa table, refusant de répondre. Son camarade de banc croit qu'il n'a pas entendu, lui donne un petit coup de coude sur les côtes, il persiste dans son refus alors que le maître s'étonne : « Comment, le singe n'est pas venu aujourd'hui ? » Toute la classe s'esclaffe, les regards se tournent vers lui avec des « Gollo ! Gollo ! ». Il voit le maître se fendre d'un gros rire. Il hait ce maître, M. Diop, depuis le début de l'année scolaire, il y a quatre mois, quand il lui a dit, après qu'il a récité correctement sa leçon de géographie : « Très bien ! Tu ressembles à un singe, Gallo Diagne, mais tu as bien appris ta leçon, c'est très bien ! Gollo te va mieux que Gallo ! » Depuis ce jour, il est devenu la tête à claques de toute la classe qui l'appelle Gollo-le-singe. « Comment, Gollo-le-singe n'est pas venu aujourd'hui en classe ? » s'égaie encore M. Diop. Il se lève de son banc, prend son sac, se dirige vers la sortie. Parvenu auprès du maître, il l'interroge en riant toujours : « Gollo, où vas-tu ? » Il ouvre son sac, prend le gros caillou qu'il y avait gardé, le lui envoie en plein front. M. Diop hurle, vacille, porte la main à son visage ensanglanté, tandis qu'il s'enfuit de la classe à toutes jambes pour ne plus jamais revenir à l'école.

— Et c'est toi, Gollo Diagne, fils de singe, qui oses m'insulter ? interrogea Mbagnick Ndong après avoir raconté son histoire, et le patron entendit encore la voix de son maître et les rires de la classe. Moi, Mbagnick Ndong, je ne veux point de ta mère, je ne veux pas la piétiner, je ne suis pas preneur de restes de singes !

Que tout le monde sache, à commencer par son patron, qu'il y avait un autre Mbagnick Ndong. En d'autres temps, il aurait encaissé sans murmurer les injures. S'agenouiller n'empêche pas d'emporter tes genoux ! dit-on. Jamais plus il ne s'agenouillerait devant quelqu'un, maintenant qu'il avait cinq millions ! Cet adage s'adressait aux pauvres, à eux de se mettre à genoux à les écorcher. Lui, Mbagnick Ndong, était riche.

— Fils de singe ! jeta-t-il une dernière fois à la face du patron en le repoussant brutalement.

Gallo Diagne fit trois pas en arrière, interloqué devant l'air farouche et résolu de son gardien de ferme. Lui qui avait toujours eu le regard fuyant, lui qui ne l'appelait que « patron », au point qu'il croyait qu'il ignorait son nom, s'était subitement métamorphosé.

— Je te licencie ! s'écria-t-il.

Mbagnick Ndong, main tendue, s'avança vers Gallo Diagne qui recula encore de trois pas pour se mettre hors de sa portée.

— Paie-moi mon salaire de ce mois-ci. Il ne reste que trois jours avant la fin du mois. Tu les défalqueras de la somme que tu me dois. Paie-moi mon salaire, je quitte la ferme tout de suite.

— Te payer, toi ? faillit s'étrangler le patron. Je n'ai rien à te payer. Les dégâts que tu m'as causés feraient ton salaire durant toute ta vie si tu devais travailler pour moi, quand bien même vivrais-tu cent ans. Alors, remercie le bon Dieu si je ne te traîne pas là où la coiffure est unique. Tu serais incapable de me rembourser, tu serais jeté en prison pour des années et des années !

Mbagnick Ndong, du bout des lèvres, imita avec perfection le gaz qui sort du fondement avec bruit.

— Ne crois pas que j'aie la moindre considération pour toi et tes menaces de « là où la coiffure est unique ». Tu ne m'impressionnes pas. Tu ne peux rien contre moi ! Emmène-moi là où la coiffure est unique, pour voir. Je te mettrai en prison, moi, car c'est toi qui me dois un mois de salaire. Paie-moi mon argent, Gollo Diagne, fils de singe.

Le patron songea qu'à présent, il ne lui restait qu'à se bagarrer avec le garçon de ferme. Non seulement il avait mis à terre toutes ses affaires, mais cet insolent se permettait de le traiter de... Non, trop, c'est trop ! Il allait lui casser la gueule comme il avait cassé le front de M. Diop, pour laver l'affront. Mais le regard décidé, prêt à tout, de Mbagnick Ndong tempéra bien vite son ardeur. Il se dit qu'il avait dépassé la cinquantaine et était beaucoup plus âgé que le gardien qui, bien que n'étant guère d'un puissant gabarit, avait quand même l'avantage de la jeunesse, atout important dans tout combat, et surtout, sa santé était précaire, il ne s'était jamais complètement remis de la tuberculose qui lui avait valu, il y a trois ans, quatre mois d'hospitalisation au centre de pneumo-phtisiologie de Fann. La bataille n'était donc pas une sage décision, il risquait en plus de voir ses biens perdus, d'être rossé comme un canasson. Ce qui serait vraiment le comble des combles.

— Je ne te paie rien du tout, vociféra-t-il. Dépêche-toi de débarrasser tes affaires d'ici et dehors !

— Je te donne tout ce qui m'appartient dans la chambre, déclara Mbagnick Ndong. Mais mon salaire, je ne te le donne pas. Tu refuses de me payer ? Soit. Je te laisse avec le bon Dieu ; si tu ne me paies pas ici, dans l'au-delà, tu me paieras.

— Je ne te paierai rien. Va là-bas !

Mbagnick Ndong cracha aux pieds du patron enfoncés dans la boue et lui tourna le dos. La main plongée dans la poche gauche de son pantalon bouffant, la confiance et l'assurance en soi redoublées par la sensation des billets, il sortit du domaine, le menton en avant, la poitrine bombée.

Il s'activa toute la journée. Il loua une chambre dans le village, partit à Rufisque faire des achats, puis revint à Sangalcam avec un camion rempli de bagages, s'installa et commença à attendre.

La nuit fut longue, très longue. Mbagnick Ndong ne put trouver le sommeil.

Levé tôt le matin, il partit se pointer, bien avant le lever du soleil, au pied du fromager où le chef de canton, à son arrivée à midi, ne pouvait manquer de le voir. Vers le milieu de la matinée, le beau temps qui régnait commença à se gâter. Rapidement, des nuages sombres s'amoncelèrent à l'est et voilèrent le soleil. Le ciel devint bas, l'air figé, l'atmosphère lourde, la chaleur oppressante.

Mbagnick Ndong consulta sa nouvelle montre pour la millième fois. Midi pile. Point de chef de canton. Il n'allait pas tarder. Les yeux braqués sur la route, Mbagnick Ndong était convaincu que son véhicule jaune apparaîtrait d'un instant à l'autre.

Peu de temps après, les éléments se déchaînèrent avec une violence terrible. Un vent tourbillonnant commença à souffler, secouant le tronc et le feuillage des arbres, arrachant les clôtures et les toitures des maisons. Les nuages se dispersèrent, le ciel s'éclaircit, la température fraîchit soudainement et il se mit à tomber des cordes.

Pendant cinq heures, la pluie maintint la cadence, puis diminua d'intensité et finit par s'arrêter. Le soleil réapparut aussitôt, ses rayons firent briller d'un éclat d'argent les gouttelettes d'eau retenues aux feuilles des arbres, et la nature retrouva son cheminement ordinaire, les oiseaux se remirent à chanter et à voler dans le ciel, les gens sortirent réparer leurs maisons endommagées.

Trempé jusqu'aux os, Mbagnick Ndong attendait toujours sous le fromager, grelottant de froid et marinant dans l'espoir de l'arrivée imminente du chef de canton. Le soleil, après avoir embrasé l'horizon, se coucha. Presque aussitôt, la nuit enveloppa de son voile de ténèbres le paysage humide.

Bien longtemps après, Mbagnick Ndong, découragé, affamé, fatigué, se résolut enfin à rentrer.

Le lundi matin, dès huit heures, l'hôpital Le Dantec était en pleine effervescence. Le nom de Ngor Ndong était sur toutes les lèvres. Tout le monde parlait de la mort du gardien entre les mains des policiers venus le chercher à son poste de travail le samedi soir, après avoir été agressé par l'épouse du procureur général.

Le bureau de la section locale du Syndicat national des travailleurs de la santé, dirigée par Kéba Kanté, un petit homme teigneux, toujours habillé d'un ensemble en tissu Lagos aux couleurs dégradées, après une réunion rapide, décréta un mouvement de protestation. Une grève d'avertissement, avec sit-in en face de la direction, fut déclenchée à partir de neuf heures pour le reste de la journée afin qu'une enquête soit menée, et les coupables, tous les coupables, châtiés.

Le mouvement fut largement suivi, l'hôpital paralysé.

Prévenu par le directeur, le ministre de la Santé envoya une commission d'enquête comme l'exigeaient les syndicalistes, composée de trois membres du syndicat et de cinq fonctionnaires du département.

Vers les coups de seize heures, la commission déposa ses conclusions.

La version des faits qui avaient abouti à la mort de Ngor Ndong donnée par le bureau syndical était on ne peut plus fantaisiste.

Le gardien avait certes été emmené à la police, non pas à partir de son poste de travail, le portail de la maternité où normalement il aurait dû se trouver, mais du marché de Sandaga, en même temps qu'une femme, du nom de Salamba Gadiaga, qui l'accusait du vol de son porte-monnaie contenant la somme de quinze mille francs, et ceci, devant plusieurs témoins.

Si Ngor Ndong avait trouvé la mort au commissariat de police, la cause en était une crise cardiaque. Le médecin légiste n'avait décelé aucune trace de violence sur son corps. Tous les documents, authentiques, avaient été présentés, preuves juridiques irréfutables : certificat de décès par mort naturelle, rapport d'autopsie, à laquelle avait assisté le propre frère du gardien, Mbagnick Ndong, qui attestait la crise cardiaque, témoignages sous serment de la dame Salamba Gadiaga et dudit frère, recueillis par un huissier, où tous les deux, incapables de signer, avaient apposé leurs empreintes digitales au bas des pages contenant leurs déclarations.

Quant aux élèves sages-femmes de troisième année, prétendument témoins oculaires de l'agression de Ngor Ndong par l'épouse du procureur général et de son passage à tabac par les policiers à l'entrée de la maternité, interrogées individuellement, elles avaient toutes affirmé n'être au courant de rien. Il en était de même de l'infirmier Paul Djibalène, lui aussi entendu ; il avait déclaré n'avoir pas soigné Ngor Ndong d'une blessure à la figure comme il était encore prétendu. Du reste, son nom n'était même pas inscrit sur le registre où étaient consignés les noms de tous les malades reçus au pavillon Avicenne durant sa garde, dans la nuit du samedi au dimanche, de dix-huit heures à huit heures.

Le bureau de la section locale du Syndicat national des travailleurs de la santé, incapable de fournir la moindre preuve de ses graves accusations, de véritables affabulations, avait entraîné ses membres dans une action irréfléchie, aux conséquences très néfastes, car on avait constaté un taux élevé de décès dans tous les services, particulièrement en réanimation et soins intensifs, dus au manque de surveillance et d'application des traitements médicaux prescrits aux malades.

L'épouse du procureur général, injustement incriminée, se réservait le droit de se pourvoir en justice.

Les sanctions professionnelles furent immédiates : les membres du bureau syndical furent suspendus en attendant de passer en conseil de discipline, et tous ceux qui avaient observé le mouvement de grève reçurent un blâme et le retrait d'une journée de salaire.

— Alors, tout jeunes ? s'exclama Jackson avec son rire hors du commun. Que vous avais-je dit ? Avec de l'argent et une langue agréable, on règle tout, absolument tout. Les gens ont faim dans ce pays, ils s'achètent comme des beignets !

— Tu es fort, très fort, grand Jackson ! lança Matar Samb, le regard admiratif posé sur le géant, coudes appuyés sur la table, mains croisées sous le menton, cigarette allumée au coin des lèvres. En toute vérité, j'avais des doutes sur ta possible réussite.

Le professeur Gomis, assis à côté de Matar Samb, qui, à son arrivée vers seize heures trente, avait rapporté que du côté de l'hôpital Le Dantec, la manifestation organisée par le syndicat n'avait pas eu plus de conséquences qu'un pet de lapin dans la nature, approuva d'un signe de tête.

— Je te tire mon chapeau, fit-il. Jackson, tu es un vrai magicien. Pour parler de beignets, comme tu dis, tu as retourné la situation comme une crêpe !

Ils venaient de terminer un copieux déjeuner, abondamment arrosé de vin rouge, pris tardivement, leur appétit ayant été coupé par l'attente des résultats de l'enquête. Le maître d'hôtel avait débarrassé la table, avait servi le café avant de regagner la cuisine, laissant les trois larrons en conversation.

— En tout cas, moi, je te suis redevable à jamais, grand Jackson, déclara Matar Samb d'une voix pathétique, après avoir tiré longuement sur sa cigarette. (Il se tourna vers le médecin et le prit à témoin.) Armando, je parle devant toi. Je sais ce que grand Jackson a fait pour moi, je ne l'oublierai jamais au plus grand jamais, il m'a sauvé d'un déshonneur certain, autant dire qu'il m'a sauvé la vie. Sans lui, ma carrière aurait été compromise, brisée ; cela, je l'avoue, je ne l'aurais pas supporté. Armando, ce que je dis, je le puise au plus profond de mon cœur : sache que je suis redevable au grand Jackson pour toute la vie.

Le professeur Gomis reposa sa tasse de café, se gratta la nuque, les yeux fixés au plafond.

— Mais seulement, il faut reconnaître que ça t'a coûté horriblement cher, annonça-t-il. Dix… non, douze briques, c'est une somme énorme !

Jackson partit d'un rire plus démesuré que d'habitude.

— Tu trouves, Mandiago bouffeur de charognes ?

De façon nette, Matar Samb trancha :

— Qu'importe, Armando, qu'importe ? Tu sais ce que tu dis ? À quoi sert l'argent si ce n'est à se préserver du déshonneur puisqu'il n'empêche pas de mourir ?

— D'accord, juriste ! admit le médecin. N'empêche, moi, je trouve que douze briques, c'est une fortune.

— Non, Armando, non et non ! insista Matar Samb. Douze millions ne sont rien au regard de ce qui se serait passé si le scandale n'avait pas été magistralement étouffé par grand Jackson, grâce justement à ces douze millions. J'étais même prêt à dépenser plus...

— En réalité, la somme globale s'élève à quinze millions, intervint Jackson, opportuniste à souhait. Mon ami homme d'affaires est un vrai requin, je te l'avais dit. Avec son flair de sorcier, il a pressenti que j'avais besoin urgemment des huit millions et, au lieu de son pourcentage habituel, il a demandé cinq millions tout rond. Par conséquent, huit plus cinq font treize millions pour lui, plus les deux que tu as avancés samedi soir, ça donne bien les quinze millions.

— Pas de problème, dit Matar Samb.

Le professeur Gomis n'en revint pas et le manifesta :

— Écoute, Jackson, tu exagères vraiment !

Matar Samb regarda le médecin avec des yeux désapprobateurs comme s'il avait blasphémé.

— De quelle manière exagère-t-il ? Armando, as-tu franchement compris l'importance de ce qui était en jeu : mon honneur ? Comment peux-tu trouver horriblement cher le prix qu'il a fallu payer pour éviter toute éclaboussure qui aurait sali mon honneur à moi ? Dis-moi, Armando, tu évalues mon honneur à moi à quinze pauvres millions que tu appelles une fortune ?

— Mais non, juriste ! s'insurgea le médecin avec véhémence. Tu vas chercher trop loin.

— Mon honneur vaut beaucoup plus que quinze millions, Armando, je t'assure ! martela Matar Samb.

— La question n'est pas là, juriste, je te le jure, se justifia le médecin, gêné.

— Vas-y vite alors ! admit Matar Samb avant d'interpeller le géant : Grand Jackson, je paierai tout. Si je comprends bien, je dois te remettre treize millions ?

— Treize, oui, mon procureur général, confirma-t-il. Je vais te faire un bilan complet. J'ai été obligé de verser à la famille de Ngor Ndong cinq millions. Certains de ses parents ne voulaient rien comprendre au début, surtout un de ses cousins, un instituteur. Tu connais les instituteurs, longue langue et criblés de dettes ! Il parlait d'informer le ministre de l'Éducation nationale qui se trouve être le responsable politique de leur terroir…

— Grand Jackson, toi aussi ! l'interrompit Matar Samb avec une note d'agacement dans la voix. Tu me mets mal à l'aise avec ton bilan. Je n'aime pas parler argent, en plus, tu sais bien que j'ai une confiance totale en toi.

— Quand il s'agit d'argent, surtout de sommes importantes, il faut toujours faire un bilan, insista Jackson. La confiance n'exclut pas le contrôle, a-t-on raison de dire. À Djibalène, l'infirmier qui a soigné Ngor Ndong, j'ai alloué deux cent cinquante mille francs. Ça n'a pas été difficile. Lorsque je suis arrivé chez lui au quartier Baye Gaïndé, il était expulsé de son logement pour non-paiement d'un trimestre. Le propriétaire, après plusieurs injonctions, avait démonté les portes et les fenêtres de l'appartement pour l'obliger à sortir de chez lui. Il était à la rue, avec bagages, femme et enfants, sans savoir où aller. Au bout de cinq minutes de conversation avec lui, il a réintégré son logement. Le médecin qui a fabriqué le certificat de décès et le rapport d'autopsie a perçu un million et demi, de même que l'huissier. Les comédiens qui ont joué le rôle des délégués du personnel, les deux vieux — laveur et prieur —, la location du car rapide ont coûté au total un million.

Deux cent cinquante mille à Salamba Gadiaga pour son faux témoignage, la même somme au major de la morgue afin de retirer le cadavre avant l'heure d'ouverture, cinquante mille au chauffeur du corbillard comme prix de la cola et deux cent mille francs ayant payé des commissions confiées à des hommes de confiance, quatre, qui ont reçu chacun cinquante mille francs. Cela fait combien au total ?

— Cela fait combien au total ? répéta Matar Samb, le doigt posé sur le front comme s'il faisait un calcul mental.

— Reprenons, proposa Jackson. La famille du gardien, cinq millions. L'infirmier, deux cent cinquante mille. Le médecin, un million et demi. L'huissier, un million et demi aussi. Cela fait huit millions deux cent cinquante mille. Le car rapide, les deux vieux, les comédiens, un million. La dame Salamba Gadiaga et le major de la morgue, deux cent cinquante mille francs à l'un et à l'autre. Le chauffeur, cinquante mille. Au total, le tout fait exactement dix millions. Les dix millions que j'ai dépensés.

— Tu es fort en maths, grand Jackson ! s'émerveilla Matar Samb. Dix millions en effet.

— Dix millions exactement, reprit le géant. Suis-moi bien. Pour les obtenir, ces dix millions, tu en as donné deux, et mon ami homme d'affaires, le requin, huit. On est d'accord ? Bien. Quand on y ajoute les cinq qu'il demande comme intérêts, cela donne bien quinze millions. On retranche maintenant de ces quinze millions les deux que tu as avancés samedi soir, nous obtenons les treize millions que tu dois me remettre, mon procureur général. Est-ce clair ?

— Lumineux ! trouva Matar Samb. Je vais te les donner tout de suite.

Il se leva de table, passa au salon et monta à la chambre à coucher.

Dès qu'il eut disparu en haut de l'escalier, le professeur Gomis se pencha vers Jackson avec un ton de comploteur :

— Soyons sérieux, grand Jackson ! Est-ce que vraiment… ?

— Pas la peine de me donner du grand Jackson pour m'amadouer, l'interrompit-il d'une haute voix accompagnée de son rire énorme. Je vais être très sérieux, bouffeur de cadavres. Continue à contrecarrer mes plans, sur la tête de ma mère, je dis au procureur général que tu piétines sa femme régulièrement !

Si on avait introduit une fourmi magnan dans son slip, le médecin n'aurait pas réagi avec autant de vivacité.

— Yéh ! s'écria-t-il en se décollant de sa chaise.

Il regarda du côté de la porte du salon avec inquiétude, et jeta d'une voix sourde :

— Jackson, qu'est-ce que tu racontes ? Par la Sainte Croix, tu te trompes, je te jure, vraiment, tu te trompes. Moi…

— Oui, toi, Armando Gomis, déclara le géant toujours à haute voix. Oui, toi, continue à mettre mes paroles en doute. Celui qui te trompe a…, tu verras si je n'affranchis pas Matar Samb. Traître, faux frère !

— C'est dangereux ce que tu dis, Jackson. Surtout que tu te trompes sérieusement ! fit le médecin en reprenant place sur la chaise.

— Qui se trompe ? D'ailleurs, pour couper court à tes mille dénégations, je vais te raconter comment tu as commencé la première fois. C'était quelque temps après son accouchement, elle était venue te voir dans ton bureau à la maternité pour un problème de frigidité qui l'obsédait. Tu en as profité...

Matar Samb revenait dans la salle à manger. Le dos tourné, le professeur Gomis entendit ses pas. Le visage blême, la bouche ouverte, la lèvre inférieure tombante, il supplia du regard Jackson de se taire.

— ... pour lui faire une consultation spéciale, comme tu as l'habitude de le faire avec ta jolie clientèle. Faux frère, voyou, traître ! continua le géant sans se soucier de l'air désemparé du médecin.

Matar Samb, parvenu auprès d'eux, n'accorda aucun crédit à leur conversation, bien qu'il entendît distinctement les dernières paroles de Jackson. Il déposa en face de lui, sur la table, un sac en vinyle bleu et retrouva sa chaise.

— Voilà, grand Jackson ! lança-t-il en faisant glisser la fermeture éclair du sac. Il y a dedans quinze millions. Tu paies au requin, comme tu l'appelles, ses treize millions, les deux qui restent, c'est pour ta commission.

— Ah non, mon procureur général ! protesta Jackson. Je ne prends pas de commission avec toi. Tu es mon tout jeune, tu avais besoin de moi, je t'ai rendu service, c'est naturel. Quand j'aurai besoin de toi, je te le ferai savoir.

— Il n'en est pas question ! persista Matar Samb. Tu prends les deux millions pour ta commission, sinon je refuse de payer les treize millions.

Jackson estima que la corde était suffisamment tendue.

— Dans ce cas, j'accepte, mon procureur général.

— Tu peux mettre l'argent dans l'attaché-case, c'est plus discret. Mais il faudra me le rapporter, c'est un souvenir de mon père, indiqua Matar Samb.

Jackson transféra prestement les billets du sac à l'attaché-case, saisit la poignée et se leva.

— Je vous quitte, mes tout jeunes, lança-t-il. Mandiago bouffeur de charognes, n'oublie pas mon avertissement. Mon procureur général, mes salutations à madame quand elle sera de retour.

— Bien, grand Jackson, je n'y manquerai pas, fit Matar Samb. Mais attends, j'ouvre une bouteille de Smirnoff.

— Non merci, déclina le géant. Le vin pris durant le repas me tourne déjà la tête. Je ne supporte pas bien le vin, alors, si j'y ajoute de la vodka, je ne pourrai pas conduire. Ce serait aussi dangereux et imprudent que piétiner la femme d'autrui. Bouffeur de cadavres, je ne t'ai pas entendu. As-tu retenu mon avertissement ?

— J'ai retenu ton avertissement, Jackson, ça va ! grommela entre ses dents le médecin, tête baissée, assommé par la perfide allusion de Jackson, se demandant encore comment ce diable d'homme avait pu être au parfum avec autant de précision. Ça ne pouvait être que Ramata elle-même, finit-il par estimer.

— C'est beaucoup mieux pour toi, petit voyou, faux frère, traître ! assena une dernière fois Jackson.

Et il sortit, laissant dans la salle à manger l'écho de son rire sans bornes. Satisfait. Si l'homme boit de l'eau chaude, c'est à cause du sucre ! Il s'était bien sucré dans cette opération. En vérité, il n'avait contacté aucun homme d'affaires et n'avait dépensé en tout et pour tout qu'un million cinq cent trente mille francs : cinq cent mille francs au médecin, deux cent cinquante mille à Salamba Gadiaga, deux cent quatre-vingt mille à Mbagnick Ndong, deux cent cinquante mille à l'huissier, le reste partagé entre Djibalène, la location du car rapide, la cola du chauffeur du corbillard, les comédiens, les deux vieux et le major de la morgue.

Dehors, le ciel était couvert, et le vent frais qui soufflait charriait une forte odeur de pluie. Sans doute, était-il en train de pleuvoir pas loin d'ici.

Sur le perron de la villa, Jackson vit le gardien refermer le portail de la vaste demeure après le passage de la Mercedes rouge de Ramata. Il descendit rapidement les marches de l'escalier et arriva en bas au moment où elle stoppait son véhicule auprès de sa BMW jaune.

— Bonjour, mon grand frère qui me fuit à présent, que je ne vois plus ! fit-elle tout sourire en mettant pied à terre.

Jackson se pencha, l'embrassa affectueusement sur les joues puis se redressa en lui prenant la main.

— Mais non, ma petite sœur, je ne te fuis pas, j'étais en voyage ces temps derniers, s'expliqua-t-il. Samedi soir, je suis passé mais tu étais déjà couchée. Aujourd'hui, à mon arrivée, quand j'ai demandé après toi, le procureur général m'a dit que tu étais chez ton kinésithérapeute. Pourquoi te fuirais-je, petite sœur ?

— Je te taquinais seulement, grand frère ! Quoi de neuf sur le terrain ?

— Je vais de ce pas à Saint-Louis. À mon retour après-demain, on se retrouve au lieu habituel pour faire le point. Il y a du nouveau.

Elle retira sa main, rejeta la tête en arrière, se lissa les cheveux avec sa paume ouverte.

— Ne me laisse pas sur les charbons ardents, grand frère ! Dis-moi tout, tout de suite. Tu me connais, l'impatience est mon principal défaut.

— Tu as encore fait perdre la tête à quelqu'un.

— Flatteur !

— Au nom de Dieu ! C'est lui-même qui me l'a dit et m'a supplié de faire le contact. Il affirme qu'il est prêt à tout, qu'il peut tout supporter et n'attend qu'un signe de toi.

— Je le connais ?

— Je ne pense pas. C'est un nouveau riche. Nous avons fait ensemble les études coraniques quand nous étions enfants. Un véritable inculte à la fois intellectuel, vestimentaire et corporel, un mal dégrossi, il n'y a pas si longtemps vendeur de crème glacée au stade Demba Diop. Il trouve qu'il n'a pas vécu, mais maintenant qu'il estime avoir réussi grâce au travail de sa mère, il veut coûte que coûte rattraper le temps perdu. Il dit être en possession de gros moyens pour se hisser en haut et me demande de lui servir de guide dans ce monde nouveau et inconnu qui lui fait un peu peur. Il est de la même région que le ministre des Finances et des Affaires économiques. Il a reçu un prêt d'un demi-milliard pour se lancer dans le transport. Il m'a dit t'avoir remarquée au théâtre national Daniel Sorano lors du grand gala du groupe « Une femme, un gramme d'or » sous la présidence du chef de l'État. Après-demain, je te dirai. Auparavant, j'aurai bien aiguisé le couteau, il ne te restera plus qu'à l'égorger.

— Bien, grand frère, à après-demain !

Le Fokker F27 de l'armée de l'air atterrit peu après dix-sept heures sur la piste de l'aéroport de Saint-Louis mouillé par la forte pluie. Le sergent copilote sortit de la cabine avant que l'avion ne s'immobilise en face de la petite tour de contrôle.

— Vous pouvez détacher vos ceintures, messieurs, s'il vous plaît, annonça-t-il respectueusement, après avoir salué d'un geste de la main sur son calot.

Le gouverneur et le percepteur, seuls passagers civils à bord, s'exécutèrent.

En tournée dans les trois départements de la région, en compagnie de tous les chefs de service, afin de se rendre compte de l'état des cultures en ce début d'hivernage, le gouverneur avait été prévenu, à son arrivée à Matam, du décès de son père survenu à Thionck Essyl, son village natal. Il était parvenu à obtenir une place, en même temps que le percepteur, détenteur d'importants fonds, dans l'avion militaire venu de Dakar apporter du matériel au camp d'Ourossogui et qui devait, au retour, faire escale à Saint-Louis. Les autres membres de la délégation devaient retourner par la route, la tournée inopinément interrompue ayant été reportée *sine die*.

Le sergent ouvrit la porte, déploya l'échelle de

coupée, serra la main aux deux hommes qui descendirent de l'appareil l'un après l'autre.

Une 504 break de la gouvernance prévenue, ayant perdu son pot d'échappement en cours de route, attendait au pied de l'appareil. Ils s'y engouffrèrent.

*

Au quartier Sud, près du fleuve, dans la chambre du premier étage plongée dans une épaisse fumée d'encens, Jackson et Biti Loho, la femme du percepteur, furent soudain dérangés par le bruit pétaradant de la voiture arrêtée en bas, sous la fenêtre. Juste au moment culminant où, parvenus au sommet de la montagne, ils s'apprêtaient à tomber en chute libre.

Frustré, Jackson cessa de bouger.

— Et si c'était ton mec ?

Biti Loho, qui s'était arrêtée elle aussi, se remit à bouger.

— Mais non, ce n'est pas le bruit de son moteur. Il ne revient que la semaine prochaine, à la fin de la tournée. Vas-y, continue.

Ils reprirent l'ascension de la montagne en entendant le véhicule repartir.

*

Le percepteur gravit lestement l'escalier, longea le couloir et parvint au salon. Biti ne s'y trouvait pas. Elle devait certainement se trouver dans la chambre à coucher d'où provenait l'agréable odeur d'encens. Avec la pluie, il faisait une bienfaisante fraîcheur en cette fin de journée, propice à prolonger la sieste. Il traversa la pièce, arriva à la porte ouverte de la chambre, tira le rideau. Il poussa un cri rauque et son cartable lui échappa des mains. Malgré la fumée qui envahissait la pièce, il voyait clairement.

Les percepteurs, lorsqu'ils se déplacent avec des fonds importants, ont toujours une arme sur eux. L'homme possédait un calibre 38. Sans hésiter, il retira le revolver de sa poche, et, *teuf!* fit feu en direction du lit. Blessé au possible par le spectacle qui s'y jouait, tremblant telle une feuille sous le vent, il rata la double cible, remuante certes, mais proche tout de même de cinq pas.

Jackson, au cri du percepteur, se détacha de sa partenaire et s'éjecta du lit juste au moment où retentit la détonation, d'un bond fantastique, comme s'il avait été propulsé par un puissant ressort. Il se retrouva près de la fenêtre, son sexe de baudet encore dressé. Son pied heurta l'encensoir en terre cuite, le brisa en mille morceaux, répandant la cendre chaude et les braises ardentes sur la moquette qui commença à brûler. Il entendit une autre balle siffler à son oreille et le percepteur, derrière lui, l'abreuver d'injures. Spectaculairement, à la manière du jeune homme dans un film de western, Jackson, avant-bras croisés devant le visage pour se protéger les yeux des éclats de verre, traversa comme un boulet les vitres de la fenêtre. Emporté par son élan, il tomba sur le parapet en bois du balcon qui céda. Il bascula dans le vide, les fesses en l'air. Son long hurlement paniqué s'entendit jusqu'à Balakoss et s'éteignit lorsqu'il atterrit cinq mètres plus bas, sur le trottoir trempé de pluie, près de l'étalage des marchandes de sapotilles et de noix de coco, abritées sous le balcon qui, de surprise, se débandèrent avec de grands cris.

Jackson n'avait pas encore touché terre que, dans la chambre, le percepteur s'était retourné vers Biti Loho, arme au poing. Transformée en gisant par la peur et l'humiliation, elle était demeurée couchée, les jambes écartées, dans la position où l'avait laissée son amant. Lorsqu'elle vit la petite gueule noire du revolver pointée sur elle, semblant la regarder comme l'œil d'un cyclope, elle réagit. Elle poussa un cri perçant en tentant de se relever. *Teuf!* Elle ressentit une boule de feu lui traverser la poitrine et retomba sur le lit dont le drap blanc commença à se teinter de rouge.

Les yeux exorbités, la respiration sifflante, bafouillant des injures d'une violence inouïe, tremblant toujours de tout son corps, le percepteur engloutit le canon du calibre 38 dans sa bouche. *Teuf!* une dernière fois.

Tout le drame s'était déroulé en quelques secondes.

Les habitants de l'immeuble, attirés par le vacarme provoqué par les détonations, les hurlements, surtout celui de Jackson, gigantesque et prolongé, par les vitres brisées, le bois cassé, convergèrent vers la chambre.

En bas, la rue était déjà noire de monde, malgré la pluie battante. On entourait, avec force commentaires, l'immense corps défenestré de Jackson, nu, lacéré par les éclats de verre, ensanglanté, paré seulement de ses colifichets en or, couché sur le dos, les bras en croix.

Dans la chambre, on découvrit ses vêtements en basin jaune accrochés au portemanteau, ses bottes au pied du lit au drap rougi de sang, sur lequel était étendue Biti Loho, nue également, le percepteur couché sur le ventre à même la moquette brûlée à l'endroit où l'encensoir s'était brisé, le revolver à côté de la main, avec à la place du nez un cratère grand comme un cercle formé par le pouce et l'index.

Il y avait eu beaucoup de sang, mais, par miracle, aucun mort.

Les pompiers relevèrent Jackson avec de multiples fractures. Il se réveilla à l'hôpital Le Dantec où il avait été évacué après trois semaines de coma, plâtré du cou aux pieds. Il en ressortit au bout de cinq ans, amaigri, avec une paralysie des membres inférieurs, et une sonde vésicale à demeure pour gérer son incontinence. Il ne pouvait rien faire par lui-même. L'argent qu'il avait amassé de par ses actions louches s'était évanoui durant sa longue hospitalisation. Ses trois épouses, toutes très jeunes, l'avaient quitté dès la première année. Il n'avait eu que des relations d'intérêt. À présent qu'il ne représentait plus aucun intérêt pour personne, il fut abandonné de tous. Il ne savait où aller ; la location de son logement à Dakar avait été résiliée et tous liens avec son village natal coupés depuis qu'il était venu très jeune dans la capitale. Il résidait dans la cour de l'hôpital, grabataire couché sur un brancard, à l'ombre d'un caïlcédrat. Des moines du monastère de Keur Moussé venaient de temps à autre lui rendre visite et lui apporter des provisions. Il vécut encore dans cette triste condition pendant trois longues années avant de mourir une nuit d'une maladie pulmonaire.

Biti Loho, la femme adultère, s'en tira à bon compte. Elle n'était même pas évanouie quand on la retrouva, gémissante, sur le lit. La balle qui l'avait atteinte au sein droit avait traversé la cage thoracique et était ressortie par le dos, sans dégâts majeurs.

Opérée à Saint-Louis même, elle guérit en moins de trois semaines.

Quand au percepteur cocu, pauvre type vraiment, il rata même son suicide. Par une maladresse ou une chance inouïe, le projectile avait dévié et emporté une partie de son palais et tout son nez. Il fut aussi évacué à l'hôpital Le Dantec. Au service ORL où il fut gardé pendant six ans, les chirurgiens tentèrent plusieurs séances de plasties laborieuses qui toutes échouèrent, et il demeura horriblement défiguré toute sa vie.

Il faisait encore sombre lorsque le taxi-brousse à bord duquel voyageait Mbagnick Ndong parvint à la gare routière de Ndagane située en face de la baie qui servait à la fois de débarcadère et d'embarcadère. Il avait quitté très tôt Sangalcam par le premier Ndiaga Ndiaye[1] de Rufisque et, de là, en avait pris un autre en partance pour Kaolack. Au croisement de Ndiosmone, peu après Thiadiaye, il était descendu. Une brève attente, puis un taxi-brousse était arrivé ; il avait pu trouver une place en se tenant debout et courbé dans la partie bâchée pleine à craquer.

La rive était déjà animée malgré l'heure matinale. On attendait le retour des pêcheurs. Le brouillard d'adverdence limitait la vue à une dizaine de mètres sur le fleuve. Le ciel, à l'orient, sans nuages avait pris des couleurs à dominante orange et le soleil, grosse boule de feu, ne tarda pas à apparaître. Rapidement, la brume au-dessus de l'eau disparut. Soudain, l'air fut empli d'un bourdonnement semblable à un nid de frelons en vol, qui s'amplifiait crescendo. C'était le bruit des moteurs des pirogues revenant

1. Car Mercedes de couleur blanche, de vingt-cinq ou trente-cinq places, assurant l'essentiel du transport au Sénégal, du nom d'un des principaux transporteurs qui en possède environ trois sur cinq.

de la pêche. Après le débarquement, suivi de la vente du poisson, elles allaient servir de moyen de transport vers les nombreuses îles dont le fleuve était parsemé et vers les villages riverains.

Aux environs de dix heures, Mbagnick Ndong trouva une embarcation pour Fafaho. Dans le cadre de la politique de l'école nouvelle, l'État avait programmé la construction de trois classes dans le village. Le chef d'arrondissement de Fimela, dont dépendait administrativement Fafaho, avait réquisitionné une pirogue pour transporter des sacs de ciment, du bois de charpente, des portes, des fenêtres et des tôles en zinc. Une trentaine d'autres villageois, qu'il connaissait, parmi lesquels six femmes dont deux avaient leur bébé sur le dos, profitèrent de l'occasion moyennant une participation de cent cinquante francs. Un arrangement car le tarif normal s'élevait à deux cents.

Après avoir empoché la somme qui, disait-il, servirait au remboursement des frais d'essence de la pirogue, le chef d'arrondissement fit appel au civisme de ses administrés pour charger le matériel de construction.

Au moment de s'embarquer, Mbagnick Ndong ne se sentait pas bien rassuré. Le matériel chargé, les rebords de l'embarcation étaient à moins de deux doigts de la surface de l'eau. Quand les passagers eurent pris place à bord, la mousse d'aspect crémeux qui flottait sur le fleuve comme de grosses boules de coton pénétrait dans la pirogue, se collait à leurs jambes et sur les sacs de ciment, avant de se volatiliser sans laisser de traces d'humidité.

Mbagnick Ndong ne put s'empêcher de penser qu'au moindre coup de vent, la pirogue risquait de se remplir et qu'en cas de tornade… Il leva la tête, observa le ciel en évitant de penser à ce qui arriverait. Non, pas de tornade, pas de coup de vent en vue. En cette matinée, le ciel était particulièrement serein, le soleil éclatant, aucun nuage à la traîne. Il ne faut pas appeler la catastrophe en y songeant. Et puis quoi, allait-il se montrer moins courageux que ces villageois qui ne semblaient être habités par aucune inquiétude, même les femmes, et qui parlaient, riaient, se comportaient tout naturellement ? Au diable ces mauvaises pensées, celles qui lui accaparaient son esprit depuis une semaine lui suffisaient largement !

Debout à l'arrière, le piroguier armé d'une longue perche plongée dans l'eau fit démarrer la barque par une vigoureuse poussée qui le courba jusqu'à ce que ses genoux fléchis frôlent sa poitrine. Il se redressa en retirant la perche au fur et à mesure que la pirogue avançait lentement et la replongea lorsqu'il eut retrouvé la position verticale. Petit à petit, l'embarcation s'éloigna de la rive. À la troisième reprise, il déposa la perche à ses pieds, se retourna, alluma le moteur. L'hélice en mouvement provoqua un bouillonnement tumultueux. Il démarra en douceur, longea pendant cinq cents mètres, à petite vitesse, la berge bordée de palétuviers, puis vira à droite. Arrivé au milieu du fleuve, il lança le moteur à plein régime.

Rapidement, Ndangane disparut derrière eux, sauf le minaret de la mosquée.

Dans un ronronnement continu, l'hélice laissait dans son sillage une longue et éphémère route écumeuse tracée sur la surface de l'eau glauque, qui finissait par se transformer en des vaguelettes se succédant en direction des rives où elles allaient mourir les unes après les autres avec le bruit caractéristique d'une calebasse brisée.

Fafaho était à une heure de navigation environ.

À mi-chemin, le temps se gâta de façon inattendue et surprenante. Après la formation d'un amas de nuages qui avait couvert le ciel, voilant le soleil avec une rapidité extraordinaire, une forte pluie accompagnée d'un vent furieux se mit à tomber.

Le fleuve, en cet endroit, était un bras de mer large de plus de cinq kilomètres. D'une rive, on ne pouvait pas voir la rive opposée. Le déchaînement des éléments transforma les petites vagues en des montagnes d'eau, aussi hautes qu'une maison à deux étages. La première, monstrueuse, souleva l'embarcation comme un fétu de paille jusqu'à son sommet, puis la projeta avec une violence inouïe et un craquement de bois cassé, dans un gouffre profond avant de retomber en trombes sur elle, l'immergeant complètement. Le moteur eut des ratés, toussota, s'éteignit. Le ronronnement disparut soudain, le vent et la pluie semblèrent redoubler d'intensité. Les passagers se mirent debout, des femmes laissèrent échapper des cris effrayés. Le chef d'arrondissement clama haut et fort qu'il regrettait de n'avoir pas fait sa prière matinale. Il voulut rembourser à chacun ses cent cinquante francs. Comme personne ne l'écoutait, il déclara qu'il n'emporterait pas dans l'au-delà de l'argent illicite, et jeta les pièces dans le fleuve. Puis il s'inquiéta de ses quarante-deux enfants, la plupart en bas âge, de ses six épouses, toutes encore jeunes, se demandant ce qu'ils allaient devenir dans un monde si difficile, et se mit à réciter avec ferveur des versets coraniques.

Le piroguier ne perdit pas les pédales. D'une voix forte, il ordonna en donnant l'exemple :

— Jetez à l'eau les sacs de ciment et les tôles. La pirogue est trop lourde !

Le chef arrêta net sa récitation.

— Non, c'est du matériel de l'État !

— Les sacs et les tôles dans le fleuve, je dis ! maintint le piroguier. La pirogue est trop lourde, il faut vite l'alléger. Une autre vague identique à celle-là, et elle risque de se briser au milieu. De toute façon, le ciment est déjà abîmé.

Tout en parlant, il continuait à balancer le matériel par-dessus bord, bientôt imité par les autres passagers.

Le chef ne discuta plus. Il ne savait pas nager, aussi s'exécuta-t-il avec ardeur.

En un tournemain, les sacs de ciment et les tôles suivirent les poutrelles, portes et fenêtres, emportés dès l'immersion de l'embarcation, de même que tous les autres objets flottants. Délestée, elle refit surface. À temps. Une autre vague, plus énorme que la précédente, arrivait. Elle malmena sévèrement la pirogue, mais celle-ci resurgit aussitôt, intacte, toujours remplie d'eau. Il fallait la vider. La calebasse qui servait à cet effet avait disparu. Le piroguier détacha la jugulaire de son chapeau de paille, la plongea dans l'eau, commença à puiser.

— Commandant, vas-y avec ta casquette ! lança-t-il au chef de l'arrondissement qui tenait sa coiffure en main. Que les femmes qui portent deux pagnes enlèvent le premier, les hommes leur boubou ou chemise.

Deux par vêtement, chacun un pan tenu dans une main, formant une espèce d'outre, ils entreprirent de vider la barque.

Le chef hésita un moment, regarda sa casquette, la retourna, enleva son grigri épinglé sur la doublure, une corne de bouc cousue dans une étoffe rouge jusqu'à la pointe, le garda dans la poche de son pantalon et plongea à son tour sa coiffure dans l'eau.

Pendant une bonne demi-heure, ils puisèrent, mais l'eau demeurait toujours au même niveau. Une nouvelle vague surgissait et encore soulevait la pirogue, la projetait, repassait sur elle et la remplissait à ras bord.

Puis, soudain, comme elle avait débuté, la tornade s'arrêta ; la pluie cessa, le ciel fut dégagé, le soleil réapparut, le vent et les eaux se calmèrent.

La barque avait dérivé jusqu'au dernier village, peu avant l'embouchure de Sangomar. Les naufragés apercevant des habitants sur la berge lancèrent des cris et firent de grands gestes des bras. Ceux de la rive répondirent, et quelque temps après, une pirogue vint les remorquer. Détrempés, fatigués, les traits encore ravagés par la frayeur, ils se jetèrent hors de l'embarcation avant qu'elle touchât le fond, les cuisses dans l'eau, hormis le piroguier, le chef d'arrondissement le premier.

Mbagnick Ndong était le plus choqué de tous. Dès le début de la tempête, il s'était dit que sa dernière heure était venue. Il y avait quand même une justice immanente sur terre ! Et elle frappait celui qui, dépassant les limites, avait eu un comportement qu'il ne fallait avoir absolument en aucun cas. Comme lui. N'avait-il pas considéré le décès de son frère aîné comme une aubaine, sans aucune vergogne, sans aucune gêne ? Et le rôle, auquel il ne comprenait toujours rien, mais dont il se doutait maintenant qu'il était très sale, qu'on lui avait fait jouer, appâté par la promesse d'empocher cinq millions ? Dieu allait certainement le punir. Il allait mourir noyé, la mort la plus atroce qui soit, pire que la pendaison. Son cadavre, emporté en haute mer, serait dévoré par les poissons. Il n'aurait pas de sépulture, et son âme errante ne reposerait jamais en paix. Durant tout l'orage, paralysé par une peur panique, il n'avait effectué aucune manœuvre de sauvetage. Accroupi, l'eau lui parvenant aux épaules, il s'était agrippé aux rebords de la pirogue aussi solidement que si ses mains y avaient été clouées. Ses sphincters s'étaient relâchés, et il n'avait pas fait le moindre effort pour se retenir. Lorsqu'il mit pied dans le fleuve, pris de vertige, il tomba à genoux et se mit à vomir, la tête penchée en avant. Au bout d'un quart d'heure, il se redressa, se nettoya et regagna la rive en titubant. Son premier réflexe fut de plonger sa main dans la poche de son pantalon. Il en retira une boule de papier en pâte, les soixante-quinze mille qu'il était parvenu à préserver des deux cent quatre vingt mille francs, le lombric recouvrant l'hameçon que lui avait jeté le géant dont il ignorait même le nom. Inutilisables. Alors, le chagrin fugitif qu'il avait éprouvé à l'annonce de la mort de son frère, avant que ce sentiment ne fût balayé par la perspective enivrante d'être cinq fois millionnaire, resurgit du plus profond de lui-même, de façon brutale, comme une gifle en plein visage. À l'étonnement de tous, il posa ses deux mains sur sa tête, la poitrine violemment secouée par de lourds sanglots, et des larmes amères coulèrent de ses yeux.

Le piroguier avait fini d'essuyer et de graisser les pièces de la machine qu'il avait démontées. Il les remit en place, essaya le moteur plongé dans une barrique remplie d'eau. Après quatre tentatives infructueuses, il s'alluma enfin.

Fafaho était à une vingtaine de kilomètres de distance en amont. Ils parvinrent enfin au village au moment où le soleil couchant embrasait de ses derniers rayons le faîte de la mangrove. Tous les habitants étaient sur la berge. Après la tornade, d'autres embarcations avaient quitté Ndangane et étaient arrivées à Fafaho. Consternation : on était sans nouvelles de la pirogue réquisitionnée par le chef d'arrondissement. Le pire était à craindre, comme il arrive parfois lorsque la tempête surprend sur le fleuve. Aussi, quand les rescapés firent leur apparition, alors que la nuit tombait et que les plus optimistes commençaient à désespérer, des cris de joie et de soulagement les accueillirent.

Seynabou Tine, la veuve de Ngor Ndong, se trouvait parmi la foule. Elle reconnut Mbagnick Ndong, courut au-devant de lui, précédée par son ventre proéminent, et se jeta dans ses bras.

— Mbagnick, tu étais dans la pirogue ? Dieu soit loué !

— Oui, Seynabou. Heureusement, tout s'est bien terminé !

Seynabou Tine se sépara de lui.

— Et Ngor ? s'enquit-elle. Depuis une semaine, je le vois en rêve la nuit, et le matin, à mon réveil, la paupière supérieure de mon œil gauche tremble ! Comment va-t-il ?

Mbagnick Ndong ne put s'empêcher de frissonner, il blêmit, puis se domina.

— Il va bien.

— Je pense tellement à lui, il me manque beaucoup. Il est en paix ?

— Il est en paix.

Bien plus tard, quand tout le village se fut

endormi, Mbagnick Ndong se résolut à informer le père de Seynabou Tine, leur oncle maternel, que Ngor était décédé la semaine dernière à l'hôpital Le Dantec. D'une maladie fulgurante, venue pour l'emporter : elle l'avait attaqué au milieu de la nuit, au petit matin, il était mort !

Alors que personne ne s'y attendait, le 31 décembre 1980, le poète président Léopold Sédar Senghor, au pouvoir depuis vingt hivernages, par une argutie constitutionnelle, le fameux article 35 tant décrié, passa volontairement le gouvernail de Notre pirogue[1] à son dauphin désigné Abdou Diouf, son Premier ministre durant toute la deuxième moitié de son long règne.

La raison donnée par Sédar Senghor était qu'il allait retourner au monde littéraire, qu'il n'aurait certainement jamais quitté, si maître Lamine Guéye, son mentor, successeur de Ngalandou Diouf, lui-même successeur de Blaise Diagne au Palais-Bourbon, ne l'avait pas contaminé avec le virus de la politique, alors que, revenu de la métropole, il préparait au pays une thèse de doctorat d'État non encore terminée à ce jour.

1. Selon une légende, le nom Sénégal proviendrait à la fois d'une incompréhension et d'une déformation. Lorsque les premiers Européens débarquèrent sur une plage, ils tombèrent naturellement sur des pêcheurs à qui ils demandèrent quel était le nom du pays. Les pêcheurs, ne comprenant pas la langue des Blancs et croyant être interrogés sur leur embarcation, répondirent *lii sunu gaal la*, ceci est notre pirogue. Les Européens auraient compris Sénégal à la place de *Sunu gaal* et auraient appelé ainsi le pays. Cette légende, fort contestée, est très populaire, parce que *Sunu gaal*, Notre pirogue comme le chante le griot, rime très bien avec Sénégal.

Cependant, certains affirmaient qu'il n'en était rien. La vérité, selon eux, était que Senghor avait été poussé à cette surprenante décision par la vision d'une cassette vidéo, présentée par son conseiller Toubab, complice dudit dauphin, révélant les images insoutenables de l'assassinat du président William Tolbert du Liberia, survenu huit mois plus tôt, et d'une dizaine de ses ministres, une semaine après, ligotés aux poteaux, en caleçon, et fusillés sur une plage de Monrovia par un peloton de dix très jeunes soldats en tenue de combat, devant un nombreux public en allégresse. Surtout que, durant toute la projection du document, le conseiller blanc ne cessait de répéter au propriétaire du pays, en présence de son auguste épouse, pâle comme de la cendre, sur le point de tomber en syncope, que malheureusement pareille mésaventure tragique pouvait se produire n'importe où en Afrique, avec l'arrivée à la tête des armées de jeunes officiers et sous-officiers (les cas du Ghana et du Liberia étaient patents), et risquait même d'arriver au Sénégal depuis que, là-bas en Hexagone, le grand cousin blanc protecteur, locataire de l'Élysée, avait cessé de l'avoir en odeur de sainteté.

Bref ! Les causes de son départ, connues ou cachées, importaient peu. En dehors de quelques profiteurs peu nombreux, qui, craignant la perte future de leurs privilèges, avaient voulu organiser une marche pour l'obliger à revenir sur sa parole, parce que selon eux après lui ce serait le déluge, auxquels il avait fait parvenir l'ordre de n'entreprendre aucune manifestation en sa faveur, que sa décision, mûrement réfléchie, était irrévocable, tout le monde était content, ce que désirait la majorité était qu'il s'en aille, comme il l'avait annoncé, se reposer dans la demeure de sa douce moitié, en

Normandie, dans le Calvados. Il avait mis trop de temps au palais, estimait-on.

La sécheresse très longue, qui perdurait encore, et le brutal choc pétrolier, survenus en même temps au début de la décennie passée, dont les terribles effets se faisaient toujours ressentir, avaient installé dans le pays une atmosphère délétère, due à la grave pénurie des denrées alimentaires, particulièrement de première nécessité, qui avaient doublé ou triplé de prix.

Le moutonnement des flots de l'océan, provoqué par la détérioration des termes de l'échange et le nouvel ordre économique mondial, malgré l'idéologie de la négritude, devenait de plus en plus persistant. Notre pirogue, ballottée par la houle gigantesque, tanguait dangereusement. Les passagers à bord, hommes, femmes, jeunes et vieux, alarmés par le déchaînement des éléments, n'étaient plus rassurés par la demande de patience, encore et plus d'efforts, de sacrifices et de privations, car la houle, loin de s'apaiser, devenait plus énorme. Tous, fatigués de ramer, avaient pour de bon perdu l'espoir de voir la fin des difficultés, qu'on faisait miroiter à l'arrivée, pas éloignée maintenant, rien que vingt petits hivernages, au port de l'an 2000, année de la prospérité et de l'abondance, où étaient promis à chacun maison, boulot, voiture, vêtements et nourriture de qualité, pour qu'enfin, les besoins primaires entièrement satisfaits avec Dakar, devenue ville plus belle que Paris, capitale de la Grèce noire que sera le Sénégal, tout le monde puisse s'occuper des œuvres de beauté.

Aussi, un grand soupir de soulagement et d'espoir fut poussé à l'annonce du changement volontaire et pacifique de capitaine, inédit en Afrique, pour diriger le navire.

VINGT ANS APRÈS, NGOR NDONG ET RAMATA KABA...

Le quartier de Ranrhar situé aux abords de l'aéroport Léopold Sédar Senghor de Yoff ne ressemblait à aucun autre dans tout le pays. Ici, il n'y avait pas de boutique, de mosquée, de kiosque à pain, de parc à charbon, de grand-place, de marché, d'école, de chats ou de chiens errants dans les larges rues toujours désertes, sans ordures. Les habitants n'entretenaient point de rapports entre eux, comme dans les quartiers populaires, car Ranrhar était une résidence de milliardaires. Les grandes villas avec jardin, la plupart ayant les pieds dans l'eau, aux architectures variées et osées, distantes d'au moins cinq cents mètres les unes des autres, protégées des regards indiscrets par des murs hauts et épais munis d'un portail toujours fermé, où veillait jour et nuit un gardien en uniforme, défiguraient le contour sinueux et accidenté du littoral granitique.

Dans ses appartements au troisième étage du palais flambant neuf surplombant la mer, Ramata Kaba achevait sa toilette. Elle n'avait mis qu'un seul bijou, une grosse chaîne en or autour du cou. Elle jeta un dernier regard sur la glace de l'armoire qui lui renvoyait son image grandeur nature. Un large sourire de satisfaction éclaira son visage. Sa robe bleue à pois blancs, très simple, ample et légère, lui allait à ravir. Elle se maintenait. Pas une ride au visage, pas de poches sous les yeux, pas de double menton, les seins fermes, le ventre plat, la taille fine, les hanches dépourvues de cellulite disgracieuse. Elle pivota sur un de ses talons d'un tour complet, et le bas de sa robe forma un grand cercle, se souleva jusqu'en haut des cuisses, découvrant des jambes parfaites aux mollets bien galbés avant de retomber au niveau de ses chevilles. Elle s'envoya un autre sourire, plus large encore. Personne au monde ne lui donnerait les cinquante hivernages qu'elle venait de boucler entièrement.

Il n'y avait pas à dire, elle se maintenait très bien, vraiment.

La sonnerie du téléphone sur la coiffeuse retentit. Elle décrocha le récepteur et entendit le gardien lui annoncer que le taxi était à la porte.

Une demi-heure plus tôt, alors qu'elle s'était déjà mise au lit, un coup de fil de la maîtresse sage-femme de la maternité de l'hôpital Le Dantec l'avait informée que sa fille Dieynaba, à présent ingénieur-architecte de renom (c'était elle qui avait dessiné les plans de la nouvelle maison), venait de mettre au monde un garçon. « Le plus beau bébé jamais accouché à la maternité ! » s'était exclamée la maîtresse sage-femme après l'avoir félicitée d'être devenue grand-mère. Dès qu'elle eut coupé la communication, Ramata avait composé le numéro du gardien, lui avait commandé d'appeler un taxi, puis s'était mise à se préparer.

Son mari, Matar Samb, tout-puissant ministre d'État, garde des Sceaux, ministre de la Justice, en voyage à Genève, ne devait rentrer que demain, dans l'après-midi. Il avait autorisé le chauffeur à emprunter la 605 AD[1] pour aller rendre visite à sa vieille mère malade à Gandigal. Elle avait déposé au garage ce jour même, en fin de matinée, sa Jaguar. Il fallait redresser et repeindre l'aile gauche défoncée lors d'un accrochage dont elle était responsable. Il ne restait à la maison que les trois 4 × 4, la Pajero, la Jeep Cherokee et la Toyota double cabine. Or, si elle consentait à prendre place volontiers à bord de ces véhicules, qu'elle trouvait du reste fort confortables, elle n'en prenait jamais le volant, considérant que les conduire était aussi peu féminin et ridicule que si elle se mettait à fumer la pipe. Elle ne pouvait pas demander à un de ses voisins de lui rendre service ; elle ne les connaissait pas, étant nouvellement installée dans le quartier, et quand bien même elle les aurait connus, il était hors de question de faire appel à eux. Cela ne se faisait pas, tout simplement. Ici, la règle était : démerde-toi tout seul, sans l'aide de dieu ni de personne. Il ne fallait jamais briser les règles préétablies.

Voilà pourquoi elle se voyait dans la nécessité de prendre un taxi.

Elle prit son sac à main, s'engouffra dans l'ascenseur et descendit au rez-de-chaussée où attendait, devant le perron, le taxi.

Il était minuit exactement lorsque le véhicule arriva à la maternité de l'hôpital Le Dantec. Elle remit au chauffeur un billet de dix mille francs, lui dit de garder la monnaie, reçut, de sa part, de vifs remerciements, ouvrit la portière arrière et descendit. La maîtresse sage-femme, comme convenu, l'attendait devant le portail, car l'heure des visites était passée depuis longtemps. Lorsqu'elle franchit le

1. Actuelle immatriculation des véhicules officiels.

seuil de la porte des piétons, qu'ouvrit le gardien, la mort de Ngor Ndong, qui jadis avait tenu cette fonction, n'effleura même pas son esprit. D'ailleurs, elle ne l'avait jamais hantée, cette mort dont elle ne s'était sentie ni responsable ni coupable. Elle avait oublié totalement l'incident depuis et n'avait jamais retenu le nom du gardien.

Vingt ans s'étaient passés depuis…

Elle trouva sa fille dans une cabine de l'annexe du haut au deuxième étage de l'immense bâtiment, la cabine A, curieusement celle-là même qu'elle avait occupée à la naissance de Dieynaba, il y avait de cela trente ans. Déjà ! Que les années défilaient vite. Dieynaba dormait profondément. Comme toutes les femmes, aussitôt après la délivrance, elle était plongée dans un sommeil réparateur. Un ange, envoyé par le Tout-Miséricordieux, était descendu du ciel et l'avait endormie d'une caresse sur la tête. À son réveil, elle oublierait les turpitudes de la gestation, nausées, vertiges, vomissements, envies bizarres, de même que la douleur lancinante des contractures de l'enfantement.

Le nouveau-né, dans son berceau, les yeux ouverts, suçait son pouce.

Le mari de Dieynaba, Armando Gomis Junior, un jeune maître-assistant en gynécologie-obstétrique, sur les traces de son professeur de père, actuel doyen de la faculté de médecine et de pharmacie, était penché sur le berceau, le visage rayonnant. À l'entrée de Ramata, il se redressa, vint à sa rencontre et se jeta dans ses bras.

— C'est incroyable, maman ! s'exclama-t-il, enthousiaste. J'ai un enfant. Je suis le père d'un garçon. C'est incroyable mais vrai.

— Bravo, fiston ! annonça Ramata, en guise de félicitations, la voix brisée par l'émotion.

Elle lui donna des tapes affectueuses dans le dos, puis se sépara soudain de lui, détourna le visage et se mit à pleurer en silence.

Junior ne tenta même pas de la consoler. Ces larmes-là ne s'essuyaient pas, elles n'exprimaient point le désarroi, mais au contraire célébraient une joie si profonde qu'il était impossible de la contenir. Des larmes de bonheur ! Il retourna au berceau contempler son fils, sans cesser de répéter du même ton emphatique :

— C'est incroyable, j'ai un enfant, je suis père d'un garçon, c'est incroyable mais vrai !

Ramata était parvenue enfin à dominer l'émotion intense qui l'avait envahie. Elle se baissa, caressa en douceur les cheveux de Dieynaba, l'embrassa légèrement sur les lèvres, se redressa et posa sur elle un regard appuyé. Puis elle alla retrouver Junior, penché sur le berceau, prit le bébé emmitouflé dans ses couvertures, le garda blotti contre sa poitrine et se mit à murmurer une berceuse dont elle se rappelait vaguement les paroles que sa mère lui chantait dans son enfance, en balançant le buste de gauche à droite. Au bout d'un moment, elle le détacha de sa poitrine, le contempla.

— Oh, le petit chérubin ! s'exclama-t-elle avec joie. Il ne dort pas, il me regarde. Qu'il est mignon ! Madame la sage-femme, vous aviez bien raison de dire que c'est le plus beau bébé jamais accouché à la maternité !

— Oh oui ! Maman, il est tout beau, tout mignon, renchérit Junior. Il me ressemble. C'est incroyable mais vrai !

La maîtresse sage-femme, le dos appuyé contre la porte de la cabine fermée, intervint :

— Docteur ! Madame le ministre ! Parlez moins fort, s'il vous plaît ! Vous allez la réveiller. Elle a eu un accouchement laborieux au cours duquel elle s'est courageusement comportée, et maintenant elle se repose, ne la dérangez pas.

— Pardon, madame la sage-femme ! jeta Ramata d'une petite voix.

— Excusez-moi, madame Touré, fit de même Junior en s'installant dans l'un des deux fauteuils qui faisaient face au lit. C'est que je suis vraiment heureux.

— C'est bien légitime, docteur ! Seulement, il ne faut pas exagérer et réveiller votre dame, elle est fatiguée et elle se repose, maintint la sage-femme en consultant la montre à son poignet. Bon, je vais aller à la salle d'accouchement. De grâce, madame le ministre, docteur, pas de bruit.

— Promis ! déclara Junior.

— Juré ! appuya Ramata.

Elle sortit et referma la porte derrière elle.

Ramata replaça le nouveau-né dans le berceau, vint prendre place sur l'autre fauteuil, à côté de Junior, lui entoura les épaules de son bras.

— C'est magnifique, fiston ! chuchota-t-elle. Vous avez été magnifiques tous les deux, Dieynaba et toi.

— Et nous avons créé un troisième élément plus formidable encore, annonça Junior sur un ton identique. Celui qui va être content, c'est papa. Il est au Méridien-Président avec des collègues, doyens de facs de médecine et de pharmacie d'universités francophones venus en séminaire. J'ai essayé de l'avoir au téléphone, mais impossible. Il a sans doute fermé son portable.

— C'est ton parrain qui aura une agréable surprise à son retour. Dieynaba est sa préférée, son amie avec un grand A.

Ils conversèrent, au début à voix basse, mais rapidement, sans s'en rendre compte, ils haussèrent le ton. Pas une seule fois Dieynaba ne se réveilla. De temps à autre, elle poussait un gémissement, remuait un bras ou une jambe, tournait un côté de son visage sur l'oreiller. Ils se taisaient aussitôt, de peur de la réveiller. Elle redevenait tranquille, la respiration régulière. Ils se remettaient alors à parler, en chuchotant d'abord, puis très vite, à haute voix.

La maîtresse sage-femme, de retour de la salle d'accouchement, bien plus tard, les trouva assoupis dans leurs fauteuils et les réveilla. Elle installa un tensiomètre autour du bras de Dieynaba, mit les écouteurs du stéthoscope dans ses oreilles et lui prit la pression artérielle sans la déranger dans son sommeil.

— Treize-neuf, annonça-t-elle à l'intention de Junior, après avoir ôté les écouteurs. Docteur, vous devriez aller vous reposer, vous êtes fatigué, vous aussi !

— Vous avez raison, madame Touré, je suis claqué, avoua Junior en consultant sa montre. Il est deux heures dix minutes. Je n'ai pas dormi depuis, je vais me coucher à la salle de garde.

Il se leva, imité par Ramata.

— Moi aussi, je vais rentrer, je tombe de sommeil, déclara-t-elle. Je ne m'étais pas rendu compte qu'il faisait si tard. Tu me prêtes ta voiture, Junior ? Je suis venue en taxi.

— Malheureusement, elle est en panne, j'ai coulé la bielle.

— Je vais être obligée de reprendre un taxi pour

rentrer, alors. Peut-on en trouver un dans les parages à cette heure-ci ?

— Oui. Il y a une station de taxis à l'entrée de l'hôpital.

Elle descendit, accompagnée de Junior. Ils n'eurent pas à aller jusqu'à l'entrée de l'hôpital. Au niveau du portail de la maternité, ils tombèrent sur un taxi venu déposer une parturiente soutenue par deux autres femmes. Junior lui ouvrit la portière arrière, lui fit la bise, et elle monta sur le siège ; il sortit de la poche de sa blouse un carnet et un Bic, recula pour regarder la plaque minéralogique du taxi et revint près de la portière toujours ouverte. Il écrivit en répétant à haute voix les chiffres et les lettres.

— Par prudence, on ne sait jamais, il fait très tard ! lança-t-il en refermant la portière, à la fois pour rassurer Ramata et avertir le chauffeur. Allez, maman, à demain. Bah, il est presque deux heures trente, le jour a déjà commencé. À tout à l'heure, maman.

— À tout à l'heure, fiston ! répondit-elle à travers la vitre baissée avant d'annoncer au chauffeur : Ranrhar.

Le taxi démarra.

Le trajet devait faire trois quarts d'heure, tout au plus. Ramata Kaba était vraiment fatiguée de joie d'avoir un petit-fils. La forte émotion du début, qui lui avait fait verser des larmes, était à présent tombée, elle baignait dans une sorte d'agréable torpeur. En plus elle avait sommeil. Fort heureusement, le chauffeur n'était pas, comme c'était souvent le cas, de ces bavards impénitents qui papotaient sans arrêt, croyant intéresser leurs clients. Il conduisait en silence. Elle se cala confortablement contre le dossier du siège, ferma les yeux quand le taxi, après avoir longé l'avenue du président Lamine Guèye, emprunta l'autoroute Seydina Limamoulaye El Mahdi. La course durait depuis quinze minutes environ, lorsque, soudain, la manœuvre brutale du chauffeur lui fit ouvrir les yeux. Le taxi avait dépassé le stade Léopold Sédar Senghor, avait viré sec à gauche et s'était engagé dans un chemin sablonneux, abandonnant la chaussée.

— Qu'est-ce que cela signifie ? s'étonna Ramata Kaba.

Aucune réponse.

D'une voix qu'elle aurait voulue calme, mais d'où sourdait une certaine inquiétude, elle menaça :

— Tu vas être jeté en prison et y rester jusqu'à ta mort ! Tu sais très bien que mon beau-fils a relevé le numéro de ton véhicule, tu seras pris cette nuit même. Mieux vaut t'arrêter tout de suite.

Guère impressionné, le chauffeur, toujours silencieux, ne ralentit pas. La terreur commença à s'emparer d'elle. De sa place, gênée par l'appuie-tête, elle ne parvenait pas à voir son visage dans la pénombre du taxi. Elle poussa des hurlements stridents, appelant au secours, mais se rendit bien vite compte de l'inutilité de ses cris. Le taxi roulait à tombeau ouvert, sautant dangereusement sur les dunes, dans un endroit désert. En dehors des deux bandes jaunes tracées par les phares qui déchiraient la nuit, c'était le noir partout.

Ramata Kaba changea de tactique.

— Ramène-moi chez moi, je te donnerai tout ce que tu voudras, l'amadoua-t-elle. Je n'ai que très peu d'argent dans mon sac, mais à la maison…

Le reste de ses paroles se figea dans sa gorge. Le véhicule, lancé à toute vitesse, projeté en l'air par une dune élevée, retomba brutalement sur ses deux roues avant et arrière, fila sur une centaine de mètres, incliné, se rétablit sur ses quatre roues, patina comme sur du verglas avant de finir par s'enliser, moteur emballé. Le chauffeur coupa le contact. Un silence épais s'établit aussitôt, si épais qu'on entendait les stridulations d'un couple de grillons en copulation dans la nature. Il s'éjecta du taxi, ouvrit la portière arrière, pencha le buste à l'intérieur du véhicule éclairé par la baladeuse, posa sur le sein gauche de Ramata, encore secouée par la frayeur et le ballottement du véhicule, la pointe effilée d'un poignard. D'un signe de tête, il lui intima l'ordre de descendre et recula pour lui céder le passage.

Morte de peur, tremblotante, elle sortit du taxi. Il lui arracha son sac avec la main gauche puis s'avança vers elle, la droite, armée du poignard, dirigée vers son cou paré d'une grosse chaîne en or qui scintillait dans l'obscurité plus intensément que l'arme blanche. Voulait-il la décapiter ou s'emparer du bijou ? Instinctivement, elle recula. Il lui fit un croc-en-jambe. Elle s'affala, les quatre fers en l'air, le bas de sa robe s'envola et lui recouvrit le visage. Elle se démena pour se dégager.

La portière du taxi restée ouverte, la baladeuse allumée projetait un rai de lumière éclairant la racine des cuisses de Ramata Kaba et son petit slip blanc que le chauffeur observa avec un grand intérêt.

Quand elle parvint enfin à libérer sa figure et à se relever à demi, le chauffeur, pantalon déjà baissé en accordéon sur ses chaussures, la repoussa brutalement à terre, tomba lourdement sur elle, l'écrasant de tout son poids. Elle essaya de le griffer au visage, mais plus rapide, il lui attrapa les deux poignets d'une seule main. Elle fit des efforts énormes pour se libérer, n'y parvint pas. Elle hurla, hurla, hurla à se faire péter les cordes vocales, mais ses hurlements se confondirent avec le vrombissement des réacteurs de l'avion qui se dirigeait à basse altitude vers l'aéroport, ses feux de position clignotant dans la nuit comme de grosses étoiles vertes et orange. Elle se mit à espérer que peut-être, certainement même, le pilote, dont l'appareil volait si bas, les avait vus. Il avait prévenu la tour de contrôle qu'un homme était en train d'agresser une femme dans les parages, tout près, il avait donné avec précision leur position. La tour de contrôle avait averti aussitôt la gendarmerie de l'aéroport, et à cet instant, les gendarmes, à toute vitesse, venaient la sauver et n'allaient pas tarder, il lui fallait résister en attendant leur arrivée. Elle se débattit avec une vigueur dont elle ne se croyait pas capable. En vain. Le chauffeur était beaucoup plus fort qu'elle et elle sentit rapidement ses forces la quitter. Un bref instant, elle songea abandonner toute résistance. Elle rejeta avec force cette idée, prise d'un dégoût provenant de son tréfonds, et parvint à croiser les jambes. Elle allait lutter jusqu'au lever du soleil. Elle n'allait pas se laisser souiller par cette bête à la respiration sifflante, dont la forte odeur, à la fois *sui generis*, d'alcool et de tabac, lui soulevait le cœur, et dont elle sentait le sexe fou heurter son bas-ventre. Mais bon sang de bon sang, pourquoi les gendarmes ne venaient-ils pas ? Ah, si elle pouvait avoir les mains libres ! Elle aurait mis la bête en confiance pour s'emparer de ce sexe et de ses génitoires en plus, et serait alors sauvée. À défaut de ses mâles attributs, sa joue était à la portée de sa bouche, donc des seules armes en sa possession : ses dents. Elle y mordit, cruellement, au point de sentir ses incisives du haut et du bas se toucher. Le goût fade du sang dans sa bouche accentua sa nausée. Elle desserra les dents et éclaboussa de ses vomissures le visage du chauffeur. Il ne parut pas s'en apercevoir, pas plus que de la morsure à la joue.

Les poignets de Ramata toujours emprisonnés dans sa main, il se redressa en l'entraînant avec lui, lui assena un violent coup de genou entre les seins, puis la relâcha. Elle s'effondra par terre, le souffle coupé, à moitié groggy. Et, comme les belles-du-jour éclosent au lever du soleil, ses jambes se décroisèrent. Il retomba sur elle, déchira son slip alors qu'elle avait récupéré un peu et voulait reprendre le combat. Mais hélas, c'était trop tard. Il s'était agenouillé à présent entre ses cuisses. Toute résistance était superflue. Elle se sentit humiliée, vaincue, brisée. Elle ne pouvait pas comprendre, elle ne voulait pas accepter que pareille ignominie lui arrivât. Non, ce n'était pas vrai, elle faisait un vilain cauchemar : hier soir, au dîner, le maître d'hôtel s'était surpassé, elle s'était gavée de langoustes à la crème, s'était couchée dans son lit, elle avait eu une indigestion, son sommeil était troublé par des rêves terribles. C'était donc ça. Elle était victime de mauvais rêves, elle venait d'en faire le constat, et comme toujours, quand on constate qu'on est en train de rêver, on se réveille. Elle allait se réveiller, les mauvais rêves cesseraient.

Elle sut qu'elle n'était pas dans son lit, qu'elle ne faisait pas de cauchemar, lorsqu'il la pénétra d'une seule poussée et se mit à frissonner de tout son être. Elle se débattit encore, mais bien brièvement…

Agrippée à la crinière d'un coursier rapide au souffle sonore, qui fait jaillir sous ses pieds des étincelles et l'emporte dans un galop fantastique en pleine obscurité, depuis combien de temps chevauchet-elle, est-elle proche ou éloignée, qui est-elle, d'où vient-elle, où va-t-elle ? La course devient de plus en plus frénétique, si frénétique que les sabots du coursier ne touchent plus le sol. Elle se sent alors transportée à travers l'espace sidéral à une vitesse météorique. Soudain, une clarté aveuglante, surgie du fond des ténèbres, fait se cabrer brutalement l'étalon avec un hennissement fougueux. Elle est désarçonnée et, tandis que le coursier continue son galop fantastique, elle se sent entraînée dans une chute vertigineuse ponctuée de longs hurlements.

Quand elle atterrit enfin, Ramata se retrouva seule, couchée sur le sable dans l'obscurité. Le chauffeur avait disparu avec son taxi. Tout était calme et silencieux autour d'elle, elle entendait distinctement le ressac de la mer dans le lointain, apporté par la brise nocturne chargée d'iode. Son corps tout entier était traversé par des frémissements spasmodiques comme si elle était encore agrippée à la crinière du coursier au galop frénétique. Elle se releva, fit un pas, deux pas en chancelant. Prise de vertige, elle se recoucha sur le sable. Recroquevillée en position de fœtus, les mains plaquées sur ses joues, les bras pliés, les coudes reposant sur ses genoux fléchis, elle demeura longtemps immobile, les yeux ouverts dans le noir, sans penser à rien, l'esprit vide, apaisée, d'un apaisement qu'elle n'avait jamais ressenti auparavant.

Bien plus tard, elle se mit sur son séant. Ses yeux s'étaient habitués à l'obscurité, elle distingua son slip déchiqueté, ses chaussures éparpillées, l'une loin de l'autre et, entre les deux, une boîte d'allumettes. Elle la ramassa en même temps que les chaussures et abandonna le slip inutilisable. Elle porta la main à son cou, constata que sa chaîne n'y était plus. Elle se mit debout, les vertiges l'avaient abandonnée. Elle n'avait aucune idée du temps qu'elle était restée couchée, elle ne savait pas où elle se trouvait exactement, elle se rappelait juste que le taxi avait déjà dépassé le grand stade.

Guidée par une lumière floue à l'horizon, qui devait être l'éclairage de l'aéroport, pieds nus parce que c'était plus confortable dans le sable, elle se mit à marcher, ses chaussures tenues dans une main, la boîte d'allumettes serrée dans l'autre. La solitude ne l'effrayait pas, rien d'ailleurs ne l'effrayait. Plus rien ne pouvait lui arriver après ce qui s'était passé. La boîte d'allumettes avait pour elle plus de valeur que le bijou qu'elle avait perdu. C'était le souvenir de l'homme qui, d'une manière fulgurante et éblouissante, avait apporté la lumière dans son univers obscur. Elle la garderait comme un bon chrétien garde une sainte relique, au cas où elle ne le reverrait plus. Mais elle le reverrait, elle en était sûre et certaine.

À cinquante hivernages, après plus de trente-cinq de vie sexuelle active, elle n'avait jamais ressenti la moindre satisfaction. À partir du moment où elle en était devenue consciente, son existence avait été empoisonnée. Sans doute à cause de cela, dans l'espoir de guérir de ce qu'elle considérait comme une infirmité, n'avait-elle jamais eu la force de caractère de repousser les assiduités d'un homme, si elle ne les recherchait pas elle-même. Mais de ses multiples aventures, elle n'avait jamais rien tiré qui l'eût comblée. Elle avait fini par se décourager, elle resterait toujours avec son infirmité. Or, voilà que, grâce à un chauffeur de taxi, un inconnu, elle était parvenue, contre toute attente, au plus haut point de l'excitation génésique.

— Je le retrouverai ! lança-t-elle à haute voix dans le silence de la nuit. D'ailleurs, Junior a pris le numéro de son taxi dans son bloc-notes.

Elle marcha longtemps avant d'apercevoir distinctement les lumières de l'aéroport. Elle put alors s'orienter. Elle retrouva la route, marcha encore sans rencontrer personne, et éreintée, les pieds meurtris, arriva chez elle aux premières lueurs de l'aube. Elle appuya sur la sonnctte du portail avec insistance avant que le gardien ne vienne lui ouvrir enfin. Il la regarda entrer, étonné par sa mise chiffonnée, couverte de sable de la tête aux pieds, mais ne posa aucune question et ne fit aucune observation.

Parvenue dans sa chambre, des inscriptions sur la boîte d'allumettes attirèrent son attention. C'était une boîte Le Boxeur, avec au recto l'effigie de Battling Siki. Au verso étaient inscrits le nom d'un homme, Ngor Ndong, et celui d'un village, Sangalcam.

Elle prit un bain chaud puis froid et, relaxée, se mit au lit. Elle dormit jusqu'à midi passé. À son réveil, elle fit sa toilette, calma sa faim par un copieux déjeuner, s'habilla rapidement et sortit. Elle prit le taxi que le gardien avait appelé pour aller au garage retirer sa Jaguar. Au cours du trajet, elle demanda au chauffeur s'il ne connaissait pas, parmi ses collègues, un nommé Ngor Ndong, habitant à Sangalcam. Elle avait une commission importante pour lui. Le chauffcur fouilla dans sa mémoire, finit par donner une réponse négative.

Cela ne fait rien ! se dit-elle. Junior avait son numéro, il serait facile de le retrouver.

*

Peu avant treize heures trente, elle gara la Jaguar blanc crème dans le parking de la maternité. C'était l'heure des visites, le portail était ouvert.

— Ramata ! s'exclama Dieynaba lorsqu'elle franchit le seuil de la cabine A.

Debout au milieu de la pièce, la chemise de nuit retroussée, les jambes écartées, elle achevait de se mettre une garniture. Elles tombèrent dans les bras l'une de l'autre, demeurèrent longtemps enlacées, en silence.

— Je t'ai attendue toute la matinée ! finit par déclarer la fille sur un ton de reproche. J'ai voulu t'appeler à la maison, mais je me disais chaque fois que tu allais venir d'un instant à l'autre.

Ramata se sépara d'elle, la prit par l'épaule, l'entraîna vers le lit où elles s'assirent côte à côte.

— J'étais venue la nuit passée, se justifia-t-elle, un brin gênée. Tu dormais, je n'ai pas voulu te déranger.

— Junior me l'a dit, le matin à mon réveil.

— Je t'ai quittée très tard, et rentrée à la maison, je n'ai pas pu fermer l'œil, tellement j'étais excitée par la joie d'être grand-mère. Je ne me suis endormie qu'au petit matin, et je me suis réveillée vers midi. Tu vas bien, pas trop fatiguée ?

— Ça va très bien, j'ai bien récupéré. J'avais un peu la frousse au début mais Junior était là, me tenait la main, m'encourageait. J'ai cessé de paniquer, j'ai contrôlé ma respiration, ça a été un peu long car j'avais des contractions espacées, mais en fin de compte, tout s'est bien déroulé. Et pour toi, Ramata ? Ça a été dur, tu as hurlé quand tu m'as mise au monde ?

— Non, ma chérie ! Tu étais un gros bébé, on m'a

fait tout de suite une césarienne. Je n'ai pas eu le temps de hurler.

— On voulait m'en faire une, mais j'ai préféré voir mon enfant naître en étant éveillée. Malgré l'insistance de Junior, je n'ai pas accepté, du moment que la vie du bébé ou la mienne n'était pas en jeu.

— Au fait, où est Junior ? s'enquit Ramata Kaba.

— Il ne doit pas être loin. Il est sorti pour raccompagner tonton Armando qui était venu voir son petit-fils.

— Armando était certainement déjà parti à mon arrivée car je n'ai pas vu son véhicule au parking.

— Et pa ?

— Il revient à quinze heures. Il aura une agréable surprise !

— Oui ! Il sera très content, d'autant plus que mon bébé lui ressemble beaucoup.

— Junior, lui, dit qu'il lui ressemble.

— Non ! il ressemble beaucoup plus à mon papa.

Elles se regardèrent, eurent en même temps un petit rire joyeux, se congratulèrent.

Junior les trouva enlacées, se pencha, embrassa Ramata sur la joue.

— Quelqu'un qui ne vous connaîtrait pas vous prendrait pour deux sœurs ! fit-il en se redressant.

— Fiston, tu as gardé le numéro du taxi que j'ai pris la nuit dernière ? demanda Ramata.

Junior fouilla dans les poches de sa blouse, ne trouva rien et affirma ne plus savoir où il avait laissé son bloc-notes.

— Qu'est-ce qu'il y a ? s'informa Dieynaba.

— J'ai perdu mon tour de cou Van Cleef et Arpels, celui que ton papa m'a offert à ta naissance, dit Ramata. Je voulais te l'offrir à mon tour, c'est pourquoi je l'avais porté en venant. Malheureusement, je t'ai trouvée endormie. J'ai pensé qu'il était tombé dans le taxi, mais au fond, je ne suis sûre de rien, je ne sais vraiment pas où je l'ai perdu ! Quelle heure est-il ?

Junior consulta sa montre :

— Quatorze heures trente exactement.

Ramata se releva du lit.

— Je vais à l'aéroport, annonça-t-elle. L'avion de ton père arrive dans une demi-heure.

Et elle songea aussitôt qu'elle parviendrait à retrouver Ngor Ndong, le plus rapidement possible, par tous les moyens.

L'adjudant-chef Ibnou Faye, commandant de la brigade de gendarmerie de Rufisque, était fort préoccupé. Il se demandait comment pouvoir régler encore à l'amiable cette affaire de tontine qui lui tombait de Sébikotane. Une centaine de plaintes pour détournement de fonds et abus de confiance avaient été déposées contre la présidente et la trésorière générale de l'association, par des membres qui n'avaient pas perçu leur « main » depuis bientôt trois ans. La somme approchait les quatre millions et demi. Les plaignantes disaient avoir usé de toutes les voies d'arrangement possibles sans aucun résultat, et affirmaient que, si elles avaient amené leur cas là où la coiffure était unique, c'était pour ne pas entendre parler de conciliation, mais uniquement de remboursement. Ibnou Faye songea qu'il lui faudrait en définitive arrêter les deux responsables. Il n'aimait pas ça ; mettre au gnouf une femme était ce qui le rebutait le plus dans son métier. Cependant, s'il ne les arrêtait pas, les membres de la tontine n'hésiteraient pas à l'accuser d'avoir négligé leurs plaintes parce qu'il entretenait d'excellentes relations avec la présidente qui, sans doute, lui versait une main en douce. Ce qui était bien sûr faux, mais mieux valait ne pas provoquer des commérages. Ces deux femmes, elles aussi ! Elles étaient vraiment audacieuses. Elles avaient bouffé l'argent d'autrui, elles devaient payer. C'est tout…

La sonnerie du téléphone au coin de la table coupa Ibnou Faye de ses pensées. Il tira de la poche de sa vareuse un mouchoir déjà humide, épongea la sueur à son front et à son cou. Malgré l'air brassé par les grandes pales du ventilateur fixé au milieu du plafond et la fenêtre ouverte, la chaleur humide était étouffante dans son bureau en cet après-midi de juin. Le téléphone sonnait pour la troisième fois, quand, après avoir remis le mouchoir dans sa poche, il s'empara du récepteur.

— Brigade de gendarmerie de Rufisque à l'écoute !

— Je voudrais parler au commandant de brigade, s'il vous plaît, fit son correspondant d'une voix aimable.

— Lui-même à l'écoute. Qui est à l'appareil ?

— Le ministre d'État, Matar Samb.

— Adjudant-chef Ibnou Faye à votre service, monsieur le ministre d'État, dit-il d'un ton respectueux et surpris à la fois.

— Ça fait le compte, mon commandant, j'ai justement besoin de vos services. Voilà ! Sangalcam est dans votre secteur, je crois ?

— Affirmatif, monsieur le ministre d'État !

— Eh bien, j'ai besoin d'un habitant de Sangalcam, du nom de Ngor Ndong, un chauffeur de taxi. Vous le connaissez ?

Ibnou Faye marqua un temps d'arrêt avant de déclarer :

— Excusez-moi, monsieur le ministre d'État, je

connais Ngor Ndong de Sangalcam, mais il n'est pas chauffeur de taxi…

— Celui qui m'intéresse est chauffeur de taxi. Il doit y avoir plusieurs Ngor Ndong, c'est le chauffeur que je veux.

— Excusez-moi, monsieur le ministre d'État, il n'y a qu'un seul chauffeur de taxi à Sangalcam. C'est un Guinéen, nommé Algassimou Diallo, dont la maison est située juste en face du dispensaire. Je ne connais dans le village qu'un seul Ngor Ndong, un jeune. Il a été apprenti mais n'a jamais été chauffeur.

— Ah bon, commandant ? Attendez, ne coupez pas…

Ibnou Faye entendit un vague bruit de conversation au bout du fil pendant un petit moment, puis la voix du ministre d'État reprit :

— Allô, commandant ? S'il est le seul à porter le nom de Ngor Ndong, c'est de lui qu'il s'agit certainement.

— Bien, monsieur le ministre d'État. Il a sans doute commis encore un délit ?

— Comment ça, un délit ? Mais non, commandant, il a au contraire rendu un grand service à mon épouse hier nuit. Elle veut coûte que coûte lui exprimer sa reconnaissance de vive voix. D'ailleurs, elle dit qu'elle vient même à votre brigade. Commandant, je compte sur vous, s'il vous plaît, essayez de me dénicher Ngor Ndong avant son arrivée. Au revoir, commandant, et merci beaucoup !

Ibnou Faye reposa le récepteur lorsque le ministre eut coupé la ligne et demeura songeur. Incroyable !

Il sortit du bureau en caressant sa barbe hirsute, ornement rare chez un gendarme. Son visage était allergique à toute forme de rasage. Aussitôt après, une furonculose lui boursouflait la peau partout où avait passé la lame, l'obligeant à garder le lit pendant deux semaines, la tête grosse comme une citrouille. Le médecin l'avait autorisé à garder la barbe, avec une prime mensuelle d'entretien de trois cent cinquante francs. Il se caressait toujours le menton, plongé dans ses pensées, lorsqu'il pénétra dans la grande salle de permanence où une demi-douzaine de gendarmes s'affairaient autour d'une table.

— Dème ! appela-t-il.

Un jeune homme, dans les vingt-cinq ans, redressa la tête.

— Oui, Charlie Bravo[1] ?

— On va à Sangalcam.

— Bien, chef. Je sors la Land Rover du garage, annonça Dème en se levant.

Il récupéra son béret sur la table et sortit.

Ibnou Faye marcha sur ses pas. Dans la salle d'attente remplie de monde, des femmes surtout, la plupart debout, les plaignantes de la tontine l'apostrophèrent à l'unisson :

— Chef Faye, et notre problème ?

Sans s'arrêter, Ibnou Faye leur demanda de revenir demain matin, qu'il convoquerait la présidente et la trésorière entre-temps, parce qu'il avait à faire pour le reste de la journée, et partit avec Dème sous les récriminations des femmes.

Les gendarmes eux-mêmes avaient surnommé Sangalcam le village sans loi. Ils y intervenaient plus que partout ailleurs dans leur secteur. C'est que Sangalcam était peuplé d'habitants venus d'horizons les plus divers : un village de « marche-rencontre ». Les immigrés y étaient de loin majoritaires, et les rares autochtones n'y possédaient aucune racine…

1. Chef de brigade.

Le nom de Sangalcam, qui signifie littéralement « Recouvre Cam », est lié à une des plus glorieuses pages de l'histoire des Lébous[1].

Autrefois, bien avant la conquête du pays par les Toubabs, l'actuelle région de Dakar, exclusivement habitée par les Lébous, appartenait au royaume du Cayor. En signe de vassalité, chaque année, peu avant l'hivernage, à tour de rôle, un des douze villages de la contrée devait apporter à Mboul, la capitale du royaume, une grande quantité de sable fin et de coquillages blancs pour l'embellissement de la concession du damel[2] et des grands dignitaires, et une importante provision de sel et de poisson sec pour le ravitaillement de son armée.

Or, l'année des grandes pluies et des fortes inondations qui avaient chassé les éléphants, fait surgir les nombreux cours d'eau et fait pousser les innombrables palmiers de la région des Niayes où Ballobé Diop, à peine âgé de trente ans, fut élu diaraf[3] de Bargny à cause de sa forte personnalité, sa clairvoyance d'esprit et son ardeur à la tâche, coïncida avec le tour de ce village d'apporter son tribut. Après avoir consulté le conseil des anciens qui lui donna son soutien, puis prévenu les diarafs des autres villages lébous, Ballobé envoya son cousin Bandak à Mboul pour annoncer de vive voix au damel de Cayor que Bargny refusait d'obéir à une loi qu'il trouvait injuste.

Bandak parla ainsi, après s'être identifié et avoir salué le damel assis devant toute sa cour réunie :

— Depuis des temps immémoriaux, les Lébous,

1. Ethnie de pêcheurs. Authentiques habitants de l'actuelle région de Dakar, anciennement appelée région du Cap-Vert.

2. Roi.

3. Chef de village.

peuple de pêcheurs sur les bords du Nil, réfractaires à toute forme de monarchie, ont quitté leur patrie d'origine, l'Égypte des pharaons. Tout au long de leur exode qui a duré plus d'un millénaire au cours duquel ils ont traversé des déserts, des savanes et des forêts, escaladé des collines et des montagnes, franchi des rivières, des lacs et des fleuves, s'adonnant à la pêche sur leur passage quand ils le pouvaient, ils n'ont jamais pu s'établir longtemps quelque part à cause de leur goût trop prononcé pour la liberté. Arrivés enfin au bord de la mer, ils s'y sont installés définitivement, ont ajouté à leurs activités de pêcheurs celles d'agriculteurs, et ont vécu en paix, sans rien demander ni devoir à personne. Mais le royaume du Cayor voisin, trop puissant, est venu imposer sa suzeraineté sur leur territoire et les Lébous, trop faibles, n'ont pas osé se révolter, oubliant même les raisons qui avaient poussé leurs glorieux ancêtres, hommes de refus épris de justice, à quitter pour toujours leur lointaine patrie et une vérité devenue proverbiale chez eux : le Lébou ignore le roi ! Bargny a un nouveau diaraf, il s'appelle Ballobé Diop. Il estime que le royaume du Cayor n'a aucune autorité sur son village qui adhère totalement à ce qu'il dit. Par conséquent, si toi, damel Amary Ngoné Ndella Coumba, tu désires du sable et des coquillages, lui, diaraf Ballobé Diop, t'accorde l'autorisation d'envoyer autant d'hommes ou de femmes que tu voudras pour venir s'approvisionner gratuitement et emporter le poids qu'ils peuvent transporter, car à Bargny, le sable et les coquillages sont des bienfaits inépuisables de la nature. Quant au sel et au poisson sec, tu dois obligatoirement les payer à leurs propriétaires si tu en veux. Que cela soit clair dans ta tête.

As-tu bien entendu ? Ma langue a répété mot à mot, sans rien omettre, les paroles de mon cousin, diaraf Ballobé Diop. C'est tout ce que j'avais à te dire, damel Amary Ngoné Ndella Coumba. Je te salue.

— Ta langue devrait être arrachée de ta bouche avant que ta tête ne soit séparée de ton corps ! rétorqua le damel en se mettant vivement debout, la figure assombrie, la voix vibrante d'une colère mal contenue.

Il déclara à Bandak que son statut d'envoyé le sauvait d'une mort certaine. Mais que cela ne saurait tarder. Qu'il retourne annoncer à ce prétentieux de Ballobé Diop que dans une semaine exactement, dans le milieu de la matinée, lui-même, damel Amary Ngoné Ndella Coumba, viendra à la tête de son armée, punir avec la rigueur la plus extrême l'offense qui lui a été faite. Proverbe pour proverbe, chez eux, au Cayor, ils disent qu'une gifle en plein visage se venge soi-même ! Il se vengera de la gifle que Bargny lui a donnée. Le village sera entièrement brûlé, tous les hommes, Ballobé le premier, suivi de Bandak, capturés vivants si possible, ou même tués au combat, seront décapités, leurs têtes rapportées comme trophées, leurs corps jetés dans les flammes, les femmes et les enfants, ployant sous des charges de sel, de poisson sec, de sable et de coquillages seront emmenés à Mboul et réduits en esclavage. Que Ballobé Diop ne dise pas que le damel Amary Ngoné Ndella Coumba l'a attaqué par surprise !

Bandak, après quatre jours de marche forcée comme à l'aller, revint au village annoncer la réponse lourde de menaces du damel. Ballobé ne fut point troublé. Il restait encore trois jours, Bargny se prépara à la guerre.

La même nuit, les anciens allèrent dans la forêt de Bahadiah pour consulter Ndogal, le génie protecteur du village. Ndogal recommanda un sacrifice : avant l'aube, une petite fille de dix hivernages devait être immolée ; avec son cadavre serait confectionné un grigri. La victoire serait totale pour le village. Aucun habitant ne perdrait la vie, non seulement dans la bataille à livrer au damel du Cayor, mais dans toute autre bataille future à laquelle il participerait, partout dans le monde entier, et jamais, si puissant soit-il, aucun roi n'aurait une quelconque emprise sur Bargny jusqu'à la fin des temps.

Entre un village détruit, ses hommes massacrés, ses femmes et ses enfants réduits en captivité et une fillette sacrifiée, le choix fut rapidement fait. Parmi les anciens, trois étaient pères de filles de dix hivernages, tous se portèrent volontaires pour livrer leurs enfants. Il fallut procéder à un tirage au sort et le terrible sacrifice fut fait.

Le temps pressait. Bargny n'avait pas d'armée de métier. Diaraf Ballobé leva en toute hâte des troupes. Tous les hommes en âge et en état de combattre se présentèrent. Au total, cent quatre-vingt-dix-neuf volontaires dont le tiers était composé de vieillards.

Devant leur nombre dérisoire, Ballobé fit appel aux autres chefs de villages lébous, leur expliquant que le combat que Bargny devait mener contre le damel du Cayor était leur combat à tous. Ses vingt-deux envoyés, deux dans chaque village, revinrent avec la même réponse négative. Les onze villages estimaient que le combat de Bargny ne les concernait ni de près ni de loin, aussi, sans exception, ils refusaient catégoriquement toute forme de soutien. Ils n'avaient de contentieux d'aucune sorte avec le damel, et ne tenaient pas à en avoir. Les habitants de Bargny ne devaient s'en prendre qu'à eux seuls, ils méritaient tout ce qui leur tombait dessus pour avoir élu comme diaraf un enfant. Et puisque cet enfant, ce Ballobé Diop, pour des choses insignifiantes dont Bargny regorgeait, a voulu remettre en cause la parole donnée par ses ancêtres aux ancêtres du damel du Cayor et risquer la destruction totale de son village, libre à lui. Mais qu'il se débrouille seul, comme il a pris seul sa folle décision, et n'appelle personne au secours. Aucun village lébou ne lui apportera la moindre aide.

Leur manque de solidarité jugé insuffisant, les autres diarafs, pour ne pas se compromettre, déléguèrent onze ambassadeurs à Nboul, chacun accompagné de onze jeunes garçons et onze jeunes filles chargés de paniers remplis de provisions que Bargny refusait de livrer. Les plénipotentiaires déclarèrent au damel qu'un seul singe manquant ne saurait gâcher une assemblée, que les autres Lébous, dans leur ensemble, condamnaient sans réserve l'attitude puérile de Ballobé et de son village, désapprouvaient leur folle insoumission, et jugeaient que le châtiment qui leur était destiné n'était que trop bien mérité.

Cette désaffectation de ses parents, bien que moralement pénible pour lui, pas plus que les menaces du damel, n'ébranla la volonté de Ballobé. Bargny se battrait seul. La veille de la date butoir, peu avant le coucher du soleil, le village de Ngalape sauva l'honneur des autres villages lébous. Une jeune fille, du nom de Cam Mbenga, armée d'une sagaie dans la main droite, un arc dans la main gauche, son carquois rempli de flèches en bandoulière, vint se ranger aux côtés des habitants de Bargny. Diaraf Ballobé, après l'avoir remerciée longuement, lui dit que les femmes ne devaient pas participer au combat. Cam Mbenga répondit qu'elle le savait très bien, mais qu'elle était venue, envoyée par son père. Il avait plus de cent ans, ses jambes refusaient à présent de le porter. Il avait, Dieu merci, une famille nombreuse, cinquante-deux bouts de bois de Dieu vivants, mais uniquement des filles, toutes à présent mariées, sauf elle, Cam, la dernière, qui avait vingt hivernages et ne possédait pas encore d'époux. Son père, ulcéré par la trahison des villages lébous, n'eût été son grand âge, aurait répondu présent auprès des habitants de Bargny dont la cause était juste et noble. C'est pourquoi il lui avait donné ses armes et lui avait intimé l'ordre de venir se battre à sa place. Et elle, Cam Mbenga, fille de Lissikeury Mbenga de Ngalape, entendait bien respecter la volonté paternelle. Elle ne voyait aucune force au monde capable de l'en empêcher.

Devant tant de détermination, les anciens se concertèrent et, à titre exceptionnel, admirent Cam parmi les combattants. Ils lui dirent qu'ils comprenaient le geste de son père Lissikeury, car la « chambre » de sa mère à lui se trouvait ici à Bargny.

Le lendemain, jour de la confrontation, dès l'aube, les femmes, les enfants et les vieillards trop âgés pour combattre furent rassemblés sur la plage, prêts à aller, en cas de défaite, chercher refuge par mer à Djifer, en empruntant les pirogues qui contenaient déjà leurs bagages.

Dans la matinée, alors que le soleil était à mi-course, l'avant-garde de l'armée du Cayor, formée par la cavalerie dotée de fusils, avec à sa tête le damel en personne, se signala par la poussière épaisse soulevée par les sabots des nombreux chevaux.

Diaraf Ballobé, à la tête de ses troupes, en tout

cent quatre-vingt-dix-neuf hommes et une femme, au pas de charge, se porta au-devant de l'ennemi. Avec la volonté farouche du sanglier acculé au pied d'un arbre, qui sent qu'il doit vaincre ou périr.

La rencontre eut lieu à Panthiour, un petit bois situé à l'est de Bargny, après les champs, entre la rivière Houloupe et le village de Ndouhoura.

Cinq fois inférieures en nombre, dépourvues de chevaux et d'armes à feu, les troupes de diaraf Ballobé Diop taillèrent en pièces et mirent en déroute la puissante armée du Cayor, jusque-là réputée invincible.

Le sacrifice consenti n'avait pas été vain, le génie Ndogal avait assuré le village de sa protection absolue. Au moment où les soldats du Cayor, à cheval, confiants, mettaient en joue et attendaient l'ordre du damel de faire feu sur la horde disparate, qui avançait, courant en désordre, avec un armement hétéroclite fait de bâtons, de grosses pierres, de quelques arcs, flèches et sagaies, des essaims d'abeilles venus d'on ne sait où, qui obscurcissaient le ciel comme des nuages de criquets, fondirent sur eux et leurs montures. Et sur eux seuls.

Ce fut rapidement la débandade dans les rangs de l'armée du Cayor, accompagnée de hurlements et de hennissements de douleur. Les chevaux, rendus fous par les piqûres d'insectes, désarçonnèrent leurs cavaliers et, emballés, se dispersèrent dans la nature avant de mourir, les naseaux encombrés. Le damel et ses hommes, maintenant tous à pied, la plupart ayant perdu leurs armes, terrorisés, se sauvaient dans une fuite éperdue, harcelés sans répit par ces étonnantes abeilles qui ne s'acharnaient que sur eux et préservaient miraculeusement leurs ennemis. Les troupes de diaraf Ballobé n'eurent qu'à les poursuivre et à tuer un grand nombre d'entre eux, dont deux princes, le frère cadet et l'oncle du damel.

Cette victoire retentissante de Bargny consacra définitivement la fin de l'emprise du royaume du Cayor sur le territoire des Lébous. Car aussitôt après la bataille, diaraf Ballobé envoya à nouveau Bandak auprès du damel pour lui signifier que, des dunes de sable jaune de Diander aux collines jumelles de Ouakam, et de l'île de Ngor aux falaises rouges de Dialaw, tous les villages étaient habités par ses propres parents, ils étaient donc naturellement sous sa protection. Désormais et pour toujours, plus jamais personne n'apportera des coquillages, du sable, du poisson sec, du sel. Et s'il osait, lui Amary Ngoné Ndella Coumba, s'en prendre à un seul village lébou, diaraf Ballobé Diop lui promettait une autre correction, beaucoup plus fulgurante, beaucoup plus mystique, beaucoup plus cuisante que celle qu'il venait de lui administrer.

Le damel, le visage encore enflé par les piqûres d'abeilles, répondit qu'il avait bien entendu et bien compris. Il laissa tout tranquillement, de même que tous ses successeurs, l'ensemble des villages du territoire qu'à tort des historiens ont appelé la République léboue.

Elle n'a jamais existé. Jamais. Une république suppose, au moins, un pouvoir central et des lois communes. Or si l'organisation sociale était à peu près identique partout (diaraf, conseil des notables, des jeunes, conservateur des terres, tous élus démocratiquement mais sans privilèges ni distinctions d'aucune sorte, conseil des anciens auquel on accédait par son âge, sa sagesse et ses connaissances occultes), il n'existait pas de chef supérieur, chaque village était autonome et avait sa propre administration, et aucun ne prévalait sur un autre.

Au lendemain de la bataille, lorsque les autres diarafs, honteux de leur comportement, vinrent en délégation à Bargny pour se faire pardonner par Ballobé, le féliciter et le remercier, ils lui proposèrent à l'unanimité d'être le chef de l'ensemble des villages lébous. Ballobé leur accorda son pardon, sans rancune, mais déclina leur offre.

— Vous voulez faire de moi un damel! leur déclara-t-il en riant. Vous savez très bien que c'est impossible, car le Lébou ignore le roi. Je vous remercie de la grande confiance que vous avez en moi, mais je ne puis accepter. Les Lébous n'ont pas besoin d'un damel, mais de solidarité entre eux. Nos terres sont vastes et fertiles, nos forêts sont giboyeuses, la mer est là, toujours généreuse, chaque village se suffit à lui-même. Nous sommes tous des parents, en cas de difficulté, aidons-nous les uns les autres. Retournez chez vous, dirigez vos villages dans la concertation, la justice, la paix et que votre autorité ne soit pas lourde. Que le frère cadet suive son frère aîné, que le fils suive son père.

Ainsi fut fait, et les Lébous, indépendants de tous les autres royaumes du pays, vécurent dans la paix et la prospérité, à l'abri des guerres et des famines…

Les premiers Toubabs, arrivés par bateau au pays, des explorateurs, tombés en plein hivernage, furent trompés par la végétation rendue particulièrement luxuriante par l'abondance des pluies cette année-là. Ils crurent que la verdure était permanente et dénommèrent le territoire des Lébous la presqu'île du Cap-Vert. Ils ne restèrent pas longtemps et repartirent bientôt.

Ils furent suivis, des décennies après, par des

Toubabs commerçants. Certains s'installèrent sur l'île de Ber[1] inhabitée, après avoir demandé l'autorisation aux pêcheurs qui occupaient des huttes de paille sur le continent, en échange de quelques barres de fer, de verroterie et de tonneaux de vin rouge. D'autres continuèrent à Ndar[2].

Une fois établis, les Toubabs signèrent avec les pêcheurs des traités d'amitié pour s'approvisionner en eau potable, visiter les villages, nouer des relations cordiales avec les habitants, faire du commerce et des échanges avec eux. Peu de temps après, ils fondèrent un comptoir à Teungédj[3] et, plus tard, à Diouwala[4].

Les Toubabs apportaient des marchandises extraordinaires, des bougies, des miroirs, des sucreries, des étoffes, des aiguilles, du fil, du savon, du vin rouge, qu'ils troquaient contre de la viande fraîche, de la cire, des peaux, du miel, de la gomme, du sel. Tout le monde était content, car chacun y trouvait son compte.

Mais bientôt, ces produits animaux, végétaux et minéraux ne suffirent plus aux Toubabs ; ils estimèrent que le produit humain était beaucoup plus rentable. Ils pénétrèrent alors à l'intérieur du pays, achetèrent ou capturèrent des esclaves à vendre aux Amériques. Et pendant trois siècles, le commerce d'ébène prospéra.

Puis arrivèrent enfin un autre genre de Toubabs, ni explorateurs ni commerçants. C'étaient des militaires, conquérants, redoutables, rusés et efficaces. Basés à Saint-Louis, ils disloquèrent, grâce au canon

1. Gorée.
2. Saint-Louis.
3. Rufisque.
4. Joal.

et au fusil à tir rapide, en un rien de temps, tout juste en l'espace de deux générations, après les avoir montés les uns contre les autres, la totalité des royaumes du pays, le Cayor, le Baol, le Djolof, le Walo, le Fouta Toro, le Sine, le Rip, le Saloum, le Niani Wouli, le Bambouk, le Fouladou, le Kassa, le Fogny, le Blouf, le Pakao, etc. Tous les rois furent tués au combat, quand ils n'étaient pas capturés et envoyés en déportation sans retour. Un seul parmi eux, le roi du Djolof, conscient de la supériorité des Toubabs, préféra s'exiler vers d'autres horizons, pour se mettre aux ordres d'un autre roi qui, pensait-il, était en mesure de les contenir, mais qui serait plus tard battu, lui aussi. Toutes les règles, toutes les structures sociales furent bouleversées de fond en comble. Les principaux princes en bas âge furent envoyés à l'École des otages, les adultes devinrent de simples cultivateurs, palefreniers, commerçants, tandis que les anciens captifs des couronnes renversées qui s'étaient rangés, au dernier moment, du côté des nouveaux maîtres, se retrouvèrent rois.

Le territoire des Lébous, n'étant pas un royaume, fut préservé. Les chefs toubabs respectèrent les traités d'amitiés signés par leurs ancêtres. Durant toutes ces années de braise, pas un seul coup de fusil n'y fut tiré. Contrairement au reste du pays dont la conquête se fit à feu et à sang, l'occupation de la presqu'île du Cap-Vert se déroula en douceur, il n'y eut pas la moindre escarmouche. L'organisation sociale des Lébous demeura ainsi intacte, comme par le passé.

Les Toubabs découpèrent selon leur convenance, les royaumes démembrés en provinces et cantons, à la tête desquels ils placèrent des chefs indigènes, hier obscurs gueux, aujourd'hui personnages puissants, habillés du manteau et coiffés de la chéchia rouge, attributs du nouveau pouvoir, prompts à employer la chicote pour faire rentrer les impôts, et donnèrent au pays le nom de Colonie du Sénégal, dirigée par un gouverneur, avec résidence à Saint-Louis érigée en capitale.

De là, aidés par des supplétifs recrutés dans les ex-royaumes, les fameux Tirailleurs sénégalais, les Toubabs partirent à l'assaut d'autres pays du continent, qu'ils eurent tôt fait de mettre à genoux, et regroupèrent l'ensemble des territoires conquis en une vaste fédération, entité administrative dénommée l'AOF[1]. Pendant un laps de temps, moins d'une année, le gouverneur du Sénégal à Saint-Louis cumula avec ses fonctions celles de gouverneur général de l'AOF, avant que les deux charges ne fussent séparées, et l'ancien campement en paillotes des pêcheurs construit à l'ouest de l'île de Gorée, à présent la ville la plus importante des pays conquis, Dakar, devint la capitale de la fédération.

L'année où éclata la Première Guerre mondiale, eut lieu l'élection du premier député noir au Palais-Bourbon, Blaise Diagne, originaire de Bargny, du quartier de Gouye Dioulancar, par sa grand-mère maternelle, Sarote Secka. En hommage à sa victoire historique sur le mulâtre Carpot, les femmes du village où il avait été mystiquement préparé pour la conquête du pouvoir lui dédièrent la célèbre chanson « Le bélier noir a terrassé le bélier blanc ».

Nommé sous-secrétaire d'État aux colonies, Blaise eut mission de lever des troupes indigènes pour aller défendre la mère patrie menacée par les Allemands. Le gouverneur général de l'AOF refusa

1. Afrique Occidentale française.

de se faire commander par un nègre et préféra aller au front où il fut tué d'une balle dans la tête dès son arrivée. Les jeunes de Bargny furent parmi les premiers à s'enrôler dans l'armée. Tous ceux qui partirent combattre dans l'Hexagone, de même que dans les conflits ultérieurs, 39-45, Madagascar, Indochine, Algérie, Congo, Liban, Shaba, Tchad, Gambie, Liberia, après avoir fait au moment du départ sept fois le tour du fétiche de Ndogal confectionné lors de la guerre contre le damel du Cayor, revinrent sains et saufs.

Au moment où commençait à souffler le doux zéphyr de l'autonomie interne, précurseur de l'harmattan chaud et sec de l'indépendance, les hauts dignitaires lébous entrèrent en contact avec les autorités coloniales; ils demandèrent, au nom des traités signés il y a des siècles entre leurs ancêtres communs, que la presqu'île du Cap-Vert soit détachée du reste du Sénégal et dotée du statut de département ou territoire d'outremer français. Les pourparlers secrets étaient sur le point d'aboutir lorsque le vice-président du Conseil de gouvernement, Mamadou Dia, eut vent du projet. Une entreprise aussi néfaste, dont le pays ne se relèverait jamais, devait échouer à tout prix. Il s'appuya sur l'argument juridique selon lequel on ne peut pas séparer une capitale du reste d'un pays et prit la décision de transférer la capitale du Sénégal de Saint-Louis à Dakar. À l'annonce de la nouvelle, les Saint-Louisiens, stupéfaits, protestèrent avec véhémence et énergie. D'une seule voix, ils affirmèrent qu'ils ne resteraient pas les bras croisés devant ce qu'ils considéraient comme la mise à mort certaine de leur ville. Tous les habitants sortirent manifester dans les rues en scandant des cris de haine et de malédiction à l'endroit de Dia ; dans les mosquées, des prières spéciales furent dites pour la chute de son gouvernement. Rien n'y fit, Dakar devint la capitale du Sénégal.

L'indépendance octroyée sans qu'un coup de feu n'éclate ou qu'un sabre ne sorte de son fourreau, les Lébous n'avaient pas laissé tomber pour autant leurs démarches. Le président Léopold Sédar Senghor, arrivé au pouvoir suite à l'éclatement de l'éphémère fédération du Mali, regroupant le Soudan français et le Sénégal, après s'être débarrassé de Mamadou Dia devenu entre-temps président du Conseil du gouvernement, accusé de tentative de coup d'État et enfermé avec quatre de ses compagnons au bagne de Kédougou, y mit fin, définitivement. Pas de manière brutale, mais avec tact et doigté. Il suffisait que les dignitaires lébous ne fussent plus demandeurs, alors, l'ex-mère patrie, que Senghor connaissait bien, au demeurant, abandonnerait cette entreprise diabolique, n'ayant plus d'interlocuteurs en face d'elle. En bon poète, servi par une langue très agréable, Senghor commença par faire des promesses mirobolantes. Entre autres, cent usines, où travailleraient en priorité les jeunes de la région du Cap-Vert, seraient construites en moins d'une décennie entre Rufisque et Dakar, après ce serait au tour d'un port minéralier à Bargny, puis le financement des coopératives de pêche de tous les villages pour l'acquisition de filets et de pirogues motorisées. Aux promesses, il ajouta un haut salaire pour les dignitaires, un véhicule avec essence et chauffeur, le téléphone, l'eau et l'électricité gratuits et des bourses aux enfants pour aller étudier en France. Enfin, les honneurs abolirent pour toujours les velléités séparatistes. Chaque année, la collectivité léboue était invitée à la présidence, dans la grande salle des banquets, au cours d'une réception où rien ne manquait, et elle était la seule ethnie à bénéficier de ce privilège.

Ce fut au cours d'une de ces réceptions que le président paracheva son œuvre. Il annonça aux dignitaires qu'il s'apprêtait à divulguer la loi dite « sur le domaine national » qui stipule que la terre n'appartient à personne, sinon à celui qui est en mesure de la mettre en valeur. Seulement, il craignait la réaction des Lébous. Au lieu de lui demander la raison de ses craintes, les dignitaires s'offusquèrent. Comment, lui, Senghor, pouvait-il, avec tout ce qu'il avait fait pour eux, et il fallait qu'ils le disent haut, car celui qui ne dit pas le bienfait et son auteur est un ingrat, et eux, les Lébous, n'étaient pas des ingrats, comment pouvait-il craindre leur réaction ? Toutes les lois qu'il voudrait, lui, Senghor, pourrait les promulguer comme il lui plairait, sans même les consulter, ça ne les regardait pas ; leur devoir était de l'applaudir, ils l'applaudiraient au point d'en avoir les mains enflées. L'Assemblée nationale à unique couleur verte[1] vota donc la fameuse loi 64-46. Loi dangereuse, porteuse de désordre comme la nuée porte l'orage. Bien vite, elle se révéla être une patate chaude dans la bouche des Lébous.

Rapidement, la presqu'île du Cap-Vert fut envahie, la plupart des villages transformés en ghettos. Les habitants, spoliés de leurs terres à l'aide de vrais-faux documents, se retrouvèrent minoritaires chez eux. Frustrés, enragés, impuissants, ils regardèrent l'air hébété, la main sur le menton, les nouveaux propriétaires terriens qui se nomment à présent

1. Couleur du parti au pouvoir, l'Union progressiste sénégalaise, qui deviendra le Parti socialiste.

Diamanka, Konaté, Blanchard, Mboup, Da Costa ou Gaboune, tout rêve de département ou de territoire d'outre-mer effacé de leur mémoire. Les cent usines, le port minéralier, le financement des coopératives ? Autant en emporte le vent ! Plus de véhicule ; l'eau, l'électricité, le téléphone coupés en cas de factures impayées ; les bourses à présent allouées par une commission nationale, seule demeure la bien dérisoire réception annuelle.

Que la vie est pleine de paradoxes et de coïncidences ! Créée par Senghor pour enterrer à jamais le séparatisme, la loi sur le domaine national va mettre à feu et à sang le sud du pays, où, appliquée au début du règne d'Abdou Diouf, elle servira de prétexte à un autre Senghor (aucun lien de parenté avec le président-poète), l'abbé Augustin Diamacoune, pour réveiller l'ancien MFDC[1] et déclencher la lutte année, avec pour objectif déclaré rien de moins que l'indépendance de la belle région de Casamance dont Sangalcam, par ses nombreux palmiers, ses grands arbres, sa végétation luxuriante et son sol fertile, semble être un morceau détaché…

Sangalcam ?

Ah, oui !

Lors de la bataille où les maigres troupes de diaraf Ballobé Diop, aidées par des abeilles, infligèrent une cuisante défaite à l'année du damel, Cam Mbenga, la jeune fille venue du village de Ngalape, devait s'illustrer et son nom entrer à jamais dans la postérité.

Cam, intrépide, en première ligne parmi les hommes lancés à la poursuite des soldats du Cayor,

1. Mouvement des forces démocratiques de Casamance fondé en 1947 pour appuyer le Bloc démocratique sénégalais de L. S. Senghor et Mamadou Dia contre la SFIO de Lamine Guéye.

reçut une balle en pleine poitrine, tirée par l'un des rares fuyards qui avait pu conserver son fusil, embusqué dans un taillis, de l'autre côté du fleuve. Elle mourut sur le coup et fut la seule victime de l'année du damel. «*Sangal Cam*[1] *!*» lança diaraf Ballobé à son cousin Bandak, avant de reprendre la poursuite.

Cam Mbenga fut inhumée sur la berge du fleuve. L'endroit, depuis lors, s'appelle Sangalcam, surnommé par les gendarmes le village sans loi.

Doté d'une nappe phréatique superficielle, c'était à l'époque une forêt dense, marécageuse, inhabitée, infestée de serpents venimeux et d'insectes de toutes sortes, surtout les redoutables glossines qui transmettaient la maladie du sommeil. Lorsque la ville de Dakar, après la Grande Guerre, de plus en plus peuplée, commença à manquer d'eau potable, l'administration coloniale décida d'y installer un nouveau forage pour venir en appoint à celui des Almadies dont le débit était devenu très faible. Toute la zone fat intensivement désinsectisée, les nombreuses mares drainées et asséchées. Le courant électrique fut amené de Rufisque, l'usine des eaux fut construite ainsi que le logement du Toubab qui s'en occupait, une maison à étage surplombant le fleuve, avec, à côté, pour ses deux aides indigènes, des cases. Ils furent les tout premiers habitants de Sangalcam, seul village africain à bénéficier de l'eau courante et de l'électricité.

D'autres personnes vinrent s'y établir au fil des ans, et petit à petit, le village prit de l'essor. Aux premières années de l'indépendance il atteignait un millier d'âmes. On y trouvait les plus beaux vergers

1. «Recouvre Cam!»

du pays, et il était de bon ton pour les nouveaux riches, les ministres, les députés, les hauts fonctionnaires, les officiers supérieurs, les marabouts, les hommes d'affaires, d'avoir une ferme à Sangalcam. À présent, la population du village, à majorité guinéenne de Conakry, est évaluée à dix mille habitants.

Les gendarmes, fréquemment, y effectuaient des descentes pour les délits les plus divers. Parfois même, il y avait des crimes ; le dernier en date remontait à moins d'un mois. Surpris en pleine nuit par le propriétaire d'un champ de haricots, les voleurs l'avaient tué à coups de machette, puis enterré sur place. Le lendemain matin, des chiens errants avaient mis au jour le cadavre ; le soir même, les gendarmes avaient arrêté les assassins à Guédiawaye.

L'adjudant-chef Ibnou Faye et son collègue Dème arrivèrent en moins d'un quart d'heure, Sangalcam n'étant distant de Rufisque que de neuf kilomètres. Point de Ngor Ndong. Le chef de village, les notables, les jeunes, les femmes, interrogés, déclarèrent ne pas l'avoir vu depuis trois ou quatre jours. Pourtant, ils l'avaient bien aperçu avant-hier après-midi, dans la hutte de Mbouldy le boucher, près de la gare routière, en train de boire du thé. Malheureusement, Mbouldy avait fermé et était parti au foirail chercher un bœuf.

L'infirmier leur fournit un argument concret : Ngor Ndong avait été son premier malade ce matin. Il avait à la joue une vilaine morsure. Il s'était sans doute bagarré. Il avait fallu une douzaine de points de suture pour refermer la blessure. Sûrement, il possédait beaucoup d'argent, car il avait prélevé un gros billet tout neuf d'une liasse sortie de sa poche pour payer son ordonnance à la pharmacie villageoise. Seulement, il ne savait pas où il était exactement parti après les soins.

Les deux gendarmes retournèrent à Rufisque munis de leur maigre récolte. Ibnou Faye fut prévenu à son arrivée que l'épouse du ministre d'État l'attendait dans son bureau depuis bientôt une dizaine de minutes. Tout en sueur, il considéra avec une moue désapprobatrice les auréoles humides décorant son uniforme. Il sortit de la poche son mouchoir, se décoiffa, s'essuya le visage, la nuque, le cou, les mains, remit le mouchoir en place, se lissa la barbe avant de pénétrer dans le bureau en tenant sa casquette.

Ramata, assise sur une chaise en face de la table, les jambes croisées, son sac à main posé sur ses genoux, se leva à l'entrée d'Ibnou Faye et s'avança vers lui.

— Vous avez retrouvé Ngor Ndong, monsieur le gendarme ? interrogea-t-elle d'un ton empressé.

— Bonjour, madame le ministre, fit Ibnou Faye.

— Ah bonjour, monsieur le gendarme ! rectifia-t-elle avec un grand sourire, la main tendue. Vous avez trouvé Ngor Ndong ?

Ibnou Faye serra la main sans pouvoir s'empêcher de penser que le ministre d'État ne devait guère s'ennuyer avec une femelle aussi potable.

— Malheureusement, non, déclara-t-il avec regret. (Il déposa sa casquette sur la table, la contourna, invita d'un signe de la tête Ramata à reprendre place sur la chaise et s'installa dans son fauteuil lorsqu'elle se fut assise.) Nous avons fouillé tout le village, il n'y était pas, poursuivit-il. Cependant, l'infirmier l'a soigné d'une morsure à la joue tôt le matin. Son rayon d'action n'est pas vaste, demain nous le retrouverons sûrement.

— Il n'est pas question d'attendre jusqu'à demain ! objecta Ramata d'une voix cassante. Vous allez tout de suite…

Devant le regard sévère dont la foudroya Ibnou Faye, elle ne termina pas sa phrase et battit des paupières.

— Oh ! Excusez-moi, monsieur le gendarme, reprit-elle, avec une douceur affectée. Je ne devrais pas vous parler ainsi, j'ai tort, excusez-moi. Mais il faut que vous m'aidiez à retrouver Ngor Ndong, monsieur le gendarme. Sinon, je passe la nuit ici, à la gendarmerie. Vous direz à votre épouse de me prévoir à dîner et de m'aménager une petite place dans le salon. Vous m'aiderez, monsieur le gendarme ?

La question était accompagnée d'un sourire charmeur. Ibnou Faye avait été piqué par le ton mordant de Ramata. Mais à présent, avec son sourire du tonnerre, sa manière si agréable de l'appeler monsieur le gendarme, sa voix si douce, elle avait mis un baume adoucissant sur la piqûre. Il se dit qu'il ne pouvait rien lui refuser. Et puis, pourquoi n'aiderait-il pas la femme du ministre d'État, un homme très puissant ? C'était comme s'il rendait service au ministre d'État en personne, lequel lui serait ainsi redevable, ce qui était toujours bénéfique dans ce pays. D'autant plus que ce qu'elle lui demandait : lui retrouver Ngor Ndong, n'était ni compliqué ni répréhensible au regard de la loi.

— Vous n'aurez pas à passer la nuit à la gendarmerie, madame le ministre, annonça-t-il, aimable. Nous allons tout faire pour le retrouver. Mais est-ce que nous parlons du même énergumène ?

— C'est-à-dire, monsieur le gendarme ? Vous parlez de quel énergumène ?

— De Ngor Ndong ! Monsieur le ministre d'État

m'a dit que vous vouliez le remercier d'un service qu'il vous a rendu la nuit dernière. Je me demandais simplement si nous parlions du même Ngor Ndong.

— Je suis sûre et certaine que nous parlons du même Ngor Ndong, monsieur le gendarme.

— Ah oui ? Pourquoi ?

— Il m'a sauvée d'une agression la nuit dernière, alors que je revenais de la maternité de l'hôpital Le Dantec, sur le coup de deux heures. Le taxi venait de me déposer devant chez moi, à Ranrhar, un endroit isolé, désert, et pendant qu'il repartait et que je m'apprêtais à sonner le gardien, j'ai été entourée soudain par trois voyous surgis de je ne sais où, qui voulaient m'agresser. Fort heureusement, Ngor Ndong venait à passer. Il est venu à mon secours et les a mis en fuite. C'est au cours de la terrible bagarre, à un contre trois, qu'il a été mordu à la joue, sous mes yeux. Et puisque vous m'informez que l'infirmier a soigné Ngor Ndong d'une morsure à la joue, j'en conclus que nous parlons assurément de la même personne. Il s'est lancé à la poursuite des trois voyous et à ce moment, revenue de ma frayeur, j'ai sonné, le gardien a ouvert et je suis entrée.

Ibnou Faye demeura un long moment méditatif avant de s'entêter :

— Mais comment vous savez que l'homme venu à votre secours était Ngor Ndong ? Comment pouviez-vous connaître son nom et savoir qu'il habitait à Sangalcam ?

Elle rit, d'un petit rire nerveux.

— Ma parole ! Vous me faites subir un interrogatoire, monsieur le gendarme, plaisanta-t-elle en prenant son sac à main posé sur ses genoux.

Elle l'ouvrit, en retira une boîte Le Boxeur, la

déposa sur la table devant Ibnou Faye. Puis, devenant soudain grave, elle leva la main droite.

— Je jure de dire la vérité, toute la vérité, rien que la vérité, monsieur le gendarme, reprit-elle, sérieuse. C'est cette boîte d'allumettes qui m'a renseignée, elle répond aux questions pertinentes que vous me posez. Au cours de la bagarre, je l'ai vue tomber de la poche de Ngor Ndong. Je l'ai ramassée, pendant qu'il poursuivait les voyous, avant de rentrer chez moi, comme ça, instinctivement. Ce n'est qu'au matin, à mon réveil, alors que je me demandais qui était mon sauveur, que j'ai constaté que son nom et celui de son village étaient écrits dessus. Vous êtes satisfait, monsieur le gendarme ?

Ibnou Faye s'empara de la boîte d'allumettes, lut les inscriptions, finit par hocher la tête, la remit à Ramata qui la replaça dans son sac.

— Êtes-vous satisfait, monsieur le gendarme ? répéta-t-elle tout sourire.

— Oui, oui, madame le ministre ! bredouilla-t-il. Mais…

— Quoi encore, monsieur le gendarme qui est plus tenace que Colombo ?

Ibnou Faye ne put s'empêcher de sourire à son tour.

— Monsieur le ministre d'État, votre mari, disait que Ngor Ndong était chauffeur de taxi…

Ramata l'interrompit à nouveau en éclatant de rire, gaiement.

— Monsieur le ministre d'État, mon mari, a fait une confusion, monsieur le gendarme ! s'amusa-t-elle. Je me demande où est-ce qu'il est allé chercher ça ! Sans doute la fatigue du voyage ; il revenait de Genève.

— Je vois, admit-il.

Ramata joignit les deux mains en face de son visage en signe de prière, eut un battement de paupières.

— Monsieur le gendarme, je vous le demande, répondez-moi sincèrement, pourquoi vous suis-je si antipathique ? Qu'est-ce que je vous ai fait ? interrogea-t-elle, le sourire toujours ravageur. Aidez-moi, monsieur le gendarme, au lieu de me harceler avec vos questions !

— Oh non, madame le ministre, vous ne m'êtes pas antipathique du tout, protesta-t-il. Nous allons retrouver Ngor Ndong, je vous le garantis.

Il était sceptique, malgré tout. Non pas que l'histoire racontée par l'épouse du ministre d'État parût incohérente, mais il connaissait très bien Ngor Ndong. Et il le voyait mal en redresseur de torts, ne serait-ce que parce qu'il lui avait passé lui-même les menottes lors de sa dernière arrestation... Mais, au fond, était-ce son problème ? D'ailleurs, pourquoi Ngor Ndong n'aurait-il pas pu changer ? D'accord, la prison ne transforme pas une hyène en mouton, mais il était jeune, peut-être que cette fois-ci, sa longue incarcération l'avait assagi. En tout cas, il n'avait aucune raison objective de mettre en doute la parole de l'épouse du ministre d'État. Il trouva soudain ses interrogations bien plates, saugrenues, voire même déplacées. Pour un peu, il se traiterait de malotru, de butor, pour l'avoir, comme elle l'avait dit, harcelée avec ses questions.

— Nous allons le retrouver, madame le ministre, réitéra-t-il. Je reviendrai avec lui, ne vous en faites pas !

Il s'excusa de la laisser seule, sortit du bureau et se rendit à la salle de permanence. Il demanda à tous les gendarmes, sauf à celui qui était de garde, d'aller à la recherche de Ngor Ndong dans les bars de Rufisque, sans oublier les débits de vin de palme.

— Puisqu'il a de l'argent, comme l'a affirmé l'infirmier de Sangalcam, c'est sûr qu'il est en train de le flamber ! conclut-il.

Puis il appela Dème, et ils partirent à Diamniadio à bord de la Land Rover.

À Paris, on trouve un restaurant nommé le Fouquet's, comme à Dakar. Un ministère de la Ville est créé en France ? Aussitôt, le Sénégal a son ministère de la Ville, jusqu'à ce qu'un pressenti refuse le poste, le trouvant ridiculement et à juste raison sans consistance, vide, ce qui met fin à son existence. La légitime du chef de l'exécutif américain porte le titre de première dame et on affuble du même honneur la digne épouse du propriétaire du pays.

Alors, comme ça, à Diamniadio, petit village à huit kilomètres à l'est de Bargny, carrefour où se rejoignent les routes de Thiès-Saint-Louis et de Mbour-Kaolack pour former une nouvelle autoroute à quatre voies qui conduisait à Dakar, se trouve le Copacabana, comme au Brésil, sur la célèbre baie de Rio !

C'était un boui-boui en retrait du village, situé près de la route menant à Sébi-Ponty, animé de jour comme de nuit, formé par une grande concession clôturée par de vieilles tôles en zinc, avec une multitude de portes de sortie pour faciliter une échappée en cas de rafle.

Le Copacabana se composait d'une dizaine de petites baraques en bois, dont l'extérieur, enduit d'huile morte contre l'invasion des termites, sur laquelle se collait une épaisse couche de poussière grise, donnait à l'ensemble un aspect sale et lugubre. L'intérieur, tapissé de vieux journaux ou de papier d'emballage, au sol en terre battue, avec, au milieu, une paillasse au drap jamais lavé et aux oreillers luisants de crasse à l'endroit où se posent les têtes, ne valait guère mieux.

Les baraques entouraient un bâtiment en dur, d'une seule pièce, une grande salle de quinze mètres sur dix. C'était le bar, centre nerveux du Copacabana, aux murs décorés par les pochades de Diakité, l'artiste peintre de tous les débits du pays, avec ses éternels thèmes : le chasseur effrayé qui jette son fusil devant le lion et s'agrippe des mains et des pieds à la branche de l'arbre ; la danseuse à la croupe monumentale, courbée, les mains appuyées sur les genoux, regardant par-dessus son épaule le joueur de tam-tam d'aisselle en pantalon bouffant debout derrière elle ; le couple enlacé sur la piste de danse, l'homme en costume-cravate, la cavalière en crinoline ; le buveur méditatif devant son verre, les coudes posés sur la table, la tête soutenue par une main, une cigarette allumée dans l'autre.

Le bar était bondé, toutes les tables occupées par des clients des deux sexes ivres, qui menaient un grand tohu-bohu quand Ibnou Faye et Dème y pénétrèrent. L'apparition des deux hommes en uniforme ramena le silence dans la salle, aussi soudainement que lorsqu'on appuie sur la touche « Stop » d'un radio-cassette poussé à fond.

Surveillant son monde depuis son comptoir placé au fond du bar, assise sur un tabouret, face à la porte d'entrée, Ndiaba Dièye, la maîtresse des lieux, une femme entre deux âges, aux formes éléphantesques, que tout le monde surnommait Golda Meir, sa fille Diodio, aussi énorme que sa mère, debout à ses côtés, ne fut point surprise par l'arrivée des gendarmes. Il n'y avait pas l'ombre d'un doute, ils venaient pour arrêter Ngor Ndong. Depuis qu'il avait débarqué, peu avant midi, la joue ornée d'un pansement au sparadrap, fringué de neuf de la tête aux pieds, il n'avait sorti que des billets rouges, craquants de neuf, pour payer des tournées générales. Ce n'était que par le vol qu'il avait pu se procurer cet argent. Il avait certainement fait un coup la nuit passée, et les gendarmes, qui le recherchaient, l'avaient retrouvé.

Ngor Ndong, attablé, le dos au mur, près de la fenêtre ouverte, entre deux maquisardes, avait exactement les mêmes pensées que Golda Meir quand il vit les deux gendarmes. Ils sont venus pour me faire tomber ! songea-t-il.

S'ils lui mettaient la main dessus, il était bon pour les assises. Il ne pourrait pas nier car il portait sur lui des preuves accablantes : le poignard, la chaîne, les billets… Il était exclu de se laisser prendre, de retourner en prison, et cette fois-ci pour très longtemps. Il inspira profondément, se força à faire cesser ses tremblements, les nerfs tendus à se rompre, la main à la portée de la bouteille de Valpierre non ouverte. Il était beaucoup plus costaud que ces gendarmes, il les laisserait s'approcher, saisirait la bouteille comme s'il s'apprêtait à remplir son verre, assommerait l'un d'un solide coup sur la tête, servirait à l'autre, au menton, l'uppercut qu'il avait sur le cœur, puis il sauterait par la fenêtre et disparaîtrait dans la nature avant qu'ils ne retrouvent leurs esprits. Bien fort celui qui arriverait à l'attraper après.

Les deux gendarmes parvinrent auprès de Golda Meir et Diodio, les saluèrent. Au moment où Ibnou Faye allait les interroger, Dème, adossé au comptoir, ayant une vue d'ensemble sur la salle, aperçut Ngor Ndong.

— Hé, te voilà, toi ! s'exclama-t-il en se dirigeant vers lui. En train de te la couler douce, alors qu'on te cherche partout.

Ibnou Faye suivit Dème, et Golda Meir, abandonnant son comptoir, les rejoignit lorsqu'ils arrivèrent à la table de Ngor Ndong.

— Pourquoi me cherchez-vous ? Je n'ai rien fait, moi ! lança-t-il d'une voix qu'il tentait difficilement de maintenir calme, la main sur la bouteille de Valpierre.

Ibnou Faye le tapota à l'épaule, familièrement.

— Allez, lève-toi, vite ! La femme que tu as aidée la nuit dernière t'attend à la gendarmerie pour te remercier.

Ngor Ndong se mit debout. Complètement dépassé. Avait-il mal entendu ou le gendarme avait bien dit « la femme que tu as aidée l'autre nuit » ? Et puis, comment avait-elle pu l'identifier ?

— Qui lui a donné mon nom ? ne put-il s'empêcher de demander.

Ibnou Faye se mit à rire.

— Heureusement pour toi, tu ne commettais pas de délit, sinon, ta boîte d'allumettes, où tu as inscrit ton nom et ton village, t'aurait perdu, expliqua-t-il. Pendant que tu te bagarrais avec les trois agresseurs de la femme dont l'un t'a mordu à la joue, la boîte est tombée de ta poche, elle l'a ramassée, et c'est ainsi qu'elle a pu t'identifier.

C'est vrai ! Il s'était rendu compte qu'il avait perdu sa boîte d'allumettes, en voulant fumer une cigarette dans son taxi, après avoir abandonné la femme sur les lieux, son coup fait la nuit dernière, et il se souvenait d'avoir gribouillé au verso quand il prenait les trois normaux avec Mbouldy.

— Allez ! On y va, la femme t'attend à la brigade, elle tient à te remercier, le pressa Ibnou Faye.

La salle, plongée dans le calme, chacun ayant retenu son souffle, replongea dans le tumulte. À la vue des deux gendarmes, tout le monde s'attendait à l'arrestation, certainement mouvementée, de Ngor Ndong. Un spectacle en perspective qui changerait du train-train habituel du bar, à se raconter pendant des semaines et des semaines ! Les clients, très déçus de ne voir rien de tout cela arriver, retournèrent à leurs conversations et activités avec beaucoup plus d'entrain. Le premier, le griot rompit le silence en entonnant son sempiternel refrain « Je préfère la chance à la licence ! » accompagné de sa guitare monocorde. Au milieu de la piste, deux maquisardes à la tenue identique, T-shirt rouge et jean collant noir, qui s'appelaient entre elles les sœurs jumelles, recommencèrent à s'injurier à grands cris, l'une accusant l'autre de vouloir lui prendre son petit ami. Alain Aïda, leur copain homosexuel, en débardeur et pantalon serré, accourut se mettre entre elles, les suppliant de ne pas se sécher en public. De la table voisine de celle de Ngor Ndong, surnommée l'ONU, fusèrent des slogans : *Sopi ! Folli ! Dialarbi ! Thiabi bi ! Féthi*[1] *!* Le groupe des « intellectuels » reprit ses supputations sur les chances des partis de l'opposition aux prochaines élections présidentielles. L'un d'eux déclara que sans une candidature unique de

1. « Changement ! Destitution ! Renversement ! La clé (du changement) ! Dénouement ! » Slogans des plus importants parmi la quarantaine de partis d'opposition.

toute l'opposition, ce serait encore le combat de l'hyène et de l'âne : le candidat du parti au pouvoir depuis plus d'un demi-siècle allait rempiler. Candidature unique ou pas, objecta un autre, le président actuel serait battu, car son parti, usé justement par le long temps passé au pouvoir, s'était effrité comme un vieux tissu avec le départ de ses éléments les plus compétents et n'était plus en mesure de gagner des élections transparentes. Ce qui est sûr et certain, c'est que personne n'aura la majorité au premier tour, et au second, le candidat de l'opposition le mieux placé, soutenu par tous les autres, remportera haut la main la victoire et le pays connaîtra enfin l'alternance. Un troisième affirma qu'au vu des fraudes constatées sur la confection des cartes d'identité et les inscriptions sur les listes électorales, on allait encore tout droit vers un scrutin non transparent, source de graves désordres pour le pays. « Où se trouvent les cabinets ? Les cabinets, où se trouvent-ils ? » s'époumona un garde pénitentiaire, trop ivre pour situer l'emplacement des toilettes. Khomeyni, Serigne Gora de son vrai nom, un érudit, sur l'insistance de son auditoire impatient, reprit le récit de l'assassinat de Seydina Ousseynou à Karbala, là où il s'était arrêté. Juste au moment où, blessé à la bouche, à la poitrine, au ventre et aux jambes par des coups de flèche, de sabre et de lance, le bras gauche sectionné à l'épaule, la dextre tenant fermement son sabre, le fils de Fatoumata la fille du Prophète, voulait se relever pour continuer le combat face aux nombreux ennemis qui l'encerclaient, stupéfaits par tant de résistance et de courage. Zora se glissa derrière lui, lui enfonça sa lance dans le dos et lui arracha le dernier souffle de vie. Schamir lui trancha la tête ; Qaïs lui enleva sa chemise ; Bahr le caleçon; Akhnas le turban et Habib le sabre. À cet instant du récit, un homme assis en face de Khomeyni, envahi par une forte émotion, tomba de sa chaise en poussant un cri strident et s'évanouit sur le sol. On se pressa autour de lui, quelqu'un lui aspergea le visage avec de l'eau, lui tapota les joues et il retrouva ses esprits. On pressa Khomeyni de continuer. Puis, poursuivit-il, Schamir annonça que l'émir Yézid, fils de Moawiya, fils de Hind la mangeuse de foie humain, a ordonné que le cadavre soit foulé aux pieds des chevaux, et vingt cavaliers passèrent sous les sabots de leur monture le corps décapité de SeydinaOusseynou qui fut effroyablement broyé devant les femmes et les enfants obligés à regarder, seuls rescapés de la famille du prophète Mamadou qui fut décimée en ce jour de nouvel an musulman. Une vendeuse annonça que la friture et la grillade de quatre-mètres[1] accompagnées de citron et de piment étaient déjà prêtes. Quelqu'un interpella Diodio et fit la commande de cinq La Gazelle, trois Valpierre et deux Ricqlès. Golda Meir dit au revoir aux hommes de loi et regagna son comptoir.

Pas rassuré du tout, Ngor Ndong suivit les deux gendarmes dehors. Tous les trois montèrent à l'avant de la Land Rover garée sous les flamboyants fleuris plantés à l'entrée du Copacabana, lui au milieu, encadré par les deux hommes en uniforme. Dème alluma le moteur et démarra.

— Passe à l'essencerie pour faire le plein! jeta Ibnou Faye.

Durant tout le trajet, mille et une questions se bousculaient dans l'esprit de Ngor Ndong. Il avait beau faire le point pour essayer de comprendre, il

1. Variété de harengs géants.

nageait toujours en plein cirage, et se demandait s'il ne s'était pas trompé dans son analyse. Mais non, présentés sous tous les angles, les faits revenaient toujours constants : la nuit dernière, il vole un taxi à Dakar, détrousse puis viole une femme, abandonne le véhicule entre Niacourab et Ndikhirate sur le chemin du retour et rentre à Sangalcam à pied peu avant l'aube ; le matin, après avoir fait soigner au dispensaire sa joue mordue par la femme, il va à Rufisque s'acheter des vêtements chez Faouzzi, passe un moment au Lion d'or dans la même rue et termine son périple au Copacabana où les gendarmes le retrouvent sans peine grâce à sa boîte d'allumettes tombée sur les lieux de son forfait. Bon. Mais ce qu'il n'arrivait pas à comprendre, c'était pourquoi les gendarmes ne lui avaient pas administré une dérouillée sévère dans le bar avant de lui cadenasser les poignets dans des menottes, au lieu de le traiter avec une sorte de déférence. Plus incompréhensible encore était l'attitude de cette femme, une fort bien curieuse femme, assurément. Il l'avait ignominieusement maltraitée et elle avait raconté qu'il l'avait sauvée d'une agression. Non, non et non ! Ça ne tenait pas la route. Les gendarmes l'avaient endormi avec une histoire soporifique pour pouvoir le capturer sans résistance aucune, sans la moindre violence. Comme un poisson dans une nasse. Depuis la grève, suivie de la radiation de tous les policiers, en soutien à trois de leurs collègues jugés et condamnés pour avoir torturé à mort un présumé receleur de batterie afin de lui soutirer des aveux, tous les hommes de loi avaient changé de tactique ; ils employaient la ruse plutôt que la force brutale, surtout lorsqu'ils intervenaient publiquement. Comme ils avaient agi à son encontre. Comment avait-il pu se laisser prendre d'une manière aussi élémentaire ? Pourquoi diable n'avait-il pas opté pour sa décision première, assommer les deux gendarmes, puis disparaître à jamais par la fenêtre pendant qu'ils étaient KO ?

À la brigade, en pénétrant dans le bureau, précédé par Ibnou Faye, Ngor Ndong se torturait encore les méninges.

— Voilà Ngor Ndong, madame le ministre ! annonça le chef de brigade avec une teinte de satisfaction dans la voix.

Ramata se leva prestement. Elle s'avança vers Ngor Ndong, posa sur lui un long regard où brillait une étrange lueur d'envie, d'incrédulité, de possession mélangées. Puis elle lui saisit le bras et l'entraîna dehors, sans un mot de remerciement ni d'au revoir à Ibnou Faye qui demeura médusé. Les autres gendarmes furent éberlués en voyant le couple, bras dessus bras dessous, sortir du bureau et traverser à pas rapides la salle de permanence.

La Jaguar de Ramata était garée dans le petit jardin aménagé entre la route nationale et l'entrée de la brigade, près du mât supportant le drapeau vert-or-rouge. Elle s'installa au volant, ouvrit l'autre portière. Ngor Ndong hésita. En réalité, il voulait s'enfuir. Elle se pencha vers lui, appuyée du coude sur le siège d'à côté.

— Monte ! l'encouragea-t-elle, souriante, comme on encourage une fillette à prendre dans ses mains une peluche offerte qui lui fait peur.

Il hésita encore, à nouveau elle l'encouragea, et il finit par monter à côté d'elle. Elle démarra en direction de Dakar. Peu après la sortie de Rufisque, avant d'arriver au carrefour de Mbao, elle vira à gauche, prit la route secondaire menant au Chez Vous, au bord de la mer. Cinq minutes après, elle rangea la

Jaguar au parking du petit hôtel, éteignit le moteur et descendit.

— Viens ! lança-t-elle.

Toujours hésitant, Ngor Ndong mit un long moment avant d'ouvrir la portière. Elle contourna l'avant du véhicule et arriva auprès de lui au moment où il mettait enfin pied à terre. Elle lui adressa un sourire rassurant, s'empara de son bras et, alors que l'obscurité de la nuit commençait à se répandre, ils pénétrèrent dans la cour du Chez Vous parsemée de flamboyants en fleur. Un éclair zébra le ciel à l'est, suivi d'un grondement de tonnerre sourd dans le lointain, lorsqu'ils parvinrent dans le hall de l'hôtel.

Ngor Ndong n'était toujours pas tranquillisé. Il éprouvait un malaise suffocant, il aurait voulu être à cent lieues de cette femme à qui il avait infligé un traitement bestial, et qui non seulement ne s'en était pas offusquée, mais semblait avoir pris l'affaire à la bonne. Que lui voulait-elle ? Ne voulait-elle pas se venger personnellement, le flinguer à bout portant avec le revolver qu'elle gardait sans doute dans son sac en bandoulière ? Il voulait s'enfuir, mais il n'osait pas arracher son bras qu'elle étreignait.

Le gérant du Chez Vous, un petit homme de teint clair, coiffé à la Tyson, la moustache bien taillée, en costard noir, chemise blanche, nœud papillon et pochette rouges, les accueillit avec une bienveillance toute commerciale.

— Bonsoir madame, bonsoir monsieur ! Vous êtes chez vous au Chez Vous, lança-t-il en souriant. C'est pour la nuit ou pour un moment, s'il vous plaît ?

— Un moment ! répondit Ramata.

— Ce sera dix mille francs, plus la carte d'identité ou le permis de conduire de l'un de vous, s'il vous plaît.

Ramata ouvrit son sac à main, en tira trois billets de dix mille, les tendit au gérant.

— Nous n'avons ni carte d'identité ni permis de conduire !

Le gérant s'empara des billets, les fourra dans la poche de son pantalon. Son sourire s'accentua quand il remit à Ramata une grosse clé en cuivre prise dans un tiroir.

— Puisque c'est pour un moment, carte d'identité ou permis de conduire peuvent ne pas être nécessaires ! annonça-t-il. Vous prenez la chambre 5, en haut, au fond du couloir, s'il vous plaît. C'est la meilleure. De la fenêtre, vous avez une vue imprenable de toutes les lumières de Dakar en bordure de mer, de la torchère à la flamme orange de la raffinerie de Mbao au phare rouge clignotant du cap Manuel. Madame, monsieur, passez un fort agréable moment au Chez Vous où vous êtes chez vous.

DESTINÉES

Par une torride journée de septembre, le petit Ngor Ndong et ses amis se baignaient dans la mare située en amont du Jardin chinois à Sangalcam. Ils menaient gaiement un grand charivari quand, soudain, le pied de Ngor Ndong buta contre un corps qui gisait au fond de l'eau.

— Hé, il y a quelqu'un qui est couché dans le fleuve ! s'écria-t-il.

Ses camarades, de peur, se débandèrent aussitôt, le laissant seul dans la mare. Lui aussi avait peur. Mais, enfant curieux, il voulait connaître celui qui était capable de rester couché dans l'eau et d'y demeurer sans respirer. Il plongea, le cœur emballé, saisit une jambe et tira le corps vers la rive.

C'était Tiguidanké Barry, une petite fille du village. Sa figure émergeait hors de l'eau, sa bouche était ouverte, de même que ses yeux, étrangement fixes et vitreux.

— Elle est morte ! lança l'un des enfants qui observaient la scène sur la rive.

Aussitôt, ils se dispersèrent comme une volée de moineaux, avec de grands cris. Ngor Ndong, apeuré, lâcha la jambe de Tiguidanké, sortit de la mare, ramassa sa chemise sur la berge et courut derrière ses petits camarades. À mi-chemin, les enfants rencontrèrent tout le village alerté par leurs cris.

Ngor Ndong venait d'avoir six ans. La mort de la petite Tiguidanké Barry, une épileptique venue se baigner seule, qui avait fait une crise et s'était noyée dans l'eau, fut pour lui une grande révélation. Déjà, la mort l'intriguait au plus haut point, en dépit de son bas âge. Il habitait en face de la mosquée, et chaque fois qu'il voyait une prière mortuaire se dérouler dans la cour de l'édifice, les idées se bousculaient dans sa tête, il se demandait de quelle manière la mort survenait. Il imaginait toujours un ange descendu du ciel, armé d'un couteau, égorgeant le défunt comme on égorge un mouton pendant la fête de la Tabaski. Ainsi donc, on pouvait mourir sans avoir la gorge tranchée ! Par noyade, par exemple, comme Tiguidanké. Cela ne m'arrivera jamais, car je sais nager ! songea-t-il.

La seconde révélation qu'eut Ngor Ndong se produisit à l'âge de douze ans. On lui en aurait donné quinze sans hésitation. Il ressemblait à ces plantes solitaires qui poussent spontanément et se développent avec une vitalité extraordinaire sur les tas d'immondices. Élève du cours moyen deuxième année, il se préparait à l'examen du certificat d'études primaires et à l'entrée en sixième. Dans le dossier à fournir se trouvait, entre autres papiers, son bulletin de naissance que sa mère, Seynabou Tine, était allée chercher la semaine dernière à Fafaho, le village où il était né, et qu'il avait quitté petit bébé sur le dos de sa mère. C'était la première fois qu'il voyait son bulletin de naissance. En le lisant, il eut la surprise de sa vie : son père se nommait Ngor Ndong, comme lui ! Comment était-ce possible ? Son père, le mari de sa mère, était bel et bien Mbagnick Ndong. Même s'il n'y avait pas de quoi en être fier. Mbagnick Ndong était un ivrogne au bas de l'échelle, la risée de tout Sangalcam, une vraie épave, qui déconnait publiquement sous l'emprise de l'alcool, tombant souvent ivre mort à salir son pantalon. Il ne remplissait aucun de ses devoirs de chef de famille et, de surcroît battait sa mère à la moindre incartade. Oui, il se l'avouait, Mbagnick Ndong, son père, lui faisait honte. S'il avait pu le maudire, il l'aurait fait, mais on ne maudit pas l'auteur de ses jours, car comme dit l'adage, « si chacun connaît celui qui est meilleur que son père, chacun préfère son père ». Troublé, le bulletin de naissance en main, il partit à la recherche de sa mère.

Seynabou Tine se trouvait dans la cuisine, une hutte aménagée entre les deux cases d'habitation, en train de préparer le déjeuner. Ngor Ndong l'interrogea à ce sujet.

Elle garda le silence pendant un long moment, avant de répondre d'une voix compassée :

— Tu n'es pas le fils de Mbagnick, en vérité. Il n'est que ton petit père. Ton vrai père s'appelait Ngor, il était le frère aîné de Mbagnick. Il est mort à l'hôpital Le Dantec, une semaine avant ta naissance, c'est pourquoi tu portes son prénom. Mbagnick m'a héritée de lui.

Le temps d'un éclair, Seynabou Tine se remémora la nuit déjà lointaine où, après un violent orage dans la journée, Mbagnick Ndong était venu apporter la funeste nouvelle de la mort de son frère. Ngor était décédé à l'hôpital même où il travaillait, des suites d'une brève maladie, et avait été enterré à Dakar. C'est tout ce qu'on lui avait dit. Était-elle à terme, ou le travail fut il provoqué par la stupeur ? Toujours est-il qu'aussitôt prévenue, elle avait eu des contractions et avait mis au monde rapidement, sans peine aucune, un enfant de sexe masculin. Huit jours plus tard, lors du baptême du nouveau-né, à qui on avait donné naturellement le prénom de son père défunt, elle avait été mariée, tout aussi naturellement, par héritage, au frère de feu son mari qu'elle pleurait encore. Seynabou Tine détourna le visage, prit un pan de son pagne du haut, essuya ses yeux embués de larmes et son visage inondé de sueur. Ngor Ndong se demanda si sa mère pleurait ou si ses larmoiements étaient causés par la fumée que dégageait le feu de bois sur lequel était posée la marmite.

— Tu as quel âge maintenant ? s'enquit-elle, encore troublée par le chagrin réveillé en elle.

— Douze ans, annonça Ngor Ndong. Dis-moi, mère, est-ce que mon vrai père Ngor Ndong était comme… comme mon… père Mbagnick ?

Seynabou Tine ne répondit pas. Un sourire fugace et triste se dessina sur ses lèvres. Elle se baissa, ouvrit la marmite avec le crochet de l'écumoire, laissant échapper un brûlant jet de vapeur, et déposa le couvercle, à l'envers, sur une grosse pierre à côté du feu. Elle retourna l'écumoire, plongea la pelle perforée dans la marmite et entreprit de remuer le riz qui mijotait à l'intérieur.

Ngor Ndong réitéra sa question.

— Bien sûr que ton père ressemblait à Mbagnick, annonça-t-elle enfin, toujours baissée.

Elle nivela le riz avec la pelle, la frappa plusieurs fois sur le rebord de la marmite pour en détacher les grains qui y étaient collés, reprit ensuite le couvercle à l'aide du crochet, le remit en place et reposa enfin l'écumoire sur la pierre.

— Ils se ressemblaient beaucoup, poursuivit-elle

en se redressant. Comme peuvent se ressembler deux frères de mêmes père et mère !

— Mère, je ne parle pas de cette façon de ressemblance, fit Ngor Ndong. Je veux dire, est-ce que mon vrai père, Ngor Ndong, il se comportait comme... mon père... Mbagnick Ndong ? Mon vrai père était-il un soûlard comme mon... père Mbagnick ?

— Non, sur ce point, Ngor et Mbagnick ne se ressemblaient pas du tout, déclara-t-elle. Autant Mbagnick est léger, sans personnalité, autant ton père était plein de caractère. Malgré son jeune âge, Ngor était respecté de tous, enfants et adultes, pour son courage au travail et son sérieux. On ne l'a jamais vu commettre un de ces actes licencieux dont les jeunes sont coutumiers; il ne buvait jamais et était très pieux. Maintenant, cesse de me fatiguer avec tes sottes questions, sinon mon repas ne sera pas terminé à l'heure. Va apprendre tes leçons !

Ngor Ndong retourna dans sa case, serein et affligé à la fois. La conduite déplorable de Mbagnick Ndong l'avait toujours mortifié et rempli de complexes, mais il n'avait jamais osé juger celui qu'il prenait pour son père. Savoir qu'il n'en était rien lui procurait un grand soulagement, comme si on lui avait extirpé une épine de la plante du pied. Mais, en même temps, sa joie se mélangeait d'une profonde tristesse à la pensée de son vrai père, son homonyme, qu'il ne connaîtra jamais.

Trois jours après, Ngor administra une raclée mémorable à Mbagnick Ndong. Comme à l'accoutumée, il voulait soutirer de l'argent à sa mère pour se rendre chez Étienne. Seynabou Tine lui avait répondu qu'il n'avait qu'à travailler s'il voulait avoir de quoi se payer son vin de palme, que l'argent qu'elle détenait servait aux besoins du foyer. Mbagnick

Ndong avait trouvé qu'elle l'avait considéré avec mépris, l'avait insulté, l'avait traité de paresseux et d'ivrogne. Il était entré dans une colère terrible et s'était mis à la tabasser.

Ngor Ndong était en train de prendre un bain dans la douche en plein air, un enclos construit derrière les cases. Alerté par les « C'est moi que tu injuries ? » furieux de Mbagnick Ndong, le bruit des coups et les cris déchirants de Seynabou Tine, il remit précipitamment son slip, sortit le corps tout couvert de savon, et ce jour-là, essuya les larmes de sa mère. Il fondit sur Mbagnick Ndong surpris comme une poule sur une sauterelle, le saisit à bras-le-corps, le souleva au-dessus de sa tête, ses jambes fouettant l'air, le projeta à terre avec une violence inouïe et s'assit sur sa poitrine. Mbagnick hurlait comme un écorché ; Ngor Ndong le fit taire en lui serrant la gorge d'une main et en lui versant de l'autre une poignée de sable en pleine bouche. Pendant qu'il suffoquait et crachotait, il lui martela méthodiquement, jusqu'au sang, la figure à coups de poing.

Seynabou Tine, unique témoin, n'intervint pas, n'appela pas au secours non plus. Les voisins, attirés par les hurlements prolongés de Mbagnick Ndong, vinrent séparer les deux protagonistes et mirent fin à la correction.

À partir de ce jour, Seynabou Tine eut une paix royale à la maison. Mbagnick Ndong, par la force des choses, avait bien retenu la leçon : ses deux incisives supérieures avaient été fracturées, tout son visage, les yeux, le nez, les pommettes, les lèvres, resta tuméfié pendant plus de trois semaines. Jamais plus il ne demanda à Seynabou Tine le moindre denier, encore moins songea-t-il à lever le petit doigt sur elle.

Il se méfiait de Ngor Ndong et l'évitait comme un lépreux. Il ne mangeait plus dans le plat commun, préférant prendre ses repas seul dans sa case.

Vint la période des examens. Ngor Ndong, brillant élève, réussit à l'entrée en sixième et au certificat d'études. L'année scolaire suivante, il fut orienté au lycée Abdoulaye Sadji de Rufisque.

Il ne le fréquentera que durant trois mois.

Deux jours avant la fin des vacances de Noël, un dimanche matin qu'il s'était isolé sous un arbre, son Bic en main, son cahier sur les genoux, derrière les habitations, pour faire un devoir à rendre à la reprise des cours, il aperçut sa mère, son panier sous le bras, qui pénétrait dans le verger de Tangara, un gros commerçant de Dakar. Quelques instants après, il vit Kindy, le garçon, sortir de la ferme et se diriger vers le village. Ngor Ndong se dit donc que sa mère, sans doute, venait acheter des fruits à revendre dans la soirée au marché de la gare routière ou demain matin à Rufisque. Elle ne l'avait pas vu. Il allait lui faire la surprise et l'aider à porter son panier à sa place.

Il se leva, roula son cahier, le mit avec le Bic dans la poche de son pantalon et pénétra à son tour dans le verger dont le portail était demeuré ouvert. Il regarda partout, ne vit point sa mère. Son panier était déposé à l'entrée du bâtiment où Tangara, quand il venait, se reposait le week-end. Sa mère devait donc se trouver dans la chambre, en train de discuter prix avec lui. La porte était fermée. Intrigué sans savoir pourquoi, il allait sonner mais se ravisa, fit le tour du bâtiment, trouva la fenêtre ouverte. Il s'approcha sans bruit, tira doucement un coin du rideau, jeta un coup d'œil dans la pièce et fut pétrifié. Les sandales, le pagne de sa mère portant seulement sa taille basse, le pantalon bouffant de Tangara, ses babouches traînaient pêle-mêle par terre. Elle était couchée de dos sur le lit, Tangara, vêtu de son seul froc, couché sur elle, et ses grosses fesses nues, séparées par une grande fente, se soulevaient et s'abaissaient, se soulevaient et s'abaissaient. Il se laissa glisser lentement à terre, incapable de tenir sur ses jambes, s'éloigna en rampant, une boule gênante, douloureuse, dans la gorge.

Bien plus tard, Ngor Ndong était tapi sous un arbre dans le jardin quand sa mère sortit du bâtiment. Elle commença à gauler des pamplemousses et des mandarines, et à remplir son panier. Lorsqu'il fut plein de fruits du péché, elle appela Tangara. Il sortit à son tour et vint auprès d'elle. Ngor Ndong les vit se parler mais ne comprit pas ce qu'ils disaient. Ils éclatèrent de rire, se baissèrent et saisirent d'un commun accord les rebords du panier, le soulevèrent jusqu'à la hauteur de leurs épaules. Sa mère fléchit les genoux jusqu'à avoir le panier au-dessus de sa tête, puis se redressa tandis que Tangara relâchait le rebord qu'il tenait. Ils se parlèrent encore, rirent aux éclats. Elle tourna le dos, il lui donna une tape sur la croupe, et ils éclatèrent de rire à nouveau.

Seynabou Tine, son panier sur la tête, s'en alla. Tangara remonta sur le perron. Il prit dans la poche de son pantalon bouffant son paquet de Marlboro et son briquet, alluma une cigarette, remit le matériel en place, s'étira longuement, les bras levés croisés au-dessus de sa tête. Au moment de les baisser, il tomba d'une seule masse, sans un cri, comme foudroyé.

De même que la plupart des enfants de son âge dans un village de brousse, Ngor Ndong portait autour de son cou un lance-pierres avec lequel il chassait les oiseaux et les petits rongeurs, et gardait dans ses poches, en guise de projectiles, de petits cailloux latéritiques aussi durs que du fer. Il avait visé la tête de Tangara, les lanières en caoutchouc de sa fronde tendues à se rompre. La balle de latérite avait fait mouche.

Tangara n'avait pas encore touché terre que Ngor Ndong s'était enfui en replaçant son lance-pierres au cou…

Une heure après, Kindy, de retour à la ferme, fut fort étonné de voir de loin Tangara étendu sur le perron. Il pressa le pas, alarmé de plus en plus par l'immobilité de son patron. Parvenu auprès de lui, il poussa un grand cri de stupeur.

Étalé sur le dos, raide, les yeux vitreux, Tangara ne vivait plus depuis longtemps. Un mince filet de sang, échappé d'une petite blessure à la tempe gauche, coagulé sur sa cigarette éteinte tombée près de son visage, formait une tache brunâtre sur le sol. Le caillou, après avoir fracturé l'os temporal, avait pénétré dans le cerveau.

Jamais on ne découvrit qui avait tué Tangara, ni pourquoi.

*

Ngor Ndong avait couru pendant si longtemps qu'il avait l'impression qu'il allait cracher ses poumons morceau par morceau. Un point de côté, semblable à un coup de poignard en plein thorax, le courbait en deux. Il s'effondra sur le sable, au pied d'un figuier sauvage, incapable de continuer sa course. Au bout d'un long moment, il se traîna à quatre pattes, la gorge sèche, la bouche ouverte, la langue pendante, jusqu'au tronc de l'arbre où il s'adossa et commença à récupérer. Sangalcam devait être loin, car il n'apercevait même pas la cime des palmiers qui ceinturaient le village à l'ouest. Il ferma les yeux, et retrouva peu à peu son souffle. Les rayons du soleil, se glissant à travers le feuillage épais du figuier, dessinaient sous ses paupières closes des images fantasmagoriques.

D'énormes billes jaune fluorescent défilent dans l'obscurité à toute allure, entrent en violente collision, éclatant en mille morceaux. Un nuage doré, d'une fluorescence plus accentuée que les billes, se répand et envahit tout l'espace. La lumière s'allume, crue. Le tableau est changé en un vaste lit sur lequel Seynabou Tine et Tangara, métamorphosés en géants, s'ébattent avec frénésie. Puis, comme la flamme d'une bougie qui achève de se consumer, la lumière crue décline, vacille et s'éteint. L'obscurité revient. À nouveau, les billes gigantesques recommencent à défiler…

Ngor Ndong ouvrit les yeux en gémissant, la boule oppressante toujours dans la gorge. Il tâta ses poches, constata qu'il avait perdu son cahier et son Bic. Il se dit qu'il les retrouverait quand il reviendrait sur ses pas en rentrant. Au même moment, il ressentit une cuisante brûlure, comme si on lui avait posé sur la nuque le bout incandescent d'une cigarette. Il y porta vivement la main et écrasa l'insecte qui le piquait. Encore une autre brûlure, tout aussi cuisante, cette fois sous le morceau de cuir de son lance-pierres autour du cou. Il enleva doucement la fronde, reporta la main à la nuque, ramena une grosse fourmi, d'un brun luisant, aux énormes mandibules ouvertes. Il s'apprêtait à lui faire subir le même sort lorsqu'un sifflement, pareil au bruit d'une chambre à air percée, lui fit redresser la tête. Son sang se figea dans ses veines et il laissa tomber la fourmi.

À une coudée de son visage se balançait lentement, de droite à gauche, de gauche à droite, comme la palette d'un essuie-glace, un serpent noir, dressé en S sur sa queue, montrant son ventre gris argenté, sa gueule si grandement ouverte que les mâchoires inférieure et supérieure formaient un angle droit. Ngor Ndong vit distinctement les yeux dépourvus de paupières, fixes, inexpressifs, la gueule rose aux petites dents tournées vers l'intérieur, et en avant, les deux crochets acérés, inoculateurs du venin mortel. Il se dit qu'au moindre mouvement, il était perdu. Il savait qu'une morsure de serpent du terroir ne pardonnait pas. Le serpent le mordrait à la figure, le poison atteindrait très vite son cerveau, il mourrait rapidement, sans faute.

Or, il ne voulait pas mourir.

Le lance-pierres dans sa main, il demeurait aussi rigide qu'une statue, sans même oser respirer. Pendant un bref instant, tout au plus trente secondes qui durèrent trente jours, le serpent continua sa danse indolente, puis, sans doute tranquillisé par l'absence de réaction de Ngor Ndong, il s'affaissa par terre, comme la corde d'un arc qu'on détend, le corps enroulé, la tête posée sur ses anneaux, la langue fourchue, semblable à une arête d'anguille, sortant par intermittence, curieusement, de sa gueule fermée. Ngor Ndong songea que s'il ne trouvait pas vite l'occasion de réagir, il allait mourir. Il avait dû faire un geste imperceptible, involontaire, sa poitrine sans doute s'était soulevée, lorsque, à bout de résistance, il avait fini par inspirer de l'air, ou peut-être, avait-il bougé une paupière, car le serpent, en sifflant, s'était redressé comme une flèche. Le cœur de Ngor Ndong voulait s'extirper de sa poitrine, il cognait si vite et si fort qu'il en percevait nettement les battements. Le serpent, prêt à frapper, risquait de les percevoir lui aussi. Il serait plus effarouché encore et l'attaquerait.

Dans une philippique muette, il s'en prit à son cœur : « Espèce de sale poltron ! Tu n'as pas honte de faire autant de bruit ? De tous les cœurs du monde, tu es le plus pourri. Tais-toi, mais tais-toi donc, sale couard. Si tu ne te tais pas, le serpent, énervé, t'entendra, et s'il t'entend, il me mordra au visage, et s'il me mord au visage, je mourrai, et si je meurs, toi aussi tu mourras et tu mourras avant moi. Tu veux mourir ? Non, bien sûr. Donc cesse de battre comme un tam-tam, poltron parmi les poltrons ! »

Ngor Ndong eut la curieuse impression que son cœur était sensible à ses injonctions ; les battements devinrent imperceptibles.

Le serpent, de nouveau tranquillisé, se reposa sur le sol.

Plus vif que l'éclair, le bras de Ngor Ndong se détendit, avec, en même temps, s'échappant de sa poitrine, un cri rauque de soulagement et de triomphe à la fois. La fourche du lance-pierres toujours dans sa main emprisonnait le cou du reptile par terre. Il redressa la tête, la gueule ouverte, fouetta vigoureusement le sol avec sa queue, soulevant un nuage de poussière. Ngor Ndong accentua la pression de sa main, les deux branches de la fourche s'enfoncèrent jusqu'à la racine et entraînèrent la tête du serpent qui disparut dans le sable. Il ramena sa main libre vers celle tenant le lance-pierres et saisit solidement le cou du reptile dont le reste du corps s'enroula comme une corde autour de son avant-bras. Il se mit debout, regarda tout autour de lui, à la recherche d'une grosse pierre pour écraser la tête du serpent contre le tronc de l'arbre. Il n'en vit point mais remarqua, près d'un buisson de quinquéliba, à quelques pas de lui, un bâton gros comme son poignet, long d'environ un mètre cinquante. Sans quitter des yeux le reptile, qui, la gueule pleine de sable, tentait vainement de le mordre, il se déplaça vers le bâton, se baissa et le prit. Alors qu'il allait se redresser, une idée maléfique traversa son esprit. Il relâcha le bâton, se remit sur son séant, arracha une tige de quinquéliba et entreprit d'enlever à l'aide de ses dents, par petites bandes, l'écorce brune. Puis il reprit le bâton, le coinça entre ses genoux, posa la tête du serpent sur l'une des extrémités et la ligatura solidement jusqu'au cou avec des bandes d'écorce. Il avait enfin les deux mains libres à présent et pouvait travailler plus aisément. Il déroula le corps autour de son avant-bras, le plaqua contre le bâton, attacha le milieu et enfin la queue qui dépassait l'autre extrémité de dix bons centimètres. L'opération était longue, minutieuse, comme un artificier en train de désamorcer une mine antipersonnel. Quand il eut terminé, il nageait dans sa sueur malgré le froid matinal, sa chemise était aussi trempée que s'il avait été surpris par une averse. Il retourna s'adosser contre le tronc du figuier, l'œil fixé sur le serpent neutralisé sur le bâton posé à ses pieds, et se mit à attendre.

Lentement, le temps passa ; la journée finit par s'achever. Ngor Ndong attendit encore. Lorsque la terre fut froide, il regagna Sangalcam avec son dangereux attirail. Tout le village dormait, il ne rencontra pas âme qui vive sur son chemin. La nuit était noire, sans lune, sans étoile, le brouillard épais. Un chien aboya dans le lointain, un autre et un autre encore, puis tout un concert d'aboiements lui fit écho lorsqu'il arriva chez lui.

La porte de la case de Mbagnick Ndong et Seynabou Tine n'avait pas de serrure mais était pourvue d'une targette. Sans bruit, avec facilité car il en avait l'habitude, il parvint à la décrocher et pénétra à l'intérieur. Il avait détaché le serpent du bâton et le maintenait serré dans sa main par le cou. Il entendit la respiration régulière de sa mère et le ronflement de Mbagnick Ndong qui dormaient sur leur lit et demeura immobile au milieu de la pièce, jusqu'à ce que, ses yeux habitués à la pénombre, il pût les distinguer nettement, couchés dos à dos. Il s'avança et, avec d'infinies précautions, libéra le reptile inerte, mais bien vivant, entre eux. À reculons, il ressortit, referma la porte, puis remit en place la targette. Il entra dans sa case située à côté, se coucha sans se déshabiller. Il avait faim, il était fatigué, il avait soif, le sommeil le prit aussitôt.

Le lendemain matin, alors que le soleil était déjà haut dans le ciel, Ngor Ndong fut réveillé par une voisine, Kogna Dieng, venue sonner à la porte de sa mère. N'obtenant nulle réponse, malgré ses coups de plus en plus insistants, elle vint frapper à sa porte. Il se leva, ouvrit. Elle demanda après Seynabou Tine. Elles étaient convenues d'aller ensemble à l'aube, par le premier car, à Rufisque pour vendre des fruits et légumes. Elle ne l'avait pas vue à la gare routière, et à son retour de Rufisque, elle ne l'avait pas trouvée au marché de Sangalcam.

— Sa porte est toujours fermée ! constata-t-elle, étonnée. Où est-elle ? Elle n'est pas encore réveillée ? Et Mbagnick non plus ?

— Je ne sais pas, répondit Ngor Ndong qui savait très bien à quoi s'en tenir. C'est toi qui m'as réveillé.

— Cela me surprend, de la part de Seynabou Tine ! reprit-elle. Elle a toujours été très matinale, ne s'absente du marché que quand elle voyage ou quand elle est malade et prévient toujours. Elle a voyagé ? Elle est malade ? Et Mbagnick, pourquoi ne s'est-il pas encore levé ?

— Je ne sais pas ! maintint Ngor Ndong.

Kogna Dieng retourna marteler la porte. Toujours pas de réponse. De plus en plus inquiète, elle sortit de la concession et revint quelque temps après, accompagnée de son mari et d'un autre homme. Dès qu'ils ouvrirent la porte, ils aperçurent le serpent en train de descendre du lit et le couple figé dessus. Ils parvinrent à tuer le reptile.

Lors de l'enterrement de Seynabou Tine et de Mbagnick Ndong, en début d'après-midi, il se passa un événement curieux et... cocasse (les dents ne rient pas de la paix !) qui, ajouté aux circonstances dramatiques et brutales de leur trépas (jamais on ne soupçonnera le rôle de Ngor Ndong), alimenta pendant des jours et des jours toutes les conversations à Sangalcam et dans les villages environnants. La tombe de l'épouse comblée, on s'apprêtait à mettre le corps du mari dans son trou déjà creusé, lorsque soudain, un essaim d'abeilles s'abattit sur la foule. Les trois hommes, qui avaient déjà soulevé à bout de bras, du cercueil, le corps dans son linceul et s'apprêtaient à le transmettre aux trois autres, qui, eux, avaient tous une jambe, la droite, dans la tombe et tendaient les mains pour recevoir le cadavre, le rejetèrent sans ménagement par terre. La formule « Il n'y a qu'un seul Dieu, Dieu ; Mohamed est son prophète, paix et salut sur lui ! » psalmodiée par l'assistance se transforma en cris et hurlements. Tout le monde s'enfuit aux quatre points cardinaux dans une précipitation indescriptible. Tant que dura la clarté diurne, les abeilles interdirent l'accès du cimetière, attaquant toute personne qui s'en approchait à plus de cinquante mètres. À la tombée de la nuit, elles disparurent comme elles étaient venues. Quelques hommes, de l'ethnie de Mbagnick Ndong, des Sérères, purent alors venir ensevelir le cadavre qui commençait à se décomposer.

À la fin des vacances de Noël, Ngor Ndong retourna au lycée. Il avait changé. Lui, d'habitude si studieux, si enjoué, si expansif, s'était replié sur lui-même, était devenu taciturne et ne s'intéressait plus aux cours. Le triple assassinat l'avait plongé dans un monde à part, enfermé dans une sorte de cloche translucide où régnait un grand silence et d'où, invisible, il percevait le monde réel comme à travers un prisme déformant. Il ne se sentait point coupable quand il lui arrivait de penser à Tangara, à Mbagnick Ndong et à sa mère, aucun remords ne l'habitait. Pas plus que le bourreau après avoir exécuté la sentence capitale. Il trouvait normal qu'ils fussent tous morts, Seynabou Tine de même que les autres, ils ne méritaient pas de vivre, dans son entendement, à cause de leur existence licencieuse et dissolue.

Mme Samaké, son professeur de mathématiques, fut la première à remarquer la profonde transformation de Ngor Ndong et à en subir les terribles conséquences. Il était son élève préféré, parce que de loin le plus brillant, et un matin qu'elle rendait les copies d'un devoir où il avait eu un zéro, alors que, selon ses prévisions à elle, il aurait dû obtenir un vingt sur vingt ou, à tout le moins, dix-neuf, arrivée près de lui, elle déposa la feuille sur sa table, puis pointa l'index sur son front.

— Tu sembles planer dans les nuages depuis la

reprise, mon petit ! le morigéna-t-elle. Que se passe-t-il dans ta tête ?

Ngor Ndong se releva et, d'un puissant direct à l'œil, mit le prof K.O. Il y eut un grand raffut dans la classe. Des filles se mirent à hurler hystériquement, d'autres sortirent de la classe. Les garçons firent autant de bruit en tambourinant sur leurs tables. On se regroupait autour de la dame Samaké dans les pommes, raide sur le sol, avec force commentaires. Certains demandaient à Ngor Ndong pourquoi il avait frappé le prof, s'il était fou ou quoi. D'autres expliquaient qu'il était devenu bizarre parce qu'il avait été traumatisé par la mort cruelle de ses parents mordus par un serpent en plein sommeil, trois jours avant la fin des vacances ! Le vacarme finit par attirer l'attention du proviseur et des autres professeurs, qui vinrent s'enquérir des raisons de la pagaille.

Ngor Ndong s'était assis. Les coudes posés sur la table, il demeurait impassible, les yeux fixés droit devant lui. À l'entrée du proviseur suivi des profs, le groupe autour de Mme Samaké s'écarta ; en la voyant par terre, étalée, ils se précipitèrent vers elle en demandant ce qui lui était arrivé. Des élèves les informèrent, en le désignant de la main, qu'elle avait été boxée par Ngor Ndong. Mme Samaké, toujours évanouie, fut emmenée à l'infirmerie du lycée par ses collègues. Le proviseur téléphona à la circonscription médicale, et quelque temps après, une ambulance vint la transporter. Elle fut de retour une heure plus tard, les yeux, dont l'un portait un pansement au sparadrap visible, cachés derrière les verres noirs des Ray Ban prêtées par l'un des profs qui l'avaient accompagnée au centre de santé, munie d'un certificat médical de vingt-cinq jours de repos, sauf complications, et d'une ordonnance. Elle refusa cependant de porter plainte, malgré l'insistance du proviseur. Un conseil de discipline fut convoqué, l'affaire fut rondement menée et Ngor Ndong, qui était déjà rentré à Sangalcam, fut exclu du lycée.

*

Ngor Ndong, orphelin, avait été recueilli par Kogna Dieng, l'amie de sa mère venue sonner à sa porte le jour fatidique. Quelques semaines après son renvoi du lycée, elle parvint à le placer, selon son propre désir, comme apprenti, auprès de Boy Ciss, un chauffeur de taxi-bagages de marque Nissan, très populaire sur la ligne Bayah-Rufisque. Pendant cinq ans, il fut avec Boy Ciss sans que celui-ci eût à se plaindre de lui une seule fois. Il aimait bien et apprenait vite son métier et son maître l'estimait beaucoup. Il ne soutirait jamais la moindre pièce de la recette, ne demandait jamais, ne prenait que lorsqu'on lui offrait et savait conduire depuis bien longtemps. Il avait dix-sept ans, il estimait qu'il pouvait obtenir son permis et voler de ses propres ailes. Surtout qu'avec sa grande taille, sa barbe et ses moustaches naissantes, il se sentait à présent grotesque dans la peau d'un apprenti. D'ailleurs, certaines clientes acariâtres, des vendeuses de poisson surtout, lui en faisaient souvent la remarque, lui disant qu'il avait vraiment dépassé l'âge d'apprendre. Il s'en ouvrit à son maître. Boy Ciss accepta de le laisser partir. Cependant, il y avait un problème : pour pouvoir passer le permis de conduire, il fallait posséder la carte d'identité et, pour avoir la carte, il fallait obligatoirement être majeur. Or il ne l'était pas.

Ngor Ndong entra en contact, un beau matin, avec l'officier d'état civil, dans son bureau du centre secondaire de Sangalcam.

C'était un quadragénaire toujours tiré à quatre épingles, surnommé « monsieur le maire » par les villageois.

— Tu as déjà un bulletin de naissance d'où ? interrogea-t-il, après avoir indiqué de la tête la chaise en face de lui.

Ngor Ndong s'installa avant de répondre.

— Un bulletin de naissance de la sous-préfecture de Fimela, monsieur le maire.

— Ah oui ! Fimela, je connais, jeta le commis en secouant la tête. C'est dans la région de Thiès, du côté de Khombole.

— C'est dans la région de Fatick, monsieur le maire, avant Ndangane-Sambou.

— Ah oui, ah oui ! Avant Ndangane-Sambou, dans la région de Fatick, c'est vrai, je me suis trompé. Voilà ! Ce que tu me demandes, je peux le faire, je veux t'aider, parce que j'étais là quand le malheur a frappé tes parents, j'ai pitié de toi, les temps sont très durs, tu as raison, il faut avoir un boulot, aussi je vais t'aider, mais ce qui doit se passer entre nous devra rester entre nous, car je ne veux pas d'histoires.

— Au nom de Dieu, monsieur le maire, je le jure sur la tombe de mon père et de ma mère, ce qui se passera entre nous restera entre nous, personne n'en saura jamais rien !

— Eh ! C'est ce que vous dites tous, mais une fois que vous obtenez ce que vous désirez, vous êtes les premiers à salir notre peau en annonçant partout que vous avez été obligés de vous moucher très fort pour obtenir satisfaction. Alors moi, je te le dis tout de suite, je ne veux pas de problèmes, comme les gars de Rufisque. Tu dois être au courant. Il y a six mois au centre principal de la grande mairie, un réseau complet de douze hommes et sept femmes, tous mis en prison, ils n'ont pas été jugés encore. Moi, je veux t'aider tout simplement, car vraiment j'ai pitié de toi, cependant les problèmes, je les fuis !

— Au nom de Dieu, jamais je ne dirai rien à personne, monsieur le maire. Que Dieu me tue instantanément au moment même où ma langue est sur le point de raconter ce qui doit se passer entre nous !

— D'accord, d'accord, je te fais confiance ! Je vais t'aider, tu es sérieux, tu sais tenir ta langue, je le sais, je sais reconnaître et trier les gens sans me tromper, les malhonnêtes d'un côté, les honnêtes d'un autre. Toi, je peux traiter avec toi, tu es honnête, je l'ai senti quand tu m'as exposé en toute franchise ton cas, aussi je vais être franc avec toi, je te le dis tout de suite, ça va coûter cher, parce que tu as déjà un bulletin de naissance à Fimela qui doit être rayé des registres de cette sous-préfecture pour être remplacé par ton nouveau bulletin inscrit dans nos registres, qui lui, doit être signé par le juge en personne. C'est pourquoi ça coûte cher.

— Combien, monsieur le maire ?

— Huit mille francs. Ils ne m'appartiennent pas, je te le dis tout de suite, ils appartiennent au juge en personne, totalement, s'il manque un seul franc, je le jure, il refuse de signer. Si tu as la somme sur toi, tu me la donnes, je m'en vais tout de suite à Rufisque, tu auras ton nouveau bulletin de naissance en règle avant midi.

— Je n'ai pas la somme, monsieur le maire, mais, s'il plaît à Dieu, demain matin, je te l'apporterai. Je vais me débrouiller.

— O.K. ! Maintenant, j'ai du travail, fit sèchement le commis.

Ngor Ndong se releva, interloqué par le changement de ton subit de son vis-à-vis.

— Au revoir, monsieur le maire, à demain ! déclara-t-il.

Monsieur le maire se tut, se mordit la lèvre inférieure, s'empara de son Bic, plongea le nez sur le registre ouvert devant lui et fit semblant d'écrire.

En sortant du bureau, Ngor Ndong ne savait pas comment ni où trouver les huit mille francs. Aller demander la somme à Boy Ciss ? Il repoussa vite cette idée de sa tête ; son maître ne lui devait plus rien, il lui avait appris un métier, son devoir était de lui donner son « mercredi » au lieu de le taper. Il se débrouillerait comme il l'avait dit. Comment ? Durant toute la journée, il se creusa les méninges. Se rendre en brousse, couper du bois et le revendre ? Non. Il n'avait pas de hache, pas de machette non plus. Se faire portefaix au marché de Rufisque, comme les jeunes Mandingues venus de la Gambie ? Il était costaud. Seulement le temps pressait, jamais en une journée il ne pourrait gagner huit mille francs en déchargeant des camions semi-remorques des sacs de riz, des fûts d'huile d'arachide, des cartons de tomates, de savon, de sucre. Vendre alors des fruits ou des légumes au marché ? Il faut nécessairement avoir un fonds de départ, de l'argent pour pouvoir acheter chez un cultivateur. Emprunter à sa tutrice Kogna Dieng cet argent ? Jamais. Il constituait déjà un poids pour elle… Vendre des légumes pourtant ferait l'affaire ! À défaut d'un fonds de départ, il pouvait…

La nuit venue, Ngor Ndong fit un tour dans un jardin. À l'aube, il était déjà au marché Syndicat de

Pikine et, peu avant le lever du soleil, était revenu à Sangalcam après avoir écoulé un sac de piment à vingt-cinq mille francs. Monsieur le maire, à son arrivée au bureau, le trouva en train de l'attendre à l'entrée.

Son nouveau bulletin de naissance lui donnait vingt et un ans. Il se fit établir une carte d'identité, chercha les autres pièces afférentes au dossier du permis de conduire, certificats de visite médicale, de nationalité, de résidence, timbres, et déposa le tout au Service des mines à Hann.

Deux semaines plus tard, Ngor Ndong fut convoqué pour le passage de la première étape, le code. Pour lui, l'affaire était dans le sac : en cinq ans, il avait appris le code Rousseau, le connaissait sur le bout des doigts et avait répondu juste à toutes les questions qui lui avaient été posées. Il fut surpris et déçu d'apprendre qu'il avait été recalé. Il entendit quelqu'un près de lui lancer à haute voix que dans ce pays en pleine déliquescence, les choses allaient toujours ainsi, le mérite ne comptait pas, seuls ceux qui saluaient sénégalaisement parvenaient à franchir le cap du code. Ngor Ndong retourna à Sangalcam en se disant que la prochaine fois, il ne serait pas éliminé.

L'avant-veille de sa seconde convocation, Ngor Ndong, au milieu de la nuit, revisita un autre jardin. Le premier taxi-bagages, conduit par Ibra Guèye, de Gorom, le trouva à la gare routière de Sangalcam, cette fois-ci avec trois sacs. Au moment où il aidait l'apprenti, Soulla Gaye, monté sur le toit du véhicule, à hisser en haut le troisième sac, arriva sur les lieux Djimby Kâ, un Peul de Nguendouf, petit hameau à deux kilomètres de Sangalcam, derrière le Service de l'élevage. Il demanda si le sac qu'on était en train de charger et les deux autres sur le porte-bagages ne contenaient pas de piments, et si oui, à qui ils appartenaient. Ibra Guèye surveillait les opérations, adossé à la portière avant. Il répondit affirmativement et désigna Ngor Ndong comme étant le propriétaire. Djimby Kâ, sans crier gare, envoya un coup de sa machette cachée sous son grand boubou. N'eût été le bon réflexe qui lui fit lâcher le sac qu'il tenait à deux mains et se baisser prestement, Ngor Ndong aurait été décapité. La lame frôla ses cheveux, s'enfonça jusqu'au milieu dans le tronc d'un des neems plantés au bord de la route. Soulla Gaye, penché en avant, et qui avait déjà attrapé solidement le sac de piment, prêt à le faire monter, perdit l'équilibre lorsque, sans le prévenir, Ngor Ndong l'eut relâché. Il tomba du porte-bagages en même temps que le sac et se releva, le bras fracturé. Avant que Djimby Kâ ne parvienne à arracher le coupe-coupe profondément incrusté dans le tronc de l'arbre, Ibra Guèye lui ceintura les bras par-derrière, alors qu'un des passagers descendus du taxi immobilisait Ngor Ndong qui voulait prendre la tangente.

— Laisse-moi, que je coupe la tête à ce fils de chien de voleur ! hurlait Djimby Kâ en se débattant comme un forcené pour se libérer. C'est un voleur, il a volé tout mon piment, laisse-moi, que je le tue. C'est lui le voleur, j'ai suivi les traces laissées par ses chaussures en plastique de mon champ à chez lui et de chez lui au garage. C'est lui mon voleur, je vais le tuer !

Sa colère était légitime. Le Peul, c'est bien connu, abhorre toutes formes de travail agricole et instruments employés à cet effet, hilaire, daba, charrue, tracteur même. Son dada, sa vie plutôt, c'est le troupeau de bovins, avec pour compagnons son coupe-coupe et son gourdin. Quand il s'abaisse à cultiver la terre, c'est que toutes les issues lui sont bouchées, il ne peut pas faire autrement, il est complètement étendu par terre et se sent dévalorisé au point de vouloir mettre fin à ses jours. Et maintenant, le fruit de ses peines et de ses frustrations, auquel il tenait autant qu'il détestait son travail, se trouvait anéanti. Son jardin était dévasté pour de bon. Jamais il ne s'en sortirait, il ne pourrait pas payer les engrais et les fongicides pris à crédit au Service de l'agriculture. Quant à acheter une ou deux vaches, afin de reconstituer avec patience son troupeau décimé par la sécheresse, il n'osait même pas y penser. Dans l'obscurité, le chapardeur, incapable de discerner les fruits mûrs ou non, arrache tout sur son passage, et des fois, pour aller plus vite, n'épargne même pas la plante entière qu'il déracine. Revenu dans sa chambre, à la lumière d'une lampe à pétrole ou d'une bougie, il fait le tri. Pour un demi-sac de bon piment, il en détruit deux ou trois, parfois même quatre.

Djimby Kâ porta l'affaire en justice. Ngor Ndong fut arrêté par les gendarmes, venus le prendre chez le chef de village où il avait été retenu. Après deux mois de détention préventive aux Cent mètres carrés[1], il s'en tira avec trois ans de prison avec sursis et rentra à Sangalcam.

*

Lors de la fête de Tamkharite, le nouvel an musulman, trois mois plus tard, le taureau qui devait

1. Prison centrale de Dakar située dans le quartier de Reubeuss.

être immolé sur la place de la mosquée s'échappa. Rendu fou par les cris des enfants ou pressentant sa mort prochaine, il cassa ses cordes après une série de ruades et de cabrioles. L'assistance, nombreuse, se dispersa. Mbouldy, le boucher, fut le premier à se réfugier sur le toit de la mosquée, suivi par beaucoup d'autres.

Ngor Ndong venait de se réveiller et finissait de s'habiller. La forte clameur au-dehors le fit sortir de la concession. Dans la rue déserte, il se trouva nez à naseaux avec le bovin. Instinctivement, il s'agrippa à ses cornes. Le taureau s'arrêta pile dans sa course, secoua avec une vigueur terrible la tête. Ngor Ndong, projeté en l'air, atterrit sur le dos, une dizaine de mètres plus loin, près de la tapade en tiges de mil protégée par des fils barbelés. D'une roulade, il se remit sur pied. Le bovin gratta le sol avec l'une de ses pattes antérieures, puis avec l'autre, soulevant un petit nuage de sable et de poussière, poussa un long beuglement furieux puis cessa son manège.

— Sauve-toi, Ngor Ndong ! lui cria Mbouldy du haut de la mosquée. Saute et agrippe-toi à la grosse branche de l'arbre à ta droite.

D'autres voix firent écho à celle de Mbouldy ; les cris redoublèrent.

— Enfuis-toi, Ngor Ndong ! Sauve-toi, le taureau va te tuer.

Mais Ngor Ndong ne voulait pas s'enfuir. Il avait son idée en tête, folle idée qui consistait à embarrasser le bovin, à le fatiguer et, pourquoi pas, à le capturer. Les taureaux n'aiment pas le rouge, ça les rend dingues. Il enleva sa Lacoste de même couleur, la brandit à bout de bras, devant lui, en sautillant, torse nu, d'un pied sur l'autre. On aurait dit El

Cordobés dans l'arène, provoquant le taureau avec sa muleta.

Le bovin recommença à gratter le sol. Le silence se fit soudain. L'assistance, à l'abri dans les maisons, sur les arbres, sur la toiture de la mosquée, ne criait plus, chacun retenait son souffle dans l'attente du drame imminent. Le taureau beugla à nouveau, recula de quelques pas, s'arrêta un bref instant avant de partir à la charge, à toute vitesse. Il plongea presque sur le toréador qui, au dernier moment, pivota sur lui-même. Pas suffisamment vite, cependant, pour éviter qu'une des cornes ne l'entaille au flanc. Emporté par son élan fantastique, le taureau s'enfonça dans la tapade jusqu'à l'échine, l'arracha et tomba sur les genoux de ses pattes antérieures. Ngor Ndong s'empara de la queue à deux mains, la tordit de toutes ses forces. Le bovin essaya rageusement de se dégager de la tapade qui le séparait en deux, s'empêtra d'avantage dans les fils barbelés. Ngor Ndong ne lâcha pas prise, redoubla ses efforts et le bovin finit par s'écrouler, les quatre pattes en l'air, dans un long beuglement. De hauts cris, des cris de soulagement et d'admiration, s'élevèrent de partout. Ce fut seulement à ce moment que Mbouldy et d'autres hommes accoururent lui prêter main-forte. Le taureau fut capturé enfin.

L'exploit effaça la tuile du piment. La nuit venue, devant le bol de couscous à la viande mélangé de lait frais, tout le monde pensa avec gratitude et reconnaissance à Ngor Ndong. Les jours qui suivirent, lors des séances de tam-tam, les jeunes filles inventèrent des pas de danse et créèrent des chansons où sa bravoure était exaltée lorsque tous les hommes de Sangalcam avaient pris la fuite. Elles le fêtaient, l'invitaient à tour de rôle, lui préparaient des petits plats, lui rendaient visite. Sa maison était la plus animée du village. Du matin au soir, la théière était sur le feu pour des séances de trois normaux renouvelées, accompagnées de viande grillée. Il était devenu un personnage important, considéré. Surtout que, depuis quelque temps, il se sapait souvent de neuf, avait équipé sa case d'un lit et d'une armoire à trois battants en Formica, avait un grand combiné radio-magnétophone et plein de cassettes. Il possédait toujours de l'argent, était généreux et prodigue. Des femmes mariées s'en mêlèrent ; certaines d'entre elles eurent de sérieux problèmes, comme Dalanda, dont le mari Amadou Oury survint inopinément, prévenu on ne sait comment, au moment où elle sortait de la case de Ngor Ndong en renouant son pagne. Il traîna l'épouse en lamentations dans la rue, cassa une branche de neem, la battit cruellement, puis il arracha son pagne, écarta ses jambes et enfonça dans son vagin un gros piment rouge qu'il gardait dans sa poche.

Des questions commencèrent à se poser au sujet de Ngor Ndong. D'où provenait l'argent qu'il dépensait à tout vent ? On ne lui connaissait aucun boulot, aucune source de revenus, aucun héritage, personne n'avait entendu dire qu'il avait gagné au PMU.

Le comportement brutal d'Amadou Oury ramena dans les mémoires les sacs de piment de Djimby Kâ. Et les conjectures allèrent bon train. À ces questions, certains, assidus de chez Ngor Ndong, apportèrent des réponses indignées. On criait à la jalousie, à la calomnie, à l'envie. Les gens sont méchants et mauvais, disait-on. Ils ne veulent pas admettre la réussite ou la chance d'autrui. Voilà pourquoi ils n'ont jamais la paix et sont toujours dépassés. Car la chance et la réussite appartiennent à Dieu qui les donne à qui il veut sans prévenir personne, et celui qui n'est pas content a son cœur toujours envahi par l'amertume.

Sangalcam était ainsi divisé en deux clans prêts à en découdre : d'un côté, ceux dont Ngor Ndong était la coqueluche, les jeunes et les femmes surtout, qui le portaient aux nues, et de l'autre, ceux qui l'exécraient, la plupart des hommes dont certains allaient jusqu'à réclamer son bannissement du village ou, à tout le moins, sa mise sous embargo.

Un beau matin, coup de tonnerre dans un ciel serein, Ngor Ndong fut cueilli au saut du lit par les gendarmes. Les hommes de loi avaient retrouvé à Wayambame, après enquête, une motopompe dérobée dans un verger de Noflaye. À la brigade, une demi-douzaine de plaintes avaient été déposées. Les gendarmes, qui pensaient à un gang, demandèrent à Ngor Ndong le nom de ses complices. Il déclara ne pas en avoir, et n'avoua être l'auteur du vol que d'une seule motopompe, celle de Noflaye. Ce fut suffisant pour retourner aux Cent mètres carrés. Son sursis de trois ans était toujours en cours ; le juge en ajouta trois autres : six au total. Il ne passera en prison que la moitié de sa peine, bénéficiant d'une amnistie à l'occasion de la fête nationale.

De retour à Sangalcam, Ngor Ndong apprit que sa maison, héritée de Seynabou Tine et Magnick Ndong, avait été vendue par le neveu du chef de village pendant son séjour carcéral, à un homme d'affaires de Thiaroye qui y avait déjà édifié un grand bâtiment et que sa tutrice, Kogna Dieng, était décédée. Il ne possédait pas le titre foncier de la maison et ne pouvait pas la récupérer. Il était devenu un SDF. Personne ne voulait l'héberger, même pour quelques jours, sauf Mbouldy qui l'avait pris en estime depuis le jour de la corrida.

Un mois et demi après son élargissement, Ngor Ndong, installé sur une natte dans la hutte du boucher, prenait les trois normaux avec lui. Il s'ennuyait ferme. Il alluma une cigarette, prit le Bic de Mbouldy, et machinalement se mit à gribouiller au verso de sa boîte d'allumettes, tout en réfléchissant…

Le soir même, il se rendit à Dakar. À la sortie du Yang-Yang, un bar sur l'avenue Blaise Diagne, en face du Service d'hygiène, il vola un taxi. Au niveau du cinéma El Malic, il fut hélé par deux femmes soutenant une troisième en travail qu'il fallait transporter à la maternité de l'hôpital Aristide-Le Dantec.

« L'éclat de son front dissipe les ténèbres de la nuit comme le flambeau allumé par le pieux solitaire dans son ermitage ! »

Ce vers d'un grand poète arabe célébrant sa bien-aimée semble avoir été écrit pour Ramata Kaba. Elle était un de ces très rares êtres dont le bon Dieu avait pris un soin particulièrement méticuleux pour façonner leur moule et faire de leur physique, en tout point, une œuvre parfaite. Elle n'était ni grande ni petite, ni maigre ni grosse, son teint n'était ni clair ni sombre, et son visage était aussi agréable et apaisant à contempler qu'un clair de lune en pleine forêt, un lever de soleil en haute montagne ou son coucher dans une mer tranquille, une immense étendue d'eau vive ou d'herbe verte. Impossible à un homme normalement constitué, saint comme mécréant, de la voir, de devant comme de derrière, sans avoir des idées lubriques dans la tête. Elle était belle, très belle, plus belle même que Gina Lollobrigida. Et elle le savait.

Elle avait connu Matar Samb lors d'une manifestation organisée par l'Union démocratique des étudiants de Dakar pour protester contre la mort de trois de ses dirigeants, parmi les sept enrôlés de force dans l'armée, à la frontière avec la Guinée portugaise qui luttait, les armes à la main, pour son indépendance. La radio avait annoncé la triste nouvelle la veille dans le journal parlé de treize heures. L'UDED avait appelé à une marche pacifique, de la place de l'Obélisque à la présidence de la République où, devant les grilles du palais, le secrétaire général devait présenter les desiderata de son organisation. Le préfet de Dakar, dans un arrêté diffusé à plusieurs reprises la veille et ce matin sur les antennes de Radio Sénégal, avait interdit tout regroupement sur la voie publique. Les étudiants avaient estimé que l'interdiction était arbitraire. La marche, qui est une forme d'expression, est un droit garanti par la Constitution ; par conséquent, ils ne respecteraient pas un arrêté préfectoral qui, lui-même, ne respectait pas la Constitution. Ils allaient marcher, pacifiquement, comme ils l'entendaient.

Vers dix heures, la place de l'Obélisque était noire de monde. Les élèves des lycées et de nombreux jeunes désœuvrés s'étaient joints aux étudiants.

Le secrétaire général, un grand diable barbu, surnommé le Che, vêtu d'une vareuse militaire et d'un vieux jean, harangua la foule de sa voix de stentor. Il commença par demander trois minutes de silence, une à la mémoire de chacun de leurs camarades martyrs et, lorsque l'assistance eut fini de se recueillir, il expliqua les circonstances de leur mort atroce dont le gouvernement avait la responsabilité totale et entière. Selon le Che, les étudiants enrôlés de force avaient été sacrifiés lâchement car l'officier qui commandait la section, après les avoir envoyés en éclaireurs avec deux autres soldats de métier, avait sonné la retraite au premier coup de feu ennemi, et s'était enfui à la tête du reste de ses hommes, les laissant seuls, en face d'une troupe d'une trentaine de Kognaguis, des supplétifs de l'armée coloniale portugaise. L'un des soldats de métier avait pu en réchapper. Caché dans les branches d'un arbre touffu, il avait assisté, horrifié, à la capture et à la mort de ses quatre compagnons. L'un après l'autre, les infortunés avaient été déshabillés, décapités, amputés des membres supérieurs et inférieurs, éventrés et éviscérés avec des machettes. Puis les supplétifs avaient exécuté des danses et des chants rituels en tournant autour de leurs victimes sanguinolentes, avaient prélevé certains organes, foie, sexe, cœur, et étaient enfin partis en les emportant avec leurs uniformes, leurs têtes et leurs armes. Le soldat miraculé avait encore attendu longtemps avant de descendre de l'arbre. Il avait couru et marché durant toute la nuit. Au matin, il était arrivé au camp militaire de Ziguinchor. À la vue de l'officier qui les avait lâchés et était venu raconter qu'ils s'étaient perdus dans la brousse, il l'avait abreuvé d'injures, l'avait traité de péteux, de fuyard, avant de tirer sur lui, le blessant à l'épaule. On l'avait maîtrisé et on avait prétendu que, traumatisé par la mort de ses camarades, il était devenu fou.

De l'assistance s'élevèrent des cris de désapprobation à l'endroit de l'officier responsable d'une pareille ignominie.

Le Che fustigea le gouvernement, d'après lui, pléthorique, au train de vie scandaleusement élevé, qui avait envoyé à une mort certaine trois des meilleurs fils du pays, intégrés malgré leur volonté dans les forces armées, parce qu'ils n'étaient pas enfants de ministres, de députés ou de hauts fonctionnaires, mais des fils de simples cultivateurs, de bergers, d'ouvriers, de pêcheurs. Il dénonça le népotisme et la corruption qui gangrenaient tous les niveaux de l'État et des institutions et finit par vitupérer le délabrement des systèmes éducatif et sanitaire du pays, la cherté de la vie, la misère paysanne. Enfin, le poing gauche brandi, le Che, vivement applaudi, donna le signal du départ.

Le cortège, les dirigeants de l'UDED en tête, surmonté par une forêt de pancartes et de banderoles chargées de slogans antigouvernementaux, s'ébranla aux cris scandés de « Gouvernement-Assassins-Démission ! », longea l'avenue Elhadji Malick Sy, se grossissant de multiples badauds sur son passage, et déboucha à Soumbédioune, en face de la mer, sur la corniche Est. Toute circulation automobile bloquée, le cortège remonta l'avenue de la République, et après avoir dépassé Radio Sénégal, arriva à la place Washington où était situé le ministère de l'Intérieur.

En face du jet d'eau du rond-point était déployé un imposant détachement du Groupement mobile d'intervention, les fameux GMI, policiers de choc, en tenue de combat, casqués, fusil lance-grenades ou matraque en caoutchouc en main, bouclier en Plexiglas au visage.

L'officier qui commandait les GMI s'avança au-devant des marcheurs, suivi de deux autres gradés. Ils tenaient chacun un talkie-walkic. Le commandant avait en plus un mégaphone dans son autre main.

La tête du cortège se trouvait à une cinquantaine de mètres.

— Votre manifestation est illégale. Elle est interdite. Vous violez la loi. Dispersez-vous ! déclara soudain le commandant, sa voix au ton métallique amplifiée par l'appareil.

Le Che répliqua du tac au tac :

— Camarades ! Au coude à coude, et en avant jusqu'à la présidence de la République. Cette interdiction est inique !

Il n'y eut pas de seconde sommation.

— Chargez !

Les grenades lacrymogènes explosèrent aussitôt et les GMI partirent à la rencontre du cortège au pas de course. Ce fut rapidement la débandade du côté des marcheurs.

Dès les premières déflagrations, Matar Samb s'était libéré les coudes de ceux des deux camarades qui l'encadraient. Il avait opté pour une marche pacifique et non une confrontation avec les GMI. Il n'était pas question d'être matraqué, de suffoquer et de larmoyer dans la fumée. Il se retourna d'un bloc, piqua un sprint olympique, son mouchoir plaqué sur son nez et sur sa bouche. Heureusement, l'immeuble Sorano, où il habitait, était à quelques mètres. Il était descendu de son appartement lorsque le cortège, venant de la corniche, était parvenu au niveau de son balcon. Dans sa course éperdue, Matar Samb heurta une jeune fille devant lui, faillit tomber avec elle ; il parvint à se rétablir athlétiquement, l'attrapa de justesse par le bras et reprit la fuite en l'entraînant. Ils arrivèrent rapidement dans le hall de l'immeuble. Le gardien était sur le point de fermer la porte d'entrée pour empêcher les fuyards de s'y réfugier quand Matar Samb lui cria qu'il logeait au quatrième ; il le reconnut, céda le passage et ferma la porte après eux alors que d'autres arrivaient. Essoufflé, Matar Samb lâcha le bras de la jeune fille, se baissa, les mains appuyées sur les genoux, respira profondément, la bouche ouverte. La jeune fille s'assit un bref instant avant de s'allonger de tout son long sur les carreaux.

Lorsqu'il se redressa, le souffle retrouvé, il la regarda, avec attention, pour la première fois. Couchée sur le dos, les jambes écartées, les bras dans le prolongement du corps, elle fermait les yeux, haletait, les lèvres entrouvertes. À cet instant précis, Matar Samb, subjugué par la beauté de cette fille qu'il trouvait divine dans son ensemble en jean et ses baskets, tomba amoureux fou d'elle et prit la résolution qu'elle serait son épouse et jamais une autre. Il la regardait avec tant d'insistance qu'elle finit par ouvrir les yeux comme si elle s'en était rendu compte. Il lui sourit, se pencha, lui tendit la main.

— Venez ! Vous ne pouvez pas rester ici, fit-il.

Elle saisit sa main, se releva et la relâcha lorsqu'elle fut debout.

— Merci ! Vous m'avez sauvée des matraques des sales flics, jeta-t-elle.

— Oubliez ça. Venez !

Dehors, les déflagrations s'entendaient encore, de plus en plus espacées. Il l'entraîna vers l'ascenseur et ils s'y engouffrèrent. Au quatrième étage, ils sortirent. Il prit dans la poche arrière de son pantalon une petite clé, ouvrit la porte d'un appartement. Ils pénétrèrent, après avoir longé un petit couloir, dans un vaste salon meublé de somptueux fauteuils en velours vert. Une autre porte donnait sur le balcon. Ils vinrent s'y accouder, de même que la plupart des autres habitants de l'immeuble, pour regarder la suite des événements.

En bas, la marche était terminée. Depuis un bon moment, le fracas des grenades avait cessé, l'âcre fumée, chassée par le vent, se dissipait. Seuls les GMI occupaient le terrain à présent, et là-bas, près du jet d'eau, ils faisaient monter rudement dans des camions bâchés les nombreux manifestants arrêtés.

Ils quittèrent le balcon et revinrent au salon.

— Prenez place, invita-t-il en lui désignant le fauteuil.

— Merci, dit-elle, et elle s'apprêta à s'asseoir.

Il changea alors d'avis, subitement :

— Mais je pense qu'il serait préférable que vous fassiez avant tout un brin de toilette. Vous avez les yeux rouges.

Elle accepta.

Il la conduisit à la salle de bains de la chambre à coucher, la laissa seule, retourna au salon. Il se servit au minibar un verre de Smirnoff mélangé à du jus d'orange, ajouta des cubes de glace et s'installa dans un fauteuil. L'esprit entièrement occupé par la jeune fille, il alluma une cigarette et commença à siroter son verre. Jamais il n'avait vu une femme aussi jolie… Non ! « Jolie » ne traduisait pas exactement la finesse de ses traits. Elle était superbe, magnifique, sublime ! Dès qu'elle reviendrait, il prendrait son courage à deux mains pour se déclarer. Il avait toujours soutenu que le coup de foudre n'était qu'une vue de l'esprit, qu'on ne pouvait vraiment aimer que ce qu'on connaissait bien, qu'on comprenait bien, et toutes autres absurdes théories. Or, voilà qu'il découvrait qu'il était raide-cinglé de cette fille dont il ignorait jusqu'au nom, qu'il voyait pour la première fois, et il était convaincu qu'elle était la femme de sa vie, celle que le bon Dieu lui avait prédestinée, celle qu'il attendait, et qu'il aimera toujours. Et elle seule. Il fallait qu'il le lui dise, ici et maintenant. « La viande du chien, refroidie, devient insipide ! » aimait dire souvent Armando Gomis. Il aurait souhaité, à ce moment précis, posséder son aisance et son entregent avec les filles. Tant pis, il s'y efforcerait. S'il la laissait partir sans rien lui dire, il ne la reverrait plus.

Il l'entendit revenir. Il écrasa sa cigarette dans le cendrier sur la table basse en face de lui, prit son verre presque vide qu'il avait déposé sur le guéridon à côté du bras de son fauteuil, le tournoya d'un mouvement saccadé du poignet qui fit tinter les glaçons et le termina d'un trait. Il reposa le verre en se levant au moment où elle réapparut. Il ouvrit la bouche à plusieurs reprises, mais fut incapable de formuler la belle déclaration d'amour qu'il s'était préparée. Tous les mots s'étaient embrouillés dans son esprit, et son courage, qu'il tenait solidement entre ses mains, lui avait glissé entre les dix doigts comme une savonnette mouillée.

Ce fut elle qui parla.

— À votre tour maintenant ! déclara-t-elle en souriant. Vous aussi, vous avez les yeux rouges et vous devez faire un brin de toilette.

Il trouva sa beauté plus époustouflante encore avec son sourire. Il fit un effort suprême, presque pénible, pour lui avouer la flamme qui le brûlait mais ne put que bredouiller :

— Oui, oui, si, si, vous avez raison, certainement !

Il partit vers la salle de bains.

Elle prit place dans un fauteuil, en jetant un regard circulaire autour d'elle. Tout, dans la pièce, l'ameublement, la bibliothèque, les bibelots, les tableaux aux murs, les rideaux en soie, la moquette épaisse, respirait le luxe. Un petit sourire malicieux se dessina fugitivement sur ses lèvres. Elle avait la certitude qu'il était mordu, elle l'avait remarqué dès qu'elle avait ouvert les yeux, quand elle était couchée dans le hall de l'immeuble, et avait surpris son regard admiratif et insistant posé sur elle. Elle pensa qu'il n'était pas mal comme garçon, pour dire vrai, il présentait même très bien ; il était grand, athlétique, les traits de son visage rond étaient réguliers, il était jeune. Mais qu'il était gauche ! Tout à l'heure, lorsqu'elle était revenue de la salle de bains, il avait voulu lui parler, il avait même ouvert la bouche plusieurs fois, sans doute pour lui dire des choses qui lui tenaient à cœur. Il était cependant si troublé qu'il n'avait pu trouver les mots. Un grand timide.

Il revint dans le salon, plus vite qu'elle ne s'y attendait. Il s'assit sur le canapé en face d'elle, la regarda à la dérobée, les bras croisés sur la poitrine.

— Je crois que les choses se sont calmées dehors, annonça-t-elle, au bout d'un long silence, en faisant mine de se lever. Je n'abuserai pas de votre hospitalité, je m'en vais. Merci encore, monsieur.

Il lui saisit le poignet pour l'en empêcher.

— Mais non, mademoiselle ! fit-il. Ne partez pas maintenant, reprenez place. Nous ne nous connaissons pas encore. Moi, je m'appelle Matar Samb. Et vous ?

Il la relâcha.

— Ramata Kaba, se présenta-t-elle.

— Très heureux et enchanté de faire votre connaissance, mademoiselle Kaba. Vous êtes dans quelle fac ?

— Je ne suis pas encore à l'université. Peut-être l'année prochaine. Je fais la terminale au lycée Kennedy. Et vous, monsieur Samb, vous êtes à l'université ?

— Oui.

— Et cet appartement vous appartient ?

— Oui, bien sûr il m'appartient. J'en ai même d'autres !

— Vous êtes très riche alors ! Comment vous

avez pu, à votre âge ? Vous ne devez pas avoir plus de trente ans.

— J'en aurai vingt-huit, exactement dans quinze jours. Oh, mais je parle, je parle, sans faire le minimum, vous offrir à boire. Qu'est-ce que vous prenez, mademoiselle Kaba, boisson sucrée ou alcoolisée ? J'ai du jus de citron, d'orange, de mangue, du vin, de la vodka, de whisky, de la bière…

Il retourna au minibar, revint avec un plateau, lui servit le jus d'orange qu'elle avait choisi, prit son mélange habituel.

— Je bois à notre rencontre, mademoiselle Kaba, déclara-t-il en levant son verre, avant d'ajouter après une courte hésitation : Et à votre extraordinaire beauté !

— Vous êtes un flatteur, monsieur Samb ! Je ne suis pas d'une beauté extraordinaire comme vous dites, je ne suis même pas belle, dit-elle, souriante. À notre rencontre et à votre gentillesse sans bornes !

Ils entrechoquèrent leurs verres, les portèrent à leurs lèvres.

— Je ne suis pas d'une gentillesse sans bornes, rétorqua-t-il, une gorgée de vodka à l'orange rapidement avalée, en lui rendant son sourire.

— Là, vous essayez de vous venger parce que je vous ai dit que je ne n'étais pas belle, et c'est bien vrai ! Moi, je me trouve plutôt laide. Vous, par contre, vous êtes bien gentil. Vous auriez pu me laisser sur place, les flics m'auraient attrapée, tabassée, puis arrêtée, vous ne l'avez pas fait, vous m'avez entraînée avec vous et m'avez ainsi sauvée. C'est pas de la gentillesse, ça ?

— Non, ce n'est pas de la gentillesse. Je vous ai heurtée par mégarde, il fallait que je vous empêche de tomber, instinctivement je vous ai attrapée par le bras et j'ai couru sans me rendre compte que je vous tenais. Pour moi, c'est le destin, il est écrit quelque part que devions faire connaissance de cette manière. Croyez-vous au destin, mademoiselle Kaba ?

Elle marqua un temps d'arrêt avant de répondre :

— J'y crois, et sans doute avez-vous raison, il doit être écrit quelque part que nous devions nous connaître ainsi. Mais, monsieur Samb, vous n'avez pas répondu à ma question.

— Laquelle, mademoiselle Kaba ?

— Vous m'avez dit qu'en plus de cet appartement, vous en aviez d'autres encore, à vingt-huit ans. Vous êtes riche alors ? Comment avez-vous fait ?

— Absolument rien de méritoire, dit-il avec une modestie non feinte. Mon père, décédé il y a deux ans, était riche comme Crésus et j'ai hérité de sa fortune. La Holding Samb, vous connaissez ?

Comme tout un chacun dans le pays, elle en avait entendu parler, sans connaître pour autant la signification du mot holding.

— Je connais la Holding Samb, répondit-elle. C'est écrit en lettres géantes sur le fronton du nouvel immeuble de vingt-cinq étages à l'angle de la rue Parchappe.

— Eh bien, c'est papa qui a tout monté, avant de partir, l'informa-t-il. Un ensemble de quarante sociétés en pleine expansion, pour ma sœur aînée et moi. Elle s'appelle Dieynaba Samb, DS pour les proches, c'est elle qui est à la tête des affaires.

Elle parut étonnée.

— Mais pourquoi avez-vous manifesté alors ? s'enquit-elle. Vous êtes un fils à papa, certainement du régime, un sale petit bourgeois…

Il éclata de rire, l'interrompant sur sa lancée

— Doucement, doucement, mademoiselle Kaba !

D'accord, je suis un vrai fils à papa, j'ai bien profité de la richesse de mon père, je n'ai jamais manqué de rien, je n'ai aucune honte à l'avouer, bien au contraire. Bourgeois, je le suis, je le revendique même, mais pas sale, et encore moins petit ; je mesure un mètre quatre-vingt-sept et pèse quatre-vingts kilos, et ce que je gagne est à la mesure du travail que j'abats. Je suis donc un grand bourgeois, qui prend son bain trois fois par jour, donc très propre ! Quant à la manif, pour en venir à votre dernière question, mademoiselle Kaba, j'y ai participé parce que je suis membre fondateur de l'UDED, je connais les trois camarades tués à la frontière, j'ai été dans la même fac que l'un d'eux, avant qu'ils ne soient incorporés dans l'armée malgré leur volonté, ce que je considère comme une atteinte grave à la liberté de l'individu.

— Mais tu es du régime, et certainement ton père était du régime. Tous ceux qui sont riches dans ce pays sont du régime et ce sont tous des voleurs !

— Ça, c'est vous qui l'affirmez, mademoiselle Kaba. Moi, je ne milite dans aucun parti, ni dans celui qui est au pouvoir, seul sur la scène politique, ni dans les nombreux autres, constitués par des fractions du parti communiste interdit, qui sont dans la clandestinité. Papa n'était pas du régime non plus, il n'avait pas sa carte du parti et ne participait à aucune de leurs activités. Sa fortune, il l'a construite hors du pays avant l'indépendance, de ses propres mains.

Elle acquiesça d'un signe de la tête, prit son verre sur le guéridon, le vida d'une seule gorgée et se leva en le reposant.

— Maintenant, je m'en vais, monsieur Samb, annonça-t-elle. Et merci mille fois encore.

Il se mit debout à son tour.

— Déjà ?

— Oui. Je pense que les bus ont recommencé à circuler.

Il vida le reste de son verre qu'il avait en main.

— Vous n'allez pas prendre le bus, mademoiselle Kaba, je vais vous déposer chez vous. Vous habitez où ?

— Aux HLM Ouagou Niaye.

Ils descendirent au parking de la cour intérieure de l'immeuble et montèrent à bord de sa R16. Quand ils débouchèrent sur l'avenue de la République, la circulation avait repris son rythme normal. GMI et manifestants avaient disparu. Ils parvinrent rapidement à Ouagou Niaye, tout en parlant, en chemin, de banalités entrecoupées de longs moments de silence. Arrivés près du cinéma Liberté, elle lui demanda de stopper.

— Je descends ici, dit-elle. J'habite juste derrière le cinéma. Je vous remercie beaucoup, vous êtes vraiment très gentil, monsieur Samb.

Il déclara, après une profonde inspiration :

— J'aimerais vous revoir, mademoiselle Kaba. Pourrai-je venir chez vous pour vous rendre visite ?

— Non, je regrette. Mon oncle est très sévère et m'interdit toute visite.

Il ferma nerveusement les paupières et bredouilla d'un débit précipité :

— Mais moi, mais moi, je vous aime, moi, mademoiselle Kaba !

Elle poussa un petit rire, ouvrit la portière et descendit sans lui donner de réponse.

Le lendemain samedi, à midi, Matar Samb attendait devant le lycée Kennedy. Adossé à la portière avant de la R16, il brûlait cigarette sur cigarette depuis bientôt une demi-heure. Il était bien sapé, costume en mohair bleu pétrole de coupe irréprochable, chemise en soie blanche à fines rayures bleues, cravate rouge, pochette assortie aux rayures de la chemise et chaussures en cuir tressé rouge bordeaux. Il aperçut Ramata en pleine discussion au milieu d'un groupe de jeunes filles qui sortait du lycée et lui fit un signe de la main. Surprise, elle mit un bon moment avant de le reconnaître, dit au revoir et vint le retrouver. Ses camarades, taquines, lui dirent que cette fois, elle n'avait pas pêché du menu fretin ou du hareng mais un mérou de belle taille ! Elle se retourna, leur tira la langue et leur fit un pied de nez. Elle traversa d'un pas rapide la chaussée, parvint auprès de lui.

— Vous êtes très élégant, monsieur Samb, le complimenta-t-elle avec un ravissant sourire. Je suis conquise !

Il jeta par terre la cigarette qu'il venait d'allumer, l'écrasa avec le bout de la chaussure.

— Merci, dit-il, l'air sérieux.

Il lui ouvrit la portière sur laquelle il était adossé. Elle monta. Il contourna le capot de la R16, se mit au volant.

— Je n'ai pas entendu ta dernière phrase. Répète, s'il te plaît. Qu'as-tu dit ? poursuivit-il, gaiement, sans se rendre compte qu'il la tutoyait.

— Je suis conquise !

— C'est-à-dire ? Explique-toi.

— Moi aussi, je vous aime, monsieur Samb.

Il tapota son volant du plat de la main, et eut un ton grave :

— Vous ne vous… Non, non, il vaut mieux que nous nous tutoyions, veux-tu ?

— Tu m'as déjà tutoyée, Matar Samb !

— Ah bon ? D'accord ! Tu ne te moques pas de moi, Ramata Kaba ?

— Ne prends-tu pas les devants, Matar Samb ? N'est-ce pas toi, le grand bourgeois, qui te moques de moi, la petite paysanne ?

— Je jure que je t'aime, je t'aime comme je n'ai jamais aimé une autre fille !

— C'est vrai ?

— C'est bien vrai, Ramata Kaba, je n'ai jamais aimé une autre fille comme je t'aime.

— Tu en as connu beaucoup, des filles ?

— Très, très peu. Moins que des aventures sans lendemain. Tu es la première que j'aime vraiment.

— Je ne te crois pas. Tu es certainement un bourreau des cœurs. Je suis sûre que tu as eu toutes les filles que tu as voulues, les jetant les unes après les autres comme des Kleenex usagés. Mais attention, je te préviens, avec moi, ce ne sera pas du tout la même chose…

— Non, je te jure que je suis loin d'être comme tu dis, s'insurgea-t-il.

— Laisse-moi terminer, ne m'interromps pas.

— D'accord, termine, Ramata Kaba.

— Appelle-moi Ramata tout court, veux-tu ?

— D'accord, Ramata, termine.

— Je te disais de faire attention, parce que avec moi, ce ne sera pas comme avec un mouchoir jetable. Je te dis tout de suite que je suis très jalouse, si jalouse que je déteste la friture. Dorénavant, c'est moi seule que tu dois aimer. Et si jamais tu regardes une autre fille, c'est fini entre toi et moi. Définitivement.

— Je n'ai jamais aimé une autre fille que toi, Ramata, je n'aime que toi, je n'aimerai que toi, pour toujours !

Sa voix tremblait de sincérité. Ramata sentait qu'il ne mentait pas, qu'il tiendrait la promesse qu'il venait de lui faire et qu'elle le possédait pour de bon dans sa main. Elle voyait qu'il n'avait pas une expérience poussée des filles et qu'il avait fait un effort titanesque pour s'ouvrir à elle, ce qui lui valait la sueur qui perlait sur son front et sa lèvre supérieure en dépit du froid vif de la journée.

— Jure-le-moi.

— Sur la tombe de mon père, je jure que je n'aimerai que toi tant que je vivrai !

Elle lui prit le visage entre ses deux mains, lui fit la langue fraîche, longuement. Par la façon dont il répondait à son baiser et par ses gestes empruntés, elle fut absolument convaincue qu'il était un vrai novice. Elle se sépara enfin de lui, s'adossa contre son siège.

Matar Samb, la respiration rapide, alluma le moteur de la R16 et démarra, nageant dans une mer de bonheur. Il s'infiltra dans la circulation encombrée en ce début de week-end, encore étonné, agréablement étonné, par son audace et son succès. Les filles, ça n'avait jamais été son fort, il était même nul en la matière. En leur présence, il se sentait comme paralysé, tous ses efforts pour se dominer et être naturel non seulement demeuraient vains, mais accentuaient son inhibition. Jusqu'à présent, les seules qu'il avait pratiquées, et elles étaient rares, tout juste deux, dont l'une l'avait d'ailleurs dépucelé l'année dernière, étaient des « couloirdeuses », ces mauvaises filles qui fréquentaient la Cité universitaire. Et encore, pour y parvenir, il lui avait fallu l'intervention d'Armando Gomis : il avait tué la chèvre, l'avait dépecée et l'avait cuite. Lui n'avait fait que consommer. Il sourit intérieurement en songeant à son ami. Il n'en reviendra pas et lui demandera comment il avait fait pour conquérir la fille la plus splendide qu'il ait jamais vue.

Il conduisait en silence, lentement, à cause des bouchons. Ses propres pensées l'épataient. Toute la nuit, il avait pensé à la réaction de Ramata après sa déclaration. Que signifiait son petit rire ? Était-elle d'accord pour marcher avec lui ? Le narguait-elle ? Heureusement qu'elle lui avait avoué qu'elle était amoureuse de lui. Grands dieux, cela avait marché, il s'en était tiré de façon admirable. Très bien ! Il allait continuer sur sa lancée.

Quand ils eurent dépassé la Maison du Parti, derrière le rond-point de Colobane, et furent parvenus au niveau du baobab délimitant les quartiers de Bopp et Ouagou Niaye, à moins de deux cents mètres de l'endroit où elle était descendue hier, il déclara soudain sans la regarder :

— Aujourd'hui, je t'accompagne jusqu'à la maison.

Elle se tourna vivement vers lui, une lueur d'inquiétude dans les yeux.

— C'est impossible, Matar. On pourra se voir où tu voudras, mais pas à la maison. Mon oncle va me gronder et te chasser comme un malpropre.

— J'expliquerai à ton oncle que je t'aime sérieusement.

— Il ne t'écoutera même pas. Il m'a formellement interdit de recevoir des garçons, il ne badine pas là-dessus et a toujours renvoyé, sans ménagement, ceux qui ont essayé de me rendre visite. N'insiste pas, Matar, je t'en supplie.

— Il m'écoutera, je parviendrai à le convaincre, insista-t-il. Et puis, tu ne pourras pas porter toute seule tous tes bagages. Il faudra bien que je t'aide.

Elle ne comprit pas de quoi il parlait.

— Quels bagages ? demanda-t-elle.

Il enleva sa main du volant, indiqua d'un geste du pouce le siège arrière.

Elle détourna la tête et vit des boîtes en carton, grandes et petites, des paquets, des sacs en plastique, qui s'empilaient jusqu'au plafond du véhicule. Elle se retourna, de plus en plus intriguée.

— Qu'est-cc que cela signifie ? Comment cela, mes bagages ?

— Des cadeaux de ma part. Mon meilleur ami se marie aujourd'hui. Il s'appelle Armando Gomis, il est médecin et je…

— Des cadeaux pour ton meilleur ami qui se marie ? se méprit-elle.

Ils étaient parvenus près du cinéma Liberté. Il rangea la R16 sur le trottoir, en face du tableau d'affichage où Bruce Lee, torse nu, en pantalon noir, éliminait un de ses nombreux adversaires d'un superbe maï geri.

— Attends, je vais t'expliquer, tu vas comprendre, dit-il. Ce sont des cadeaux pour toi. Après la cérémonie à l'église, mon ami organise une soirée dansante au restaurant de la Cité universitaire. Tous les copains y viennent avec leurs petites amies. Je veux y aller avec toi, tu es ma petite amie. C'est pourquoi je t'offre ces cadeaux. C'est ainsi qu'on procède, n'est-ce pas, quand on sort avec une fille ?

Il était résolu à poursuivre son entreprise, il sentait que rien ne pouvait lui résister aujourd'hui, que si le ciel tombait, il pourrait le soutenir sans peine avec son petit doigt, que si un lion à la crinière noire, affamé, se mcttait sur son chemin, il l'anéantirait d'une chiquenaude. Par conséquent, l'intransigeance de l'oncle de Ramata n'était pas, ne pouvait pas être un obstacle.

— Maintenant, que tu veuilles ou pas, je viens avec toi, poursuivit-il d'un ton définitif. Je ferai comprendre à ton oncle que les sentiments que j'éprouve pour toi sont très sérieux, très sincères.

Ramata ne fut nullement tranquillisée. Elle voulut encore protester, refuser, mais l'importance des cadeaux et la curiosité toute féminine de découvrir ce qu'ils représentaient, l'emportèrent sur les appréhensions qu'elle avait quant à la réaction de son oncle. Elle lui déclara que le véhicule pouvait aller jusqu'à la maison et lui indiqua le chemin.

Dianké Cissokho, l'épouse de l'oncle, qui s'attendait à l'arrivée de son mari en entendant le bruit d'un moteur s'éteindre à l'entrée, fut surprise de voir Ramata et un jeune homme, suivis de ses trois enfants, tous les bras chargés, pénétrer dans le salon.

— Bonjour, ma tante, Cissokho ! salua Ramata d'une voix embarrassée. Je te présente Matar Samb, dit-elle, avec un signe de tête en direction de son compagnon.

Dianké lui paya son salut en la soulageant de son chargement. Quand tous les bagages furent déposés sur la table basse, sur le canapé et sur la moquette, elle invita Matar Samb à s'asseoir, et pendant qu'il s'installait dans un fauteuil, elle foudroya d'un regard sévère l'aîné des enfants qui dévisageaient sans ciller l'étranger. Il comprit, battit en retraite en entraînant ses frères au-dehors.

— Comment vas-tu, Samb ? As-tu la paix ? demanda-t-elle d'un ton affable.

— La paix seulement, ma tante. Merci, je vais bien ! répondit-il.

Il ne se sentait pas très à l'aise, en vérité ; son

assurance commençait à l'abandonner petit à petit, mais il se dit qu'il ne pouvait plus reculer.

— Ramata, toi aussi, tu ne donnes même pas à boire à ton hôte ! Va lui chercher de l'eau, fit Dianké.

— Bien, ma tante.

Ramata se leva et partit pour la cuisine. Elle ouvrit le frigidaire, prit une bouteille d'eau, referma la porte. Au moment où elle se retournait, elle vit tante Dianké entrer dans la pièce.

— Qu'est-ce que cela veut dire ? interrogea-t-elle, une lueur de curiosité plutôt que de sévérité dans le regard. Qui est ce jeune homme ?

Ramata regrettait déjà d'avoir entraîné Matar Samb à la maison.

— Ma tante, je ne voulais pas, expliqua-t-elle. Nous nous sommes connus hier seulement. Il y avait une manifestation en ville, il m'a aidée à échapper aux policiers. À la sortie du lycée aujourd'hui, je l'ai trouvé en train de m'attendre. J'ai tout fait pour le dissuader de venir, mais il n'a rien voulu entendre...

Elle s'arrêta, incapable de continuer, se mit à renifler, sur le point de pleurer.

— Et les bagages, qu'est-ce que c'est ? demanda la tante.

— Il dit que ce sont des cadeaux qu'il m'a offerts. Je ne lui ai rien demandé, ma tante. Je ne manque de rien, mon oncle pourvoit à tous mes besoins. Il va me gronder.

Dianké se voulut rassurante.

— Ce qui est fait est fait, jeta-t-elle. Ton oncle ne sera pas content, ça c'est certain, mais ne t'en fais pas, je serai de ton côté. Le véhicule que j'entends s'arrêter cette fois, c'est le sien. Retournons vite auprès de ton hôte.

Toumani Kaba était directeur des ressources humaines au ministère du Développement industriel et des Mines. C'était un homme de quarante-cinq ans, de petite taille, la figure en lame de couteau, qui ne souriait jamais. Il descendit de sa 404 et demanda à ses enfants venus l'accueillir à qui appartenait le véhicule garé à l'entrée de la maison.

— C'est pour le grand venu avec Ramata, papa ! renseigna le plus petit. Il a apporté beaucoup de choses, des sacs en plastique, des paquets, des boîtes, beaucoup de choses, papa. Il se trouve dans le salon, en compagnie de Ramata et de maman, dans le salon rempli des choses qu'il a apportées.

Toumani Kaba, d'un pas pressé, traversa la petite cour et fit irruption dans le salon sans avoir frappé à la porte. Les yeux brillants de colère, il considéra tour à tour Dianké, assise dans son fauteuil, tête baissée, Ramata dans la même attitude, et Matar Samb assis en face d'elles.

— Qu'est-ce que c'est que ces histoires ? tonna-t-il au bout du compte.

— Toumani..., commença à intervenir l'épouse sans le regarder.

— Toi, Dianké, je ne te parle pas ! coupa sèchement Toumani. Tu me diras tout à l'heure pour quelle raison tu te fiches de moi. Je m'adresse à Ramata pour le moment.

— Mon... oncle... Je... Je ne..., bredouilla Ramata avant de fondre en larmes.

Matar Samb intervint.

— Excusez-moi, tonton Toumani, dit-il. Votre femme et votre nièce n'y sont pour rien. Le seul fautif, c'est moi.

Toumani Kaba, un tic nerveux contractant ses paupières, enleva sa veste, la maintint sur son bras replié, desserra le nœud de sa cravate et pointa le menton en direction de l'intrus.

— Toi, le seul fautif comme tu dis, qui es-tu et qu'est-ce que tu cherches chez moi ?

— Je m'appelle Matar Samb…

— Et après ? Ça n'explique pas pourquoi tu violes mon domicile !

— Attendez, je vais vous expliquer. J'ai rencontré hier votre nièce, lors de la manifestation estudiantine en ville, et je suis tombé amoureux d'elle. Puisque mes intentions sont sérieuses, j'ai décidé aujourd'hui de l'accompagner, afin de connaître ses parents. Je tiens à vous préciser qu'elle ne voulait absolument pas que je vienne chez vous. Je l'ai, pour ainsi dire, forcée. Je lui ai dit que je vous expliquerais et que vous comprendriez que je suis animé par des sentiments francs et sincères. Voilà, tonton Toumani, comme je vous l'ai dit, l'unique fautif à qui vous devez vous en prendre, c'est moi.

Au fur et à mesure que Matar Samb parlait, la figure de Toumani Kaba devenait de plus en plus sombre et crispée.

— Et ça ? interrogea-t-il, le doigt pointé sur les bagages, lorsqu'il eut terminé.

— Puisque, comme je vous l'ai dit, j'aime sérieusement votre nièce, je me suis permis de lui faire quelques cadeaux pour…

Après avoir brusquement balancé sa veste derrière lui, Toumani Kaba s'avança, prit par les revers celle de Matar Samb et le força à se relever.

— Tu vas ramasser tes prétendus cadeaux et te casser fissa avec, espèce de vagabond ! s'emporta-t-il.

— Tonton Toumani, tonton Toumani, je vous en

prie négocia Matar Samb. Relâchez-moi, s'il vous plaît, contrôlez-vous un peu et écoutez-moi.

Toumani Kaba le relâcha, puis lui désigna la porte.

— Je n'ai pas à t'écouter. Dehors, je te dis, avec tes cadeaux, espèce de...

Dianké s'en mêla ; la tête toujours baissée, elle annonça :

— Toumani, Toumani Kaba, ressaisis-toi ! La vie n'est pas ainsi. Le jeune homme te demande de l'écouter, écoute au moins ce qu'il veut dire.

Matar Samb, ragaillardi par l'intervention inattendue de tante Dianké, ne bougea pas.

— Ressaisissez-vous, tonton Toumani, comme vous le conseille votre épouse et écoutez-moi.

Toumani Kaba se tourna vivement vers sa femme.

— Dianké, es-tu devenue folle ? s'écria-t-il, furieux et surpris à la fois. Tu me demandes d'écouter un individu que je ne connais ni d'Adama ni d'Awa, qui débarque chez moi, avec je ne sais quoi, pour... pour... Tu sais ce que tu dis ? Ramata est venue ici pour s'instruire. Son père, mon cousin germain, et sa mère, ma propre sœur aînée me l'ont confiée. Je ne vais pas laisser le premier vagabond venu gâcher ses études. Elle prépare le baccalauréat cette année. Avec les jeunes de maintenant, qui sont très dangereux et ne respectent rien, une jeunesse malsaine, rien n'est sûr. Si jamais elle avait des problèmes, je ne pourrais plus retourner à Saraya pour le restant de ma vie !

— Écoute-le quand même, puisqu'il te le demande, s'obstina Dianké.

— Ça, c'est un monde ! s'exclama-t-il, étonné de l'insistance de sa femme.

Il se retourna, fit face à Matar Samb, mit les mains

dans les poches de son pantalon, toujours furieux, mais beaucoup moins à présent.

— Bon ! continua-t-il. Le jeune, vas-y, je t'écoute, parle cependant, je te préviens tout de suite, si tu espères obtenir l'autorisation de venir chez moi quand tu veux, pour y semer le bordel, c'est non. Ramata étudie, il n'est pas question de te laisser gâcher ses études.

— Voilà, oncle Toumani, s'enhardit Matar Samb en rajustant le nœud de sa cravate. Vous n'avez pas à vous inquiéter pour les études de Ramata, vous ne serez pas non plus dans l'impossibilité de vous rendre à Saraya parce qu'elle aura eu des problèmes. Je vous demande la main de votre nièce. Ne me regardez pas avec des yeux incrédules, je ne plaisante pas. Si vous êtes d'accord, j'épouserai Ramata dès demain, et je vous donne l'assurance qu'elle pourra continuer ses études comme elle voudra, où elle voudra, le temps qu'elle voudra, une fois mariée. Je l'y aiderai même. Je vous en prie, dites-moi oui, oncle Toumani, et je serai le plus heureux des hommes. J'aime Ramata, je désire ardemment qu'elle devienne ma femme !

Toumani Kaba enleva les mains de ses poches. Il était pris de court. Il s'attendait à du bavardage soporifique pour l'endormir, dans le but de fréquenter sa maison, à des propositions indécentes même. Car les jeunes de maintenant étaient dépourvus de pudeur, tenaient des propos arrogants et irréfléchis et, de surcroît, se croyaient les plus malins du monde ! Assurément, une jeunesse malsaine. Sa réponse à ce genre de requête était toute préparée, invariable : c'était non. Cette demande en mariage le surprenait ; il n'avait jamais réfléchi à ça.

— Attends, le jeune, je ne te comprends pas bien,

déclara-t-il d'un ton moins emporté. D'après tes dires, c'est hier seulement que tu as rencontré Ramata, et aujourd'hui tu veux l'épouser. Comment ça ? C'est du jamais vu, du jamais entendu. Certainement, tu connais Ramata depuis longtemps, peut-être même viens-tu lui rendre visite à mon insu, avec la complicité de ma femme, qui visiblement est de ton parti. C'est ça, allez le jeune, sois honnête, avoue donc !

— Que dis-tu, Toumani Kaba ? s'indigna Dianké en relevant enfin la tête. M'accuser d'être la complice de Ramata et d'accueillir à ton insu un garçon à la maison ? Moi, Dianké Cissokho ?

— J'ai dit « peut-être », déclara-t-il. Et puis quoi ? Avec vous les femmes, tout est possible, on ne peut être sûr de rien !

— Tonton Toumani, vous accusez votre femme à tort, lança Matar Samb. Je vous jure qu'hier, à mon réveil, j'ignorais l'existence de Ramata, à plus forte raison celle de votre femme. La vérité, c'est ce que je vous ai dit et répété. J'ai rencontré Ramata hier lors de la manifestation, elle m'a dit qu'elle était au lycée Kennedy. Ce matin, je l'ai attendue et, à la fin des cours, je l'ai obligée à m'emmener chez vous où, bien sûr, je n'avais jamais mis les pieds auparavant. Maintenant, je vous prie de donner une réponse à ma demande. J'espère de tout cœur qu'elle sera positive.

Toumani Kaba ne put s'empêcher de sourire, et Dianké fit remarquer que pour la première fois en douze ans de mariage, elle voyait un sourire se dessiner sur les lèvres de son mari.

— Ah oui ! admit-il. Avec vous les femmes, il faut être toujours ferme. Si vous avez la sottise de montrer vos dents à tout bout de champ, elles vous prennent pour un con ou un faible et ne tardent pas à vous monter sur la tête.

— Alors, vous dites oui, tonton Toumani ? le pressa Matar Samb.

— Tu es un curieux jeune homme, toi ! s'exclama-t-il d'un ton amusé. Tu rencontres une jeune fille hier seulement et aujourd'hui tu tiens à te marier avec elle. On peut dire que tu es rapide !

— Et ce n'est pas sur un coup de tête, tonton Toumani. Croyez-moi, j'ai mûrement réfléchi, j'aime Ramata, je l'épouse le plus vite possible si vous me donnez votre accord.

— En tout cas, ta franchise et ton culot me plaisent. Comment tu t'appelles déjà ?

— Matar Samb.

— Et qu'est-ce que tu fais dans la vie ?

— Je suis professeur à l'université de Dakar. Agrégé en sciences juridiques, je prépare actuellement mon doctorat d'État.

Toumani Kaba lui tendit la main, impressionné.

— Asseyez-vous, s'il vous plaît, monsieur ! invita-t-il chaleureusement.

Il ne relâcha la main de Matar Samb qu'il serrait que lorsqu'il se fut installé dans le fauteuil.

— Excusez-moi, M. Samb, reprit-il, un peu gêné, en s'asseyant à côté de lui, de vous avoir traité de vagabond, de vous avoir tutoyé, et de mon emportement de tout à l'heure. C'est que c'est une grande responsabilité d'être père ou tuteur d'une jeune fille à Dakar, par les temps qui courent, c'est même devenu dangereux. Les jeunes, à présent, filles comme garçons, semblent avoir perdu le nord, ils ne respectent plus rien, sont agressifs et piétinent toute valeur traditionnelle sous prétexte qu'ils sont modernes. Moi, je me méfie d'eux. Vous êtes au courant du drame qui s'est déroulé à Liberté 3, relaté dans le journal d'avant-hier ? La victime était un collègue à moi, on travaillait ensemble dans le même ministère.

Un vrai drame en effet, ayant fait la une du seul quotidien du pays. Il s'agissait d'un père de famille qui, à la fin d'un séminaire, rentrait chez lui, plus tôt que prévu, au volant de sa voiture. Parvenu au niveau du quartier Liberté 3, il aperçut ses deux filles, leur classeur sous le bras, qui pénétraient dans une villa en compagnie de deux autres garçons, alors que normalement elles auraient dû être à cette heure au collège privé où il les avait inscrites après leur renvoi du lycée. Il arrêta sa voiture sur le trottoir et pénétra dans la villa dans l'intention d'y faire ressortir ses enfants. Mal lui en prit. Sous le regard de ses filles, sans qu'elles interviennent de quelque manière que ce soit, leurs compagnons le tabassèrent sauvagement. Évanoui, ils le tirèrent hors de la maison et le jetèrent près de sa voiture. Puis ils retournèrent s'enfermer dans la villa avec elles jusqu'à la tombée de la nuit. Pendant ce temps, les sapeurs-pompiers, prévenus par téléphone qu'il y avait un blessé qui gisait, inconscient, dans la rue, étaient venus transporter leur père à l'hôpital où il rendit l'âme quelque temps après son admission, après avoir repris connaissance et raconté ce qui lui était arrivé. Bien plus tard, quand elles rentrèrent chez elles, elles trouvèrent toute la maisonnée en lamentations et la police qui les attendait pour les arrêter pour non-assistance à personne en danger et complicité de meurtre, comme l'étaient déjà leurs deux compagnons, assassins de leur père.

— C'est une malheureuse affaire dont je suis au courant ! jeta Matar Samb. Moi, je ne fais pas partie de ce genre de jeunes. Mais, tonton Toumani, vous ne m'avez toujours pas donné votre réponse que j'attends avec impatience.

— Dianké, tu as entendu ce que M. Samb a dit ? interrogea-t-il. M. Samb dit qu'il veut épouser Ramata.

Elle hocha la tête.

— Je t'avais bien conseillé de l'écouter. Rien qu'à le voir, on sait que c'est un garçon très sérieux.

— Tu avais raison, je l'admets, M. Samb est jeune mais il est très sérieux, fit Toumani Kaba. Et Ramata, la principale concernée, qu'est-ce qu'elle en pense ? Ramata, tu as déjà donné ta réponse à M. Samb ?

Ramata redressa la tête, jeta sur son oncle un regard brouillé par les larmes, ouvrit la bouche pour répondre.

Matar Samb parla avant elle.

— En vérité, tonton Toumani, je n'ai pas eu le temps de lui demander de m'épouser. Mais maintenant que le coup est parti, elle va me donner sa réponse.

Toumani Kaba n'en revint pas.

— Dianké, tu as entendu ça ? M. Samb est un singulier personnage, il n'y va pas par quatre chemins. Décidément, c'est un jeune qui me plaît. Alors, Ramata, quelle est ta réponse ?

Elle répondit d'une manière positive d'un signe de tête.

— Non, non ! objecta Toumani Kaba. Il faut parler clairement. Veux-tu, oui ou non, devenir l'épouse de M. Samb ?

— Oui, répondit-elle après une courte hésitation.

— Bien, très bien ! lança Toumani Kaba avec un grand sourire en tapant dans ses mains. Dianké, tu as entendu, tu es témoin, c'est devant toi que

Ramata a accepté de devenir la femme de M. Samb. Eh bien, il ne sera pas dit que c'est moi qui constituerai une entrave à ce mariage. Ma réponse est oui, moi aussi. Ah ! Voilà un jeune qui sait ce qu'il veut et qui va droit au but.

— Je vous remercie de tout cœur, tonton Toumani, déclara Matar Samb, fou de joie. Comme je l'ai dit, je suis prêt, j'épouse Ramata aujourd'hui même, demain, dans une semaine, quand vous voudrez !

— Il y a un petit problème, M. Samb.

— Lequel ? s'inquiéta vivement Matar Samb.

— Pour le mariage, il faut attendre que Ramata ait d'abord passé son examen. Ramata, c'est pour quand le baccalauréat ?

— Le 12 juillet, dans trois semaines et deux jours exactement, renseigna-t-elle.

— Ce n'est pas bien long, n'est-ce pas, M. Samb ?

— Oh si, tonton Toumani ! Je trouve ça terriblement long, cependant, je vais patienter. Mais, tonton, appelez-moi Matar au lieu de monsieur Samb, et cessez de me vouvoyer, ça me donne l'impression d'être devant mes étudiants.

— D'accord, M. Sam… pardon, d'accord, Matar, bafouilla Toumani Kaba. Ainsi, c'est conclu, le mariage aura lieu aussitôt après le baccalauréat. Entre-temps, je vais écrire à mon cousin pour l'informer, pas pour lui demander son avis. Car, même si nous étions ensemble au village, c'est moi qui devrais marier Ramata au demandeur de sa main. Simple formalité donc. Vous me… pardon, tu m'enverras ton père, dès demain si tu peux, pour les pourparlers. Là aussi, simple formalité, car j'ai déjà donné mon accord et je n'ai qu'une parole.

— C'est que papa est décédé.

— Oh, je regrette ! Ton oncle, alors.

— Je n'en ai pas. Pas au pays, en tout cas. Ma mère était du Congo où nous somme nés, ma sœur aînée et moi. C'est elle le chef de famille.

— C'est que ces choses-là ne se discutent pas avec une femme. Les pourparlers de mariage, c'est uniquement une affaire d'hommes tout comme l'excision est exclusivement affaire de femmes. Tu n'as pas un petit père, enfin, ce que les Toubabs appellent un oncle paternel, ou je ne sais pas, moi ?

— Non, aucun. Papa était fils unique.

Son père, souvent, quand ils étaient enfants, lui et Dieynaba, leur racontait son histoire. Il était né à Diakène Ouolof où ses parents, Matar et Seynabou Samb leurs homonymes, ayant quitté Gandiol, étaient venus s'établir. Devenu orphelin à seize ans, il s'était embarqué dans un bateau à Karabane pour Dakar. C'était peu après la Première Guerre mondiale. De là, il avait trouvé une place dans un bateau de pêche qui l'avait mené dans les ports du monde entier, Luanda, Le Cap, New York, Sydney, Tokyo, Athènes, Hambourg, Marseille, etc. Puis un jour, il en avait eu assez de la mer. Il avait abandonné le bateau à Luanda en Angola, avait rejoint le Congo et s'était installé à Mbuji-Mayi. Il y avait pris femme, son séjour avait duré trois décennies, ses enfants y étaient nés. Revenu au Sénégal à la mort de sa femme, peu après l'indépendance, il n'était plus reparti à Diakène Ouolof, résidant à Dakar jusqu'à sa mort, il y avait deux ans, sans s'être jamais remarié.

— Je suis d'une famille restreinte, ce qui est fort rare, pas d'oncle, de tante, de cousin, de cousine, de demi-frère ou demi-sœur, reprit Matar Samb. Nous ne sommes que deux, Dieynaba et moi. Et puisque je suis le seul homme de ma famille, que les pourparlers de mariage c'est uniquement une affaire d'hommes, je vais être obligé de traiter avec vous.

— Pourquoi pas ? admit Toumani Kaba après un bref moment de réflexion. Dianké, ce garçon me plaît. C'est vrai, il ne faut jamais généraliser, tous les jeunes ne sont pas mauvais ; comme dans toute frange de la société, il y a les bons d'un côté et les mauvais de l'autre. Assurément, Matar est sérieux, il sait ce qu'il veut et va droit au but, sans biaiser. Moi, j'aime ça. Ramata, tu as fait le bon choix. Dianké, il faut acheter à Matar de quoi boire.

Il se pencha, ramassa sa veste jetée sur le tapis, se redressa, prit dans la poche intérieure un billet de cinq mille francs et le tendit à son épouse.

— Qu'est-ce que tu prends, Matar, interrogea-t-il, limonade La Gazelle, Coca-Cola, Marc Diallo ou Spark ?

— Matar, tu aurais dû venir chez nous depuis bien longtemps ! avança Dianké en prenant le billet. Je n'ai jamais vu mon mari aussi volubile, aussi enjoué.

— Dianké, ne me taquine pas ! s'égaya-t-il. Alors, Matar, qu'est-ce que tu prends ?

— Je n'ai pas de préférence, tonton.

— Donc, Dianké, tu prends une grande bouteille de chaque marque. Toi, Ramata, tu appelles la bonne et les enfants pour te faire aider, tu ramasses tes cadeaux et tu montes dans ta chambre.

Dianké et Ramata se relevèrent. Les bras chargés d'une bonne partie des bagages, elles sortirent du salon. Peu après, la bonne et les enfants vinrent emporter le reste.

Demeurés entre hommes, Toumani et Matar vidèrent rapidement l'affaire. La dot, indiqua l'oncle, selon leurs traditions, s'élevait à vingt-cinq mille francs : trois pour le prix de la cola, dix pour le père, cinq pour la mère de Ramata, deux pour la mosquée et les cinq mille restants à partager entre lui, Toumani, leur sœur aînée, homonyme de Ramata, et les autres membres de la famille.

— C'est tout? s'enquit Matar Samb lorsque Toumani Kaba eut fini de faire sa répartition, surpris par la modicité de la somme. Vingt-cinq mille francs seulement ?

— Oui, vingt-cinq mille francs seulement, répéta-t-il. Et c'est bien ainsi. Dans le temps, au village, il fallait cinq vaches, dix brebis, dix chèvres ou l'équivalent en argent, ou encore que le prétendant cultive un champ durant sept ans. Aussi, en cas de problèmes sérieux, comme il arrive parfois, si la femme était mal traitée, si le mari ne l'entretenait pas convenablement, il lui était difficile, voire impossible, de sortir des liens du mariage, car elle se trouvait dans l'incapacité de rembourser la dot. En plus, à cause de la dureté de la vie actuelle, les jeunes éprouvaient toutes les difficultés du monde pour rassembler le bétail, la somme équivalente, ou cultiver un champ du fait de la sécheresse cyclique. Conséquence : ils se mariaient de moins en moins. D'un commun accord, tous les villages du terroir ont décidé de ramener la dot à vingt-cinq mille francs, ce qui est à la portée de tous, et ainsi, en cas de pépin, la femme peut rembourser si elle veut obtenir le divorce.

— Tonton Toumani, si vous aviez exigé de moi des troupeaux de bovins, d'ovins, de caprins de plus de cent têtes chacun pour avoir la main de Ramata, je les aurais payés sans l'ombre d'une hésitation. Pour moi, elle vaut mille fois plus que ça. Et je n'aurais pas envisagé, comme je n'envisage pas à cet instant précis où je vous parle, d'être remboursé un jour. Je ne donnerai jamais à Ramata l'occasion de se plaindre pour manque d'entretien ou de manifester le désir de sortir des liens du mariage pour mauvais traitement. Rien ne lui manquera, absolument rien ; elle aura tout ce qu'elle désirera, je pourvoirai à ses moindres besoins, je rendrai réels ses rêves les plus insensés. Quant à porter la main sur elle, à moins d'être devenu fou, fou à lier, jamais je ne le ferai !

— Oh, oh ! Matar, tu t'emballes et tu promets l'impossible, remarqua Toumani Kaba en riant. Or à l'impossible, nul n'est tenu. Aucun homme ne peut satisfaire tous les besoins d'une femme, car ses besoins sont multiples et illimités. Je sais qu'un professeur d'université est bien payé, il est au plafond de la grille indiciaire, il vit aisément mais il est loin de pouvoir donner à une femme tout ce qu'elle désire. Impossible. Tu es jeune, Matar, tu ne connais pas encore la femme. Elle est perpétuellement insatisfaite. Elle veut un grand boubou en basin, tu lui en donnes du premier choix, dès le lendemain, elle te demande du tissu brodé. En plus, tu affirmes que tu ne porteras jamais la main sur Ramata ! Tu es jeune, je te le redis, tu ne connais pas la femme encore. Tu as quel âge d'ailleurs, Matar ? Sans doute, la trentaine à peine dépassée, trente-cinq tout au plus.

Matar Samb lui donna son âge exact.

— Non, même pas trente ans ? s'étonna-t-il. J'avais raison d'avancer que tu es jeune, très jeune, sans expérience, mais tu apprendras très vite à connaître les femmes. Quand tu leur fais la cour, elles sont agréables, obéissantes, mais une fois que tu les épouses, que tu les emmènes chez toi, elles deviennent acariâtres, indociles et te contrarient en tout. Tu as beau être impassible, elles te poussent dans tes derniers retranchements, et au lieu de t'y laisser en paix enfin, eh bien non, Matar ! C'est à ce moment-là qu'elles se déchaînent. Et tu es obligé, je dis bien obligé, de donner quelques taloches pour avoir la paix. Ah oui, Matar, deux ou trois taloches bien senties, c'est permis, c'est même recommandé par le bon Dieu quand elles déconnent et dépassent les limites.

— Moi, je tiendrai mes promesses, insista Matar Samb. Devenue ma femme, Ramata aura tout ce qu'elle voudra et ma main ne la touchera jamais.

— Impossible, je te dis, Matar. Pour cela, il faut être très riche. Je ne dis pas à moitié riche mais vraiment très riche, comme un milliardaire. Et avoir une patience de prophète.

— Je ne suis pas un prophète, tonton Toumani. Seulement, brutaliser une femme est contraire à ma nature, je ne pourrais pas le faire, quel que soit son caractère. Mais je suis très riche, pas à moitié riche seulement et je ne fais pas semblant, je suis un milliardaire.

— Attends, attends, Matar ! Milliardaire comment ? Écoute, ne me raconte pas d'histoire, ne sois pas stupide comme les jeunes de maintenant. D'ailleurs, toi, qu'est-ce qui me prouve que tu es professeur à l'université ?

Matar Samb ne put s'empêcher de rire. Il retira de la poche intérieure de sa veste sa carte d'identité et la donna à Toumani Kaba.

— Très facile à prouver car ma profession est écrite là-dessus. Regardez et vous verrez que je suis assistant à l'université, comme vous verrez aussi que je suis le fils de Mapaté Samb. Ça ne vous dit rien, Mapaté Samb, tonton Toumani ?

Toumani Kaba jeta un rapide coup d'œil sur le document, redressa la tête, regarda Matar Samb et demeura bouche bée.

— Mapaté Samb, le milliardaire ? Vous êtes son fils ? Non, c'est vraiment vrai que vous êtes le fils de Mapaté Samb ?

Matar Samb continuait à rire du grand étonnement de Toumani Kaba. Le nom de son père était célèbre à travers tout le pays. On disait « riche comme Mapaté Samb ». Un nom qu'on rencontrait dans toutes les grandes affaires, l'hôtellerie, le transport, le commerce, le tourisme, les travaux publics, l'industrie, la pêche, l'immobilier, etc. Il possédait même un avion personnel, pas un petit appareil de tourisme mais un Boeing de quarante-cinq places, qui pouvait se déplacer de continent en continent. Il avait annoncé dans un journal français, peu de temps avant sa mort, que sa fortune s'élevait à six cent cinquante milliards environ.

Toumani Kaba lui remit sa carte d'identité d'une main tremblante.

— Excusez-moi, M. Samb…

— Matar, tonton Toumani.

— Je ne sais plus, moi ! Je suis trop ému, monsieur… pardon, Matar. Je suis trop ému, je n'ai jamais rencontré un milliardaire de ma vie.

— Eh bien, tonton, voilà qui est fait. À présent, revenons à nos pourparlers. Est-ce que je peux verser la dot tout de suite ?

— Ah oui, la dot ! Bien sûr, vous… tu peux, si tu veux. C'est vingt-cinq mille francs. Oh, je comprends beaucoup de choses maintenant ! lança Toumani Kaba en remuant doucement la tête. Oh ! Je comprends maintenant…

— Qu'est-ce que vous comprenez, tonton ? interrogea Matar Samb en prélevant cinq billets de cinq mille francs d'une liasse tirée de sa poche qu'il remit à Toumani Kaba.

— Beaucoup de choses, Matar ! expliqua-t-il. Ton aisance, ta mise, enfin tout en toi dégage, comment dire, une sorte d'aura, oui, c'est ça, une aura…

— Hé ho, tonton, n'en jetez plus, je suis un homme des plus ordinaires.

Matar Samb compta rapidement une quarantaine de billets, les tendit à Toumani Kaba qui refusa de les prendre.

— Non, je n'accepte pas, Matar, déclara-t-il, le visage à nouveau sévère, en secouant la main devant lui. J'ai ma part dans la dot que tu m'as remise, elle me suffit.

Matar Samb insista.

— Ceci n'a rien à voir avec votre part dans la dot, fit-il, les billets toujours tendus. Nous allons bientôt être parents, je ne suis plus l'individu que vous ne connaissiez ni d'Adam ni d'Ève. Considérez cet argent comme le prix de la cola du neveu à son oncle.

Toumani Kaba, hésita, sourit et finit par accepter.

Matar Samb enchaîna :

— Je vais solliciter auprès de vous une faveur, mon oncle. Je sais, c'est un peu maladroit, mais je suis obligé de vous demander l'autorisation de sortir avec Ramata pour pouvoir la présenter à ma sœur Dieynaba, et ensuite aller avec elle à la réception d'un ami qui se marie.

— Ramata est ta fiancée à présent, donc inutile de demander l'autorisation de sortir avec elle, Matar !

Dianké revint dans le salon, déposa sur la table basse le plateau qu'elle tenait entre les mains, servit à chacun un verre puis s'en alla.

Matar Samb, d'un trait, but le sien, consulta son bracelet-montre et se leva.

— Je voudrais partir tout de suite avec Ramata, annonça-t-il.

Toumani Kaba essaya de le retenir à déjeuner. Il déclina l'invitation, lui serra la main et sortit une fois que l'oncle lui eut indiqué la chambre de Ramata à l'étage. Il monta et trouva dans la pièce Dianké, les enfants et la bonne qui finissaient d'aider Ramata à défaire ses paquets. La mère lança un regard à ses gosses et regagna la sortie ; les enfants la suivirent en même temps que la bonne, laissant les fiancés seuls.

Ramata se jeta au cou de Matar Samb.

— Oh, merci, Matar, merci mille fois ! déclara-t-elle, blottie dans ses bras.

Puis elle se détacha de lui au bout d'un moment, le regarda les yeux dans les yeux, tout sourire.

— Tu es un grand fou ! reprit-elle joyeusement. Pendant cinq ans au moins, je n'aurai besoin de rien. C'est trop, vraiment trop.

— Rien n'est de trop pour toi, ma reine, répondit-il. Et tu n'as encore rien vu. Tu as raison, je suis un grand fou, un fou de toi. Mais est-ce que tu ne t'amuses pas, m'aimes-tu vraiment, Ramata ? Dis-moi oui, et je serai l'homme le plus comblé du monde.

— Je t'aime, Matar, beaucoup plus que tu ne m'aimes.

— Impossible.

— Si. Mais, dis-moi, Matar, comment as-tu fait pour connaître exactement mes mensurations ? Tout ce que j'ai essayé me va très bien, curieusement, comme si un tailleur avait pris mes mesures avec un centimètre. Même les chaussures.

— La fille de ma sœur a la même taille et la même

corpulence que toi. Elle m'a accompagné dans les magasins ce matin. C'est elle qui a tout choisi. Quant aux chaussures, j'ai vu que ta pointure était du 38 sur les baskets que tu portais quand tu étais étendue sur les carreaux du hall de l'immeuble hier. J'espère que tout te plaît.

— Énormément. Merci encore, Matar.

Il y avait bien de quoi remplir une armoire à six battants. Robes, jupes, foulards, dessous, pantalons, chaussures, tailleurs, châles, jeans, T-shirts, pull-overs, parfum, bijoux, chemises, corsages, ceintures, sacs à main, trousses de maquillage… Rien ne manquait. Et ce n'étaient pas des articles des marchés du port ou de Colobane, mais du griffé, ce qu'on pouvait trouver de mieux dans les meilleures boutiques des grandes capitales du monde, YSL, Dior, Givenchy, Lanvin, Cardin, Versace, Chanel, etc.

Il sortit de la poche latérale de sa veste une boîte emballée dans du papier multicolore, attachée par un ruban de soie rouge, la lui donna. Elle défit l'emballage et un bref cri lui échappa à la vue du tour de cou, des boucles d'oreilles, des bracelets assortis, en or. Il lui remit encore une autre boîte, plus petite, qui contenait une montre dame carrée, en or bien sûr, au cadran serti de diamants. Elle demeura sans voix.

*

Dieynaba Samb habitait au Point E, le premier quartier chic de Dakar. Matar Samb et Ramata arrivèrent à la villa imposante vers treize heures trente et la trouvèrent en train de déjeuner avec sa fille au bord de la piscine.

— Bonjour, DS, salua-t-il d'un ton enjoué. Madou,

tu as la forme ? Aujourd'hui est un grand jour pour moi !

— Tiens, te voilà, toi ! fit la grande sœur en déposant sa fourchette à côté de son plat sur la table. Comment vas-tu ? Apparemment très bien, car tu as l'air tout guilleret.

Très distinguée dans son tailleur pied-de-poule, son chemisier noir, ses cheveux soigneusement tirés en arrière, tenus par un clip en argent vieilli, elle était le sosie de son frère et devait avoir une dizaine d'années de plus que lui.

Matar Samb se baissa, l'embrassa affectueusement sur les joues, se redressa, désigna de la tête sa compagne.

— DS, je te présente Ramata Kaba, ma future épouse. Ramata, voici ma sœur aînée, Dieynaba Samb, DS pour la famille. Et voilà ma nièce dont je t'ai parlé et avec qui j'ai parlé de toi, Ndèye Madeleine Seck, dite Madou.

Les trois femmes se serrèrent la main, puis DS demanda à sa fille de dire au maître d'hôtel d'ajouter deux couverts, et invita le couple à prendre place. Ils s'installèrent l'un en face de l'autre alors que Madou s'en allait.

— DS, tu n'as pas entendu ce que je t'ai dit ? s'enquit Matar Samb. Je vais épouser Ramata dès qu'elle aura passé le bac. J'ai déjà demandé sa main à son oncle qui me l'a accordée, j'ai entrepris toutes les démarches, j'ai même versé la dot, il ne reste que la date du mariage à fixer, après l'examen, à ma convenance. Je ne pouvais pas te prévenir plus tôt, tout est allé très vite. Ramata et moi, nous nous sommes connus hier, et aujourd'hui, nous avons décidé de nous marier. Je voulais t'envoyer pour les pourparlers, mais son oncle a dit que, selon leurs traditions, ce genre de pourparlers était une affaire d'hommes. Alors, j'ai été obligé de traiter avec lui, une fois pour toutes, et tout s'est très bien passé. C'est pourquoi je dis qu'aujourd'hui est un grand, un très grand jour pour moi. Dis, DS, n'est-ce pas formidable ?

Dieynaba l'écoutait, les mains croisées sous le menton, les coudes appuyés sur la table, un sourire attendri aux lèvres.

— Si, c'est formidable ! annonça-t-elle. Ramata, ma fille, viens m'embrasser. Tu es certainement une fille bien, puisque mon frère, qui ne s'est jamais intéressé aux affaires de femmes, t'a choisie. Embrasse-moi, et dis-moi comment tu as fait pour le pousser à se mettre la corde au cou, car je ne comprends pas grand-chose à tout ce qu'il vient de me raconter.

*

Deux heures plus tard, Matar Samb et Ramata Kaba parvinrent à l'appartement de l'immeuble Sorano. Il voulut s'installer avec elle au salon, comme la veille. Elle lui prit la main et l'entraîna vers la chambre à coucher. Sans le relâcher, elle se laissa tomber sur le lit, l'attira vers elle, et lui fit la langue fraîche, longuement, fougueusement. Quand elle sentit, à la bosse née au niveau de la braguette de son pantalon, à sa respiration de plus en plus saccadée, qu'il était à point, elle s'écarta de lui.

— Tu veux que je t'appartienne ? souffla-t-elle.

Il fut incapable de parler, tendu à se rompre, et parvint à répondre oui d'un signe de tête. Elle le repoussa, se leva du lit, se sépara de ses chaussures, baissa le curseur de la fermeture éclair de sa jupe, puis la fit tomber à ses pieds d'un déhanchement, et commença à enlever son corsage sans le quitter de son regard où brillait une intense flamme d'invite. Il se mit sur ses pieds, le souffle court, essaya de se déshabiller mais n'y parvint pas tant ses mains tremblaient. Elle acheva de se dévêtir et entreprit de l'aider…

Lorsqu'ils eurent fini de s'aimer, serrés l'un contre l'autre, elle lui dit, la tête posée sur sa poitrine :

— Maintenant, tu vas me prendre pour une fille facile, mais tant pis, j'avais trop envie de toi !

Il lui caressa les cheveux.

— Tu es la fille la plus formidable du monde et moi l'homme le plus heureux. Merci, ma reine.

Ils ne quittèrent l'appartement que le lendemain à l'aube. Le frigo de la cuisine contenait suffisamment de provisions pour confectionner des repas froids. Ils n'allèrent même pas à la fête organisée à la Cité universitaire à l'occasion du mariage d'Armando Gomis. Il s'expliquerait avec son ami ; il lui raconterait l'aventure extraordinaire qu'il était en train de vivre, et quand il verrait Ramata, il comprendrait pourquoi il n'avait pas pu venir.

*

Ils se marièrent le premier dimanche après l'examen de Ramata.

Elle avait échoué, mais cela ne lui avait pas causé une grande peine. Elle vivait un véritable conte de fées, de loin plus passionnant, plus merveilleux, plus excitant que la réussite à toutes les séries du bac. La mosquée du quartier des Castors, située près du marché, s'avéra trop petite pour contenir la foule de personnalités venues célébrer l'office religieux. La délégation de Matar Samb était dirigée par Mamadou

Pierre Seck, l'époux de Dieynaba, haut représentant de notre pays auprès des organismes spécialisés de l'ONU, venu de Genève pour l'occasion, et celle de Ramata par Toumani Kaba. Tout se déroula de façon rapide et simple : Mamadou Pierre, par trois fois, demanda la main de Ramata Kaba au nom de Matar Samb à Toumani qui la lui accorda autant de fois. L'imam de la mosquée s'informa auprès de l'assistance si elle était témoin. Plusieurs voix répondirent oui. L'imam récita la sourate de l'Ouverture, implora le bon Dieu d'enregistrer, parmi tous les mariages bénis dans le monde, depuis celui de notre grand-père Adama et notre grand-mère Awa, le mariage de Matar Samb et de Ramata Kaba. Tout le monde récita à voix basse après l'imam, et ils terminèrent les versets coraniques par des *Amine! Amine!* retentissants. Dix paniers de cola furent distribués, puis la foule se sépara.

Le soir du mariage, il y eut une somptueuse réception autour de la piscine, chez Dieynaba au Point E, animée par l'Ensemble instrumental et le Super Star. Le Tout-Dakar était invité. L'Ensemble se surpassa, épuisa son répertoire, se retira de l'estrade couvert d'applaudissements et de billets de banque épinglés sur les grands boubous des artistes. L'orchestre le remplaça aussitôt. Le bal fut ouvert par trois couples, Toumani Kaba, Mamadou Pierre Seck, Matar Samb et leurs épouses, puis au second morceau toute la piste fut envahie. Des maîtres d'hôtel en livrée offraient des merguez, des brochettes de poulet ou de viande de veau, des canapés de caviar et de foie gras, des boissons sucrées et alcoolisées. Vers minuit, alors que le Super Star faisait danser sur une reprise d'*El Manisero*, le courant électrique fut soudain coupé. Une immense clameur de désapprobation s'éleva à la place de la musique endiablée. On cria haro sur la Société nationale d'électricité avec ses délestages intempestifs et inopportuns, avant de se rendre compte que seule la villa où se déroulait la fête était dans l'obscurité. Au moment où l'on commençait à s'interroger, les lumières réapparurent et furent saluées par des cris de joie. Alors, le griot El Hadji Mor Mar Mboup, maître de cérémonie de tous les événements familiaux de la haute société, monta sur l'estrade, s'empara du micro et réclama le silence qui se fit decrescendo. Il annonça que les nouveaux mariés, par sa voix, remerciaient du fond du cœur tous ceux qui leur avaient fait l'honneur d'assister à la cérémonie et s'excusaient profondément de devoir les quitter. Cependant les festivités continuaient de plus belle. À bas en arrière[1] ! En attendant la reprise de la danse, il proposait de reprendre des forces à l'aide du méchoui de deux cent vingt-deux moutons apprêtés par Baye Mbarick. Il se moqua des Mbaye, ses cousins à plaisanteries, qui s'étaient déjà rempli le ventre avec des amuse-gueule insignifiants et termina son allocution en demandant à toute l'assistance de ne pas rentrer avant le lever du soleil, parce qu'on devait servir à l'aube le petit déjeuner qui constituait une surprise.

Après s'être éclipsés de la villa du Point E plongée dans le noir, Ramata Kaba et Matar Samb, au volant de la nouvelle Mercedes cabriolet de couleur rouge, somptueux cadeau de Dieynaba à sa belle-sœur, bien qu'elle ne sache pas encore conduire, parcoururent à vive allure la route du canal de la Gueule Tapée, virèrent à droite pour s'engager sur la

1. Célèbre formule d'un grand griot qui signifie interdiction de reculer. Ici, participer pleinement à la fête.

corniche Ouest, dépassèrent l'IFAN et parvinrent devant une grande maison blanche à un étage. Le gardien, qui devait guetter leur arrivée, ouvrit le portail. La Mercedes pénétra dans la vaste cour au jardin bien entretenu, éclairée par des lampadaires au néon, s'arrêta devant l'escalier principal de la demeure. Matar Samb mit pied à terre, contourna l'avant du véhicule, tira la portière du côté de Ramata ; il lui tendit la main, l'aida à descendre, puis la souleva dans ses bras avant d'attaquer les marches de l'escalier d'un pas solide.

La même nuit, les nuages qui, bien plus tard, déclencheraient un cataclysme qui emporterait tout sur son passage, commencèrent à s'amonceler dans le ciel serein du jeune ménage.

Il n'y avait eu aucune dispute entre eux. Bien au contraire, tout s'était bien passé. Ils se reposaient sous le drap, essoufflés, récupérant après leur première balade en tant que nouveaux mariés, lorsqu'il l'entendit sangloter dans l'obscurité.

— Que se passe-t-il ? s'enquit-il, intrigué.

— Rien, déclara-t-elle, sans cesser de pleurer.

— Comment ça, rien ? Pourquoi pleures-tu, alors ?

Pas de réponse, rien que des sanglots.

Il alluma la veilleuse en haut du lit, faisant régner une demi-pénombre dans la chambre, se redressa et se pencha sur son visage, appuyé sur un coude.

— Dis-moi ce qu'il y a, ma reine ! Allez, dis ce qui ne va pas à ton mari.

Elle renifla à plusieurs reprises avant de jeter d'un ton désespéré.

— J'ai honte ! Oh, j'ai honte !

Il repoussa le drap à leurs pieds, s'assit sur le lit, la tira par le bras. Elle se mit sur son séant. Il l'enlaça, lui caressa la chevelure, en lui parlant d'une voix douce et apaisante, comme on tranquillise un enfant réveillé de frayeur par un mauvais rêve la nuit.

— Calme-toi, mon petit, ne pleure pas, ne pleure plus. Pourquoi, de quoi as-tu honte ? Confie-toi à ton mari. Il ne doit point y avoir de mur entre nous, jamais. S'il y a un mur, si haut et épais soit-il, indique-le-moi, je le démolirai aussi sûrement qu'une vague efface un château de sable au bord de la mer.

Mais il existe des murs indestructibles, impossibles à indiquer parce que intangibles, et Ramata Kaba songeait que le mur qui la séparait de son mari était de ceux-là.

Ramata Kaba avait douze ans, elle n'avait pas encore atteint la puberté, elle ne connaissait encore rien à la vie, sinon qu'elle s'écoulait tout tranquillement à Saraya, son village natal. Un soir du mois d'octobre, alors qu'elle aidait sa mère à préparer le dîner, Naa, sa coépouse, l'appela.

— Va dire à ta tante Ramata de me prêter sa grande calebasse, lui ordonna la coépouse. Demain matin, très tôt, je dois aller chercher du lait au troupeau. Répète-lui mot à mot ce que je t'ai dit : qu'elle me prête sa grande calebasse pour aller chercher du lait au troupeau, très tôt demain matin. Ne reviens pas ici sans la calebasse !

Elle s'en fut chez la grande sœur de son père, dont elle portait le prénom, faire la commission, comme prescrite. Elle la trouva près du puits en train de piler du mil dans un mortier.

— La grande calebasse, c'est ta grand-mère Sokona qui me l'a empruntée, déclara sa tante en reposant son pilon par terre. Tu iras la chercher chez elle après. Auparavant, viens avec moi.

La grande Ramata précéda la petite dans sa chambre et referma la porte après elle. Elle lui ordonna d'enlever son pagne, de se coucher sur le lit. Elle obéit, un peu effrayée. Sa tante s'assit à côté d'elle, lui fit se plier les jambes, les talons à plat sur le matelas.

— Ne bouge pas, je ne vais pas te faire de mal ! déclara-t-elle en essayant d'introduire dans le sexe de la fillette un œuf de pintade qu'elle avait pris auparavant dans un petit canari rempli de sable placé sous le lit.

L'œuf moucheté ne put passer. Elle était vierge.

Sa tante lui dit de se lever, de remettre son pagne, et d'aller vite prendre la grande calebasse chez sa grand-mère. Étonnée par ce que son homonyme venait de lui faire subir, mais pas pour longtemps, l'esprit occupé par la calebasse qu'elle devait rapporter à la maison, elle s'en alla.

La grand-mère Sokona la renvoya auprès d'une autre de ses tantes, sœur de sa mère, qui, à son tour, la renvoya auprès d'une autre encore...

À la nuit tombée, la dernière chez qui elle se rendit, après une dizaine de concessions, lui annonça qu'elle venait de ramener elle-même la calebasse à la coépouse de sa mère, et qu'à présent elle pouvait rentrer à la maison.

Après le repas du soir, Ramata Kaba se coucha et s'endormit sans comprendre qu'elle avait prévenu toutes les femmes de son clan familial, dans sa recherche de la calebasse auprès de l'une après l'autre, et que demain, elle entrerait en initiation.

Le lendemain, très tôt, elle eut la surprise d'être tirée du lit par sa grand-mère Sokona. Il faisait encore nuit lorsqu'elle la suivit dans la cour. La nature entière semblait assoupie, tout était calme, tranquille, on entendait le crissement aigu des mandibules des criquets, innombrables en fin d'hivernage, grignotant inlassablement l'herbe abondante.

Le ciel était encombré d'étoiles, et dans le lointain, du côté de l'ouest, la lune, gros disque jaune pâle, à demi cachée par le sommet de la montagne, s'apprêtait à se coucher. Derrière les cases, Naa et sa tante Ramata achevaient de chauffer de l'eau dans un canari. Sa grand-mère la conduisit à la douche en plein air, et elles la lavèrent soigneusement, insistant sur chaque partie de son corps. Elle prit ensuite un solide petit déjeuner fait de bouillie de mil sucrée au miel sauvage, sur les recommandations de Naa qui lui dit de bien manger car elle en aurait besoin pour la journée. Puis, alors que le reste de la maisonnée dormait encore, sa grand-mère, un baluchon sur la tête, la prit par la main. Elles sortirent du village par un chemin menant à la forêt, marchèrent longtemps avant que les premiers rayons du soleil ne commencent à dissiper les ombres de la nuit, et arrivèrent enfin, après avoir dépassé les grands arbres au feuillage touffu, dans une vaste clairière où attendaient déjà une demi-douzaine de grands-mères accompagnées de leurs petites-filles.

La clairière était ceinturée au sud, à l'ouest, au nord par des arbres gigantesques enchevêtrés de lianes et d'épais buissons. Des trois côtés s'ouvraient des chemins menant aux villages environnants, d'où débouchaient encore d'autres vieilles femmes et des fillettes. L'est était bordé par la rivière aux eaux tranquilles et limpides qui coulait au pied de la montagne abrupte. Sur la berge étaient construites deux paillotes, l'une beaucoup plus grande que l'autre.

Vers le milieu de la matinée, accompagnées de leurs grands-mères, quarante-cinq petites filles craintives se trouvaient rassemblées, alignées en file indienne devant les paillotes.

Ramata Kaba fut la troisième à passer. Sa grand-mère l'emmena jusqu'au seuil de la petite paillote, lui recommanda de ne pas avoir peur et la poussa à l'intérieur, seule. Trois vieilles, la doyenne et les deux surveillantes, toutes plus âgées que sa grand-mère, se tenaient au milieu de la pièce bien éclairée par la lumière du jour qui pénétrait par une large fenêtre donnant sur la rivière. Sur le sol en terre battue était posée une natte tachée de sang frais.

La doyenne lui indiqua le trou creusé à l'angle, près d'un grand canari.

— Va uriner !

Ramata se dirigea vers le trou. Quelques instants avant d'entrer, elle s'était soulagée. Aussi n'avait-elle nullement envie, mais elle n'osait pas le dire. Malgré la recommandation de sa grand-mère, à cause de cela même, elle avait peur, très peur. Déjà, elle était intriguée par le mystère qui l'enveloppait depuis son réveil, avec tout ce cérémonial auquel elle ne comprenait rien et qu'on ne lui avait pas expliqué. Elle était épouvantée à présent par la vue du sang sur la natte, par l'absence des deux fillettes entrées avant elle, qui n'étaient pas ressorties par l'unique porte, qu'elle ne voyait cependant pas et, surtout, par la présence de trois vieilles femmes aux yeux rouges, à la mine de sorcière. Le pagne relevé au-dessus des genoux, elle s'accroupit devant le trou, se força à gémir sans évacuer la moindre goutte d'urine. Elle demeura longtemps dans cette position, jusqu'à ce que la voix sarcastique d'une des surveillantes, derrière elle, la fît sursauter.

— Hé toi ! Tu vas uriner jusqu'au coucher du soleil ? Relève-toi, vite !

Ramata Kaba se remit debout en laissant retomber son pagne.

La doyenne lui ordonna d'enlever ses vêtements,

d'entrer et de s'asseoir dans le grand canari où macéraient des écorces rouges. L'eau lui piqua légèrement les parties intimes pendant un bref instant, puis elle ne ressentit plus rien.

— Maintenant, viens ici !

Dès qu'elle ressortit du canari, les trois vieilles s'emparèrent d'elle et l'étalèrent sur la natte sans ménagement. Elle n'eut le temps ni de crier ni de se débattre. Une des surveillantes s'assit sur sa poitrine et lui plaqua la main sur la bouche ; l'autre, installée sur son ventre, dos à dos avec celle sur sa poitrine, maintint ferme ses cuisses écartées. Elle ne voyait pas la troisième, la doyenne, qui devait opérer. Elle ressentit une douleur vive mais fugace et fut aussitôt libérée par les surveillantes qui l'étouffaient sous leur poids.

— C'est fini ! annonça la doyenne en brandissant son couteau ensanglanté. Relève-toi de la natte, mets-toi à genoux sur le sol.

Elle obéit. Elle s'aperçut alors qu'elle saignait. Pas abondamment. Le sang s'écoulait de son sexe au goutte à goutte et était aussitôt avalé par la terre. Elle n'avait pas trop mal, elle ressentait tout juste des picotements entre les jambes.

La doyenne lui demanda de reprendre place dans le canari aux écorces rouges. Quand elle en ressortit au bout d'une dizaine de minutes, l'écoulement de sang s'était arrêté, les picotements avaient disparu. La doyenne défit le baluchon apporté par sa grand-mère, en retira un pagne et une camisole en cotonnade qu'elle lui fit endosser, le corps encore mouillé. Une des surveillantes ouvrit une porte dissimulée au fond, la fit passer par-derrière et la conduisit à la grande paillote, qui constituait le dortoir où elle vit les deux fillettes passées avant elle, couchées sur des nattes.

Au moment où le soleil entamait la deuxième moitié de sa course, la dernière fille fut excisée. Les trois vieilles femmes sortirent de la paillote et entonnèrent en chœur le *Chant des initiées* :

Les mères des excisées n'ont pas la tête pleine !
N'ont pas, non plus, la tête pleine, les marâtres des excisées !

Les grands-mères, dans la clairière, répondirent par la même mélopée, s'accompagnant de battements cadencés des mains. Elles chantèrent et dansèrent jusqu'au coucher du soleil. La nuit tomba. La lune, au quatorzième jour, énorme globe d'argent, scintillait dans un ciel sans nuages parsemé d'innombrables étoiles et permettait de voir comme à midi. Les grands-mères, fatiguées, retournèrent enfin dans leurs villages, laissant leurs petites-filles sous la garde de la doyenne et des deux surveillantes.

Un feu de bois allumé au milieu du dortoir dispensait plus de fumée que de clarté. Les fillettes, veillées par les trois vieilles femmes, passèrent la nuit tenaillées par la faim, car, depuis le petit déjeuner du matin, chez elles avant de venir, elles n'avaient rien mis dans leur ventre.

Elles furent réveillées très tôt le lendemain, et furent emmenées l'une après l'autre dans la petite paillote. Couchées sur le dos, maintenues par les surveillantes, les jambes écartées et repliées sur la natte, elles hurlèrent toutes de douleur lorsque la doyenne appliqua sur leurs blessures la sève épaisse d'une fougère récoltée au bord du fleuve, d'un blanc tirant sur le jaune, semblable à de la crème de lait, aussi cuisante que de l'alcool. Après les premiers soins, elles regagnèrent le dortoir, et chacune reçut une petite calebasse remplie de bouillie de mil, fade, sans sel, ni lait, ni sucre. Le repas terminé, elles s'assirent sur les nattes et écoutèrent, avec une attention soutenue, les trois vieilles leur inculquer les règles qui devraient, à partir de maintenant, régir leur place dans la société, la soumission qu'elles devraient à leur futur mari, le rôle important qu'elles auraient à jouer en tant qu'épouses et mères, socles de la famille, gardiennes du foyer. Vers le milieu de la journée, les cours furent suspendus, une autre ration de bouillie fadasse fut servie, puis ils reprirent jusqu'à la tombée de la nuit. Encore une nouvelle ration de bouillie fadasse, et elles se couchèrent.

Les jours s'égrenèrent, identiques, rythmés par les soins, les leçons, la bouillie, de nouveau les leçons, la bouillie…

Une semaine passa.

La sève de la fougère était efficace, leurs plaies étaient déjà cicatrisées. La doyenne leur déclara que le temps du repos était révolu. Dorénavant, elles devraient s'occuper elles-mêmes de l'entretien du dortoir, de la corvée d'eau, de bois mort, de cuisine et de vaisselle. Elles s'y attelèrent, organisées en petits groupes.

Un jour, Ramata Kaba s'affairait à la préparation du déjeuner lorsqu'elle aperçut sa mère, une calebasse en équilibre sur la tête, à la lisière de la forêt. Transportée de joie, elle relâcha la cuillère en bois avec laquelle elle remuait la bouillie dans la marmite, et courut au-devant d'elle.

Quel ne fut son désappointement devant l'attitude de sa mère quand elles se retrouvèrent au milieu de la clairière ! Elle l'écarta brutalement de la main alors qu'elle voulait se jeter dans ses bras, puis, sans le moindre regard, sans la moindre parole, comme si elle ne la connaissait pas, elle continua son chemin vers les paillotes, la laissant plantée là, humiliée, éberluée. Sa mère parvint auprès des trois vieilles, mit un genou par terre pour les saluer, déposa la calebasse pleine de mil, se releva et tourna le dos aussitôt après. Elle repassa près d'elle sans lui accorder plus d'attention. Elle ne put s'empêcher d'avoir, un bref instant, des doutes. Ne s'était-elle pas trompée en prenant sa mère pour une autre ? Non ! C'était tout à fait impossible ; elle l'aurait reconnue entre mille, même dans l'obscurité. C'était bien elle. Mais pourquoi agissait-elle ainsi ? Ramata, le cœur serré, regarda sans bouger sa mère s'en aller, espérant qu'elle se retournerait pour lui dire que c'était une plaisanterie. Mais sa mère ne se retourna pas ; elle disparut bientôt derrière les arbres.

Au moment où elle s'apprêtait à retrouver sa marmite, la doyenne l'appela dans la paillote.

— Pourquoi as-tu couru au-devant de ta mère ? l'interrogea-t-elle, les mains cachées derrière le dos.

— Parce que j'étais si contente de la revoir, fit-elle, les larmes aux yeux.

Elle n'avait pas fini de répondre que la tige de bambou, que la doyenne gardait derrière son dos, s'abattit avec une force terrible sur son épaule. Elle poussa un cri strident et recula en levant le bras pour parer le deuxième coup. Un autre, auquel elle ne s'attendait pas, lui cingla le dos, et un autre encore. Elle s'effondra sur le sol, se contorsionnant de douleur. Les trois sorcières continuèrent à la rouer de tiges de bambou jusqu'à ce qu'elle perdît la voix à force de crier. La doyenne lui intima l'ordre de se relever, de cesser de pleurer et de sécher ses larmes.

— Petite sotte ! lui jeta-t-elle d'une voix mordante. Ne t'a-t-on pas appris qu'une femme ne doit jamais extérioriser ses sentiments de façon éclatante ? Qu'en toutes circonstances, elle doit se dominer, garder le sens de la mesure, ne pas gémir quand elle souffre, ne pas s'esclaffer quand elle est joyeuse ? Maintenant retourne terminer le repas, que ça ne tarde pas !

Le lendemain, Ramata Kaba lavait les ustensiles de cuisine au bord du fleuve quand elle vit Naa s'avancer au milieu de la clairière, sa calebasse posée sur la tête. Bien sagement, elle continua sa tâche sans se préoccuper outre mesure d'elle. Naa ne mit pas plus de temps que sa mère lors de sa visite.

La doyenne l'appela encore et la questionna :

— Pourquoi n'as-tu pas couru au-devant de la coépouse de ta mère ?

Les tiges de bambou avaient laissé des meurtrissures endolories sur tout son corps. Pas folle, elle récita sans se tromper la leçon. Malgré tout, elle reçut une nouvelle correction, aussi sévère que celle d'hier, suivie d'un rappel :

— N'as-tu rien retenu de toutes les paroles qu'on t'a apprises, fillette sans tête ? Ne t'a-t-on pas appris à ne pas confondre sens de la mesure et respect ? Ne devais-tu pas témoigner du respect à la coépouse de ta mère en te précipitant auprès d'elle pour la soulager de son fardeau ?

Les fillettes reçurent toutes des visites, furent toutes traitées de sottes, de sans tête et reçurent toutes une sévère correction. Pas une n'y échappa quelle que soit la réponse donnée. Les trois sorcières trouvaient toujours la parade et renvoyaient, à grand renfort de coups de bambou, les petites filles aux leçons enseignées.

Un mois s'écoula.

Le matin, à l'heure de la première bouillie, les petites filles virent arriver par tous les chemins leurs mères et leurs coépouses, tantes, grands-mères et cousines, les femmes et les jeunes filles de leurs villages. Ce jour-là, il n'y eut point de corvées, point de leçons, point de tiges de bambou non plus. Pour la première fois, elles se baignèrent dans le fleuve, se firent de nouvelles tresses, aidées par les visiteuses, mirent des vêtements neufs et prirent un solide repas à base de riz à la sauce d'arachide avec de la viande. Après avoir mangé, chacune une petite écuelle en bois dans la main, elles formèrent un grand cercle dans la clairière, entourées au second rang par les visiteuses. Au milieu, les deux surveillantes finissaient la préparation d'un breuvage de lait frais et de miel dans des calebasses. Lorsque toutes les fillettes furent servies et eurent vidé leur écuelle, la doyenne, imitée par les surveillantes, enleva son mouchoir de tête, le jeta en l'air, battit trois fois des mains et le récupéra en plein vol.

C'était le signal.

Les griots, cachés derrière les arbres, commencèrent à battre le tam-tam sur un rythme endiablé avant de faire leur apparition. Les visiteuses, toutes ensembles, lancèrent leur mouchoir de tête et battirent des mains à leur tour.

La doyenne annonça dans une longue tirade qu'elle et ses deux compagnes, après avoir remercié Dieu Tout-Puissant, se sentaient très fières de voir retourner chez elles, saines et sauves, toutes celles qui leur avaient été confiées. Aucune d'entre elles, pas une fois, n'avait souffert d'un quelconque mal, aucun décès n'avait été enregistré, et même mieux, durant tout leur séjour, pas une seule nuit le cri du hibou, annonciateur de funestes nouvelles, n'avait été entendu. Enfin, la doyenne fit voler une dernière fois son mouchoir de tête et entonna le *Chant du retour.*

Deux ans plus tard, Ramata Kaba transgressa l'un des enseignements le plus importants, sur lequel la doyenne et les surveillantes avaient tout particulièrement insisté : ne jamais dénouer son pagne devant un homme autre que son mari. C'était l'année même où elle avait vu son « bien » de femme. Elle avait grandi, ses seins, les poils de son pubis et de ses aisselles avaient poussé, sa voix avait mué et était devenue plus grave. Elle surprenait déjà sur son chemin, en les croisant, le regard intéressé des hommes qui, parfois, se retournaient même pour la contempler. Cela ne lui déplut point.

Un soir de clair lune qu'était organisée une séance de tam-tam sur la place publique du village, le jeune agent d'agriculture, encadreur des paysans dans les champs de coton, avec lequel elle flirtait depuis plusieurs jours, parvint à l'attirer dans sa chambre.

— Je ne dois faire ça qu'avec mon mari, se défendit-elle mollement, couchée sur le lit, le pagne défait, l'image des trois sorcières accaparant son esprit.

Le jeune agriculteur, penché sur elle, dégagea en touche.

— Je vais t'épouser, tu le sais bien !

— Mon père va me tuer s'il l'apprend, insista-t-elle.

— Il ne sera jamais au courant. Et puis je vais t'épouser !

Jamais elle ne saura s'il parlait sincèrement ou pas : il se noya une semaine après au cours d'une baignade dans la rivière.

L'année scolaire suivante, admise en sixième et orientée au lycée Kennedy, elle vint à Dakar habiter chez le frère de sa mère, Toumani. Elle y connut d'autres hommes. Et, à chaque randonnée, elle voyait, elle entendait la doyenne et les deux surveillantes lui recommander de ne point dénouer son pagne.

Au début de ses activités, trop jeune, elle ne se rendait pas compte qu'elle était insensible. Plus tard, mûrissant de plus en plus, et à la lecture de journaux traitant de sexualité, elle finit par y songer. Pas de façon obsessionnelle, assez vaguement. Et elle se disait qu'elle était victime d'un blocage normal, parce qu'elle entretenait des relations inconvenantes. Une fois qu'elle serait mariée…

*

À présent, elle était bien mariée. Pour la première fois, les trois sorcières de la clairière de Saraya avaient été effacées de son esprit, leurs voix s'étaient tues. Mais elle venait de constater qu'elle demeurait toujours aussi froide qu'une barre de fer.

La thèse des relations coupables ne tenait donc plus la route. La vérité est qu'elle était frigide. Avec son corps sculptural, cette infirmité qui, pensait-elle, ne pouvait être que la conséquence de la mutilation qu'elle avait subie dans son enfance, lui était aussi insupportable que si elle avait été bossue, claudicante ou borgne. Et elle pleurait dans les bras de son mari, incapable de lui expliquer son désarroi.

— J'ai honte… de… de moi-même, annonça-t-elle en se remettant à sangloter, la tête posée sur l'épaule de Matar Samb. J'aurais aimé pouvoir t'offrir ce qu'une jeune fille a de plus beau, de plus précieux à offrir à son époux la première nuit de leur mariage : sa virginité.

C'était le premier d'une longue série de mensonges…

Matar Samb partit d'un grand éclat de rire, soulagé, et prit le visage de sa femme entre ses mains.

— Tu es une petite villageoise, à la tête bourrée d'idées dépassées. Penses-tu que je puisse avoir de si basses considérations membranaires ? Tu m'as déjà offert ce qu'il y a de plus beau, de plus précieux qu'une jeune fille puisse offrir à son époux, ma reine : ton amour !

— Tu ne me respecteras pas, tu ne me croiras pas si…

— Tu dis des bêtises, l'interrompit-il d'une voix grave, son index posé sur ses lèvres en la regardant les yeux dans les yeux. Ce qui s'est passé avant ne m'intéresse pas. Par contre, à partir de maintenant, je ne supporterai pas qu'un autre homme te touche.

— Aucun homme ne m'a jamais touchée, je te le jure ! C'est pourquoi je dis que tu ne me croiras pas.

Elle lui expliqua qu'enfant, elle jouait à la balançoire. Soudain, la corde s'était cassée, elle était tombée durement par terre, sur ses fesses, et s'était blessée. Le pagne taché de sang, sa mère l'avait emmenée au dispensaire où le docteur avait constaté qu'elle avait perdu son hymen.

— Bien sûr que je te crois, ma reine ! annonça-t-il sincèrement lorsqu'elle eut terminé ses explications. Je te jure que je te crois.

Samb ne soupçonnera jamais les turpitudes de son épouse. Lors de leurs étreintes, Ramata jouait le jeu à fond, se faisait aimante, passionnée, pantelante, puis, dans un parfait simulacre de plaisir, lançait de longs soupirs de femelle repue. Et il était un mari heureux. Ramata lui portait chance, disait-il souvent. Auditeur à la Cour suprême, il obtint un doctorat d'État l'année même de leur mariage. Dix-huit mois après, le cercle familial s'agrandit avec la naissance tant attendue d'une fille qui porterait le nom de DS. L'heureux événement eut lieu le même jour que sa nomination aux fonctions de procureur général de la République.

Armando Gomis, devenu maître-assistant en gynécologie-obstétrique, avait suivi Ramata Kaba durant toute sa grossesse et l'avait assistée lors de son accouchement à la maternité de l'hôpital Le Dantec. Dans l'espoir de trouver une solution, elle lui fit part de son problème trois mois après la naissance de sa fille. Il l'interrogea longuement sur ses activités sexuelles et sur son excision, puis lui demanda de se déshabiller, de se coucher sur le petit divan. Elle s'exécuta. Il enfila une paire de doigtiers sur son index et son majeur droits, les trempa dans l'huile de paraffine contenue dans un bocal posé sur une table roulante et se pencha sur elle.

— Ne te contracte pas, écarte bien les jambes ! fit-il.

Elle ferma les yeux, se mordit la lèvre inférieure, gémit doucement lorsqu'il remua ses deux doigts introduits dans son vagin tout en accentuant la pression de sa main gauche posée à plat sur son bas-ventre.

Au bout d'un moment, il se redressa, enleva les doigtiers de sa main, les jeta dans la poubelle. Elle se releva, s'assit sur le rebord du divan, ses pieds reposant sur les carreaux.

— Dis-moi la vérité, Armando, ne me cache rien. C'est vraiment irréversible ?

— Je ne puis répondre avec exactitude. Tu es cliniquement normale, tout à fait normale…

— Non, je ne suis pas normale, je suis frigide, l'interrompit-elle, les larmes au bord des yeux. Comment puis-je être normale alors que je ne ressens absolument rien ? Aide-moi, Armando, tu es un spécialiste. Je n'accepte pas d'être frigide !

Le regard brillant du désir qui l'avait soudainement envahi, la respiration sifflante, de plus en plus précipitée, le médecin s'avança vers elle, la main posée sur la braguette de son pantalon déformée par un gonflement révélateur. Elle battit des paupières, n'opposa aucune résistance, quand, après avoir baissé slip et pantalon, il la poussa doucement sur le divan. Il était tellement excité qu'il tomba bien vite.

— Et avec moi ? interrogea-t-il d'un ton haletant.

Elle le repoussa, se mit debout après lui, commença à se rhabiller.

— Rien. Pas plus qu'avec les autres, répondit-elle.

Il lui tourna le dos, prit une compresse dans un plateau sur la table, s'essuya le pénis, remit de l'ordre dans sa tenue.

— Les autres, ça fait combien ? demanda-t-il en se retournant.

— Cinq avant de connaître Matar, le sixième. Toi, tu es le septième.

— Et vraiment, tu n'as rien ressenti avec moi ?

Elle lui lança un regard moqueur et méprisant à la fois.

— Absolument rien du tout ! maintint-elle. Tu sais, Matar est de loin plus performant que toi, son sexe est plus gros, plus rigide que le tien, il dure beaucoup plus longtemps que toi, et je reste quand même insensible avec lui. Que pourrais-je ressentir avec toi, avec ton zizi de canard, et rapide comme tu es, pareil à un coq qui saute une poule ?

Le docteur Gomis émit un grand rire, un rire dépourvu de joie, qui ne parvint pas à masquer que les paroles de Ramata Kaba avaient fait mouche.

— Oh, merci de m'assimiler à de la volaille, fit-il d'une voix tremblotante.

— Dis-moi, Armando, reprit-elle, redevenant sérieuse, ne peux-tu vraiment pas m'aider ?

Le docteur Gomis savait qu'il ne pouvait lui être d'aucun secours. Il recevait fréquemment en consultation des femmes (pas toujours excisées), venues pour le même problème que Ramata Kaba, des insatisfaites, des frustrées, souvent membres de mouvements associatifs, qu'il envoyait toujours à son collègue Karamba Gassama. Jamais aucune thèse mettant en évidence un lien entre des troubles quelconques et l'excision n'avait été publiée. Il s'en était étonné un jour auprès de Gassama qui lui avait répondu qu'il avait fait le même constat, et qu'après réflexion, il pensait que cette absence de travail scientifique procédait simplement du fait que l'étudiant en médecine ne trouvait pas en milieu hospitalier, si encore il en trouvait, des cas pathologiques concrets suffisamment nombreux pour faire l'objet d'une étude. Depuis, le docteur Gassama, qui était malinké, ethnie dont les femmes étaient excisées, avait décidé de se pencher sur la question.

— Je vais te confier à un collègue, annonça-t-il.

Mais le docteur Gassama, chez qui Ramata Kaba prit rendez-vous pour le lendemain, n'arriva pas à la tirer d'embarras.

Elle eut d'autres amants, elle eut même une

amante, Erika Johanson, ambassadrice de l'Union européenne, une lesbienne follement entichée d'elle. Cependant, personne, elle pas plus que les autres, ne parvint à la combler.

Matar Samb, sans se douter le moins du monde de ses turpitudes dissimulées, à ses côtés, menait une belle carrière. Quinze ans après avoir été nommé procureur général, il fut appelé au gouvernement…

Adulée par son mari, enviée par toutes les femmes, admirée par tous les hommes, Ramata Kaba aurait dû être épanouie. Elle ne l'était pas, et au fil des années, elle n'arrivait pas à se résigner.

Une nuit, elle avait quitté très tard, par taxi, la maternité de l'hôpital Le Dantec où sa fille, Dieynaba, avait mis au monde un nouveau-né…

« La Déclaration universelle des droits de l'homme du 10 décembre 1948, dont nous avons célébré le cinquantenaire il y a quelques années, dans son préambule, enseigne que partout dans le monde, et singulièrement en Afrique ces temps derniers, avec pour exemple le spectacle hallucinant et effroyable des charognards dévorant en plein jour des cadavres de femmes et d'enfants dans les rues de Freetown sans déranger outre mesure les passants, la méconnaissance et le mépris des droits de l'homme ont conduit à des actes de barbarie qui révoltent la conscience de l'humanité, et que l'avènement d'un monde où les êtres humains seront libres de parler et de croire, libérés de la terreur et de la misère, a été proclamé comme la plus haute aspiration de l'homme… »

Matar Samb cessa d'écrire, se redressa de la table et plaqua son dos contre le dossier de son fauteuil. Ses doigts engourdis parvenaient difficilement à tenir le stylo Parker ; il le posa sur le bloc-notes en face de lui, croisa les mains au-dessus de sa tête, s'étira longuement pour soulager les contractures des muscles de son cou, tout en faisant pivoter son fauteuil d'un demi-tour. Puis il ferma les yeux, se massa du bout des doigts les paupières, longuement.

Enfin, il allait finir. Il ne lui restait que quelques phrases, tout au plus trois, pour terminer la rédaction du discours qu'il devait prononcer dans deux jours, à l'ouverture du colloque de la Ligue africaine des droits de l'homme à l'hôtel Méridien King Fadh, sous la présidence effective du chef de l'État. Les premières délégations étrangères étaient déjà arrivées. Hier soir, en direct, au journal de vingt heures, la télévision l'avait montré accueillant successivement ses homologues d'Afrique du Sud, du Burkina Faso et du Mali, dans le salon d'honneur de l'aéroport Léopold Sédar Senghor. C'était sa dernière activité officielle de la journée.

Il s'était mis au lit très tôt, bien avant minuit, avait dormi sans problème, s'était réveillé comme à son habitude à quatre heures trente minutes, quelques secondes avant que la montre-réveil réglée à cette heure précise ne sonnât. Il avait passé une demi-heure dans la salle de culture physique, un quart d'heure dans la salle de bains, puis, à cinq heures et demie, après une tasse de café renforcé par sa boisson préférée, la vodka Smirnoff, il s'était installé à sa table de travail, dans son bureau aménagé au fond de la vaste chambre à coucher, habillé d'un vieux boubou indigo.

Matar Samb cessa de masser ses paupières et ouvrit les yeux. Il compta le nombre de pages remplies de sa fine écriture penchée. Vingt. Le texte, traité sur ordinateur par sa secrétaire, à double interligne, en donnerait une dizaine environ. Ce serait suffisant ; ni trop long ni trop court. Il allait conclure. Il reprit le Parker après avoir jeté un rapide coup d'œil à la montre digitale aux chiffres rouges posée devant lui, près de la photo en noir et blanc de Ramata encadrée de métal doré. Six heures quarante-cinq. Son texte achevé, il sortirait bien se promener le long du littoral accidenté, pour regarder, au lever du jour, les mouettes blanches voler au-dessus de la mer et les vagues moutonnantes se fracasser, avec un mugissement sourd, sur les rochers.

On était samedi. Il n'avait rien avant onze heures ; il passerait à son bureau au Building où il avait rendez-vous avec sa secrétaire, avant de se rendre à la gare. Ramata, en voyage à Saraya, à l'autre bout du pays, devait revenir par l'express Bamako-Dakar d'aujourd'hui. Elle lui manquait terriblement.

Matar Samb se pencha sur le bloc-notes, reprit son Parker, posa la plume sur la page, au point précis où il avait cessé d'écrire, prêt à coucher sur le papier la fin de la longue phrase qu'il avait dans la tête. Mais il se ravisa au dernier moment, les mots ne venaient pas, ils refusaient tout simplement de sortir, alors qu'il les avait déjà formulés et reformulés dans son esprit. Il n'était pas bien concentré. Il se redressa et s'appuya contre le dossier du fauteuil. Son regard s'accrocha à la photo de sa femme prise un mois après la naissance de Dieynaba. Une œuvre de Sala Kassé, qui représentait Ramata dans toute sa splendeur. Il s'accouda aux bras du fauteuil, le stylo dans la main, les yeux fixés sur la photo. Un sourire fugitif se dessina sur ses lèvres. Oui, Ramata lui manquait, terriblement, vraiment. Comme toujours lorsqu'il leur arrivait de se séparer. D'habitude, c'était surtout lui qui s'absentait pour raisons professionnelles, trop souvent d'ailleurs à son goût. Il lui avait déjà fait visiter, en dehors des voyages officiels, en touriste, tous les pays ; elle avait logé dans les palaces les plus huppés, avait dépensé des fortunes colossales dans les boutiques de luxe de toutes les grandes capitales du monde. À présent, elle refusait obstinément de l'accompagner, sauf à Paris. Elle déclarait qu'elle n'avait plus rien à découvrir dans les autres villes, sauf Paname qui l'enchantait toujours à chaque séjour, hiver comme été.

Depuis qu'ils s'étaient connus, elle n'était retournée dans son village qu'à trois reprises : la première fois, une semaine après leur mariage, pour le présenter à ses parents ; la seconde fois, il l'avait accompagnée naturellement lors de leurs décès respectifs, survenus à vingt-quatre heures d'intervalle, il y avait quinze ans ; cette fois-ci, la troisième, elle était partie seule.

Matar Samb ne put s'empêcher de penser qu'après un bon quart de siècle de ménage, il n'avait jamais senti vaciller en lui l'intensité de la flamme éternelle, estimait-il, qui brûlait pour Ramata. Dès qu'il l'avait vue, elle avait crevé ses yeux, jamais plus il n'avait regardé une autre femme en dehors d'elle, aucune autre n'existait, pas une seule fois il n'avait songé à prendre une seconde épouse. Ramata lui suffisait, à tout point de vue, complètement, entièrement, totalement, il n'y avait nulle honte à le reconnaître. Elle le méritait. Épouse aimante, fidèle, attentionnée, elle l'avait soutenu dans toutes ses entreprises, comme un solide pieu soutient une clôture. Sans elle, il n'aurait certainement pas aussi bien réussi sa vie. Elle avait fait de lui un homme comblé, heureux, qui plus est, avait la joie et le privilège d'être grand-père. Bien sûr, Ramata avait ses petits caprices, commettait parfois quelques vétilles : nature de femme. Rien de sérieux… Sauf, il faut bien le reconnaître pour être honnête, il y avait bien longtemps, lors de la mort du gardien de la maternité de l'hôpital Le

Dantec. Fort heureusement pour lui, à l'époque, le pays baignait en plein obscurantisme, avec un parti unique, un syndicat unique, une radio unique, un quotidien unique. L'affaire avait été étouffée par un diable d'homme. Comment s'appelait-il déjà ? Il ne se souvenait que de son surnom, Benson ou Johnson. Un gars très efficace, qui en ces temps de ténèbres parvenait à résoudre toutes les équations. Grâce à lui, le scandale avait été évité. Seulement, il lui était arrivé une scabreuse histoire, il était devenu dès lors infréquentable et il ne savait pas comment il avait fini. Non ! Ce n'était pas Benson ou Johnson, ça allait lui revenir, Carrington… pas ça… Jackson, voilà, Jackson ! Est-ce que ce Jackson aurait réussi son coup si ce malheureux incident s'était passé maintenant, avec la floraison de journaux, radios, partis et syndicats ? Seul Dieu sait. Il secoua la tête avec vigueur comme pour chasser de sa mémoire cet incident dont il n'aimait point se souvenir…

Matar Samb admit avec une pointe de regret qu'à cause de ses prenantes fonctions et de ses nombreux voyages, il n'avait pas toujours eu le temps de s'occuper convenablement de Ramata. Pleine de compréhension, elle ne s'était jamais plainte cependant. Quand il partait, elle l'accompagnait jusqu'à la coupée de l'avion, attristée par la séparation, l'embrassait en lui murmurant à l'oreille de revenir vite, qu'il lui manquait déjà, qu'elle l'attendait. À son retour, elle était là, souriante, lui disait qu'elle avait trouvé les jours longs, longs sans lui. Alors, au comble du bonheur, il lui remettait, sans jamais y manquer, un cadeau précieux, le plus souvent un bijou de valeur, dans la voiture qui les ramenait de l'aéroport à la maison.

Soudain, sans raison aucune, Matar Samb se

demanda quelle serait sa réaction s'il apprenait que Ramata l'avait trompé une fois. Ah oui, pourquoi pas ? Aime la femme mais ne te fie pas à elle ! a déclaré le sage Koce Barema[1]. Il se dit avec force, en riant intérieurement, qu'il ne le supporterait pas. Mais ce n'était pas possible ! Pourquoi Ramata ferait-elle une pareille bêtise ? Pour de l'argent ? Non, elle était très prospère, toute sa fortune lui appartenait, elle était donc à l'abri du besoin, pour toujours. À cause de ses nombreux voyages ? Non plus. Elle n'était pas de ces femmes qui avaient perpétuellement un feu ardent entre les jambes qu'il fallait éteindre. Elle le lui avait avoué un soir qu'il s'inquiétait, pris par un vague complexe de culpabilité, se demandant si ses absences ne lui portaient pas préjudice, si, parfois, ne serait-ce qu'un bref instant elle n'avait pas des démangeaisons quand il n'était pas là. Elle avait répondu que cela ne lui venait même pas à l'esprit, car elle avait été excisée, elle pouvait donc endurer sans aucun désordre, sans aucune tracasserie, l'abstinence la plus longue. Parce qu'elle était insatisfaite au lit, alors ? Que non ! Il s'entendait avec Ramata très bien, physiquement, et lui, Matar Samb, aimait particulièrement l'affaire ; pour dire vrai, il en raffolait ; il ne se rappelait pas avoir sauté une seule nuit, même souffrant, chaque fois qu'elle était disponible et avait la certitude que cela ne lui déplaisait pas. Ou bien pour... ?

Mais, bon sang de bon sang, pourquoi se triturer les méninges avec une situation qui n'arriverait

1. Considéré comme le plus grand philosophe wolof. Il se singularisait par une coiffure faite de quatre touffes de cheveux sur le reste de son crâne rasé signifiant chacune une vérité : aime la femme mais ne te fie pas à elle ; le roi n'est pas un parent ; le fils adoptif n'est pas un fils ; les anciens méritent d'être gardés au village.

jamais au grand jamais ? Il admettait avoir invoqué Koce Barema uniquement pour se donner bonne conscience. Il avait toujours soutenu, avec arguments solides à l'appui, que la signification que le vieux sage du Baol donnait aux quatre touffes de sa coiffure originale était très discutable, pour ne pas dire erronée. À commencer par la première : si on ne doit pas se fier à la femme, on peut, sans être un militant de la lutte pour l'impossible égalité du mâle et de la femelle, en dire autant de l'homme. Ramata infidèle ? Allons, faut pas déconner ! Il se mit à rire à nouveau. C'était déloyal de sa part. Quand il ira la chercher tantôt à la gare, il lui demandera pardon d'avoir douté d'elle. En attendant, il ferait mieux de finir son discours, au lieu d'avoir des pensées si absurdes, si mesquines, si petites…

Matar Samb entendit son téléphone cellulaire grésiller sur la table au moment où il s'apprêtait à terminer pour de bon son texte. Il déposa le Parker sur le bloc-notes, s'empara du portable. Ça ne pouvait être que Ramata à cette heure si matinale. L'express n'avait sans doute pas encore démarré de Tamba, était en panne à Kaffrine, Koussanar ou Kaolack, elle l'appelait d'une de ces gares pour le prévenir qu'elle n'arriverait pas à l'heure prévue…

— Ma reine va bien ? lança-t-il, certain qu'il avait son épouse à l'autre bout du fil.

— Allô ? Allô ? Adjudant-chef Ibnou Faye à l'appareil !

Matar Samb, dépité, eut grande envie de mettre fin à la communication débutante.

— Vous vous êtes trompé de numéro, fit-il sèchement.

— Pardon, s'il vous plaît, insista son correspondant. C'est bien le 836 11 66 ?

— Oui, c'est bien le 836 11 66.

— C'est bien vous, monsieur le ministre d'État Matar Samb ?

— Lui-même à l'écoute. Que voulez-vous ? Qui êtes-vous ?

— Adjudant-chef Ibnou Faye, commandant de la brigade de gendarmerie de Rufisque. Vous ne vous souvenez pas de moi ?

— Si, si, je me souviens bien de vous. Mais qui vous a donné ce numéro ?

— C'est votre épouse qui me l'a donné, monsieur le ministre d'État.

— Mon épouse ? Ramata ? Quand ? Quand elle était venue vous voir il y a deux semaines ?

— Non. À l'instant même, monsieur le ministre d'État.

— À l'instant même ? Où est Ramata ? Que lui est-il arrivé ? Elle n'a pas eu un accident ?

— Non, monsieur le ministre d'État. Il ne lui est rien arrivé. Enfin, rien de bien grave. Elle est là à la brigade…

— Vous vous trompez ! Ma femme est en voyage depuis deux semaines.

— Je regrette, monsieur le ministre d'État, mais votre femme, Mme Ramata Kaba, est là assise en face de moi. Elle a passé la nuit à la brigade. Il faut que vous veniez à Rufisque…

— Je ne… comprends pas… Qu'est-ce qui se passe exactement ? bredouilla-t-il.

— Voilà ! C'est assez difficile à dire, monsieur le ministre d'État. Madame, votre épouse, a été raflée cette nuit, en état d'ivresse, dans un bar malfamé de Diamniado.

— Vous vous foutez de moi ?

— Absolument pas, monsieur le ministre d'État.

C'est la stricte vérité. Cette nuit, elle a été prise dans une rafle, ivre, en même temps qu'une trentaine de prostituées, au Copacabana.

— Écoutez-moi bien, adjudant-chef Ibou Faye…

— Ibnou, monsieur le ministre d'État, rectifia le gendarme.

— D'accord, adjudant-chef Ibnou Faye. Écoutez-moi bien : si c'est une plaisanterie, je vous garantis qu'elle vous coûtera très cher.

— Ce n'est pas une plaisanterie, monsieur le ministre d'État. Je ne me serais jamais permis pareille incorrection. Madame votre épouse est bien là, dans mon bureau, devant moi. Je vous prie de venir, je dois absolument vous parler.

Matar Samb eut un long moment de flottement.

— C'est bon… j'arrive, finit-il par annoncer d'une voix mal assurée.

Il déposa le cellulaire sur le bloc-notes, ne sachant que penser, désemparé, l'esprit embrouillé.

— C'est faux, ce n'est pas vrai ! explosa-t-il d'un cri rauque qui se confondit avec le fracas du formidable coup de poing qu'il assena à la table. C'est faux, ce n'est pas vrai, Ramata est bel et bien partie pour Saraya !

Avec la précision d'un film passé au ralenti, Matar Samb se revit le soir même de son retour de Genève, il y avait une quinzaine de jours. Ses bagages à peine déposés, il s'était rendu à la maternité pour voir Dieynaba et son bébé et les avait quittés peu avant vingt heures sous la pluie. Revenu à Ranrhar, il s'était installé dans un fauteuil de la bibliothèque, au second étage, un verre de Smirnoff à l'orange bien tassé à portée de la main, et s'était mis à relire *La corde et les souris*, en attendant le retour de Ramata, partie à la brigade de gendarmerie de

Rufisque. Elle était arrivée une heure plus tard, les vêtements détrempés. Il avait refermé son livre à son entrée, elle s'était penchée sur lui et avait déposé un baiser rapide au coin de ses lèvres.

— Je viens de la maternité, avait-elle annoncé en se redressant. Quand je suis arrivée vers huit heures, Dieynaba et Junior m'ont dit que tu venais tout juste de partir.

— Oui, j'ai quitté au moment où la pluie commençait à tomber, avait-il déclaré, le livre fermé dans la main. Tu l'as vu ? Je n'arrive pas à retenir son nom… le jeune homme qui t'a…

— Il s'appelle Ngor Ndong. Il est très jeune, c'est un gosse qui n'a pas plus de vingt ans. J'ai été jusqu'à Sangalcam, je l'ai remercié devant ses parents.

— Tu l'as quand même récompensé ?

— Bien sûr ! Je lui ai donné de l'argent, à ses parents aussi. Des gens de condition très modeste, qui habitent dans des huttes en paille, mais très dignes, très braves. Ils refusaient de prendre l'argent, j'ai dû insister, insister, pour les faire accepter.

— Eh oui ! Dans notre société où les valeurs se perdent, où les repères n'existent plus, c'est chez les gens modestes qu'on trouve encore des vertus nobles, comme la bravoure, la dignité, la solidarité. Il faudra faire quelque chose pour eux, par surprise. On va leur construire une belle maison, remplacer tout ce qui est paille en ciment, avec eau courante, électricité et tout le confort nécessaire, en plus d'une pension mensuelle. Dès la semaine prochaine, je vais m'en occuper.

— Tu ferais bien, ce sont de vrais nécessiteux, avait-elle approuvé.

Puis elle avait soudain regardé ses habits, s'était

écriée comme si elle venait de se rendre compte seulement de leur état :

— Je suis toute trempée ! Le parking était plein, j'ai été obligée de me garer assez loin de la maternité.

— Va vite te changer, sinon tu risques de prendre froid ou de t'enrhumer, avait-il conseillé. Je termine mon chapitre et je te rejoins.

Elle avait regagné la chambre à coucher au troisième étage pendant qu'il se replongeait dans sa lecture. Il l'avait retrouvée une vingtaine de minutes plus tard, au moment où elle ressortait de la salle de bains, vêtue de son peignoir en soie rouge, l'avait serrée par la taille, ses mains pétrissant ses fesses, et lui avait fait la langue fraîche. Elle l'avait repoussé au bout d'un bref instant, avait reculé de quelques pas en bâillant bruyamment, le dos de la main posé sur ses lèvres.

— Je ne vaux rien, Matar, je suis fatiguée, éreintée, avait-elle déclaré d'une voix lasse. Le voyage à Rufisque, puis à Sangalcam, ajouté à la joie et à l'émotion d'être grand-mère m'ont complètement abattue. Je vais me coucher tout de suite.

Elle s'était étendue sur le lit et avait fermé les yeux. Il était venu la rejoindre, s'était assis sur le rebord avant de s'étaler dans le sens de la largeur, les pieds posés sur la moquette, la tête sur sa poitrine.

Elle lui avait caressé les cheveux et l'avait appelé par son petit nom.

— Père de Dieynaba !

— Oui, ma reine !

— Je dois aller à Saraya. Je suis obligée de prendre l'express de demain. J'ai déjà prévenu Dieynaba. Tu me laisses y aller, j'ai ta permission, n'est-ce pas ?

Il s'était relevé, avait pris place sur le rebord du lit, s'était tourné vers elle, feignant d'être surpris.

— Depuis quand me demandes-tu la permission, toi ?

— Ne sois pas mauvaise langue, père de Dieynaba ! Je ne suis jamais sortie de la maison sans ton autorisation, tu le sais bien.

— Ça m'étonne, car ce n'est vraiment pas dans tes habitudes, que tu me demandes la permission de te rendre à Saraya.

— C'est parce que mon absence va durer deux semaines ! Une femme même sur le droit chemin, même appelée par son propre père, ne doit pas quitter la demeure conjugale sans l'autorisation de son mari. Deux semaines, c'est long, père de Dieynaba !

— Et que se passe-t-il à Saraya ?

— Je dois y chercher un grigri pour le bébé, avait-elle expliqué d'un ton sérieux. C'est une coutume sacrée chez nous : tout premier enfant de sexe masculin, né d'une femme issue de ma famille paternelle, doit le porter à son poignet gauche, de la première semaine de sa naissance jusqu'au moment où il demandera lui-même qu'on le lui enlève, sous peine de mourir en bas âge.

Il avait éclaté d'un gros rire, s'était moqué d'elle, la traitant de broussarde à la mentalité demeurée villageoise en dépit de trois décennies de présence à Dakar. Elle avait répliqué d'un ton faussement offusqué qu'il était un individu très peu respectueux des traditions.

— Mais pourquoi emprunter l'express ? Aller avec l'un des 4 × 4 serait beaucoup plus confortable, avait-il proposé. Le chauffeur te conduirait…

— Malheureusement, c'est impossible. La route

est coupée entre Kaffrine et Malème Hodar à cause des fortes pluies de la semaine dernière. Là-bas, l'hivernage a déjà commencé il y a un mois, contrairement à ici. C'est pourquoi j'ai dit que je suis obligée de prendre l'express.

— Et l'avion ? Ça t'arrangerait bien, l'avion ! Malheureusement, celui de Dieynaba ne peut atterrir à l'aéroport de Kédougou, trop petit. Cependant, je peux t'affréter un appareil de Sénégal Air !

— Je te remercie beaucoup, père de Dieynaba. Je ne savais pas que tu me détestais au point de souhaiter ma mort. Merci infiniment !

— Comment ça, souhaiter ta mort ?

— Me recommander de prendre un avion de Sénégal Air, c'est désirer ma mort, rien d'autre. Moi, Ramata Kaba, monter dans un de ces avions dont le kérosène est coupé d'eau ? Désolée, Matar, je ne veux pas mourir prématurément et laisser la place à une autre. Je tiens à toi.

Le lendemain à midi, il la taquinait encore à propos du grigri en la conduisant à la gare avec sa grosse valise. Elle devait prendre l'express de treize heures jusqu'à Tambacounda et, de là, trouverait sans difficulté un véhicule qui l'amènerait à Saraya. Ils étaient arrivés une demi-heure avant le départ du train et avaient trouvé la place assiégée par une foule bruyante, encombrée de bagages de toutes sortes. Il l'avait installée dans son wagon-lit, aidé par le chef de gare en personne qu'il était parti requérir dans son bureau.

— Dommage que le téléphone cellulaire ne puisse pas fonctionner au-delà de Kaolack, tu aurais emporté le tien, on serait restés en contact. Dommage aussi que je ne puisse pas t'accompagner. J'aurais volontiers pris quelques jours de congé à

Saraya, loin des bruits et fureurs de la capitale, pendant que tu t'occuperais du grigri !

Et la plaisanterie avait repris, jusqu'au moment où trois puissants sifflements avaient retenti au-dessus du tumulte. Il l'avait serrée fortement dans ses bras, lui avait fait une langue fraîche appuyée, puis était descendu lorsque l'express, après une brusque secousse, avait commencé à rouler lentement sur les rails. Elle était à la fenêtre du wagon et agitait son mouchoir blanc en signe d'au revoir. Il avait répondu par de larges signes de la main, planté sur le quai, au milieu de la foule en mouvement, jusqu'à ce que le train eût disparu au virage du carrefour Cyrnos.

Matar Samb avala un verre de Smirnoff sec, sonna le gardien pour lui faire ouvrir le garage. Sans changer de vêtements, il se mit au volant de la Pajero, les cheveux hirsutes, et partit pour Rufisque dans la grisaille du jour naissant, complètement dépassé, l'esprit anéanti par ce qu'il venait d'apprendre, le film au ralenti repassant sans arrêt dans sa tête.

ON MEURT TOUJOURS D'UNE CRISE CARDIAQUE

Claustré depuis deux semaines entières avec Ramata Kaba dans la villa située sur la corniche Est au bord de la mer, face à l'île de Gorée, Ngor Ndong était envahi par un impérieux besoin d'évasion. Il n'arrivait toujours pas à comprendre l'attitude de cette femme, en dépit de toutes ses explications. Attitude pour le moins étrange, assurément.

Le premier soir, au Chez Vous, la porte de la chambre 5 à peine refermée, elle avait commencé à se déshabiller fébrilement, les yeux brillants. À poil, elle s'était approchée de lui, lui avait presque arraché ses vêtements, l'avait entraîné vers le lit et l'avait supplié de la prendre comme il l'avait fait la nuit passée. Elle s'était mise à hurler si haut, débitant du n'importe quoi, que, de peur que le gérant, ameuté, ne vienne s'enquérir si on n'écorchait pas vivant quelqu'un dans la pièce, il lui avait plaqué la main sur la bouche. Puis elle s'était tue et était devenue inerte, soudain. Il s'était relevé du lit, s'était rhabillé. Il lui avait jeté un rapide coup d'œil, avait cru pendant un bref instant qu'elle avait trépassé, tant elle était immobile, avec ses yeux révulsés ne laissant apparaître que le blanc, avant d'être rassuré par les mouvements respiratoires qui soulevaient et abaissaient régulièrement sa poitrine.

Au bout d'un quart d'heure, peut-être un peu plus, peut-être un peu moins, alors qu'il commençait à s'inquiéter, elle avait bougé et poussé un gémissement sourd, comme au sortir d'un évanouissement, le regard perdu dans le vague. Il s'était demandé si elle n'était pas tombée dans les pommes pour de bon, quand il l'avait vue se lever et venir en chancelant se jeter dans ses bras.

— Oh, merci, merci mille fois, mon amour ! avait-elle murmuré.

Elle l'avait serré avec force, le corps traversé par un tremblement nerveux, la tête blottie contre sa poitrine. Quand elle s'était enfin calmée, elle l'avait regardé longuement avec des yeux pleins de reconnaissance et de tendresse mélangées, puis avait caressé, du bout des doigts, sa joue ornée d'un pansement au sparadrap.

— Pardonne-moi pour ça ! Tu as été bien soigné ?

Il avait répondu oui d'un signe de tête.

Elle s'était détachée de lui et avait recommencé à le déshabiller.

— Je t'ai cherché pendant si longtemps sans te connaître. Maintenant que je t'ai trouvé, je ne te lâcherai plus !

Ne pouvant contenir son étonnement, il avait interrogé :

— Comment m'as-tu cherché pendant si longtemps sans me connaître ?

Ses yeux s'étaient agrandis de surprise. Elle s'était exclamée avant d'achever de le dévêtir :

— Oh, tu parles, mon amour, tu parles ! Je t'entends parler pour la première fois, je te croyais muet. Tu sais, aucun homme n'a jamais pu me faire sentir que j'étais une vraie femme, sauf toi, toi seul. C'est pourquoi, inconsciemment, je te cherchais depuis toujours, et maintenant qu'enfin je t'ai trouvé, il n'est pas question de te lâcher. Prends-moi encore, prends-moi, je t'en supplie !

Elle avait eu la même agitation enfiévrée, les mêmes cris perçants et les mêmes paroles insensées, suivis d'un silence profond et d'une immobilité totale. Il lui avait fortement pincé un mamelon. Elle n'avait rien ressenti, avait gardé les yeux révulsés. Il avait compris qu'elle était bien évanouie.

Lorsqu'ils avaient retrouvé, deux heures plus tard, la cour du Chez Vous, il s'était mis à pleuvoir. Elle avait trouvé que c'était de bon augure.

— Quand la première pluie de l'année vous surprend et vous mouille, c'est le signe d'un immense bonheur ! s'était-elle écriée d'une voix enjouée. Nous serons très heureux, tu verras, très, très heureux. Ne nous pressons pas, mon amour.

Elle lui avait pris la main, ils avaient marché à pas lents.

C'était la première pluie de l'année, mais elle était forte.

Ils étaient parvenus tout trempés auprès de la Jaguar garée au parking

Arrivés à Dakar, elle l'avait emmené à la villa où ils se trouvaient à présent. Jamais auparavant, il n'avait mis les pieds dans une maison aussi belle, aussi grande, avec des fleurs partout, jusque dans la chambre à coucher. Elle l'avait entraîné vers le lit. Ils s'étaient aimés, encore et encore, puis elle était repartie en promettant de revenir demain dans la matinée.

Resté seul, il avait essayé de comprendre la situation embrouillée dans laquelle il se trouvait, mais plus il réfléchissait, moins il comprenait. À la fin, tard dans la nuit, fatigué de penser, il avait fini par s'assoupir.

À son réveil, tôt le matin, il avait pris la décision de s'en aller avant son retour. Il avait constaté qu'elle avait refermé par-derrière la porte d'entrée de la villa et avait emporté la clé. Il lui était impossible de bricoler la serrure sophistiquée sans matériel approprié. Il avait visité les autres pièces, salon, chambre d'ami, cuisine, salle de bains, magasin, salle à manger. Peine perdue, elles étaient toutes munies de fenêtres protégées par de solides barreaux métalliques. Ainsi, il pouvait aller librement où il voulait dans l'appartement, mais il ne pouvait pas en sortir. Il avait alors pris place dans un fauteuil du salon et avait attendu sa venue.

Il ne devait pas être loin de quatorze heures quand elle avait enfin réapparu. Elle avait déposé sa valise sur la moquette, était venue s'agenouiller à ses pieds, la tête posée sur ses genoux, la main sur la braguette de son pantalon.

— J'ai pensé à toi durant toute la nuit, mon amour ! avait-elle déclaré en le regardant les yeux dans les yeux. Et toi, tu as pensé à moi ?

Il avait secoué la tête.

Elle avait protesté.

— Je veux que tu me parles, mon amour ! J'ai besoin d'entendre ta voix. Réponds-moi, as-tu pensé à moi durant la nuit ?

— J'ai pensé à toi durant la nuit.

— C'est vrai, durant toute la nuit ?

— C'est bien vrai.

— Oh, je suis heureuse ! Je veux que tu penses à moi tout le temps, comme moi je pense à toi tout le temps, tout le temps. Nous allons mieux faire connaissance. Nous avons deux semaines rien que pour nous. J'ai dit à mon mari que je partais pour Saraya. Il m'a accompagnée à la gare, j'ai pris l'express jusqu'à Thiaroye, je suis descendue, j'ai pris un taxi et me voici, pour toi entièrement, pendant deux semaines. Tu connais mon mari ? Tu as sûrement entendu parler de lui, il passe souvent à la télé et à la radio, il s'appelle Matar Samb, c'est le ministre d'État en charge de la justice. Moi, je me nomme Ramata Kaba.

Sans savoir pourquoi, il s'était levé du fauteuil, avait plongé la main dans la poche arrière de son jean, avait retiré le bijou qu'il lui avait pris il y a trois nuits et le lui avait tendu. C'était une chaîne en or, torsadée, grosse comme un petit doigt, longue presque d'un mètre cinquante.

Elle s'était mise sur pied.

— La chaîne t'appartient maintenant. Je te l'offre de bon cœur. Tu as peur que mon mari ne te mette en prison parce qu'il est ministre d'État chargé de la justice ?

Elle lui avait pris la chaîne des mains, avait remarqué que le fermoir avait foiré ; elle avait porté le bijou à la bouche et, à l'aide de ses dents, l'avait réparé. Puis elle l'avait roulé à double tour et le lui avait passé autour du cou.

— N'aie pas peur, avait-elle repris. Matar est un type très bien. Je ne dis pas ça parce qu'il est mon mari, il est vraiment très bien. Et puis, il ne saura jamais ce qu'il y a entre nous, personne ne le saura jamais, ce sera notre secret à nous seuls. Mais pourquoi as-tu fait ça ? Le taxi que tu conduisais l'autre nuit ne t'appartenait pas non plus. Pourquoi tu fais ça ?

Il avait soutenu son regard et n'avait pas répondu.

— Pourquoi tu fais ça ? avait-elle insisté. C'est pas bon de voler, tu risques d'aller en prison, tu sais ?

Il lui avait avoué qu'il avait séjourné à deux reprises aux Cent mètres carrés.

— Qu'est-ce qui t'a poussé dans cette mauvaise voie, mon amour ? Tu es obligé parce que tu as des charges, tu es marié avec des enfants et chômeur ? Tes parents ne peuvent-ils pas t'aider ?

— Mes parents sont morts il y a longtemps.

— Tu as une femme, des enfants ? Tu as du travail, enfin un métier ?

— Non, rien.

— Tu vis avec qui à Sangalcam ? Un oncle, une tante, une sœur ou un frère, un parent quelconque qui pourrait t'aider ?

— Personne.

— À Sangalcam, tu habites chez qui ? Tu as une maison ?

— Non. D'ailleurs, j'ai décidé de quitter le village.

— Pour aller où ?

— Je ne sais pas encore.

— Tu n'as vraiment pas où habiter ?

— Nulle part.

Elle avait été si émue par sa condition précaire que les larmes inondaient ses yeux. Ainsi son homme était un SDF ! Cela, elle ne pouvait l'accepter ; elle avait décidé d'y remédier séance tenante.

— Mon pauvre amour, tout cela est fini ! avait-elle déclaré. Tu ne manqueras plus jamais de rien, je te donnerai tout, tout, tout. Tu n'auras pas besoin de travailler, ni à plus forte raison de prendre le bien d'autrui pour vivre. En attendant, je te donne cette maison, tu vas habiter ici. J'espère qu'elle te plaît, sinon, je t'en construirai une autre. Elle est très belle et m'appartient personnellement. Matar ne sait même pas que je la possède. Elle m'a été offerte par Erika, rentrée chez elle l'année dernière. Nous nous rencontrions ici trois fois par semaine, elle était très amoureuse de moi. Je t'en fais cadeau, tu verras qu'elle te plaira !

Il avait été abasourdi. Il avait entendu dire que certaines femmes de grosses huiles, souvent insatisfaites, entretenaient bien leurs gigolos, mais il n'avait jamais pensé que ça pouvait monter aussi haut.

Elle avait ouvert la valise remplie de vêtements, en avait tiré un sac en nylon noir et le lui avait remis.

— Il y a cinq millions à l'intérieur. Ils sont pour toi, tu les dépenseras comme tu voudras. Quand ils seront finis, n'hésite pas à m'en demander encore. Je suis très riche, il ne te manquera plus rien.

Il s'était senti complètement dépassé.

— Tu ne seras plus jamais seul non plus, mon amour, avait-elle continué. Je serai tout pour toi, un père, une mère, une sœur, un frère, je serai toute ta famille à la fois. Je serai surtout ta femme, ta maîtresse adorée.

Elle lui avait demandé de la déshabiller pendant qu'elle débouclait la ceinture et baissait le curseur de son pantalon. Et la balade avait démarré sur la moquette du salon, puis s'était poursuivie dans la chambre à coucher. Jusqu'à la fin de la journée.

— Tu n'as pas faim ? avait-elle interrogé, après avoir refait surface, couchée à côté de lui sur le lit. Moi, si.

Il lui avait déclaré n'avoir rien mis dans son ventre depuis le déjeuner d'hier à midi et que son ventre criait famine. Elle lui avait annoncé que le congélateur et le frigo contenaient toutes sortes de victuailles, qu'elle allait s'occuper de tout. Elle s'était levée, avait mis un déshabillé noir qui lui parvenait à mi-cuisse et était partie à la cuisine. Au bout d'un moment, elle l'avait appelé. Il avait enfilé son jean, était venu la rejoindre et l'avait trouvée en train de rôtir un poulet retiré du frigo.

— Viens me tenir compagnie. Voilà, mets-toi là, tout près de moi.

Bien vite, elle avait cessé de surveiller la cocotte sur le feu. Une fumée et une odeur de brûlé flottaient dans la pièce lorsqu'ils avaient terminé leurs ébats sur la table de la cuisine qu'elle avait débarrassée en tirant la toile cirée qui la recouvrait, sans se soucier de la vaisselle brisée en tombant sur les carreaux. Elle avait avoué que mauvaise cuisinière, elle n'aurait pas mieux réussi le rôti, de toute façon. Elle avait trouvé un paquet de chips et du pain conservé dans des sacs en plastique à l'intérieur du congélateur et les avait passés au four pour les rendre croquants, puis avait réinstallé la table.

— Tu prends du vin ? avait-elle interrogé, alors qu'assis face à face, ils avaient commencé à se restaurer. Il y en a deux ou trois caisses ici. Je n'aime pas l'alcool, contrairement à Matar. Il y a longtemps, au début de notre mariage, j'ai essayé une ou deux fois, mais je ne supporte ni le goût ni l'odeur. Tu en veux ?

Pourtant, elle avait voulu l'imiter, en dépit de son aversion déclarée. Au quatrième verre de Royal Kébir, elle était devenue tellement ivre qu'elle avait rendu sur la table. Il avait été obligé de la porter dans ses bras jusqu'à la salle de bains, lui avait fait un brin de toilette, puis l'avait emportée dans la chambre à coucher pendant qu'elle criait à tue-tête que tout tournait autour d'elle, qu'elle se sentait légère, légère à planer. Au lit, elle avait été plus exigeante encore ; elle s'était évanouie à plusieurs reprises, et lui avait murmuré à l'aube, avant de s'endormir enfin, que le vin avait accentué ses sensations.

Le lit après la table, la table après le lit, tel avait été le rythme imperturbable de leur vie durant quatorze jours.

Et ce vendredi soir-là, Ngor Ndong était maussade, déprimé. L'atmosphère avait fini par lui devenir intenable. Non seulement cette intense activité l'avait saturé, il se sentait aussi faible que s'il était convalescent après une sale grippe, mais pire encore, le sentiment d'être un simple objet, une marionnette qu'on faisait bouger en remuant les ficelles, d'évoluer dans une situation qu'il ne maîtrisait pas, où il ne faisait qu'exécuter, ne prenait aucune initiative, réduit en un esclavage sexuel lamentable, alors qu'il avait toujours tenu, bien ou mal, peu importe, son destin entre ses mains, lui pesait lourdement. Il avait l'impression d'être comme ces fauves en captivité, bien nourris et bien entretenus, qui tournent en rond dans leur cage, à la recherche d'une ouverture d'où ils s'échapperaient.

Il se leva du lit, enfila son jean ramassé sur la moquette tout en jetant sur Ramata, dans les pommes, le regard torve et fatigué du taureau qui vient de sauter toutes les génisses du troupeau. Il ne put s'empêcher de se gratter la joue qui le démangeait. Hier soir, devant le miroir de la salle de bains, il avait enlevé le pansement de sparadrap ; la plaie était guérie, la cicatrice laissée par les dents formait un cercle rosâtre bien distinct. Il alluma une cigarette et, d'un pas alangui, vint s'accouder sur le rebord de la fenêtre qui s'ouvrait sur l'anse Bernard. La brise nocturne rafraîchit son visage et son torse nu inondés de sueur. La nuit était sans lune, les étoiles, qui par myriades constellaient le firmament en se réverbérant dans l'eau tranquille, transformaient la mer en une immense coulée noire aux reflets argentés. Au loin, devant, les lumières de l'île de Gorée, masse sombre pareille à une gigantesque baleine échouée, crevaient l'obscurité.

Ngor Ndong entendit Ramata Kaba se lever du lit et venir le rejoindre. Il ne se retourna pas. Elle se colla à lui, la tête posée sur son dos, les bras croisés autour de sa taille. Il se raidit, tous ses muscles contractés, comme si son contact le révulsait.

Au bout d'un moment, elle interrogea :

— Qu'est-ce qui ne va pas, mon amour ?

Il tira une grande bouffée, puis, d'une chiquenaude, envoya la cigarette à peine allumée par la fenêtre. Il la repoussa d'un brusque mouvement du dos, se retourna et lui fit face.

— Je veux sortir d'ici !

La rudesse de sa voix l'avait effrayée. Pendant un bref instant, elle demeura désemparée, ne sachant que penser, avant de bredouiller :

— Mais… mais pourquoi ? Il te… manque quelque chose ? Dis-le…

— Il ne me manque rien, je n'ai besoin de rien, sinon de sortir d'ici.

Elle s'était ressaisie. Elle annonça d'un ton convaincant :

— Tu sais bien qu'on ne peut pas, mon amour. Ce ne serait pas prudent. On pourrait nous voir ensemble et le dire à mon mari, on ne sait jamais. Pour lui, je suis partie à Saraya…

— Tu restes, moi je m'en vais.

— Mais pour aller où ? Où veux-tu aller et pourquoi ?

Elle n'était pas habituée à être contrariée, l'énervement commençait déjà à l'envahir et elle avait haussé le ton.

— J'étouffe ici, jeta-t-il. Je veux aller respirer l'air au Copacabana.

Elle se sentit comme insultée. Il étouffait ici ! Ainsi, tous ses efforts avaient été vains. Elle s'était mise entièrement à son service, s'était pliée en quatre pour satisfaire tous ses désirs, et il ne trouvait rien d'autre à dire qu'il étouffait ici, qu'il voulait aller respirer l'air de je ne sais où ! Elle n'allait pas se laisser injurier sans réagir.

— Tu étouffes ici ? dit-elle d'un ton caustique, les sourcils froncés. Dis-moi, en prison, tu n'étouffais pas ?

Elle ne sut pas si sa flèche avait fait mouche ou pas car il demeura impassible. Elle regretta aussitôt sa méchante allusion ; elle allait le lui dire, quand il répondit enfin, en la regardant droit dans les yeux :

— Si, en prison aussi j'étouffais. Mais je comprenais pourquoi : j'avais commis une faute, j'avais été enfermé, je ne pouvais pas sortir.

Elle se jeta dans ses bras, se serra contre lui.

— Pardonne-moi de t'avoir rappelé la prison, mon grand amour, déclara-t-elle, horriblement gênée. Je ne le ferai plus jamais. Tu veux aller où, tu dis ?

— Au Copacabana.

— Au Copacabana ? J'ignorais qu'il y avait une boîte de ce nom à Dakar ! Ça doit être une nouvelle. Tu sais, j'ai visité plusieurs fois le Brésil, je connais bien le vrai Copacabana. Un jour, je t'emmènerai là-bas. Ça se trouve où à Dakar, le Copacabana ?

— Pas à Dakar, à Diamniado.

Elle prit la décision soudaine de l'accompagner. Elle ne connaissait personne et personne ne la connaissait à Diamniado. Le risque d'être reconnue était minime. Surtout dans un bar avec une lumière tamisée. En tout cas, elle était prête à braver tous les risques, n'étant pas sûre de le voir revenir si elle le laissait partir seul, malgré tout ce qu'elle lui avait offert et tous ses efforts pour le retenir.

— On va ensemble et on revient ensemble, décréta-t-elle.

Ramata Kaba se prépara comme si elle se rendait à une soirée de gala. Après s'être douchée, coiffée, maquillée, elle mit une somptueuse robe en soie blanc de lait, qu'elle cassa avec des escarpins et un sac à main en croco noir, avant de se parer de ses bijoux. Au moment de sortir, elle glissa dans la main de Ngor Ndong une importante liasse de billets.

Ils longèrent la corniche Est, la main dans la main, jusqu'à hauteur de l'hôtel Terranga, empruntèrent l'escalier en bois et débouchèrent sur la place de l'Indépendance. Au parking du cinéma le Paris tout près, ils trouvèrent un taxi qui les transporta, un peu plus de trois quarts d'heure plus tard, au carrefour de Diamniado.

L'entrée du Copacabana était encombrée de véhicules, des gros porteurs surtout. La grande salle était encore plus animée la nuit que le jour. Ramata Kaba, impressionnée, faillit reculer quand elle mit pied sur le seuil du bar plein à craquer, mal éclairé par des lampes à pétrole, à l'animation assourdissante, à la chaleur oppressante, à l'air suffocant, pollué par l'odeur de l'alcool, par la fumée irritant les yeux et la gorge en provenance des cigarettes allumées et des fourneaux où des maquisardes sur la touche grillaient de la viande et du poisson. Elle se cramponna instinctivement au bras de Ngor Ndong, essayant en vain de faire cesser les tremblements nerveux qui s'emparaient d'elle. On parlait haut pour être entendu, la discussion et la causerie étaient vives à toutes les tables. Au milieu, une foule excitée, criant et battant des mains, entourait un joueur de *tama*[1] en pantalon bouffant et T-shirt blancs et une grande fille habillée d'un ensemble taille basse-pagne qui dansait le chien, la plus perverse de toutes les danses à la mode apparues ces trente dernières années. Elle dépassait même le ndaga, qui faisait mourir de honte, selon son propre aveu, l'ancien président-poète Senghor, devant ses hôtes de marque invités au théâtre national Daniel Sorano. Le clip de la chanson (le chien est à la fois chant et danse), sur le point de passer à la trappe du conseil des marabouts, comme l'avait été entre autres le feuilleton télévisé *Quatre vieillards dans le vent*, interdit sous prétexte d'être contraire à nos mœurs et coutumes, qui se moquait de nos imams, de notre religion et de nos mosquées, avait été sauvé de justesse de la censure par le grand imam en personne. Piqué par on ne sait quelle mouche satanique lors du sermon de la prière de la fin du Ramadan, délaissant Dieu Tout-Puissant, son saint Coran, la sonna du prophète Mamadou, paix et salut sur lui, il avait recommandé avec insistance aux fidèles interloqués de méditer profondément le sens de cette chanson, dont l'auteur, tout enfant qu'il était, n'appréhendait point la profondeur et la sagesse :

Une parole est une parole
La parole d'autrui n'est pas une parole !

1. Petit tam-tam d'aisselle.

Un trou est un trou
Le trou d'autrui n'est pas un trou !

La fille avait la voix éraillée, chantait faux comme ce n'est pas croyable, mais sa croupe énormément généreuse roulait comme un ventilateur, son accompagnateur, bien inspiré, battait son tama d'un rythme endiablé, et lorsqu'elle disait « trou », l'index pointé sur son pubis, soulevait haut une jambe, le pagne ouvert jusqu'à la racine des cuisses, fléchissait le genou, donnait des coups de reins saccadés pour imiter un chien en train de lever la patte, un délire hystérique s'emparait de la salle. Les hurlements et les battements de mains redoublaient. Certains s'époumonaient « Rouge ! Rouge ! », d'autres, « Bleu ! Bleu ! », en parlant de la couleur du slip de la fille, d'autres encore clamaient que ce n'était pas vrai, qu'ils n'avaient rien vu, qu'elle ne semblait porter aucun dessous sous son pagne. Pour savoir qui avait raison, chaque clan réclamait des « Bis ! Bis ! » afin de mieux observer…

Golda Meir, à qui rien n'échappait dans son monde, ayant Diodio à ses côtés, remarqua dès son entrée la chaîne que portait Ngor Ndong. Après son départ, il y a deux semaines, encadré par deux gendarmes, elle n'avait eu aucune nouvelle et ignorait ce qu'il était advenu de lui. Cependant, elle remarqua davantage encore la très belle femme en sa compagnie. Jamais elle n'avait vu couple aussi disparate. Un âne et une jument pur-sang ! La belle femme, plus âgée que Ngor Ndong, était perdue, désemparée ; c'était visible à la manière dont elle s'agrippait à son bras, comme un enfant craintif cherche à se rassurer auprès de son père. Son port altier, ses bijoux, sa coiffure impeccable, la blancheur immaculée de sa robe indiquaient qu'elle n'était certainement pas de ce milieu. Elle n'avait rien de commun avec les maquisardes qui fréquentaient son établissement pour survivre, elle était sans doute une de ces femmes de vie de luxe, du genre qu'on engage dans les grands hôtels pour égayer les nuits des grosses personnalités en visite officielle et des touristes. De toutes les façons, conclut Golda Meir dans ses supputations, elle était du côté de l'autre versant de la montagne, où la vie était belle, l'argent facile, dépensé le plus souvent en futilités, sans avoir le sentiment désagréable, frustrant, qu'on le gaspillait, et où les contingences quotidiennes étaient éloignées des dures préoccupations de l'existence du maquis.

Pressentant un bon filon, Golda Meir quitta son comptoir et s'avança au-devant d'eux.

— Ngor Ndong, mon bon fils ! s'écria-t-elle, avec préciosité, armée de son meilleur sourire. Je me posais des questions à ton sujet, j'étais très inquiète.

— Salut, mère Golda ! fit Ngor Ndong, d'un ton enjoué que Ramata Kaba ne lui connaissait pas. Comment va la maison ? Ça baigne ?

— Comme toujours, Dieu merci ! Tu avais voyagé ?

— J'étais dans les parages, mère Golda.

— Seulement dans les parages et depuis si longtemps personne ne t'a vu ? Tu devais être très accaparé ?

— Tu as raison, j'étais très accaparé.

Golda Meir poussa un rire grasseyant, se tourna vers la compagne de Ngor Ndong, lui tendit la main.

— Comment vas-tu, Jolie Madame ? salua-t-elle. Si je dis que c'est toi qui accaparais mon fils Ngor, je dirais la vérité ?

Ramata Kaba demeura interdite par tant de privautés. Elle ne sut comment réagir, regarda Ngor Ndong, cherchant dans ses yeux une conduite à tenir, ne la trouva pas, se résolut enfin à serrer, avec un frisson, la main potelée et moite de Golda Meir.

— As-tu la paix, Jolie Madame ? reprit-elle.

— La paix seulement ! paya Ramata Kaba.

— Tu sais comment on va faire, Ngor, mon bon fils ? Je vous emmène dans ma chambre, c'est plus tranquille, seuls deux parents et une fille l'occupent. Il y a trop de bruit ici.

Elle confia la caisse à Diodio et les entraîna hors de la salle.

Golda Meir habitait au fond de la concession. Elle précéda le couple à travers la cour plongée dans l'obscurité. On se serait cru à la Sonacos le jour de l'explosion de la citerne trafiquée qui fit cent cinquante morts, tant les urinoirs en plein air dégageaient une puissante odeur d'ammoniaque. De l'intérieur des baraquements s'échappaient des bribes de conversations animées, des éclats de rire, des râles, des soupirs exagérés d'hommes et de femmes en état d'ivresse. Au moment où ils parvenaient au niveau de la dernière baraque avant celle de Golda Meir, de hauts cris s'élevèrent soudain dans la nuit.

— Wooy ! Je vais tomber, je vais tomber, je vais tomber. Wooy ! Je tombe, je tombe, je tombe. Haah ! Je… suis… tombé, je… suis… tombé, je… suis… tombé.

Dans toutes les baraques, dès que les cris avaient fusé, un silence total s'était fait, tout le monde écoutait comme si on s'était donné le signal. Et lorsque l'ultime chute fut annoncée d'une voix chevrotante, elle fut accueillie par une explosion de rires amusés.

Golda Meir expliqua que le « tombeur », un vieux

retraité de Thiès, qui venait tous les trimestres verser sa pension à Binette, une jeune Laobé de Bambey, était affligé de la malédiction du chat. Cela remontait au Déluge. Le prophète Noé avait interdit tout acte sexuel dans l'arche, pendant la traversée, à tous les couples d'animaux et aux quarante et un hommes et quarante et une femmes qui l'avaient suivi. Or, le chien surprit le chat, son ennemi héréditaire, et la chatte en flagrant délit de copulation et vint l'annoncer à Noé. « Malheur à vous ! leur dit le prophète. Jusqu'à la fin des temps, chaque fois que vous vous accouplerez, tout votre entourage sera au courant. » Au même moment, un homme et une femme, en train de forniquer, furent, eux aussi, frappés par la même malédiction.

— Il en est ainsi depuis ce jour ! observa Golda Meir. C'est pourquoi, à la période des amours, par leurs miaulements intempestifs, les chats annoncent à tout le monde qu'ils s'accouplent ; ce retraité qui hurle qu'il va tomber est un descendant direct de l'homme de l'arche, et il existe aussi des femmes comme lui, qui descendent de sa compagne.

Ngor Ndong éclata d'un grand rire et sentit Ramata Kaba le pincer au bras.

La chambre de Golda Meir, isolée au fond de la cour, plus grande que les autres baraques, était meublée de deux lits en bois, séparés par un vieux bahut sur lequel étaient rangés dans un ordre parfait des verres, des tasses avec leurs soucoupes, des bols et des soupières émaillées ou en aluminium munis de couvercles. La pièce était éclairée par une lampe tempête posée sur une table basse à carreaux noir et blanc, à côté d'une coquille où brûlait un cône d'encens. Sur un des lits, un couple se bécotait sans faire attention à un troisième homme, étendu sur l'autre, en train de fumer sa pipe, les yeux fixés au plafond.

— Petit frère Ngor Ndong, que le monde est petit ! s'exclama le fumeur en se mettant sur pied à l'entrée de Golda Meir et de ses nouveaux hôtes. Comment vas-tu, petit frère ?

— Tiguis, mon grand, toi ici, c'est incroyable mais vrai répondit en le reconnaissant Ngor Ndong sur le même ton enchanté. Pour une surprise, en voilà une surprise !

Ils tombèrent dans les bras l'un de l'autre, se donnèrent de grandes tapes affectueuses dans le dos. C'étaient des compagnons de misère. Ils s'étaient connus au Château de Rebeuss, et avaient partagé, avec une vingtaine d'autres détenus, la même cellule. Ngor Ndong y avait trouvé Tiguis alors qu'il lui restait dix-huit mois sur les sept ans qu'il avait pris pour avoir abattu l'un des rares éléphants vivant encore au parc national de Niokolokoba.

Tiguis, un grand gaillard de près de deux mètres, d'une maigreur frappante, était un homme multidimensionnel. Il possédait trois noms, trois nationalités et trois professions déclarés. Mamadou Lamine Diop, chauffeur au Sénégal ; Malamine Diop, commerçant en Gambie ; Malang Traoré, pêcheur en Guinée-Bissau, avec carte d'identité à l'appui dans chacun des trois pays. En plus, il avait des activités occultes, trafiquant d'armes et de marchandises, braconnier spécialisé en gros gibier.

Tiguis et Ngor Ndong cessèrent enfin de se congratuler, se tinrent par les épaules en se regardant en silence, puis éclatèrent d'un rire joyeux à l'unisson.

— Tu as été libéré quand, petit frère ?

— Il y a un peu plus de deux mois. J'ai bénéficié

de la grâce présidentielle lors de la fête de l'Indépendance. Ça va bien, grand Tiguis ?

— Pas mal, petit frère, pas mal. Mais si le bon Dieu augmentait un peu plus sa main, je prendrais avec plaisir, fit Tiguis en se séparant de Ngor Ndong. (Il se retourna, serra la main de Ramata Kaba.) Pardon, ma sœur, je ne t'ai pas encore saluée. As-tu la paix ?

— La paix seulement ! paya-t-elle, intimidée.

— Ainsi donc, Tiguis et Ngor vous vous connaissez, constata Golda Meir. Inutile donc de faire les présentations, les choses sont très bien ainsi.

— Ah oui, on se connaît depuis longtemps, fit Tiguis. Un très brave garçon, Ngor !

— Tu dis vrai, Ngor Ndong est un très brave garçon, renchérit Golda Meir.

Tiguis se pencha sur le lit où le couple continuait à se peloter, tira la jambe de l'homme. Il se redressa, jeta sur Ngor Ndong et sur Ramata Kaba un regard surpris et interrogateur, en écartant le bras.

Du pouce, Tiguis les désigna l'un après l'autre, se désigna lui-même, puis se croisa les index de ses deux mains.

— C'est mon cousin, Hobou Nguer, indiqua-t-il. Quand le tonnerre gronde, il ne l'entend pas, il est sourd-muet. Il m'a demandé qui vous étiez, je lui ai dit que vous étiez des amis.

Hobou Nguer remua la tête d'un signe compréhensif en parlant par gémissements comme le font tous les sourds-muets. Il se leva, le visage fendu d'un large sourire, serra chaleureusement la main de Ngor et de Ramata et reprit place sur le lit. Sa compagne se releva et s'assit à ses côtés.

— Boy Ngor, ça marche ? fit-elle.

— Cinq cinq, Lat Déguène, répondit Ngor Ndong. Et toi ?

— Ce soir ça marche. Et toi, femme, tu fais mousser ? lança-t-elle d'un ton désinvolte à Ramata Kaba qui ne répondit pas. (Elle s'adressa de nouveau à Ngor Ndong.) Boy, on doit se voir ce soir. Je t'ai réservé quelque chose de très agréable.

— Est-ce si agréable que ça ?

— Tu le sais bien, tu l'as goûté déjà ! N'est-ce pas, mère Golda ?

Golda Meir partit d'un énorme rire et prit Tiguis à témoin :

— Dis à ces deux-là de ne pas me prendre pour juge ! Quand ils s'étaient enfermés dans la chambre pour traiter, je n'étais pas présente.

— Tu as raison, Golda, jeta Tiguis, contaminé par son rire. Puisque tu n'étais pas présente, ne te prononce pas.

— Qu'est-ce qu'on fait maintenant ? demanda soudain Ngor Ndong à la cantonade. Vous avez déjà commandé ?

— Moi, je suis déjà très bien comme ça, lança Tiguis. J'ai déjà pris un litre et demi de vin et trois bières depuis le début de la nuit. Tu sais, Hobou Nguer et moi, on est ici depuis avant-hier.

— Depuis avant-hier ? Si j'avais su, je serais venu depuis…

— Faut pas parler en l'air, petit frère, se moqua Tiguis. Tu aurais été fou de quitter un seul instant celle qui t'accompagne. Mais asseyons-nous.

— Grand Tiguis, tu es grave ! s'égaya Ngor Ndong en prenant place sur le lit libre en même temps que le trafiquant-braconnier. Que tu sois très bien ou pas, nous allons fêter nos retrouvailles.

Il tira de la poche arrière de son pantalon la liasse

qui lui avait été remise par Ramata Kaba à leur départ de la villa de la corniche Est, en préleva une demi-dizaine de billets, les tendit à Golda Meir qui s'en empara.

— Cela fait combien, mère Golda ?

Elle s'approcha de la table à carreaux, se baissa, plaça les billets en évidence devant la lumière de la lampe à pétrole, se mit à les compter un à un.

— Cinquante mille francs ! Des billets tout neufs, qui craquent ! clama-t-elle d'un ton faussement surpris en se redressant.

— Eh bien, tu te paies tout ce que Hobou Nguer et Tiguis ont pris depuis qu'ils sont là, après, tu nous apportes à boire à gogo. Si ce que je t'ai donné ne suffit pas, demande encore.

— Ça suffira, Ngor, ça suffira largement ! annonça Golda Meir. Jolie Madame, assieds-toi, assieds-toi sur le lit.

— Oui, c'est vrai, viens t'asseoir, appuya Tiguis.

Il s'écarta un peu, faisant de la place.

Ramata Kaba, encore hésitante, finit par s'installer entre lui et Ngor Ndong.

Golda Meir se retira en promettant de revenir très bientôt.

Tiguis et Ngor Ndong se lancèrent dans une discussion échevelée, avec force anecdotes et rires au souvenir de leur séjour carcéral. Hobou Nguer et Lat Déguène, sur le lit d'en face, reprirent leurs petits jeux. Ramata Kaba, plongée dans une méditation profonde, se taisait.

Golda Meir revint quelques instants plus tard, suivie de sa fille Diodio qui portait une bassine en plastique remplie de bouteilles.

— Aide-moi, mère, c'est trop lourd !

Golda Meir s'empara d'une des poignées, Diodio de l'autre, elles déposèrent la bassine par terre.

— Il y a de tout, annonça la mère en rangeant les bouteilles sur la table à carreaux. Bière, vin, whisky, gin et Riqlès. Malheureusement, à cause de la chaleur, la glace a fondu.

— Pas de problème, déclara Ngor Ndong.

— Moi, la glace me donne le rhume, fit Tiguis.

— Donc, tout va très bien, annonça Golda Meir. Dites-moi, nous n'avez pas faim ? Il y a des ailes de dinde, des cuisses de poulet, des brochettes de foie et de viande, grillées ou frites, il y a des quatre mètres aussi. Qu'est-ce que vous prenez ?

Tous, sauf Ramata Kaba, optèrent pour les brochettes.

— Diodio vous rapporte la commande tout de suite, annonça Golda Meir en sortant de la pièce sur les pas de sa fille.

Tiguis et Ngor Ndong burent au goulot chacun une bouteille de vin. Hobou Nguer et Lat Déguène s'attaquèrent au gin, sec, avec des verres récupérés sur le bahut. La causerie reprit jusqu'à l'arrivée de Diodio ; elle plaça le plateau contenant les brochettes sur la table, à côté des bouteilles, et se retira.

Ramata Kaba ne voulut rien prendre. Malgré l'insistance de Tiguis, elle affirma n'avoir ni faim ni soif. En vérité, elle se sentait humiliée. Depuis leur arrivée, Ngor Ndong ne s'était pas soucié d'elle, ne l'avait pas regardée, ne lui avait même pas adressé la parole une seule fois. Et cette guenon à la peau ravagée par la dépigmentation artificielle assise en face d'elle, qui la défiait du regard au lieu de s'occuper de son sourd-muet ! Cette sale effrontée avait eu le toupet de s'adresser à elle de manière si cavalière ; cela ne lui avait pas suffi, elle avait poussé la provocation en faisant sans vergogne des propositions indécentes à son homme. Elle avait eu grande envie de lui donner une paire de claques, histoire de la remettre à sa place de petite vicieuse qui ne pouvait en aucune façon rivaliser avec elle. Les mains lui démangeaient. Mais elle avait décidé, en dernier ressort, de prendre sur elle-même, car ces mauvaises filles, véritables sauvageonnes, dissimulaient toujours une lame de rasoir dans un coin de leur pagne ou dans leur soutien-gorge et s'en servaient avec dextérité, vous défigurant horriblement pour des vétilles. En plus, elle se cachait ; il n'était donc pas dans son intérêt de provoquer un esclandre ici. Et puis, foin de cette petite garce ! Elle n'était pas de sa classe, elle n'aurait jamais rien devant elle. Mais au fond, elle, Ramata Kaba, parviendrait-elle à avoir Ngor Ndong ? Elle en doutait un peu. Trop de choses — pour ne pas dire tout — les séparaient ; elle en était davantage convaincue encore depuis leur arrivée au Copacabana. Elle n'arrivait pas à le comprendre malgré tous ses efforts et se demandait si elle y arriverait jamais. Quelle idée saugrenue avait-il eue de quitter l'intimité où ils baignaient tous les deux et de venir ici, uniquement pour se soûler ! Pourquoi l'avait-il négligée au profit d'une conversation décousue, insipide, où il n'était question que de l'univers carcéral ? Et elle qui s'était demandé au début s'il n'était pas muet. Un vrai moulin à paroles, oui ! Et son rire persifleur quand Golda Meir avait parlé de son histoire de l'arche ! C'était pour se moquer d'elle, certainement, car elle ne la trouvait pas risible du tout. Pourtant, pensa-t-elle avec un pincement au cœur, durant ces deux semaines passées ensemble, il n'avait pas rigolé une seule fois, il n'avait ouvert la bouche que très rarement, et encore uniquement lorsqu'elle l'interrogeait, pour répondre le plus brièvement possible. Ici, il tenait le crachoir, parlait à tout propos, s'esclaffait de ce qui était cuit et de ce qui ne l'était pas. Pourquoi ne causait-il pas avec elle, pourquoi ne riait-il pas avec elle, pourquoi n'avait-il pas voulu rester avec elle dans la villa luxueuse qu'elle lui avait offerte, où le vin était plus fin, le cadre sans commune mesure avec cette masure qui puait la misère malgré l'odeur d'encens ?

Elle se jura qu'elle parviendrait à le dompter. Elle avait affaire à un jeune étalon sauvage, pas encore habitué au mors et à la selle. Ce ne sera pas facile, certes, mais elle y parviendra. Elle se soumettra à tous ses ordres, sans murmure, satisfera ses moindres désirs et caprices, et finira à l'habituer à elle. En attendant, il lui faudra rentrer à la maison demain. Rien qu'à cette pensée, son cœur se serra comme pris dans un étau. Quitter Ngor Ndong lui était déjà pénible, insupportable. Elle ira prendre l'express à la gare de Thiaroye, retrouvera son mari qui l'attendra à la gare de Dakar. Après, elle trouvera l'occasion de venir voir Ngor Ndong tous les jours. Et si elle l'emmenait à la maison et disait à Matar qu'elle l'avait engagé comme domestique ? Tout serait réglé, elle l'aurait toujours à sa portée. Mais ce ne serait pas prudent, elle pourrait ne pas se dominer et finir par se trahir. Son mari n'était pas trop regardant, cependant il pourrait bien ouvrir les yeux et remarquer ses relations avec son amant. Et puis, elle ne supporterait pas de le voir effectuer le travail des gens de maison. Elle trouvera certainement la solution la plus adéquate. Seulement, pas dans ce taudis où elle ne se sentait pas à l'aise. Elle pourra mieux réfléchir quand ils retourneront à la villa de la corniche Est.

Elle se pencha vers Ngor Ndong, le pinça au bras.

— Rentrons ! lui souffla-t-elle à l'oreille.

— Déjà ? s'étonna-t-il à haute voix, sans la regarder. Je viens à peine d'arriver.

— Je me sens gênée ici…

— C'est le début. Bois, mange, participe à la causerie. Attends !

Ngor Ndong se leva du lit, prit sur le bahut un verre, le remplit de gin à ras bord et le tendit à Ramata Kaba.

— Prends, et bois en fermant les yeux, puis je t'en donne encore. Après, tu manges quelques brochettes, tu verras que ta gêne disparaîtra !

Elle hésita.

Il insista.

Elle finit par prendre le verre. Et, effectivement, quand elle eut fini le deuxième, que l'alcool, telle une énorme vague, déferla dans sa tête, elle se sentit décontractée. Il lui passa une brochette, qu'elle trouva succulente ; elle en prit une autre, et une autre et finit par manger de bon appétit.

À leur deuxième bouteille, Hobou Nguer et Lat Déguène avaient abandonné leurs verres sur la table et ne mangeaient plus. La fille avait dénoué son pagne, son compagnon avait baissé son pantalon sur ses mollets…

— Hé ! Hobou Nguer, que fais-tu ? s'exclama Tiguis, comme si le sourd-muet était en mesure de l'entendre. Il n'a aucune pudeur, un vrai sanguinaire !

Ramata Kaba avait le sang fouetté par le jeu folâtre qui se déroulait sous ses yeux, sur le lit d'en face. Tout son corps se mit à frissonner, comme de l'eau dans une marmite posée sur le feu sur le point de bouillir. Elle se baissa soudain pour se déchausser, se redressa en soulevant sa robe, se sépara de son slip qu'elle jeta sur le sol. Elle s'étendit sur le lit, prit Ngor Ndong par le bras, l'attira vers elle.

Tiguis se sentit de trop.

— J'ai la vessie pleine, je vais me soulager dehors, annonça-t-il en se levant.

Il sortit de la chambre et referma la porte derrière lui.

Les deux couples étaient si transportés qu'ils n'entendirent pas (Hobou Nguer en moins) les cris, les aboiements des chiens, les pas de course qui résonnaient dans la cour du Copacabana.

La porte s'ouvrit brutalement et les gendarmes firent irruption dans la pièce.

Debout sur le perron, à l'entrée de la brigade de gendarmerie, l'adjudant-chef Ibnou Faye, le visage fermé, les bras croisés derrière le dos, attendait après son coup de téléphone.

Les rues commençaient déjà à s'animer. Sur le boulevard Maurice Guèye aux néons éteints, quelques voitures, phares encore allumés, passaient dans la lumière douteuse de l'aube.

Assurément, pensait Ibnou Faye, le ministre d'État ne se doutait pas du genre de femme qu'il possédait. Raflée, en état d'ébriété avancé, dans un repaire d'ivrognes et de prostituées, de surcroît avec un délinquant de l'acabit de Ngor Ndong sur elle, dans une position sans équivoque ! Cela dépassait son entendement, il lui était difficile d'admettre cette vérité et il se demandait encore comment, par quel processus, un pareil fait avait pu se produire.

Ayant terminé sa prière matinale, il était en train d'égrener son chapelet, assis en tailleur sur son tapis, lorsqu'un des gendarmes de garde de nuit était venu le prévenir.

— Charlie Bravo, il y a une très belle femme parmi les maquisardes raflées à Diamniado, qui fait un tapage inouï. Hier nuit, quand on l'a emmenée, ivre morte, elle ne savait même pas ce qui lui était arrivé, ni où elle se trouvait, et s'est endormie presque aussitôt. Mais, depuis dix minutes qu'elle s'est réveillée, qu'elle a les idées un peu plus claires, elle nous insulte, nous menace !

— Isolez-la dans la cave et allumez le groupe électrogène pendant une demi-heure. Quand elle sera calmée, elle s'apercevra qu'on peut faire plus de tapage qu'elle. Quant aux menaces et insultes, venant d'une femme surtout, elles ne collent pas à la peau. On est habitués. Elle est fichée ?

— Non, Charlie Bravo. Il y a que cette très belle femme ne ressemble pas à une vraie belle-de-nuit, sans vouloir jouer avec les mots. D'ailleurs, elle a dit qu'elle vous connaissait et vous réclame.

— Elle me connaît, moi ? Et comment s'appelle-t-elle ?

— Je ne connais pas son nom. À coup sûr, c'est une mythomane, elle dit qu'elle est l'épouse du ministre d'État chargé de la justice.

— Comment elle est ?

Le gendarme, avec le geste du pouce en l'air, les autres doigts de la main fermés, s'était trompé dans son appréciation.

— Dans les trente-cinq, quarante ans, pas plus. Bien faite, très bien faite, Charlie Bravo. De ma vie, je n'ai jamais vu une femme aussi belle, tellement belle qu'on croirait qu'elle n'a pas été mise au monde par un être humain, mais un génie !

— Je vois ! Elle n'est pas mythomane, s'il s'agit de celle à laquelle je pense. Tu ne l'as pas reconnue ? Tu te rappelles, il y a deux semaines, quand on a battu tout le secteur pour retrouver ce petit voyou de Ngor Ndong ?

— J'étais en congé, mais j'en ai entendu parler à mon retour.

— Eh bien, c'est cette femme qui était à la base de tout ce remue-ménage. Elle recherchait Ngor Ndong pour le remercier, disait-elle, de l'avoir sauvée d'une agression la veille. Elle est bien l'épouse du ministre d'État. Tu dis qu'elle a été raflée où ?

— Au Copacabana. Et vous savez dans quelles conditions, Charlie Bravo ?

— Dans quelles conditions ?

— Nous l'avons trouvée dans une baraque, complètement ivre, en compagnie d'un autre couple dont l'homme est sourd-muet, sur les lits en pleine activité, le même Ngor Ndong dont vous venez de parler, couché sur elle, en train de lui donner des cordes solides !

— Bon Dieu, ce n'est pas vrai !

— Si, c'est bien vrai, Charlie Bravo, comme je dis, exactement.

Ibnou Faye avait troqué son boubou contre son uniforme, avait gagné d'un pas pressé les locaux de la gendarmerie, précédé par son collègue. Il avait trouvé Ramata Kaba qui criait comme une possédée, essayant de secouer la porte à barreaux de la grille où elle était enfermée, en compagnie d'une vingtaine de maquisardes.

— Sortez-moi d'ici, espèces de sauvages, espèces de brutes, vous serez tous déshabillés, toute la brigade. Je vous dis que je suis l'épouse du ministre d'État chargé de la justice. Vous verrez, vous serez tous déshabillés, je vous dis, si vous ne me sortez pas d'ici ! (Apercevant l'adjudant-chef Ibnou Faye, elle l'avait vivement apostrophé.) Monsieur le gendarme Faye, regardez...

— Bouclez-la !

Ramata Kaba s'était arrêtée pile, stoppée par le ton tranchant du chef de brigade. Elle avait lâché les barreaux, avait voulu reculer au fond de la grille, mais les maquisardes l'avaient repoussée sans ménagement en avant. Elle s'était plaqué les mains au cou, était demeurée coite, effarouchée.

Ibnou Faye avait fait un signe à un de ses hommes debout à côté de lui, tenant un trousseau de clés.

— Ouvrez ! (La porte de la grille ouverte, il avait pointé l'index sur Ramata Kaba.) Vous, sortez.

Les autres maquisardes s'étaient mises à manifester.

— Pourquoi elle et pas nous ? Discrimination ! Épouse de ministre ou pas, elle a été prise dans le même filet que nous !

Ibnou Faye avait ignoré leurs protestations, il avait conduit Ramata Kaba à son bureau, lui avait désigné la chaise qu'elle avait occupée lors de sa visite passée. Il s'était installé dans son fauteuil en l'interrogeant :

— Que signifie toute cette histoire, madame ?

Les yeux dans les yeux, elle avait répliqué sèchement :

— Ça ne vous regarde pas !

— Si, ça me regarde, et ça regarde aussi votre mari. Je suis obligé de le prévenir. Donnez-moi son numéro de téléphone.

— N'y comptez pas...

— Oh si, j'y compte, madame ! Ouvrez bien vos oreilles et écoutez-moi. Vous allez me le donner tout de suite, ce numéro. Sinon, je vous retourne dans la grille. N'oubliez pas que vous avez été raflée dans un bordel, sans carnet sanitaire, comme une vulgaire prostituée, ce qui est un délit. Je vais appliquer le règlement. On va prendre les empreintes de vos dix doigts qu'on enverra à Dakar pour identification judiciaire, on attendra deux ou trois jours, peut-être même plus, avant d'avoir la réponse. Après, vous serez entendue sur procès-verbal, fichée, ensuite déférée au parquet. Vous ferez la une de tous les journaux et toutes les radios, votre mari, forcément, sera au courant. Vous ne voulez pas ça, n'est-ce pas ?

Elle s'était levée de sa chaise, avait contourné la table, s'était approchée de lui. Malgré ses yeux injectés, ses traits bouffis, avachis par la fatigue, le manque de sommeil, l'abus d'alcool, Ibnou Faye ne put s'empêcher de penser qu'elle demeurait toujours une femme splendide, très potable.

— Je vous en supplie, monsieur le gendarme Faye, avait-elle murmuré avec un sourire qu'elle était parvenue à rendre accrocheur.

Elle s'était baissée, avait approché sa figure tout près de la sienne, lui avait passé familièrement le bras autour de l'épaule.

— Laissez-moi partir, Faye, vous ne le regretterez pas, je saurai vous remercier, avait-elle poursuivi d'une voix mielleuse.

Insensible à sa manœuvre d'allumage, il avait saisi fermement Ramata Kaba par le poignet, avait dégagé son bras en se relevant, l'avait repoussée sans brutalité sur sa chaise avant de la relâcher.

— Le numéro, madame ? avait-il insisté, penché sur elle, les mains appuyées sur la table.

Elle avait soudainement éclaté en sanglots, le visage caché dans ses mains, effondrée, toutes ses armes perdues.

— Le numéro, madame ? avait-il répété, inflexible.

— 836 11 66... C'est... celui... de son portable.

L'adjudant-chef Ibnou Faye avait alors appelé le ministre d'État. Puis il avait abandonné Ramata Kaba seule dans son bureau et attendait, debout sur le perron. Il estimait qu'on lui avait fait jouer le rôle du maquereau, ce qui lui déplaisait souverainement. Il lui fallait affranchir l'homme du gouvernement, si pénible que ce soit, afin qu'il surveillât davantage son épouse. Il s'arrogeait ce droit parce qu'il avait été impliqué dans cette ténébreuse histoire par le ministre d'État en personne qui l'avait envoyé rechercher Ngor Ndong pour le mettre en contact avec sa femme. Et, puisqu'il avait été mêlé à cette histoire au début, il allait, comme à son habitude, terminer le travail qu'il avait commencé.

Ibnou Faye fut coupé de ses pensées lorsqu'il vit la Pajero immatriculée AD, venant du côté de Dakar, contourner le rond-point et venir se garer près du mât au bout duquel flottait le drapeau vert-or-rouge frappé de l'étoile verte, situé devant la brigade. Ça devait être le ministre d'État, songea-t-il après avoir jeté un rapide coup d'œil à sa montre. Presque quarante-cinq minutes s'étaient écoulées depuis qu'il avait téléphoné. Il pensa s'être trompé de personnage en voyant l'homme en vieux boubou indigo froissé, à la chevelure grisonnante ébouriffée, avec des samaras aux pieds, qui descendait du véhicule. Mais non, c'était lui, sans aucun doute. Il le reconnaissait bien pour l'avoir vu, régulièrement, et pas plus tard qu'hier soir, à la télé.

Matar Samb gravit d'un pas lent les cinq marches de l'escalier et parvint au perron.

Ibnou Faye porta la main à sa casquette, claqua des talons en se présentant :

— Adjudant-chef Ibnou Faye à votre service, monsieur le ministre d'État !

— Repos, mon adjudant ! fit Matar Samb, la main tendue.

Ils se saluèrent, puis Ibnou Faye demanda au ministre de le suivre. Ils longèrent le couloir, traversèrent la salle de permanence occupée par les gendarmes qui avaient effectué la rafle et arrivèrent au bureau. Dès qu'il eut franchi le seuil derrière le gendarme, Matar Samb fut estomaqué à la vue de Ramata Kaba, assise sur la chaise, le dos tourné. Ibnou Faye se retourna et fut frappé par le visage crispé du ministre ; ses yeux agrandis, ses bras ballants, sa bouche ouverte traduisant à la fois un étonnement et un saisissement certains.

Au bout d'un long moment, marqué par un lourd silence qui permettait d'entendre distinctement le bruit des pales du ventilateur, Ibnou Faye intervint :

— Il faut que je vous parle d'homme à homme, si vous le permettez, monsieur le ministre d'État.

Matar Samb se reprit, détourna de Ramata Kaba son regard redevenu normal, le posa sur le gendarme.

— Allez-y, mon adjudant, fit-il d'une voix calme.

— Voilà, monsieur le ministre d'État ! déclara Ibnou Faye d'un débit rapide. Madame, votre épouse, nous met dans une situation qui nous empêche de faire correctement notre boulot. Vous comprenez ? Selon les normes, vu l'endroit et les conditions où nous l'avons raflée, elle devrait être déférée au parquet. Nous ne pouvons le faire parce que vous êtes son mari, elle est donc la femme d'une autorité. Alors, je me permets de vous conseiller de la surveiller. Le Copacabana, à Diamniadio où elle se trouvait en état d'ivresse, est un bar qu'elle ne devrait en aucun cas fréquenter et la compagnie d'un individu aussi peu recommandable que Ngor

Ndong est inadmissible pour une dame de son rang. Une femme, on doit la surveiller. Surveillez la vôtre, monsieur le ministre d'État. Je suis désolé de vous le dire. Je vous prie de m'excuser, encore une fois.

— Vous avez parfaitement raison, mon adjudant, fit Matar Samb, de la même voix calme. Je vais bien la surveiller. Je vous remercie beaucoup.

— Pas de quoi, monsieur le ministre d'État. Et croyez-moi, je suis vraiment désolé !

— Ne le soyez pas, mon adjudant. Vous avez très bien fait. Je vous remercie infiniment.

— À votre service, monsieur le ministre d'État.

Matar Samb s'avança vers Ramata Kaba, posa doucement la main sur son épaule.

— Lève-toi. On rentre à la maison, déclara-t-il, toujours calmement.

Ramata Kaba se mit debout. Sans un regard pour son mari et pour Ibnou Faye, elle se dirigea vers la sortie. Le ministre d'État dit au revoir au gendarme et la suivit.

Dehors, au moment où elle montait à l'avant de la Pajero, il s'aperçut, plus dépassé que jamais, qu'elle était pieds nus.

— Toi, c'est à présent que tu files un mauvais coton, vraiment ! annonça Ibnou Faye. Connais-tu bien la femme que tu as entraînée au Copacabana ? Son mari, s'il ne te tue pas, va te foutre au gnouf pour très longtemps. Il te cherche, d'ailleurs…

Assis en face d'Ibnou Faye, dans son bureau, Ngor Ndong gardait la tête baissée et grattait machinalement la cicatrice sur sa joue.

— Je n'ai entraîné personne au Copacabana, au nom de Dieu, protesta-t-il à voix basse. Je le jure, chef Faye.

Après avoir relâché l'épouse du ministre d'État, l'adjudant-chef Ibnou Faye, par souci d'équité, avait accordé la même faveur à tous ceux qui avaient été pris à Diamniadio, une cinquantaine d'hommes et de femmes. Il avait retenu Ngor Ndong par simple curiosité ; il n'avait jamais cru aux boniments de la femme du ministre d'État et voulait savoir ce qui s'était passé exactement entre elle et Ngor Ndong. Cependant, il savait que s'il l'interrogeait directement sur la question, il se rebifferait. Il retira d'un des tiroirs de son bureau une liasse de billets, la plaça sous le nez de Ngor Ndong.

— On a trouvé sur toi beaucoup d'argent. Deux

cent cinquante mille francs, c'est une somme importante !

— Comment, je n'ai pas le droit d'avoir de l'argent ? s'insurgea Ngor Ndong, la tête toujours baissée.

— Si, comme tout le monde. Mais de façon licite, pas en volant. Toi, tu as un passé. Ça fait juste un mois et demi que tu as été élargi de prison et déjà tu te promènes avec, dans ta poche, deux cent cinquante mille balles alors que tu ne travailles pas. Où les as-tu trouvés ?

— C'est la femme qui me les a donnés, de même que la chaîne que je porte, au nom de Dieu, chef Faye. Tu peux lui demander.

Ibnou Faye poussa un petit rire de désappointement.

— Je te crois, lança-t-il d'un ton moins professionnel. Tu peux reprendre ton argent, je te crois sur parole.

Ngor Ndong ramassa les billets sur la table, les fourra dans la poche de son jean.

— Je peux partir, chef Faye ? demanda-t-il, sans redresser la tête.

— Oui, Ngor, tu peux partir, mais auparavant, je voudrais que tu me dises... sans me tromper... Dis-moi la vérité, Ngor...

— Quoi, chef Faye ? Quelle vérité ?

— Je veux que tu m'expliques comment tu as fait pour... pour draguer cette femme. Explique-moi exactement comment tu as fait.

Pour la première fois Ngor Ndong releva la tête, regarda le gendarme les yeux dans les yeux, un sourire malicieux sur ses lèvres.

— Elle l'a dit, non ? Je l'ai sauvée d'une agression qui m'a valu ça, dit-il, l'index posé sur la cicatrice ornant sa joue.

— Non, Ngor, cette version n'est pas la vraie, je veux la vérité ; dis-moi comment votre liaison a commencé. Qui a fait le premier pas, elle ou toi ?

— Au nom de Dieu, chef Faye, ça s'est passé comme elle a dit. Je l'ai sauvée d'une agression, elle a voulu me remercier, maintint Ngor Ndong en se levant de sa chaise. Je peux partir, chef Faye ?

— Oui, Ngor, tu peux partir, concéda Ibnou Faye, certain qu'il ne lui tirerait pas les vers du nez.

Il regardait à présent Ngor Ndong avec une certaine considération et ne le voyait plus comme un petit délinquant en l'imaginant, avec une bizarre pointe d'envie mêlée de jalousie, dans les bras de la splendide épouse du ministre d'État. Il se leva à son tour, lui serra la main par-dessus la table :

— Bonne chance, Ngor. Tu es un brave garçon, tu n'es pas bête, si tu veux bien, tu reviendras sur le droit chemin.

— Merci, chef Faye.

À la sortie de la brigade de gendarmerie, Ngor Ndong tomba sur la petite foule formée par les raflés libérés, debout en petits groupes sur le trottoir, se racontant à haute voix leurs mésaventures avec de grands éclats de rire. Il aperçut Tiguis qui lui faisait de grands signes de la main, en compagnie de Hobou Nguer, Lat Déguène et d'unc autre fille. D'un pas pressé, il se dirigea vers eux.

Matar Samb et Ramata Kaba ne se parlèrent pas une seule fois dans la Pajero, durant tout le trajet de la gendarmerie de Rufisque à la villa de Ranrhar vide de tout personnel domestique, à l'exception de l'agent de Sénégal Sécurité Service, de garde au portail.

Dès qu'ils parvinrent à la chambre à coucher, il l'interrogea d'un ton posé, sans se départir du calme qui l'habitait depuis qu'il s'était ressaisi du violent choc causé par la vue de son épouse assise dans le bureau de l'adjudant-chef Ibnou Faye.

— Alors ?

Les bras croisés sur la poitrine, elle regardait par la fenêtre ouverte la mer moutonneuse dont les grosses vagues venaient se briser avec d'immenses jets d'écume sur les rochers.

— Alors quoi ?

— J'exige des explications, pour le moins. Où étais-tu depuis deux semaines et que faisais-tu au Copacabana avec Ngor Ndong ?

Elle refusa de répondre.

Il réitéra ses questions, toujours d'une voix posée.

Elle persista dans son mutisme.

Prenant son silence pour du mépris, une rage

noire le submergea soudain comme un torrent impétueux. Il la saisit au bras, la retourna brutalement et lui administra une gifle retentissante. Pour la première fois en un quart de siècle de ménage, il portait la main sur elle. Il estimait qu'elle le méritait, elle méritait beaucoup plus, même ! La trace de ses doigts forma sur sa joue un phénomène de peau d'orange, tant le coup avait été porté avec violence.

Elle encaissa, stoïque, sans esquisser le moindre geste de recul ou de défense alors que, le bras levé, il s'apprêtait à lui infliger une seconde mandale.

— Vas-y, Matar, bats-moi, tue-moi même si tu veux, je le mérite, annonça-t-elle d'un ton désolé. Tu as toujours été très bien sous tous les rapports avec moi, j'ai très mal agi avec toi, aussi je te demande le divorce.

Il baissa le bras, la regarda en fronçant les sourcils. Il se dit que c'était une autre femme que Ramata qui était debout devant lui. Une femme à la figure et à la voix différentes, une femme qu'il n'avait jamais vue.

— Demander le divorce est une autre question ! fulmina-t-il. En attendant, explique-moi, car je ne comprends vraiment pas. Tu n'es pas allée à Saraya, c'est manifeste. Alors, où étais-tu depuis deux semaines ? Que faisais-tu au Copacabana en compagnie de Ngor Ndong ?

— Je vais te faire encore plus mal, Matar, et je ne veux pas. Je t'en supplie, accorde-moi le divorce, le tout à mes torts, bien sûr, c'est mieux pour toi et pour moi. Rends-moi ma parole, je t'en conjure, Matar !

Elle essaya de lui faire un collier de ses bras.

Il la repoussa sans ménagement.

— Pas avant que tu ne m'expliques d'abord ! s'écria-t-il, ayant perdu tout contrôle. J'attends tes explications, tu m'entends ? Ma patience a des limites que j'ai déjà dépassées. Parle.

Elle eut un haussement d'épaules.

— Tu veux absolument que je t'explique ? Soit. Je t'expliquerai, tu sauras tout. Cependant, je te préviens, ce que je vais te dire ne te plaira pas. Écoute-moi bien, car pour une fois, je vais être sincère avec toi. Quand nous nous sommes connus, les choses sont allées trop vite, je n'ai pas eu le temps de réfléchir pour savoir si je t'aimais au point de lier pour toujours mon existence à la tienne. Très rapidement, je me suis aperçue que je ne t'aimais pas. Je ne t'ai jamais aimé, Matar, jamais. C'est comme ça, je n'y peux rien. J'ai essayé, en vain. J'ai toujours voulu te le dire, mais je ne pouvais pas, éblouie que j'étais par tes artifices, ta fortune, ton rang, ta situation, les cadeaux dont tu me couvrais à tout moment. Et puis, il faut reconnaître que tu es un chic type, quelqu'un de bien, qui a le cœur sur la main, aussi il me répugnait de te faire mal. Sans Ngor Ndong, je n'aurais jamais eu la force de t'avouer la vérité. Tu m'as tout donné, Matar, tout ce que tu pouvais, le respect, la considération, l'aisance, la sécurité, ton amour que je sais sans déguisement. Depuis que nous sommes ensemble, je n'ai pas eu à me plaindre de toi, tu as toujours été bon avec moi. Mais, hélas, cela ne suffit pas. Peut-être étais-tu heureux avec moi, Matar. Moi, je mentirais si je disais que je l'étais avec toi, parce qu'il est impossible à une femme de connaître le bonheur auprès d'un homme qu'elle n'aime pas. Et surtout, il me manquait quelque chose, la seule chose d'ailleurs que tu n'as pas pu me donner, et qui faisait que je n'étais pas satisfaite avec toi. Ce n'est pas ta faute, je sais, tu ne peux pas, sinon tu me l'aurais donnée. Il se trouve que tu ne m'atteins pas, Matar, tu ne peux pas m'atteindre. Comme tous les hommes que j'ai connus avant toi, comme tous ceux que j'ai connus après tout au long de notre mariage, car je t'ai trompé à plusieurs reprises. Un seul est parvenu à me satisfaire : Ngor Ndong. Je t'ai menti sur son compte, de bout en bout. Je t'ai toujours menti, je t'ai toujours trompé, je ne sais même pas pourquoi j'agissais ainsi. Je suis une vraie salope, je l'ai toujours été, et toi, tu ne t'en es jamais rendu compte. Tu es trop bon. Même au lit, je te mentais en te faisant croire que tu me comblais alors qu'il n'en était rien. Personne n'a jamais su me combler, si ce n'est Ngor Ndong. Il ne m'a jamais secourue ainsi que je l'ai prétendu. Il me ramenait dans un taxi qu'il avait volé, de la maternité à la maison, la nuit de l'accouchement de Dieynaba. En chemin, il m'a entraînée hors de la route et m'a violée. Ça a été pour moi comme une lueur aveuglante dans l'obscurité. Tu ne peux pas, tu ne pourras jamais comprendre. Quand il me prend, ce que je ressens, oh Matar ! je ne peux pas te le décrire. Il me touche si profondément que je perds connaissance. C'est comme si je mourais pour renaître, expérience que je n'avais jamais connue. Tu as raison, je n'étais pas à Saraya. J'étais à Dakar avec Ngor Ndong, depuis deux semaines, et je n'ai pas encore assez de lui. Tu ne peux pas comprendre, Matar, je suis devenue son esclave !

— Tu es devenue folle ! hurla Matar Samb.

Il s'avança vers Ramata Kaba, fit deux pas et s'arrêta soudain, frappé par une douleur fulgurante à la poitrine. Il lui semblait qu'une main d'acier s'était enfoncée avec force dans sa cage thoracique, s'était agrippée à son cœur et tirait, tirait, tirait à l'arracher. Il étouffait, l'air lui manquait. Les mains portées à la gorge, la bouche ouverte, la respiration oppressée, les yeux exorbités, il poussa un cri rauque en s'effondrant comme une masse sur la moquette. Son corps fut traversé par des tremblements spasmodiques pendant quelques instants avant de s'immobiliser.

Lorsqu'il reprit ses esprits, Matar Samb n'eut aucune notion du temps qu'avait duré son évanouissement.

Il se remit sur pied, par étapes, avec des gémissements sourds, se mettant d'abord à genoux, les mains appuyées au panneau avant du lit en laiton doré pour retrouver son souffle et avoir la force de se redresser. Il resta longtemps sans pouvoir tenir debout, ses jambes flageolaient, il avait des vertiges. Il s'assit sur le lit, les mains plaquées sur la poitrine où la main d'acier crispée sur son cœur le faisait horriblement souffrir, un goût amer dans la bouche, la salive épaisse comme de la gelée, les oreilles bourdonnantes. En dépit du voile sombre devant les yeux, il remarqua que Ramata n'était plus dans la pièce.

Cependant, cette douleur thoracique, si vive soit-elle, n'était rien comparée à l'autre, qui n'était pas physique, mais psychique, et se diffusait, en lui faisant curieusement mal, dans tout son organisme, nouait sa gorge, bloquait sa respiration, lui occasionnait des bouffées de chaleur et des tremblements convulsifs incoercibles lorsqu'il imaginait Ramata et cet homme ensemble depuis deux bonnes semaines. Il l'avait finie, il l'avait terminée ! Mais, tonnerre de Dieu, qui était cet individu ? Ngor Ndong ! Le nom lui était vaguement familier, ce n'était pas la première fois qu'il l'entendait. Mais où et quand ? Il chercha, chercha encore et encore. Dans sa mémoire défilèrent tous ceux qu'il avait connus, tous ceux qu'il avait rencontrés, et il les vit tous sous les traits de Ngor Ndong qui, pourtant, lui était inconnu.

Il voit Ngor Ndong avec Ramata, couchés sur le lit, nus tous les deux, il est monté sur elle, elle pousse des feulements de plaisir. La vision était si nette qu'il ressentait des picotements au bas-ventre, et son sexe se dressa violemment.

— Ngor Ndong, laisse ma femme, laisse ma femme ! cria-t-il en se relevant d'un bond du lit, les bras tendus devant lui, l'air hébété.

Il trébucha et s'effondra à nouveau par terre sans cesser de voir Ngor Ndong et Ramata en ébats.

Ngor Ndong ne veut pas laisser Ramata, et Ramata ne veut pas que Ngor Ndong la laisse, elle le dit, le manifeste par des ronronnements, des soupirs de femelle repue, s'agrippe à lui des mains et des pieds tel un naufragé à une épave.

Soudain, les souvenirs refluèrent dans son esprit. Mais oui, il se rappelait à présent ! Ngor Ndong était le gardien de la maternité de l'hôpital Le Dantec. Non, non et non, c'était impossible, impossible ! Ngor Ndong était mort depuis vingt ans.

— Ramata me taquine ! s'écria-t-il dans un immense éclat de rire. Ngor Ndong ne pouvait pas être son amant, il est mort, bien mort.

Il ferma les yeux, mais la vision était toujours là, nette, précise dans son esprit.

Le soleil venait de se lever lorsque Ramata Kaba gara sa Jaguar devant le portail de la villa de la corniche Est. Elle mit pied à terre, traversa le petit jardin extérieur, prit le trousseau de clés dans sa cache sous le porche, et pénétra à l'intérieur du bâtiment.

Elle se sentait mal, des céphalées embrouillaient son esprit, elle était rompue de fatigue et habitée par une pénible gueule de bois. Elle entra dans la salle de bains, ouvrit le robinet d'eau chaude de la baignoire, puis partit à la cuisine récupérer la dernière bouteille de vin, et revint sur ses pas en buvant au goulot de longues rasades.

Elle déposa la bouteille à moitié vide sur le bord du lavabo, se regarda dans le miroir. Elle faillit hurler et se détourna vivement. Ce visage asymétrique, à la joue tuméfiée, ces poches sous les yeux rougis au regard hagard ne lui appartenaient pas. Elle était tombée bien bas, elle se sentait misérable avec ses traits ravagés, sa robe chiffonnée, maculée de taches de toutes sortes. Elle entreprit de se déshabiller. Nue, elle referma le robinet et pénétra dans la baignoire.

Le vin commençait déjà à lui monter à la tête, elle

devenait euphorique, sa gueule de bois s'estompait, son esprit s'éclaircissait, maintenant elle se sentait à l'aise.

Elle pensa à Ngor Ndong et tout son corps fut parcouru par un prurit agréable. Elle se dit que Ngor Ndong allait revenir, il avait le double de la clé, il n'allait pas tarder, il n'habitait nulle part, il n'avait aucun endroit où aller, il ne pouvait pas ne pas revenir ici, chez lui, où il savait qu'elle l'attendait. Il ne pouvait pas ne pas revenir.

Elle était à présent soulagée, légère comme si elle avait été délivrée d'un poids immense qui pesait sur sa tête. Enfin !

Enfin, elle avait eu le courage de dire la vérité à Matar. Elle attendait cela depuis un quart de siècle. Bien sûr, il l'avait très mal reçu, au point d'avoir un malaise. Tant pis pour lui, il l'avait voulu. Elle l'avait prévenu que les explications qu'il exigeait d'elle l'affligeraient, mais il avait tellement insisté. Bah, il n'en mourrait pas, et s'il mourait, cela faciliterait drôlement les choses. Elle serait libre pour de bon !

Elle ressortit de la baignoire, ivre. Elle mit un peignoir, regagna la chambre à coucher en titubant et s'écroula sur le lit qui avait conservé l'odeur de Ngor Ndong. Il allait arriver d'un instant à l'autre. Sans doute était-il retourné au Copacabana pour récupérer ses affaires, il était resté un moment avec son compagnon de misère et le sourd-muet, le temps de boire un coup. Après, il allait revenir…

Elle finit par s'endormir.

Elle se réveilla trois bonnes heures plus tard. Ngor Ndong n'était toujours pas là. Elle allait le retrouver au Copacabana. Elle se redressa et s'assit sur le rebord du lit, une ruche bourdonnante dans la tête.

Et Matar, le pauvre ? Elle allait l'appeler, lui demander comment il prenait la situation. Il avait certainement retrouvé ses esprits, sa colère était sans doute tombée. Il la comprendrait, il l'avait toujours comprise, même quand elle lui mentait de la manière la plus éhontée. Pour une fois qu'elle lui avait avoué la vérité, une vérité certes dure, blessante même, mais quoi, la vérité est la vérité, et c'est lui qui l'avait exigée, il la comprendrait bien. Après, elle partirait au Copacabana chercher Ngor Ndong.

Elle prit le récepteur du téléphone sur la table de chevet, composa le numéro du portable de son mari.

— Allô, Matar ? dit-elle lorsque la correspondance fut établie.

— Ce n'est pas Matar, mais Armando ! Ramata ? Où te trouves-tu ?

— Ça va, Armando ? Passe-moi Matar.

— Ramata, viens vite, il est arrivé un malheur effroyable, viens, viens vite.

Il était exactement onze heures trente minutes quand le professeur Armando Gomis, au volant de sa grosse Mercedes noire, franchit le portail de la villa de Ranrhar. Avec les années, il avait encore pris du poids. Il avait perdu tous ses cheveux, son crâne était aussi lisse et brillant qu'une bille en agate. Il stoppa le véhicule au niveau du gardien qui lui avait ouvert, l'interrogea à travers la vitre baissée de la portière.

— Ils sont là ?

— Monsieur le ministre se trouve à l'intérieur. Madame, elle, est ressortie quelque temps après son retour de voyage, l'informa le gardien.

Le professeur Armando Gomis redémarra et vint se garer à l'entrée de la villa. Au rez-de-chaussée, il prit l'ascenseur et monta aux appartements situés au troisième étage.

— Juriste, tu es prêt ? demanda-t-il à haute voix après avoir sonné à la porte de la chambre à coucher.

Il appelait toujours Matar Samb comme au temps de leur jeunesse, quand ils étaient ensemble à l'université. Ils avaient été invités aujourd'hui par DS pour fêter en famille la naissance du fils de son homonyme Dieynaba et de Junior, leur petit-fils à tous. Ils étaient convenus en se séparant hier soir au Terrou bi, qu'il passerait à Ranrhar à onze heures et demie. Ramata serait revenue de Saraya et ils se rendraient tous les trois au Point E chez DS où ils retrouveraient Junior, sa femme et leur bébé. Il eut une pieuse pensée pour Philomène, son épouse, qui ne serait pas de la fête : elle avait été emportée il y avait deux ans et demi par un néo du sein.

— Tu es prêt, juriste ? réitéra-t-il en pénétrant dans la pièce.

Le professeur Armando Gomis fut aussitôt intrigué par le spectacle insolite régnant dans la chambre à coucher : les rideaux qui tapissaient les murs étaient tombés par terre et une corde en nylon, la même qui retenait les rideaux aux tringles, grosse comme le petit doigt, fortement tendue, était attachée au panneau avant du lit, traversait toute la pièce et disparaissait derrière la fenêtre ouverte donnant sur la mer. L'esprit envahi soudain par un pressentiment funeste, il se précipita à la fenêtre, se pencha par-dessus bord. Un cri d'horreur lui échappa à la vue du corps de Matar Samb, habillé de son vieux boubou, qui se balançait au bout de la corde, adossé à la façade extérieure du bâtiment, secoué légèrement par le vent du large. Il se pencha davantage, tendit le bras et ses doigts frôlèrent, comme pour se convaincre de la brutale réalité par ce contact, les cheveux gris de la tête inclinée à toucher l'épaule, les vertèbres cervicales dessoudées à l'endroit où la corde avait mordu dans les chairs.

Il se redressa, la figure décomposée. Il entendit au même moment le grésillement du téléphone cellulaire posé sur la table de travail. Il s'en empara, le porta à son oreille et reconnut la voix de Ramata. Après lui avoir demandé de rentrer à la maison le plus vite possible, par le même appareil, il composa le numéro de DS.

Ramata Kaba et DS arrivèrent presque simultanément dans la chambre à coucher, l'épouse précédant de peu sa belle-sœur.

— Armando, que se passe-t-il ? Où est Matar ? s'inquiéta DS devant l'état de la chambre, la corde tendue, et l'air désemparé du médecin, debout près de la fenêtre.

À côté d'elle, tenant à peine sur ses jambes, Ramata Kaba se taisait. DS se pressa vers la fenêtre, de plus en plus intriguée.

— Où est Matar ? s'enquit-elle à nouveau. Et que signifie cette corde ?

Le professeur Armando Gomis, le visage livide, partit à sa rencontre, la prit par les épaules pour l'empêcher d'avancer.

— Il ne faut pas regarder, DS, c'est trop affreux ! fit-il. Ramata, toi non plus, ne regarde pas. Mon Dieu, c'est affreux, affreux !

D'un geste énergique de la main, DS écarta le médecin de son chemin et s'avança, suivie de Ramata Kaba. Il ne tenta rien de plus pour les retenir. Elles parvinrent ensemble à la fenêtre, se baissèrent, regardèrent et eurent des réactions différentes.

Ramata poussa un hurlement d'effroi, se redressa

vivement, recula jusqu'à buter contre Armando Gomis qui la retint dans ses bras pour l'empêcher de tomber.

DS ne bougea pas d'un pas, elle s'empara de la corde à deux mains et se mit à tirer de toutes ses forces.

— Seigneur Tout-Puissant ! Pourquoi as-tu fait ça, mon pauvre petit ? lança-t-elle d'une voix plaintive. Armando, qu'est-ce qui s'est passé ? Pourquoi mon pauvre frère a fait ça ?

Le professeur Armando Gomis déposa Ramata vacillante sur le lit, marcha vers DS.

— Je ne sais pas, répondit-il. Je l'ai découvert ainsi lorsque je suis arrivé il y a moins d'une demi-heure.

DS continuait à tirer, mais le corps, trop lourd pour elle, restait à la même place.

— Viens m'aider, Armando, fit-elle hors d'haleine, arc-boutée sur la corde, un pied appuyé contre le mur.

— Laisse-moi faire, déclara-t-il en lui prenant la corde des mains.

Elle vint se placer derrière le médecin et se remit à tirer en même temps que lui, sans cesser de jurer et de s'interroger d'un ton plaintif :

— Dieu Tout-Puissant ! Pourquoi as-tu fait ça, mon pauvre petit ?

Lentement, sous leurs efforts conjugués, le corps remonta ; la tête, les épaules, le buste apparurent. Ils continuèrent à le hisser jusqu'à ce que les jambes parviennent au rebord de la fenêtre. DS relâcha la corde et attrapa les chevilles, tandis que le professeur Armando Gomis passait les bras sous les aisselles, puis d'un commun accord, ils le déposèrent sur la moquette, essoufflés.

DS se mit à genoux, entreprit de détacher la corde enfoncée dans le cou. Elle y parvint difficilement, après s'être cassé les ongles et meurtri les doigts. Un liquide rosâtre suintait de la peau, abrasée à vif, semblable à une ampoule crevée après une brûlure à l'eau bouillante.

Le supplicié était horrible à voir. Les yeux, hors de leurs globes, semblaient frappés de stupeur. Les lèvres, retroussées en un rictus hideux, découvraient les dents plantées comme la mâchoire d'un piège sur une souris, au niveau du frein de la langue jaune qui était sortie de la bouche jusqu'à toucher la pointe du menton. Les membres supérieurs et inférieurs, de même que tout le corps, étaient raides, les doigts crispés sur les paumes, les orteils écartés en éventail. Ses sphincters s'étaient relâchés, il s'était sali et ses excréments avaient séché sur ses jambes nues.

DS essaya de redresser le cou tordu, aux vertèbres disloquées ; la raideur cadavérique déjà installée, elle échoua dans sa tentative. Elle lui ferma les yeux en appliquant pendant un long moment le bout de ses doigts sur les paupières, mais ne parvint pas à lui faire desserrer les mâchoires pour réintroduire la langue dans la bouche. Elle réajusta le boubou remonté jusqu'aux genoux sur les chevilles puis s'assit près de la tête, ses jambes dans le prolongement du corps. Elle regarda longuement le visage torturé de son frère, se baissa, l'embrassa sur le front, posa sa tête sur sa poitrine et se mit à pleurer en silence.

Le professeur Armando Gomis, debout au milieu de la pièce, se pétrissait les mains, désemparé, répétant sans arrêt :

— C'est affreux ! C'est affreux !

Ramata, dépassée, ne disait mot.

DS releva la tête, les joues ruisselantes de larmes, se remit à genoux et déclara :

— Matar doit avoir laissé une lettre où il explique son acte désespéré !

Elle chercha dans les poches du boubou, les trouva vides, se mit debout.

— Matar a certainement laissé une lettre. Cherchons, reprit-elle.

Ramata Kaba ne paraissait pas concernée. Elle s'étendit sur le lit et fixa le plafond d'un air absent.

Le médecin vint à l'aide de DS. Ils cherchèrent dans la chambre à coucher et la salle de bains, fouillèrent de fond en comble tous les meubles, armoires, tables de chevet, coiffeuse, regardèrent sous les oreillers et le matelas, soulevèrent la moquette, regardèrent partout. Ils ne virent aucune lettre. Ils allèrent au bureau, remarquèrent sur la table de travail le bloc-notes portant le manuscrit du discours inachevé et le Parker encore ouvert, posé dessus. La fouille, ici non plus, ne donna rien. Ils recommencèrent encore, repassant partout où leurs pas avaient passé et même ailleurs. De guerre lasse, ils durent se résoudre au fait, aussi incompréhensible que son acte désespéré, que Matar n'avait laissé aucune note explicative.

Ils retrouvèrent Ramata, toujours couchée sur le lit, dans la même attitude prostrée. Ils se lancèrent dans des conjectures pour essayer de comprendre les raisons qui avaient pu pousser leur ami, frère et mari à une telle extrémité que rien ne laissait présager. Ils se remémorèrent et décortiquèrent les moindres faits et gestes de sa dernière journée.

DS révéla avoir vu son frère hier en début d'après-midi. Il était passé lui dire bonjour, prendre de ses nouvelles, comme il le faisait chaque fin de semaine. Il avait très bonne mine, elle le lui avait dit. Il avait répondu, en riant gaiement, qu'il était en pleine forme, malgré l'absence de son épouse, partie à Saraya, qui lui manquait beaucoup. Ils avaient parlé avec joie du petit-fils, de la fête qu'elle devait organiser aujourd'hui au retour de Ramata, de ce qui était mûr et de ce qui n'était pas mûr, avant qu'il ne parte pour l'aéroport accueillir les hôtes de la république. Pas une seule fois elle n'avait observé un signe de préoccupation, de mélancolie ou d'excitation sur son visage.

L'ami Armando et Matar avaient dîné, hier soir, ensemble, au Terrou bi, aux environs de vingt et une heures. Lorsqu'ils s'étaient retrouvés au restaurant, il lui avait dit qu'il avait eu une journée bien chargée et bien remplie. Il n'était point stressé, au contraire, il était gai, jovial, de très bonne humeur. Tout en mangeant de bon appétit et ne buvant pas plus que de raison, il avait parlé de sa femme, avait longuement philosophé sur le bonheur d'être grand-père, plus intense, d'après lui, que le bonheur d'être père. Bien inspiré, il avait évoqué poétiquement la brise nocturne qui rendait le temps si agréable ; la mer dont on entendait le clapotis plein de mélodie des vagues, tranquille en surface, dotée en profondeur d'une vie extraordinairement variée et active ; le ciel rempli d'innombrables étoiles, parce que, cette nuit, selon la légende, la garde du troupeau de Dieu incombait à Leuk le lièvre et non à Bouki l'hyène car pas une seule bête n'était dévorée. Ils s'étaient quittés peu avant vingt-trois heures, en se donnant rendez-vous le lendemain, chez lui. Ramata serait revenue, ils iraient tous les trois retrouver les enfants chez DS. Les dernières paroles qu'il l'avait entendu dire étaient qu'il allait se coucher et se réveiller tôt, pour écrire le discours qu'il prononcerait à l'ouverture du colloque sur les droits de l'homme. En tant que médecin, il ne l'avait trouvé ni déprimé ni agité, n'avait noté aucune anomalie dans son comportement.

Ramata était, des trois, la dernière à avoir vu son mari vivant. DS se pencha sur elle, lui secoua doucement le bras pour la sortir de sa torpeur et lui demanda ce qu'elle savait. Elle se releva et s'assit sur le rebord du lit. Elle était revenue de sa grande frayeur, le vin lui tournait toujours la tête, cependant elle avait les idées claires. D'un ton traînant, la langue pâteuse, qu'on mit sur le compte du choc émotionnel, elle bonimenta que l'express était arrivé en avance ce matin, elle avait téléphoné de la gare à Matar qui était venu la chercher. Visiblement, il était très heureux de la retrouver. Aussitôt arrivés à la maison, elle s'était aperçue qu'elle avait oublié dans son wagon-lit un de ses sacs de voyage qui contenait des objets précieux. Matar avait été désolé de ne pas pouvoir l'accompagner car il avait son discours à terminer, elle l'avait quitté, après l'avoir embrassé en lui disant à bientôt, alors qu'il s'asseyait à sa table de travail. Elle avait passé toute la matinée, aidée par le chef de gare et deux de ses agents, à chercher dans le gigantesque magasin des objets perdus, sans retrouver son sac. Elle avait appelé encore de la gare, pour dire à Matar de ne pas s'inquiéter, qu'elle cherchait toujours, quand elle était tombée sur Armando.

On en conclut alors que Matar Samb jouissait de toutes ses facultés, ne souffrait d'aucune affection, pas même du moindre rhume et n'avait point de soucis familiaux.

Il fallait chercher ailleurs, donc.

Des ennuis financiers ? Matar Samb n'en avait guère. Ses deux salaires cumulés de professeur d'université et de ministre, plus la lourde enveloppe déposée sur la table du premier Conseil des ministres de chaque mois et autres avantages générés par sa position de membre du gouvernement, lui permettaient de vivre très aisément. Sans compter les dividendes générés par les sociétés dirigées par DS, gestionnaire hors pair. En effet, malgré ou à cause de la dévaluation brutale du franc CFA, dont le propriétaire du pays avait donné l'assurance avec un aplomb suprême qu'elle ne se produirait jamais au plus grand jamais, et qui avait mis à genoux la plupart des entreprises, la holding prospérait ; les affaires, fouettées surtout par le secteur du tourisme et l'exportation en Europe, en Asie, aux États-Unis de produits halieutiques et de fruits et légumes, étaient florissantes.

Matar, en aucune façon, n'était impliqué dans une quelconque « affaire ». Il n'avait par conséquent rien à redouter des appels à la relance de la loi, en désuétude, sur l'enrichissement illicite, et à la formation d'une cour chargée de vérifier les biens de tous ceux qui occupaient à présent, ou avaient occupé dans le passé, depuis l'indépendance, des fonctions gouvernementales. Ceci, en réponse à la déclaration d'une grosse légume du parti au pouvoir, qui avait affirmé à l'Assemblée nationale détenir les preuves tangibles que d'anciens ministres, maintenant dans l'opposition, avaient pillé les ressources du pays et les avaient sommés de se taire. Sinon… ! La fortune personnelle de Matar le mettait à l'abri de certaines indélicatesses comme le détournement de deniers publics ou les pots-de-vin. Encore qu'ici, sous nos latitudes, mettre fin à ses jours pour de telles fadaises n'était pas entré dans les mœurs. Nous aimons, nous savons imiter à la perfection, en toute occasion, nos cousins et anciens maîtres français. Cependant, cette manière expéditive de laver son honneur n'avait pas fait d'émules dans ce pays. Sinon, les auteurs avérés des filouteries retentissantes, comme le bradage de la cargaison du bateau grec saisi, le renversement des caisses de la Croix-Rouge et de la Loterie nationale, entre autres, ne se pavaneraient pas dans les rues, vaniteux comme des dindons. Des Boulain, des Bérégovoy, nous n'en avons pas et nous n'en aurons jamais. Les croyances religieuses n'entraient pas en jeu. Il se trouve que, plus la somme détournée était élevée, plus l'impunité était garantie, et il n'y avait aucune action judiciaire. Les journalistes, ces perroquets de service, la plupart du temps renseignés par de faux camarades, pouvaient raconter leurs histoires, la consigne était de ne pas répondre à leurs articles, si acérés soient-ils, et de ne pas leur donner ainsi du grain à moudre ; l'affaire serait bientôt oubliée, remplacée par une autre. C'était d'autant plus facile que leurs ragots ne faisaient pas plus d'effet que de l'eau sur les plumes d'un canard.

C'était clair donc, Matar n'avait pas de problèmes financiers. Il ne restait que le côté politique. Là non plus, aucun nuage sombre ne planait au-dessus de la carrière de Matar Samb. Entré au gouvernement en tant que technocrate, comme avaient dit les journaux à l'époque, il avait fait bonne impression partout où il était passé, particulièrement au ministère de l'Éducation nationale. Il avait été, à ce jour, le seul ministre a avoir osé mettre les pieds à la Cité universitaire sans escorte et affronter les étudiants, lors d'un débat contradictoire mémorable organisé sur le terrain de basket durant plus de cinq heures d'horloge. Chahuté quand il avait commencé à parler, il était parvenu à imposer le silence et à convaincre son auditoire par la profondeur de ses pensées et la richesse de son argumentation, servi par une remarquable éloquence. À la fin de son intervention, toute l'assistance, conquise, debout, l'avait salué par une longue salve d'applaudissements. Les étudiants, sur le point de déclencher un mouvement de grève, avaient enfin estimé qu'ils avaient un interlocuteur valable en face d'eux, et étaient revenus sur leur décision. Durant les quatre années où Matar avait occupé le département, avant d'aller au ministère de la Justice avec le grade de ministre d'État, le calme avait régné à l'université. En outre, il n'était mêlé ni de près ni de loin aux batailles politiciennes, souvent sanglantes, parfois mortelles, entre clans et tendances du parti au pouvoir, n'en n'étant pas membre, et bénéficiait de la confiance totale du chef de l'État ; le président l'avait réaffirmé sans ambiguïté, il y avait juste une semaine, dans le salon d'honneur de l'aéroport, lors d'un retour de voyage, à un journaliste de RFI qui lui demandait si M. Matar Samb serait candidat au poste de secrétaire général de l'OUA, à renouveler dans deux mois, comme le souhaitaient la plupart de ses pairs, qui avaient déjà envoyé des émissaires pour l'assurer de leur soutien.

— Monsieur le ministre d'État Matar Samb, avait répondu le président, l'un de mes collaborateurs les plus brillants, les plus efficaces, les plus fidèles, rend d'immenses services au pays, et le pays a besoin de lui. Il ne sera donc pas candidat au poste de secrétaire général de l'OUA et continuera de travailler pour son pays.

Le terrain politique, où le brillant et fidèle collaborateur du matin est qualifié d'hypocrite haineux à midi avant de redevenir l'homme providentiel au crépuscule, ce terrain avait beau être mouvant, instable, glissant, Matar était bien solide à son poste. Et en cette période d'explosion démocratique et médiatique, où les membres des quarante partis politiques se tiraient dessus à boulets rouges, prompts à pourfendre toute action de l'adversaire, où les journalistes de la dizaine de journaux et radios privés étaient à l'affût de la moindre broutille pour l'étaler sur la place publique, Matar était l'un des rares politiciens, sinon le seul, à être respecté de tous à cause de sa compétence et de sa probité. Pas une seule fois il n'avait été l'objet d'un article désobligeant dans la presse, et lors du vote du dernier budget à l'Assemblée nationale, tous les honorables députés, ceux de la majorité comme ceux de l'opposition, l'avaient chaleureusement félicité pour la transparence et l'équité avec lesquelles il gérait un département aussi sensible; ils avaient demandé que son budget soit augmenté, en dépit de la crise économique, de la mondialisation et des contraintes draconiennes de la Banque mondiale et du FMI. La proposition avait été votée à l'unanimité, ce qui était une vraie performance.

Toutes ces analyses faites, la sœur, l'ami et la femme du suicidé finirent par admettre qu'ils ignoraient totalement, et risquaient d'ignorer pour toujours, les raisons qui avaient pu pousser Matar à mettre fin à ses jours.

DS décida, en définitive, que le suicide de son frère devait rester secret. En dehors d'eux trois, nul ne connaissait la vérité. Pour ne pas déshonorer sa mémoire, éviter tout commérage, et ne pas avoir à donner d'explications que, du reste, ils ne détenaient pas, elle leur fit faire le serment de soutenir que Matar avait succombé, devant eux, à une crise cardiaque.

Selon la tradition, une veuve ne doit jamais demeurer seule. Tante Dianké avait donc déménagé à la villa de Ranrhar ; elle devait tenir compagnie à Ramata Kaba, dormir avec elle pendant les quatre mois et dix jours que durerait sa période de viduité. DS, Junior et son épouse Dieynaba avaient décidé d'y séjourner aussi, mais pour une semaine. Les funérailles s'arrêtaient aujourd'hui même, il n'y aurait pas de cérémonies de troisième, de huitième et de quarantième jours. Après le départ des derniers visiteurs, ils étaient tous les cinq assis dans le salon, plongés dans un silence méditatif, consternés, abattus, fatigués par les douloureux événements de la journée, lorsque Ramata Kaba, dans ses habits de deuil, une simple camisole, un pagne et un mouchoir de tête en tissu vichy, se leva soudain de son fauteuil.

— Je vais faire un tour au volant, pour me détendre les nerfs, annonça-t-elle en réajustant le mouchoir sur sa tête. Sinon, je sens que je vais craquer !

Enfin, elle pouvait se libérer.

Depuis que les radios et la télé avaient annoncé, vers quatorze heures, le décès de Matar Samb des suites d'une crise cardiaque, la villa de Ranrhar n'avait pas désempli. Une demi-heure avant l'annonce, le président de la République, qui avait eu la primeur de la nouvelle par DS, était venu, accompagné de son épouse. Il avait présenté ses condoléances, s'était incliné devant le corps exposé dans le salon et était parti après être resté un moment. Aussitôt la nouvelle connue, les gens arrivaient par vagues, parmi eux, le Premier ministre et les autres membres du gouvernement, compatissaient à la douleur qui frappait la famille et repartaient. Ils étaient aussitôt remplacés par d'autres ; cela avait duré jusqu'aux environs de seize heures, quand six jeunes soldats (le défunt était colonel de réserve) étaient venus prendre le cercueil pour le charger sur un command-car de l'armée faisant office de corbillard. Un cortège de véhicules, long de plus de deux kilomètres et demi, à la tête duquel se trouvaient DS, Ramata Kaba et les proches, avait suivi le command-car, de Ranrhar au Building, siège du gouvernement, sur l'avenue Léopold Sédar Senghor, où un hommage posthume devait être rendu au ministre d'État.

La presse radiotélévisée, qui couvrait l'événement en direct, affirmait que, depuis la mort du premier président de l'Assemblée nationale, on n'avait pas vu des funérailles aussi grandioses, peut-être même dépassaient-elles celles de maître Lamine Guèye.

Le chef de l'État et tout le gouvernement, les députés et les sénateurs, les magistrats, les avocats et les professeurs d'université en robe, les chefs religieux et coutumiers, une délégation des forces années en uniforme d'apparat, le corps diplomatique accrédité à Dakar, les ministres africains de la Justice déjà sur place pour assister au colloque du surlendemain, et une foule immense d'amis, de connaissances et de simples badauds, assistaient à la cérémonie.

À dix-huit heures, le command-car, arrivé au Building, avait stoppé devant la grande tribune occupée par les hautes personnalités. Le cercueil, recouvert du drapeau vert-or-rouge, disparaissant sous une montagne de fleurs, avait été descendu du corbillard et déposé sur une estrade au pied de la tribune par les jeunes soldats.

Il y avait eu deux oraisons funèbres. Celle du professeur Armando Gomis, au nom de la famille, qui s'était terminée dans les sanglots et les larmes, puis celle du président de la République, qui avait rendu un hommage vibrant à son collaborateur défunt.

Un autre cortège, plus imposant encore, avait accompagné le cercueil jusqu'à la grande mosquée. L'imam avait jeté un froid en demandant si quelqu'un avait vu, ne serait-ce qu'une fois, Matar Samb faire la prière. Il avait déclaré que, personnellement, ce n'était pas son cas, que même lors des fêtes de Tabaski et de Korité, le ministre d'État n'avait jamais fait partie de la délégation officielle qui accompagnait le propriétaire du pays. Si personne ne pouvait témoigner en sa faveur, il se verrait dans l'obligation, non seulement de ne pas diriger la prière mortuaire, mais de l'interdire formellement dans cette maison de Dieu dont il était le gardien, car Matar Samb ne pourrait pas être considéré comme un musulman. Il y avait eu des conciliabules, du brouhaha, des murmures gênés ou excédés dans l'assistance. L'oncle Toumani Kaba, devenu chef de cabinet de Matar Samb depuis son entrée au gouvernement, avait affirmé avoir fait, à plusieurs reprises,

ses dévotions en même temps que lui. L'imam s'était enfin résolu à diriger la prière.

Après l'inhumation au cimetière de Yoff, peu avant le crépuscule, la maison avait continué d'être assiégée ; la foule avait défilé jusqu'après vingt-deux heures trente. Le professeur Armando Gomis et Toumani Kaba avaient été les derniers à s'en aller.

C'était le moment qu'attendait avec impatience Ramata.

— Si je ne me mets pas au volant pour me détendre les nerfs, je vais craquer !

Junior et Dianké la regardèrent avec ébahissement. Sa belle-sœur, assise à côté d'elle, se mit debout à son tour, la prit dans ses bras, l'embrassa affectueusement sur les joues et les lèvres.

— Ma pauvre chérie, il ne faut surtout pas ! déclara-t-elle. Si tu craques, nous allons tous craquer. Tu as été si courageuse, si digne, si forte, que ton comportement merveilleux nous a tous ramenés à la raison et a tempéré notre douleur. À la mort de papa, j'avais éprouvé exactement le même désir, et je me rappelle que rouler m'avait bien soulagée. Vas-y, ma chérie, mais sois prudente.

— Il n'en est pas question ! objecta Junior en se tournant vers sa femme dans l'espoir d'un appui. Vous devez vous coucher et vous reposer, maman. Visiblement, vous êtes fatiguée.

Son épouse ne lui fut d'aucun secours. Depuis qu'elle avait été prévenue du décès de son père, Dieynaba n'avait cessé un seul instant de pleurer. Elle avait les paupières si tuméfiées qu'elle était incapable d'ouvrir les yeux.

Ce fut Dianké qui apporta à Junior le soutien qu'il attendait.

— Le mari de Dieynaba a raison, Ramata, jeta-t-elle. Tu es fatiguée, tu ne t'es pas reposée de toute la journée. Tu dois monter te coucher. Allons-y.

Ramata s'obstina.

— Mais non, tante Dianké, je ne suis pas fatiguée, je n'ai pas non plus sommeil. Si je me couche maintenant, je ne m'endormirai pas, je vais me mettre à penser, à penser, alors que je veux faire le vide dans ma tête.

DS lui entoura les épaules de son bras, l'entraîna vers la sortie et s'arrêta sur le pas de la porte.

— Va, ma chérie, fit-elle en l'embrassant à nouveau. Mais sois prudente, ne conduis pas trop vite.

Quelques instants plus tard, Ramata Kaba, au volant de sa Jaguar, filait à toute allure en direction de la villa de la corniche Est. Elle n'avait nullement envie de se détendre les nerfs. Elle n'avait qu'une envie, ou plutôt un besoin, revoir Ngor Ndong. Et ce besoin était si vif, si incoercible qu'elle en ressentait un malaise, tout son corps était secoué par des tremblements nerveux douloureux, comme un drogué en état de manque. Durant toute la journée, Ngor Ndong avait accaparé en permanence son esprit. Elle était détachée des terribles événements qu'elle traversait, ne pensait qu'à lui et au moment où ils se retrouveraient. Aucune trace d'affliction n'était décelable sur son visage, ce qui avait trompé tout le monde qui estimait qu'elle possédait un sens de la mesure, une force de caractère et une maîtrise de soi admirables dans une si douloureuse épreuve. En dehors de la surprise et de la frayeur qu'elle avait eues en voyant le corps de Matar se balancer au bout d'une corde, et dont elle était revenue d'ailleurs depuis, rien d'autre ne l'affectait, comme si la tragédie ne la concernait pas. Elle ne se faisait aucun reproche, n'avait aucun remords, ne se sentait en aucune façon responsable de son trépas. Au fond, face à cette situation, Matar ne pouvait mieux agir. Il ne pouvait pas divorcer; cela ne se faisait pas à son âge et vu sa position sociale. Après ses aveux, pas bête, il avait compris qu'elle avait jeté son dévolu, pour de bon, sur Ngor Ndong. Puisque deux béliers ne peuvent boire ensemble à une même source, tout ce qui lui restait à faire était de s'en aller. Il était parti avec élégance, sans rien dire, sans la compromettre en quoi que ce soit. Il faut bien le reconnaître, Matar a toujours été très bien avec moi. Il l'a été jusqu'au bout! se dit-elle avec un fugace pincement de cœur.

— Mais je ne l'aimais pas, je ne l'ai jamais aimé, lança-t-elle à haute voix.

C'est Ngor Ndong qu'elle aimait, c'est Ngor Ndong qu'elle avait toujours aimé. Au fond d'elle-même, elle pensait qu'elle lui devait beaucoup, elle lui devait même énormément, et quoi qu'elle puisse faire pour lui en retour, elle lui en resterait toujours redevable. Sans lui, elle serait toujours une infirme, menant une existence fadasse malgré les innombrables artifices qui illuminaient sa vie. À présent, à cause de lui, elle vibrait intensément de tout son être, elle était devenue enfin une vraie femme. Jamais elle ne pourrait le payer.

Elle se mit soudain à rire en songeant combien elle s'était trompée en mettant la frigidité qui, jadis, l'affligeait sur le compte de l'excision. Elle en avait voulu à mort à ses parents, à la coutume absurde, aux trois vieilles sorcières de la clairière de Saraya, au monde entier. À tort. Vraiment à tort. Pourtant, le docteur Gassama, chez qui Armando l'avait dirigée, lui avait expliqué que l'ablation, même totale, du clitoris, ce qui n'était pas son cas selon la recommandation du Prophète, n'entraînait nullement une absence d'orgasme, parce que, tout simplement, le corps de la femme recelait plusieurs zones érogènes, Elle ne l'avait pas cru, elle s'en souvenait comme si c'était hier. Ngor Ndong lui avait confirmé de manière fort concrète que le gynécologue avait parfaitement raison. L'excision n'avait rien à voir avec la frigidité, car avec lui elle jouissait. Oh oui, elle jouissait pleinement, elle jouissait totalement, elle jouissait à s'évanouir ! Elle n'éprouvait aucune honte à se l'avouer, elle n'avait jamais connu quelque chose d'aussi agréable, alors qu'elle se baignait dans l'eau de pluie de son cinquantième hivernage. Elle devrait demander pardon à tout le monde, à la coutume, qu'elle ne jugeait plus stupide, aux trois vieilles exciseuses et à ses parents qui avaient respecté la tradition. Même la douleur, qu'elle avait gardée dans la tête, avait complètement disparu. Au fond, était-ce si douloureux que ça ? Elle n'en était plus sûre, cela remontait à si longtemps. Tout compte fait, la nouvelle loi réprimant l'excision d'une sévère peine de prison et d'une forte amende, qu'elle avait applaudie à deux mains lors de son vote à l'Assemblée nationale, n'était qu'une grossière absurdité, une insulte grave à nos propres valeurs culturelles. Car, elle le reconnaissait bien, durant cette période initiatique dans la clairière de Saraya, elle avait beaucoup appris, et même si elle avouait n'avoir pas appliqué toutes les leçons reçues, elle estimait qu'elles lui avaient permis d'avoir un comportement valable, admirable même dans la haute société et partout ailleurs.

Mais comment et pourquoi Ngor Ndong, et lui seul, parvenait-il à la hisser au point culminant, là où personne n'était parvenu à la transporter, pour dire vrai à exciter ses zones érogènes ? Quelles étaient exactement ses zones érogènes ? Ce qui lui restait de son clitoris coupé, sa vulve, ses grandes et petites lèvres, son mont de Vénus, son vagin, la face interne de ses cuisses, ses fesses, son creux ombilical, ses seins, ou tout simplement son corps tout entier dès que Ngor Ndong la touchait ? Quel était son merveilleux secret ? Mystère ! Quand elle le retrouverait, elle le lui demanderait. Depuis qu'elle le connaissait, il était devenu l'unique propriétaire de son trésor ; en dehors de lui, personne n'en possédait la clé, jamais plus personne n'y puiserait, elle ne le supporterait pas, elle se sentirait comme souillée. D'ailleurs, que pouvait bien lui apporter un autre homme, si ce n'était des halètements suivis de grognements désagréables à son oreille. Non merci, trop peu pour elle. Ngor Ndong l'avait ramenée de très loin. Elle se vautrait dans la fange, elle n'était qu'un vulgaire réceptacle où des mâles en rut venaient déverser leur trop-plein sans qu'elle en éprouvât le moindre plaisir. Comment avait-elle pu accepter cela ? Par la grâce de Ngor Ndong, finie cette vie malsaine, où elle avait toujours tout donné sans avoir jamais rien reçu. Dorénavant, elle ne se destinerait qu'à Ngor Ndong et à Ngor Ndong seul, qui, lui, la faisait monter au septième ciel.

Maintenant, elle était totalement libre, rien ni personne ne pourrait l'empêcher de s'unir à lui, pour le meilleur et pour le pire. Et malheur aux sots, aux imbéciles qui ne comprendraient pas et s'offusqueraient de leur mariage à cause de leur différence d'âge et leur différence sociale. C'est simple, elle ne leur adresserait plus la parole, elle les ignorerait, comme s'ils n'existaient pas.

Ngor Ndong était son unique préoccupation, elle

avait hâte de le retrouver. Rien d'autre ne comptait, la disparition brutale de son mari, son foyer brisé…

Aucune lumière ne filtrait à la villa, à son arrivée, un quart d'heure plus tard. Elle n'avait pas refermé la porte à clé en partant après l'appel du professeur Gomis, au cas où Ngor Ndong, revenu en son absence, aurait constaté qu'il avait perdu la sienne. Elle se dit qu'il était déjà revenu, qu'il l'attendait certainement, allongé sur le lit de la chambre à coucher plongée dans l'obscurité. Elle entra et alluma la lampe. Ngor Ndong n'était pas là. Une rapide inspection lui indiqua qu'il n'était même pas venu : le sac en nylon contenant les cinq millions se trouvait toujours sur la table de chevet. S'il était revenu et était reparti, il aurait sûrement emporté l'argent. Il devait donc être en ce moment à Diamniadio.

Désappointée, elle pénétra dans la salle de bains, prit la bouteille de vin qu'elle avait laissée à moitié vide sur le lavabo, dans la matinée, et la termina. Elle revint dans la chambre, s'assit sur le rebord du lit, se pencha, huma le drap et l'oreiller à la place qu'il avait occupée et remarqua que son odeur avait disparu. Elle se releva en ramassant le sac en nylon sur la table de chevet, éteignit les lumières, sortit et referma la porte à clé. Elle n'avait pas mangé une seule fois de la journée, l'alcool, descendu dans son estomac vide, lui procura un flash, elle eut un petit vertige, puis une agréable sensation de bien-être. Elle remarqua qu'elle commençait à s'habituer au vin, à aimer ça.

Ramata Kaba, éméchée, gara la Jaguar à l'entrée du Copacabana peu avant minuit. Elle mit pied à terre, le sac en nylon dans sa main, pénétra d'un pas incertain dans la grande salle bondée et se fraya un passage jusqu'au comptoir.

Golda Meir était absente. Sa fille, Diodio, la remplaçait au poste.

— As-tu la paix, femme ? salua Ramata.

— La paix seulement ! paya Diodio.

— J'ai besoin de Golda Meir. Est-ce qu'elle est là ?

Diodio confia la caisse à un des garçons et conduisit Ramata Kaba auprès de sa mère. Elles entrèrent dans la chambre après trois coups frappés à la porte par la fille, trouvèrent Golda Meir étendue sur son lit, gémissante, la couverture tirée jusqu'au menton, la tête ceinte d'une couronne en feuilles de neem retenue par un foulard.

— Qu'est-ce qu'il y a encore ? interrogea-t-elle sans cesser de gémir. Diodio, je t'ai dit que je suis malade, qu'il ne faut pas me déranger !

— Je sais, mère, pardonne-moi, fit la fille. Il y a cette femme qui dit avoir besoin de toi.

— Quelle femme ?

Ramata Kaba, debout derrière Diodio, s'avança.

— C'est moi. Tu me reconnais, n'est-ce pas ? Je cherche Ngor Ndong. Il est là ?

Golda Meir arrêta ses gémissements, se redressa en faisant grincer et craquer le lit, s'assit sur le rebord, les pieds sur le sol, la couverture, posée sur ses cuisses, recouvrant ses jambes.

— Je ne t'avais pas reconnue, Jolie Madame ! s'exclama-t-elle en tendant la main que Ramata serra. Comment vas-tu ? As-tu la paix ? J'espère que tout s'est très bien passé à la gendarmerie, la nuit dernière, après cette maudite rafle. Si tu savais combien j'en suis gênée, Jolie Madame. Pour la première fois que tu venais chez moi ! Tu pouvais te faire une mauvaise opinion. As-tu la paix, Jolie Madame ?

Ramata Kaba s'installa en face de Golda Meir, sur le deuxième lit, posa le sac en nylon sur ses genoux.

— La paix seulement, paya-t-elle à nouveau d'un ton empressé. Où est Ngor Ndong ?

La paume de la main posée sur son front, Golda Meir reprit soudain ses gémissements.

— Wooy ! Ma tête se fend en deux morceaux, ma tension est encore montée. Diodio, cette tension risque de me mener dans l'au-delà. Wooy ! J'ai mal, mal, mal.

— Et personne n'y peut rien, tu ne veux pas prendre de l'APC pour calmer tes maux de tête ! l'admonesta sa fille.

— Tu sais que je ne peux pas prendre de l'APC, j'ai un estomac... Jolie Madame, comment vas-tu ? Woy, ma tête !

« Va au diable, avec ta tête, avec ton estomac, avec ta tension, espèce de vieille maquerelle, et toi aussi, sa digne fille ! » faillit hurler Ramata Kaba, à bout de nerfs. Elle sentait la colère l'envahir, bouillonner en elle, mais parvint à se dominer.

— Où est Ngor Ndong, Golda Meir ?

— Ngor Ndong ? Ngor Ndong ? s'interrogea-t-elle comme si elle entendait ce nom pour la première fois.

Ramata Kaba, hors d'elle, se releva vivement, faisant tomber le sac en nylon sur le sol.

— Ngor Ndong ! Ngor Ndong, le jeune homme qui était avec moi, sur ce même lit où tu es assise, dans cette même chambre où nous nous trouvons, la nuit dernière seulement, en compagnie de l'homme grand et mince avec qui il a fait de la prison, de son cousin sourd-muet et d'une fille du nom de Madjiguène, je crois, au teint abîmé. Tu ne t'en souviens pas ? Tu ne peux pas avoir oublié !

— Je n'ai pas oublié, Jolie Madame ! reconnut Golda Meir. J'essaie de me rappeler seulement où est-ce qu'il est parti, Ngor Ndong. Je me demandais même s'il m'avait prévenue. À présent, j'en suis certaine, il ne m'a rien dit en partant. Tu sais, Jolie Madame, Ngor Ndong, il disparaît, il revient, parfois au bout d'un temps long, parfois au bout d'un temps court, sans jamais prévenir personne !

— Et l'autre, Boris ? Ngor Ndong n'est-il pas avec lui ?

— Qui, Tiguis ? Ngor Ndong n'est pas avec lui, j'en suis certaine, Jolie Madame. Tiguis et Hobou Nguer sont revenus, seuls, de Rufisque, ils sont repartis aussitôt, seuls, dans leur camionnette devant moi. Ngor Ndong, lui, je ne l'ai pas revu depuis.

Ramata Kaba se baissa, ramassa le sac, se redressa et le tendit à Golda Meir.

— Je te supplie de me retrouver Ngor Ndong, fit-elle. J'ai besoin de lui, aide-moi. En attendant, tu prends ces cinq millions.

Golda Meir se leva d'un bond du lit en rejetant la couverture posée sur ses cuisses par terre et arracha le sac de la main de Ramata Kaba. Fébrilement, elle l'ouvrit, ses yeux s'agrandirent quand elle vit les billets empaquetés ; elle en préleva trois liasses, les brandit devant son visage.

— Pourtant, Jolie Madame dit la vérité ! déclara-t-elle, incrédule, en direction de sa fille, qui s'était précipitée auprès d'elle.

— Cinq millions ! s'écria Diodio, les sourcils froncés.

— Oui, cinq millions de francs, réaffirma Ramata Kaba. Tu les prends. Aide-moi à retrouver Ngor

Ndong. Il m'a dit qu'il n'habitait plus Sangalcam. Où puis-je le retrouver ?

— Mère, essaie de te souvenir. Ne sais-tu vraiment pas où il est ?

— En toute sincérité, je ne sais pas. Mais je vais me renseigner. Il fait tard à présent. Demain matin, à la première heure, je saurai où il se trouve, et je l'emmènerai ici, promit Golda Meir.

— Trouve-moi Ngor Ndong. Demain, je reviendrai, je te donnerai beaucoup plus si je le trouve ici. Je compte sur toi, Golda Meir. Si tu m'aides à le retrouver, je te récompenserai encore.

Diodio raccompagna Ramata jusqu'à l'entrée du Copacabana. Elle monta à bord de la Jaguar, alluma le moteur.

— Il faudra revenir demain, recommanda la fille. Sans aucun doute, mère ramènera Ngor Ndong à la première heure, comme elle a dit.

— Je reviendrai. À demain ! fit Ramata Kaba en démarrant.

Diodio retourna à la chambre, trouva la porte fermée et sonna.

— Qui est-ce ?

— Moi, Diodio. Ouvre vite, mère.

Golda Meir ouvrit et referma la porte à clé aussitôt que sa fillc fut entrée. Elle était nu-tête, avait balancé sur le sol, près de la couverture, les feuilles de neem et le foulard qui les enveloppait, avait vidé le sac, et était en train de compter les billets répandus sur le lit, quand Diodio avait frappé à la porte. Elle se remit à l'ouvrage.

— Trois cent vingt-cinq mille, continua-t-elle. Ou bien ? Non ! Oui ! Trois cent vingt ou deux cent vingt mille ? Je ne sais plus, il faut que je recommence. Dix, vingt, trente...

Diodio ne put s'empêcher d'éclater de rire.

— Tu sais bien que même si tu comptais jusqu'au mois prochain, tu ne terminerais pas ! Tu recommencerais, avec des doutes, à chaque centaine de mille.

Golda Meir abandonna et se mit à ranger les billets.

— Tu as raison, ma fille. C'est que je suis dépassée, tout à fait dépassée. Ne l'es-tu pas toi aussi, Diodio ?

— Si, je suis dépassée, moi aussi. Mais j'ai peur, mère. Est-ce que nous n'aurons pas de problèmes ? Cette femme ne sait pas ce qu'elle fait, elle est malade, mère.

— Malade, comment ? Elle est en bonne santé.

— Elle n'est pas en bonne santé, elle est folle, mère !

— Non. Elle n'est ni folle ni attrapée par les djinns. Elle est ivre, sans doute, et encore, pas au point de ne pas savoir ce qu'elle fait. Ngor Ndong lui a fait goûter ce qu'elle ignorait, c'est pourquoi elle tient à lui !

— Mère, toi aussi ! Qu'est-ce qu'un enfant, comme Ngor Ndong, peut avoir fait goûter, qu'elle ignorait, à cette femme d'âge mûr ? Non, mère. Tu ne l'as pas bien regardée, sinon, tu aurais remarqué la lueur étrange qui brille dans ses yeux. Elle est folle, mère. J'ai peur que nous ayons des problèmes...

— Quels problèmes ? Selon toi, donc, j'aurais dû refuser les cinq millions qu'elle m'a donnés de bon cœur ? Je ne lui ai rien demandé, moi, tu es témoin !

— Pas question de refuser, je n'ai jamais dit ça. J'ai peur seulement, parce que cinq millions représentent une fortune. Si elle avait toute sa raison, elle ne les aurait pas donnés uniquement dans le but de retrouver Ngor Ndong. À propos de Ngor Ndong, tu ne sais vraiment pas où il est, mère ?

— Si, bien sûr, je sais. Seulement, je ne dirai jamais rien à Jolie Madame. Ngor Ndong est parti en vérité avec Tiguis et Hobou Nguer pour la Gambie. De là, ils se rendent en Haute Casamance. Ngor Ndong m'a demandé de ne pas renseigner Jolie Madame, si jamais elle le recherchait.

— Quand seront-ils de retour ?

— Je n'ai aucune idée. Tiguis dit au revoir, mais il ne dit pas quand il revient. Ils peuvent revenir le mois prochain, ou dans un an ou plus.

— Qu'allons-nous faire, mère ? Qu'allons-nous dire à cette femme quand elle reviendra ? Elle a beaucoup donné !

— De toutes les façons, quoi qu'elle puisse m'offrir, je ne lui dirai rien de concret, rien. En attendant, il faut agir.

Golda Meir confia à Diodio l'argent qu'elle avait replacé dans le sac, lui demanda de ne pas bouger de la chambre et sortit. Elle alla sonner avec fracas à la porte des baraques, et rassembla tout son monde dans la grande salle. Elle annonça qu'on venait de lui apprendre le décès, survenu en Côte-d'Ivoire, de sa sœur aînée de mêmes père et mère. En raison du deuil cruel qui la frappait, elle demandait à tous de s'en aller tout de suite, car elle fermait dès maintenant, pour deux semaines. Lorsque les clients furent partis après force récriminations et protestations, elle éteignit les lampes, boucla le Copacabana et revint auprès de Diodio. Aidée par sa fille, elle creusa un trou, profond d'une coudée, dans l'urinoir situé derrière la chambre. Elle mit le sac en nylon dans deux autres en plastique, qu'elle plaça dans un petit fût métallique muni d'un couvercle, et enfouit le butin dans le trou. Pour mieux dissimuler sa cachette, elle rangea sur la terre fraîchement remuée les briques qui se trouvaient à côté, et aménagea, à leur place, un nouvel urinoir.

La nuit suivante, Ramata Kaba revint au Copacabana où régnaient un silence et une obscurité inhabituels. Diodio, qui guettait son arrivée à l'entrée depuis bientôt deux heures, en dépit du temps lourd et menaçant et des éclairs qui zébraient le ciel, courut au-devant d'elle dès qu'elle stoppa la Jaguar. Ramata mit pied à terre, se pencha à l'intérieur du véhicule, se redressa en tenant un sac en nylon qui paraissait très lourd, plus volumineux que l'autre, et referma la portière.

— Je vais t'aider à le porter, fit Diodio en s'emparant du sac. Viens, ma mère est parvenue à repérer Ngor Ndong.

Golda Meir se tenait sur le seuil de la baraque. Elle serra la main de Ramata et, sans la relâcher, l'attira dans la chambre, la poussa sur le lit.

— Jolie Madame, tu es venue ? lança-t-elle en libérant sa main. C'est bien. As-tu la paix ? Assieds-toi. Tu sais, je t'ai gardé tes affaires que tu avais laissées ici la nuit de la rafle, ton sac à main, tes chaussures et ton slip. Quand tu étais venue hier nuit, j'avais oublié de te les remettre. Diodio, n'as-tu pas vu les affaires de Jolie Madame ?

— Non, mère.

— Je me demande encore dans quel endroit se trouvent ces affaires…

Ramata Kaba intervint d'un ton agacé

— Tu peux les garder, je te les donne. Où est…

— Que pourrais-je en faire, Jolie Madame ? l'interrompit Golda Meir avec son rire gras. Peut-être que le sac à main pourrait m'être utile, et encore ; c'est un sac pour une madame qui porte des robes, comme toi. Moi, je n'en porte pas. Quant aux chaussures et au slip, avec mes gros pieds et mes fesses si énormes, je ne pourrai jamais les porter. Jolie Madame, que tu es agréable ! Tu as observé mes fesses, Jolie Madame ? Et mes pieds ?

— Où est Ngor Ndong, Golda Meir ? Où est Ngor Ndong ? éclata Ramata Kaba d'une voix rauque, la respiration sifflante.

— Ne te fâche pas, Jolie Madame ! tempéra Golda Meir en s'installant près d'elle sur le lit, surprise par sa réaction. Je me suis renseignée sur Ngor Ndong. Il est parti pour Loul Sessène rendre visite à sa tante. J'ai envoyé quelqu'un qui, malheureusement, ne l'a pas vu, car il venait de quitter Loul Sessène pour Mbour, mais sa tante a certifié à mon envoyé que dès son retour elle lui fera la commission et viendra elle-même avec Ngor Ndong demain. Donc, sans faute, Ngor Ndong sera ici demain. Si tu viens, tu le verras. À son arrivée, je lui dirai que tu le cherches, je le maintiendrai dans la chambre, de force s'il le faut !

— Certainement, Ngor Ndong sera ici demain ! appuya Diodio. Si tu viens, tu le verras, ma mère va le retenir.

Un éclair aveuglant, brutalement, illumina l'intérieur de la baraque comme en plein jour, suivi d'un coup de tonnerre de fin du monde, alors que Diodio n'avait pas fini de parler. Elle poussa un hurlement effrayé en cherchant à se réfugier auprès de sa mère. Golda Meir et Ramata Kaba, apeurées elles aussi, à demi levées, s'apprêtaient, au même instant, à se mettre debout. Diodio tomba sur elles. Elles s'effondrèrent lourdement, toutes les trois, sur le lit qui se désarticula dans un craquement sec, les quatre pieds et le sommier brisés.

Golda Meir se redressa la première, s'assit sur le matelas à terre, les jambes écartées, les mains posées sur la tête.

— Wooy ! Ma mère, je suis morte, se lamenta-t-elle. Moi, je n'ai jamais vu ça ! Diodio, relève-toi et raccompagne celle-là, qu'elle rentre chez elle, Ngor Ndong n'est pas chez moi, qu'elle rentre. D'ailleurs, il pleut.

En effet, de grosses gouttes d'eau tombaient sur la toiture avec un bruit assourdissant.

Diodio, qui étouffait Ramata assise sur elle, se mit sur pied, l'aida à se relever, l'attrapa par le poignet et l'entraîna dehors, sous la pluie. Elle la suivit, docilement, en silence, jusqu'à la Jaguar.

Il pleuvait toujours lorsque Ramata arriva à Ranrhar. Tante Dianké, seule, l'attendait dans le salon, morte d'inquiétude. Elle se releva de son fauteuil, en poussant un gros soupir de soulagement, à son entrée.

— Tu n'es pas raisonnable du tout, Ramata ! la gronda-t-elle. Une veuve ne doit pas sortir sans être accompagnée, on te l'a dit, on te l'a répété, mais tu ne veux entendre. La nuit passée, tu étais dehors, cette nuit encore tu es sortie. Que cherches-tu ? Vois comment tu es mouillée ! Où étais-tu ? Tu ne sortiras plus jamais seule.

Ramata posa sur Dianké un regard hagard, puis sans un mot, le dos voûté comme si elle portait sur ses frêles épaules tous les malheurs, tous les désespoirs du monde, elle s'engouffra dans l'ascenseur pour regagner ses appartements.

Comme averti, le Copacabana n'ouvrit pas ses portes pendant deux semaines. Les nombreux clients étaient désemparés. Dès le deuxième jour de fermeture, certains, n'y tenant plus, s'étaient réunis à l'essencerie de Diamniadio, dont le gérant fréquentait le bar, pour trouver les voies et moyens de faire revenir Golda Meir sur sa décision. Quinze jours, c'était long, trop long. Et puis, pourquoi, précisément, deux semaines ? C'était du jamais vu : trois jours, une semaine, quarante jours étaient les périodes habituelles pour célébrer les cérémonies de deuil, jamais le quinzième jour. On ne fermait pas un bar à la légère pendant une durée aussi longue. Les clients aussi avaient des droits que Golda Meir se devait de respecter. Le premier de ces droits était d'être servis quand ils étaient en mesure de payer. Cependant, pour pouvoir être servis, il fallait que le bar soit ouvert. Donc, il fallait, obligatoirement, qu'elle ramenât le temps de fermeture à une semaine, tout au plus. Après de longues concertations, il avait été décidé de former une délégation de sept membres, quatre garçons et trois filles, qui devait se rendre auprès de Golda Meir. Celui qui avait parlé de droits, et était l'instigateur de la réunion Pape Demba Gaye, dit PDG, avait été nommé porte-parole. C'était un ex-secrétaire des Greffes et Parquets, bénéficiaire d'un « départ volontaire ». Les poches pleines de cinquante-deux mois de salaire payés en une seule fois, il avait fait tous les soirs la tournée des grands-ducs, entouré d'une cour nombreuse de quémandeurs ; il avait rapidement dilapidé son argent et vivait à présent sur ses dernières réserves, car la veille même de la fermeture du Copacabana, il était parvenu à placer auprès d'un client, avec beaucoup de difficultés, son décodeur Canal + Horizons au tiers du prix.

Golda Meir avait arrêté la délégation à l'entrée de sa baraque et l'avait reçue, debout sur le pas de la porte.

— Restez là où vous êtes, ne pénétrez pas dans ma chambre. Qu'est-ce qu'il y a, que me voulez-vous ?

Le porte-parole avait regardé le bout de ses chaussures, ses convictions ébranlées par le ton caustique et la figure fumante de Golda Meir, se demandant comment aborder la question avec elle. Quand il parlait, il crachotait et on avait l'impression qu'il avait des noyaux de jujube dans la bouche ; il prononçait les *l* en *y*, les *r* en *h*, et les *n* en *gn*.

— Voiya, mèhe Goyda Meih ! avait-il commencé. Gnous sommes envoyés pah y'ensembye des cyients qui fhéquentent ye Copacabagna, pouh te phésenter gnos condoyéances yes pyus atthistées, à y'occasion du décès de ta sœuh aîgnée de même pèhe et de même mèhe…

— Je vous remercie tous. Je prie Dieu d'avoir, le plus tard possible, à vous payer vos pas. Et ensuite ? fit Golda Meir, sèchement.

— C'est ça ! Ensuite ! Yes clients, m'ont chahgés de te dihe, de te dihe de hamegner ye temps de ya fehmetuhe du bah, gnothe bah, ye Copacabagna, à cause du deuil, à ugne semaigne. Deux semaignes, vhaiment, c'est thop yong. Yes cyients ont aussi des dhoits que tu dois obyigatoihement hespecter…

Golda Meir avait enlevé son mouchoir de tête, l'avait ceint autour de ses reins, avait interrompu le porte-parole sur sa lancée avec des battements de main.

— Si ta mère et ton père étaient morts, toi, P-DG, aurais-tu dit que deux semaines de deuil étaient de trop ? Je pose la question à tous ceux qui t'ont envoyé et à tous ceux qui t'accompagnent. Vous savez ce que j'ai à vous dire ? Le Copacabana m'appartient, je l'ouvre et je le ferme quand ça me plaît. Vos droits, dont tu me parles, toi, P-DG, avec ta langue aussi grosse qu'une langue de bœuf, qui remplit entièrement toute ta bouche et t'empêche de parler comme tout le monde, aspergeant de ta salive ton entourage telle une jeune fille à sa première grossesse, ce que tu appelles gnos dhoits, toi, P-DG, ceux qui sont avec toi et tous ceux qui t'envoient, enfoncez-les-vous dans vos trous du cul mal nettoyés et sortez de chez moi.

Le porte-parole avait tenté de parlementer :

— Gnon, gnon mèhe Goyda, iy gne faut pas phendhe mes pahoyes pouh…

— Attendez-moi, je vais venir couper le pénis de vos pères à tous ! avait injurié Golda Meir en leur tournant le dos.

Elle s'était précipitée à l'intérieur de la baraque et lorsqu'elle était ressortie quelques instants après, armée d'une petite hache au manche métallique, à la lame aiguisée, la délégation avait disparu.

La mère et la fille, en vérité, ne vivaient plus. Le deuxième sac, apporté par Ramata, contenait la même somme, en plus de cinq lingots d'or d'un coffret rempli de bijoux et d'un petit sac en cuir maroquiné refermant une trentaine de pierres précieuses multicolores, rouges, bleues, vertes, opalescentes, d'une valeur inestimable. Bien vite, il avait rejoint le premier sac dans le fût enterré.

Depuis lors, elles s'attendaient à tout moment à être arrêtées. La belle femme se ressaisirait, elle reviendrait réclamer ses biens. Ou alors, si elle était vraiment folle comme le soutenait Diodio, ses parents s'apercevraient rapidement de la disparition de l'argent et des biens, et elle les conduirait ici. Dans les deux cas de figure, elles auraient de sérieux problèmes. Elles étaient décidées à les affronter. La fortune qu'elles détenaient valait tous les problèmes du monde, elles étaient prêtes à séjourner longtemps en prison, mais jamais elles n'avoueraient l'avoir vue auparavant, ni avoir reçu quoi que ce soit d'elle ; quant à indiquer leur cachette, pas question !

Cependant, rien de tout cela ne s'était produit au fil des jours. Petit à petit, l'angoisse qui les tenaillait dès le réveil, les accompagnait toute la journée, et ne les abandonnait même pas dans leur sommeil, hantant leurs rêves, avait commencé à s'estomper, sans jamais disparaître complètement. Elles avaient tendu l'oreille, aucune nouvelle alarmante ne leur était parvenue. L'unique sujet abordé par des clients rencontrés lors de la sortie de l'une d'elles, était la réouverture du Copacabana, que tout le monde attendait impatiemment.

Elle eut lieu enfin à la date indiquée, à la grande satisfaction de tous.

Les jours, les semaines, les mois s'égrenèrent, trop lentement, au gré de Golda Meir et de Diodio. Elles ne pouvaient s'empêcher de penser chaque matin au réveil qu'aujourd'hui les policiers ou les gendarmes interviendraient.

Une année s'écoula.

On était au début de l'hivernage, minuit était passé depuis bien longtemps, le bar était fermé. La mère et la fille s'apprêtaient à se coucher quand, soudain, Ramata Kaba réapparut.

QUAND FLEURISSENT LES FLAMBOYANTS

Au troisième jour de la mort de Matar Samb, DS, Junior, son épouse Dieynaba, et la tante Dianké que Ramata avait laissée seule, dormant encore sur son matelas posé à même la moquette de la chambre à coucher au troisième étage où elles passaient toutes les deux la nuit, et était descendue dans la cour, furent brutalement réveillés très tôt le matin par ses hauts cris. Ils descendirent en trombe au jardin trempé par la forte pluie de la veille, où ils la trouvèrent. Elle était nue, comme sa mère l'avait mise au monde, les yeux si exorbités et fixes qu'ils paraissaient en verre, une écume blanche aux commissures des lèvres et appelait, d'une voix monocorde, Ngor Ndong. Elle voulait sortir de la villa, et le gardien, médusé, la retenait par le bras pour l'en empêcher.

Déjà durement éprouvée par la mort de son père, Dieynaba, à la vue du spectacle morbide, tomba évanouie sur le gazon humide. Dianké se sépara de son pagne sous son grand boubou et préserva la dignité de Ramata. DS se cacha le visage dans les mains avec des « Seigneur Tout-Puissant ! Seigneur Tout-Puissant ! » pathétiques. Junior s'accroupit, souleva sa femme dans ses bras, la transporta dans le salon, la déposa sur le canapé, puis téléphona à son père.

Le professeur Armando Gomis ne tarda pas à arriver.

Ramata avait été ramenée dans sa chambre. Le médecin la trouva assise sur le lit, agitée, appelant toujours Ngor Ndong, solidement maintenue aux épaules par Dianké et DS.

À l'entrée du médecin, la belle-sœur la relâcha et s'avança vers lui.

— Dieu Tout-Puissant ! Que nous arrive-t-il ? Armando, qui est ce Ngor Ndong dont elle ne cesse de prononcer le nom ? A-t-il un rapport avec le décès de mon frère ? Qui est-il, le connais-tu ?

Le professeur Armando Gomis détourna ses yeux effarés de Ramata Kaba, les posa sur DS en secouant lentement la tête, en silence.

— Non, c'est impossible, absolument impossible ! finit-il par jeter d'une voix blanche.

— Quoi ? Qu'est-ce qui est absolument impossible, Armando ? Tu connais ce Ngor Ndong et le rapport qu'il a avec la mort de mon frère ?

— J'ai bien connu Ngor Ndong, cependant j'ignore s'il a un rapport avec le sui... la mort de Matar. Sûrement pas !

DS foudroya le médecin du regard. Il baissa la tête, en se disant qu'il devrait éviter une fois pour toutes ce genre de lapsus à l'avenir et se forcer à refouler définitivement de sa mémoire la pénible et persistante vérité que Matar s'était bel et bien pendu, et à enfoncer dans son esprit le mensonge à la fois réconfortant et insupportable que son ami était mort par arrêt cardiaque, comme il l'avait promis et juré à sa sœur et comme le croyait tout le monde.

Les yeux toujours rivés sur ceux du professeur Gomis, elle le pressa de questions :

— Qui est ce Ngor Ndong ? S'il n'a pas de rapport avec la mort par crise cardiaque de mon frère, quels liens entretenaient-ils ? Pourquoi Ramata l'appelle-t-elle sans arrêt ? Le connaissait-elle ?

Le professeur Armando Gomis raconta dans les moindres détails comment, il y a bien longtemps, un gardien de la maternité de l'hôpital Le Dantec, du nom de Ngor Ndong, avait perdu la vie entre les mains des policiers, quelle avait été la responsabilité de Ramata, et comment Matar Samb avait fait étouffer l'affaire avec l'aide de Jackson. C'était il y a vingt ans. Depuis, nul n'en avait fait cas, tout était tombé dans l'oubli.

Se pouvait-il que le spectre de Ngor Ndong fût revenu, après une si longue période, pour se venger du couple, en plongeant le mari dans une détresse si profonde qu'il abrégeât sa vie brutalement, sans en donner les raisons qu'il savait sans doute irrationnelles, et en frappant l'épouse d'une démence subite, son nom à la bouche, trois jours après ? Sinon, comment interpréter ce faisceau de faits troublants ? Mais il était impossible, absolument impossible, au seuil du troisième millénaire, de penser à des histoires de fantômes, croyances révolues depuis belle lurette, même en milieu rural. D'autant plus que lui, Armando Gomis, cartésien de par sa formation, de même que DS, n'y avait jamais cru. Pourtant, tous les deux avaient beau réfléchir, ils ne pouvaient trouver aucune autre explication à ces mystérieux et douloureux événements. Force était de constater, en définitive, que le malheur qui frappait l'infortuné ménage était aussi nébuleux que l'affaire Maître Sèye.

Le même jour, Ramata Kaba fut amenée à l'hôpital psychiatrique de Fann, malgré l'avis de tante Dianké, qui affirmait que sa maladie, de même que le décès surprenant de son mari, était provoquée par les actions maléfiques des nombreux envieux qui, avec leurs mauvais yeux et leurs mauvais travaux, avaient eu malheureusement raison du brillant couple jalousé, parce que Matar et Ramata n'avaient jamais voulu accepter la protection efficace des grigris. Il faudrait l'emmener au village où un bon guérisseur parviendrait à lui redonner sa tête, ou, à défaut, en faire venir un à la maison. Les psychiatres parlèrent de choc affectif consécutif à un travail de deuil mal abordé, sans apporter d'explication au fait que le nom de Ngor Ndong était en permanence sur ses lèvres.

Durant une semaine, Ramata Kaba refusa toute nourriture et fut alimentée par voie veineuse avec des solutés. Elle appelait, sans répit, son amant, sauf lorsque elle s'endormait sous l'effet des tranquillisants et des somnifères qu'on lui administrait. Quand revint le jour où avait débuté sa maladie, elle se tut enfin. Indifférente à tout, murée dans un silence que rien ne pouvait perturber, les traits figés et inexpressifs, les yeux vides, les mâchoires et les lèvres serrées, elle était détachée du monde réel, toute notion du temps et de l'espace perdue, incapable de reconnaître ou de manifester le moindre intérêt pour qui que ce soit.

Un mois plus tard, Ramata quitta le centre psychiatrique, endroit lugubre et insalubre, pour entrer à la clinique médicale ultra-moderne dénommée clinique Dieynaba, propriété de la Holding Samb.

Au bout d'un an d'hospitalisation, son état toujours stationnaire, en dépit de toute forme de médication, Ramata, un beau matin, s'évada. Elle marcha à pied, guidée par on ne sait quel instinct, jusqu'à Diamniadio, où elle arriva tard dans la nuit.

La grande salle du Copacabana était fermée, les clients avaient regagné les baraques, ou étaient rentrés chez eux. Elle se dirigea vers la demeure de Golda Meir au fond de la concession, s'arrêta à l'entrée, se sépara de ses vêtements et pénétra dans la chambre, en appelant Ngor Ndong.

Diodio, qui s'apprêtait à refermer la porte, recula précipitamment, en hurlant, paniquée.

— Wooy ! Mère, une diablesse.

Elle heurta la petite table à carreaux noir et blanc, et faillit tomber à la renverse.

Le cri de Golda Meir, déjà couchée, lui fit écho.

— Une diablesse ! répéta-t-elle en se relevant du lit.

Ramata Kaba, toute nue, se tenait au milieu de la pièce, les deux mains posées sur la tête à la longue chevelure ébouriffée, le nom de Ngor Ndong sur les lèvres.

— Je t'avais bien dit qu'elle était malade !

annonça Diodio, revenue de sa stupeur. Tu la reconnais, mère ?

— Maintenant, oui, fit Golda Meir encore secouée. C'est Jolie Madame. Tu avais raison, Diodio, elle est complètement folle. Lorsqu'une personne se dénude ainsi, il ne lui reste plus rien, elle a donné la main, pour de bon !

Diodio chercha un pagne dans le bahut, en recouvrit Ramata, puis elle la prit par le bras et la fit s'asseoir sur un des lits. Golda Meir, ébahie, l'observait, la main posée sur le menton en signe d'étonnement.

— Ce que celle-là veut à Ngor Ndong est énorme ! s'exclama-t-elle.

Ramata Kaba ne se taisait toujours pas, « Ngor Ndong ! Ngor Ndong ! Ngor Ndong ».

— Qu'est-ce qu'il faut faire, mère? s'enquit Diodio.

— Je ne sais pas, moi, j'allais te poser la même question. Peut-être que demain, ses parents feront une annonce à la radio; nous demanderons aux clients…

— Non ! l'interrompit Diodio. Si on la retrouve ici, nous aurons des ennuis avec ce que nous avons reçu d'elle l'année dernière. Ses parents nous interrogeront forcément à ce sujet.

— S'ils nous interrogent, nous nierons. Elle est folle, nous soutiendrons ne l'avoir jamais vue auparavant.

— Mieux vaut ne pas avoir à nier, mère. Les choses pourraient aller à la police ou à la gendarmerie, et ces gens-là, policiers et gendarmes, possèdent un flair du diable, tu le sais aussi bien que moi. Une fois qu'ils ont le nez plongé dans une affaire, ils finissent toujours par trouver ce qu'ils cherchent. Il ne suffit pas toujours de nier pour se tirer de leurs griffes ; ils ont des méthodes efficaces qui feraient avouer à quelqu'un une faute qu'il n'a pas commise. À plus forte raison…

— Tu dis vrai ! Renvoyons-la alors loin d'ici.

— Oh, elle reviendra si nous la renvoyons. Pourquoi crois-tu qu'elle est venue ici ? Pour retrouver Ngor Ndong. Il n'y a que lui qui l'intéresse. Je pense que sa maladie est devenue apparente depuis que nous l'avons vue la dernière fois, il y a un an, et qu'elle s'est échappée de l'endroit où elle était gardée. Ce qui est sûr, c'est qu'elle est venue pour Ngor Ndong, et tant qu'elle ne l'aura pas retrouvé, elle ne bougera pas d'ici. Si nous la faisons repartir, elle reviendra. En tout cas, elle ne doit pas venir de bien loin…

— Qu'est-ce qui te le fait dire ?

— Si elle venait de loin, nue comme elle est, elle aurait attiré l'attention des gens, quelqu'un l'aurait habillée d'un pagne ou d'un grand boubou.

— Quels gens ? Les gens ne font plus attention à rien, ils sont préoccupés par les problèmes de survie quotidienne, ils ont le cœur sec, l'esprit ailleurs, rien ne les trouble. Tu meurs en pleine rue et c'est à peine s'ils font attention à toi. Ne me parle pas d'une folle qui se promène nue, c'est courant. Seuls les vicieux l'auront regardée.

— Peut-être. À présent, mère, il faut trouver une solution rapidement.

— Je suis d'accord avec toi. Mais comment trouver une solution ? Moi, je te l'avoue, je suis dépassée, j'ai même franchi la limite du dépassement, je ne sais que penser.

— Moi, j'ai réfléchi, mère. Pour commencer, il est hors de question d'interroger les clients à son sujet. Heureusement, le bar était fermé, les résidents couchés, quand elle est arrivée ; personne ne l'a donc vue entrer et personne n'a à savoir qu'elle est ici. Nous ne pouvons plus revenir en arrière dans cette histoire. Puisqu'elle ne veut pas repartir tant qu'elle n'aura pas vu Ngor Ndong, comme je le pense, elle l'attendra ici. Si ses parents lancent des avis de recherche à la radio, nous n'avons rien entendu.

— Pour commencer, il faut qu'elle se taise, sinon, forcément, on saura qu'elle est ici. Moi, la manière dont elle appelle Ngor Ndong me fait frémir. Comment faire pour qu'elle se taise, Diodio ? Attends, je vais essayer.

Golda Meir vint s'installer sur le lit, à côté de Ramata, revêtue du pagne que Diodio lui avait attaché aux aisselles, lui entoura les épaules de son bras éléphantesque et se mit à lui parler du ton à la fois grave et enfantin qu'on emploie quand on tente de raisonner un dément.

— Jolie Madame, Jolie Madame ! Ngor Ndong va venir, il t'attend ici depuis la semaine dernière dans l'espoir de te voir venir. Diodio va l'appeler dans la baraque où il se trouve. Tais-toi maintenant !

Elle fit un signe à sa fille qui se dirigea vers la porte.

— Je m'en vais le chercher et je reviens tout de suite, annonça sérieusement Diodio en sortant de la chambre.

— Jolie Madame, Jolie Madame ! reprit Golda Meir sur le même ton. Tais-toi et écoute-moi, toi aussi, Jolie Madame ! Ngor Ndong est ici, Diodio est partie le chercher, ils vont revenir ensemble. Tais-toi un peu, toi aussi, Jolie Madame, Ngor Ndong arrive !

Au bout d'un moment, Diodio revint dans la

pièce avec des vêtements, la camisole, le pagne et le mouchoir de tête que Ramata Kaba avait laissés à l'entrée et les déposa sur le lit, près d'elle.

— Ce sont sans aucun doute ses habits, annonça-t-elle. Probablement, elle les a enlevés avant de pénétrer dans la chambre.

Golda Meir jeta un bref regard aux effets vestimentaires, puis se retourna vers Ramata.

— Jolie Madame, tais-toi un peu ! Ngor Ndong va venir, Diodio l'a déjà appelé, tais-toi un peu, toi aussi, Jolie Madame.

— Elle ne t'entend pas, ou si elle t'entend, elle ne te comprend pas. C'est Ngor Ndong qu'elle veut, rien d'autre.

— Mais moi, je ne l'ai pas vu depuis l'année dernière, Ngor Ndong. Depuis qu'il est parti avec Tiguis et Hobou Nguer, je n'ai aucune nouvelle d'eux et je ne sais pas quand ils vont revenir.

— Et si on la bâillonnait ? proposa Diodio.

Golda Meir se releva du lit et prit une décision soudaine :

— J'ai mieux que ça, je vais l'assommer avec…

— Mère ! s'écria la fille d'une voix effrayée. Tu ne vas pas…

Golda Meir poussa un petit rire.

— Ne t'inquiète pas, je vais seulement l'endormir avec une forte dose d'alcool. Passe-moi une bouteille de gin dans la caisse qui se trouve sous le lit, puis, sur le bahut, la boîte de Ricqlès et un grand verre.

Diodio ramena le tout qu'elle déposa sur la petite table à carreaux. Golda Meir versa deux flacons d'alcool de menthe dans le verre, le remplit à ras bord avec du gin.

— Bois, Jolie Madame ! fit-elle. C'est très bon, bois un peu, Jolie Madame.

Ramata Kaba demeura aussi impassible qu'une statue, une statue dont la voix résonnait sans discontinuer dans la pièce. Golda Meir reprit place à côté d'elle sur le lit, lui présenta le breuvage.

— Jolie Madame, bois, c'est très bon !

Dès que le verre eut touché le bout de ses lèvres, Ramata Kaba ferma hermétiquement la bouche, les mâchoires serrées à faire grincer les dents.

Soudain, la chambre fut plongée dans un grand silence. Pour la première fois depuis son arrivée, elle s'était tue. Un grillon stridulait dans un coin. Dehors, aucun bruit, aucune voix ne provenait des baraquements où tout le monde dormait, et au loin, mourait decrescendo le grondement du train minéralier des Industries Chimiques du Sénégal qui passait sur la voie ferrée toute proche.

— Viens m'aider, Diodio ! Fais-lui comme à un enfant qu'on force à prendre un médicament.

Diodio, d'une main, s'empara de la longue chevelure de Ramata, tira sa tête en arrière, l'immobilisa, et de l'autre, lui pinça les narines. Elle résista autant qu'elle put, en retenant son souffle le plus longtemps possible, mais ses poumons sur le point d'éclater, elle fut obligée d'ouvrir la bouche pour respirer. Ce qu'attendait Golda Meir. Elle serra aussitôt son pouce et ses quatre autres doigts réunis sur ses joues, lui versa le mélange de gin et de Ricqlès dans la bouche qu'elle était incapable de refermer. Elle se débattit de toutes ses forces, au point de faire tomber le pagne dont elle était recouverte. Golda Meir s'assit sur ses cuisses, bloquant ses jambes ; Diodio, lui immobilisant toujours la tête, lâcha ses narines et attrapa ses deux poignets d'une seule main. Elle crachota, toussota, rejeta la moitié du liquide, mais l'autre moitié parvint à passer. À la quatrième reprise, la bouteille de gin et six flacons de Ricqlès étaient vides. Diodio déclara que c'était suffisant et elles la relâchèrent.

Elle continua à s'ébrouer pendant un bref instant, puis reprit sa complainte, « Ngor Ndong ! Ngor Ndong ! ». Pas pour longtemps. Sa langue devint pâteuse, hésitante. Elle commença à dodeliner de la tête de droite à gauche, bascula subitement en avant et serait tombée sur le sol si Diodio ne l'avait pas retenue de justesse.

Elle ronflait déjà.

La mère et la fille l'étendirent sur le lit et la recouvrirent avec le pagne.

L'évasion de Ramata de la clinique Dieynaba une fois constatée, comme il n'existait aucune agence de détectives privés dans tout le pays, Junior et son épouse, Dieynaba, visitèrent pendant une journée entière l'ensemble des services d'urgence et des morgues des grands hôpitaux de la capitale ; toute probabilité d'accident ou de mort anonyme sur la voie publique étant écartée, on décida alors, dans l'espoir de la retrouver, de s'adresser à la police et aux médias, seuls recours disponibles en cas de disparition.

Pendant plus d'un mois, les policiers des commissariats de Dakar et banlieue, par ordre venu d'en haut, raflèrent pour contrôle toutes les malades mentales qui déambulaient dans les rues ; des avis de recherche parurent dans les quotidiens, à la télé, sur les radios, avec la promesse d'une forte récompense à qui fournirait des renseignements pouvant mener à sa découverte. Pour ne pas être en reste, oncle Toumani Kaba et tante Dianké consultèrent de nombreux marabouts et voyants.

Mais toutes les investigations demeurèrent vaines.

Car l'aiguille perdue se trouvait cachée sous le

pied de Golda Meir : le monde entier pouvait la chercher, personne ne la verrait. Jamais Ramata ne fut retrouvée par sa famille.

Le professeur Armando Gomis, alité au premier étage de sa villa de Fann Résidence, ne se sentait vraiment pas bien. Les terribles événements de cette semaine, qui s'étaient succédé tel un enterrement après un décès, avaient fini par le terrasser. Sa tension artérielle, déjà connue élevée et correctement traitée, s'était gravement affolée et ne voulait plus s'abaisser, surtout depuis la maladie mentale qui avait frappé Ramata avant-hier. Des vertiges tenaces l'empêchaient de se tenir debout, il entendait et voyait des mouches bourdonner à ses oreilles et virevolter devant ses yeux. Et ses médicaments, qui d'habitude le soulageaient avec célérité, ne semblaient point agir cette fois.

Maintenant, voilà qu'il se mettait à faire des cauchemars effrayants qui avaient fini par le réveiller en dépit de la prise d'un puissant tranquillisant, la vessie pleine, la tête lourde, les vertiges accentués, les bourdonnements et virevoltes des mouches plus intenses que jamais, le corps moite d'une sueur gluante. Ce n'était pas normal ; en sommeil artificiel, sous l'effet d'un produit hypnotique, on ne devrait pas faire de rêves.

Pourtant, il en avait fait plusieurs, dont le dernier,

qui l'avait tiré de son sommeil, le troublait profondément. Il s'était vu poursuivi pendant une journée entière, du lever au coucher du soleil, par un taureau noir possédant les traits de Ngor Ndong, à travers une savane parsemée d'épines qui s'enfonçaient dans la plante de ses pieds nus. À la tombée de la nuit, il était parvenu à semer le bovin et était arrivé, harassé, à une grande place éclairée par un projecteur rouge, dominée par un baobab géant en forme de Ngor Ndong encore, avec, suspendus à ses branches, des pains de singe au visage de Mbagnick Ndong qui pleuraient des larmes de sang. Au pied de l'arbre étaient regroupées cinquante personnes, vingt-cinq hommes debout en arc de cercle à droite, vingt-cinq femmes à gauche, à face de chat, tout de rouge habillées, entourant Ramata, Matar, le commissaire Diallo et Jackson, tous nus, à visage de souris, assis au milieu du cercle. Un membre du groupe des hommes-chats, sans doute le chef, le plus grand, les habits rouges beaucoup plus foncés que ceux des autres, s'était détaché, l'avait pris par le poignet et l'avait conduit auprès des quatre compagnons-souris installés par terre. Au contact de l'homme-chat, ses vêtements avaient disparu, il s'était métamorphosé en homme-souris nu. Les Mbagnick Ndong-pains de singe annoncèrent alors d'une seule voix dotée d'un profond écho que celui qu'on attendait, Armando Pierre Marie Gomis, était enfin arrivé, le jugement pouvait commencer. Au cours d'un procès éclair, les quatre hommes et la femme-souris étaient déclarés coupables d'un crime infamant non révélé et étaient condamnés à être mangés par les hommes-chats. Alors qu'ils clamaient leur innocence, Ngor Ndong-baobab et son frère-multiple pains de singe les avaient sommés de se taire, leur culpabilité étant reconnue de tous.

Au moment où dix hommes-chats, les bras transformés en pattes aux griffes longues et acérées, allaient s'emparer d'eux, il s'était réveillé en sursaut, ressentant péniblement les battements accélérés de son cœur.

En vérité, et il ne voulait pas se l'avouer, il était tenaillé par la trouille. Pas une peur raisonnable, brutale, instantanée, qui te prend lorsqu'un agresseur armé d'un flingue ou d'un surin à la main surgit soudain devant toi en pleine nuit, te braque en éructant : la bourse ou la vie ! Non, non, c'était une trouille profonde, instillée insidieusement, au goutte-à-goutte, comme une perfusion ralentie, provoquée par la pensée tenace dans son esprit, refoulée et encore refoulée avec vigueur, qui revenait sans cesse en force telle une grosse vague déferlant sur le rivage, de l'incident tragique bien lointain maintenant au cours duquel le gardien de la maternité avait été assassiné, de ce qui ressemblait étrangement, même si on acceptait qu'elle était tardive, à une vengeance divine ou mystique avec le suicide inexpliqué et inexplicable de Matar et la subite démence de Ramata, le nom du gardien, qu'elle n'avait jamais retenu, revenu tout d'un coup sur ses lèvres.

Et si c'était en effet une vengeance divine ou mystique comme il ne voulait pas l'admettre ? Au fond, ces choses-là pouvaient bien exister, en réalité. Dans ce cas, il risquait de mal finir en continuant à se soigner à la méthode occidentale à l'aide de pilules, gouttes et gélules. De même que tous les protagonistes qui avaient trempé leurs mains dans cette sale affaire, qu'il avait tous vus dans son rêve difficile. Comment le comprendre ? Était-ce un signe prémonitoire ou avait-il rêvé parce qu'il avait été influencé depuis que, étonné, il avait entendu Ramata prononcer sans arrêt le nom de Ngor Ndong ? Jackson, il y a longtemps, avait été touché le premier. Il avait assisté aux dernières années de sa vie, un long et pénible calvaire à la limite de la déchéance humaine. Alors que le géant était encore sur son lit d'hôpital, il avait appris que le commissaire Diallo s'était tué dans un accident de la circulation au volant de son véhicule, au virage situé à la sortie du village de Ndiass sur la route de Mbour, en revenant de Kédougou où il avait été muté, pour venir voir sa famille laissée à Dakar. Deux décennies plus tard, le couple ami s'était désintégré de façon effroyable et pitoyable. Il ne restait que lui. En réchapperait-il ? Quel sort maléfique lui serait-il réservé ?

Ce qu'il lui faudrait, c'étaient les prières et le *safara*, cette eau ayant lavé des versets de Coran écrits sur du papier blanc sans rayures ou sur une tablette en bois, d'un bon marabout ainsi que les grigris et les charmes d'un féticheur sérieux. Suzanne allait s'en charger à son arrivée.

Suzanne était sa cousine germaine, et, depuis le décès de Philomène, sa regrettée épouse, sa compagne attitrée. Elle était, comme lui, veuve aussi et n'avait jamais eu d'enfant. Ils n'habitaient pas ensemble d'un commun accord et se voyaient lorsqu'ils le désiraient. Avec l'âge, le feu intense qui jadis dévorait son bas-ventre s'était apaisé. Sans s'éteindre toutefois, il couvait sous la cendre ; de temps à autre, le vent soufflait, découvrant des braises ardentes. Suzanne était une maîtresse parfaite, une femme mûre aux formes pleines, à l'affaire étroite de jeune fille du fait de son état de nulligeste, avec qui il s'entendait harmonieusement. Hier soir, elle lui avait demandé s'il voulait, étant souffrant, qu'elle passe la nuit auprès de lui ; il avait décliné son offre, et elle était rentrée chez elle à la Patte d'Oie en promettant de revenir tôt le lendemain prendre le petit déjeuner avec lui. Dès son arrivée, il lui demandera de s'en occuper.

Bien que catholique pratiquante, assidue à la messe tous les dimanches matin, professeur de philosophie à l'université Cheikh Anta Diop, loin d'être une ingénue, Suzanne croyait en ces pratiques obscures et fréquentait ces milieux à lui inconnus. Elle connaissait beaucoup de marabouts et féticheurs, en particulier l'un de leurs compatriotes, Mandiago comme eux, dont elle lui avait souvent parlé, du nom de Coumpridou, à la fois guérisseur, voyant, interprète de rêves de grande réputation.

Le professeur Gomis ne put s'empêcher de se sentir tout bête d'avoir des idées aussi arriérées en tête mais se dit qu'il pouvait s'amuser avec tout, sauf avec sa santé. Ces choses-là pouvaient bel et bien exister. L'Afrique était pleine de mystères insondables, dépassant tout entendement et raisonnement scientifiques. Mais n'est-ce pas là les caractéristiques de tout mystère, après tout ? Il ne pouvait pas les rejeter en toute objectivité, quand bien même il ne parvenait pas à leur trouver une explication acceptable, pour avoir été confronté à plusieurs reprises à des faits irrationnels qui n'en demeuraient pas moins réels. Par exemple, le cas arrivé à l'ex-femme de ce même Ngor Ndong, puisqu'il était revenu à l'ordre du jour. Elle avait eu successivement deux bébés mort-nés, malgré un suivi et des traitements constants à la maternité. Retournée au village natal, grâce aux fétiches, elle avait accouché d'un enfant vivant et bien portant. Elle le lui avait montré elle-même, il s'en souvenait fort bien, lorsqu'il l'avait revue un an après, un dimanche soir qu'il revenait de Kayar en compagnie de Philo et de Junior, petit garçon d'une demi-douzaine d'hivernages, et s'était arrêté au marché de week-end à la gare routière de Sangalcam pour s'approvisionner en fruits et légumes. Seynabou Tine, assise sur un banc devant sa table chargée de pamplemousses et mandarines, l'avait reconnu dès sa descente de voiture. Il avait eu la surprise de l'entendre le saluer d'un chaleureux « Bognesour moussé professeur Gomis ! » accompagné d'un large sourire alors qu'il ne parvenait pas encore à mettre un nom sur son visage, la prenant pour une de ses anciennes malades. Elle lui avait rappelé qui elle était, lui avait présenté le beau bébé qu'elle tenait dans ses bras, avait raconté le cours de son existence depuis la mort de son premier mari, Ngor Ndong, son accouchement la nuit même où elle avait appris son décès des suites d'une brève maladie à l'hôpital Le Dantec, l'enfant à qui on avait donné le nom de son père, et son remariage avec Mbagnick Ndong son fière, avant de refuser de se faire payer par Philomène qui s'était largement ravitaillée à sa table. « Non, madame, c'est cadeau pour toi et petit garçon ! Professeur Gomis, lui a torop sentil pour moi avec le mon mari, quand nous habités tous les deux le maternité le hôpital Le Dantec », avait-elle déclaré. Il n'avait pu s'empêcher de frémir en songeant que la pauvre Seynabou Tine ignorait tout des circonstances tragiques de la mort de son premier époux.

Oui, il ne fallait rien négliger, il allait charger Suzanne de faire venir Coumpridou à la maison, et de lui trouver aussi un marabout très bon. Il ne voyait rien de ridicule à cela. Elle l'approuverait, elle qui argumentait toujours, lorsqu'il se moquait d'elle, s'étonnant de la voir faire, que les deux médications pouvaient parfaitement aller de pair, l'une n'étant pas incompatible avec l'autre.

La vessie du professeur Gomis, trop pleine, devint pour lui une exigence à satisfaire dans l'immédiat. C'était la réaction du médicament diurétique qu'il avait pris. Il s'était levé trois fois, avait regagné avec peine, ensommeillé, les toilettes pour se soulager, tout déplacement rendu difficile par les vertiges. Il avait retardé cette fois-ci l'instant le plus longtemps possible, mais à présent il devait se lever, et même dare-dare, s'il ne voulait pas mouiller le pantalon de son pyjama. Il leva le bras au-dessus de sa tête, arriva à trouver à tâtons dans l'obscurité l'interrupteur et alluma la veilleuse de la chambre. Il se mit sur son séant en songeant à se doter d'un pistolet, urinoir très pratique quand on est alité, mit ses pieds sur la descente de lit, jeta un coup d'œil à la montre réveil déposée sur la table de chevet et parvint à distinguer, avec l'impression de regarder à travers un voile devant ses yeux, les aiguilles du cadran indiquant cinq heures et demie. Il lui semblait que les simples mouvements effectués pour faire la lumière, se lever, s'asseoir et descendre ses pieds par terre, lui avaient coûté des efforts titanesques ; il haletait et gémissait, la bouche ouverte. Il leva la tête, évalua la petite distance qui le séparait des toilettes, se mit debout précipitamment, incapable de se retenir davantage, ressentant ses urines forcer les sphincters, se disant qu'il n'était pas mal amoché au point de ne pas pouvoir y parvenir. Il ne put faire un seul pas. La chambre et les meubles tournoyaient comme des toupies, le sol tanguait sous ses pieds, les mouches qu'il voyait et entendait étaient plus nombreuses, plus actives, sa tête éclatait avec le bruit d'un pneu crevé. Ses jambes se dérobèrent sous lui. La dernière idée que retint son esprit était d'avoir conscience de mouiller son pantalon en perdant connaissance avant de s'effondrer sur la moquette.

Suzanne, arrivée à sept heures, le trouva couché en chien de fusil, la moitié du corps, sur laquelle il reposait, secouée par des tremblements brefs et saccadés, les doigts crispés sur la paume de la main fermée, la respiration caverneuse fort bien curieuse, les joues gonflées à chaque inspiration, dégonflées à chaque expiration, la bouche fermée, les lèvres pincées, pareil à un vieillard fumant sa pipe serrée entre ses dents.

Elle téléphona à Junior qui ne tarda pas à venir.

— C'est un AVC ! diagnostiqua-t-il à son arrivée.

— Que signifie un AVC ? Est-ce grave ? demanda Suzanne, inquiète.

— Un accident vasculaire cérébral, expliqua-t-il. C'est assez grave, des vaisseaux se sont rompus dans son cerveau. Il faut l'hospitaliser, vite.

Une demi-heure après, le professeur Gomis était admis en priorité, alors que deux autres patients atteints de la même affection attendaient dans les couloirs couchés sur les carreaux, à la réanimation du centre neuropsychiatrique où se trouvait Ramata depuis quarante-huit heures. Le même soir, l'avion de DS l'évacua d'urgence à la Pitié-Salpêtrière, un grand hôpital de Paname, accompagné de Junior et de Suzanne. Mais nul ne peut échapper à son destin, rien ni personne ne peut repousser le terme de la vie quand arrive le moment fatidique dont nul ne saurait connaître avec exactitude le lieu et l'instant. Le professeur Gomis avait rendez-vous avec la mort, là-bas sur les bords de la Seine, malgré les soins intensifs prodigués par les meilleurs spécialistes de l'Hexagone, un mois plus tard, sans avoir repris connaissance. Le Boeing de DS repartit le lendemain pour ramener sa dépouille à Dakar. Il fut inhumé trois jours après, non pas au nouveau cimetière Saint-Lazare de Béthanie, près de la VDN, la voie de dégagement du nord qui venait d'être dotée d'un éclairage public parallèle aux lumières de la piste de l'aéroport L.S. Senghor, pouvant induire en erreur le pilote d'un avion sur le point d'atterrir, mais à Bel Air proche de la mer, fermé depuis plusieurs années, où sa famille possédait un caveau, en présence d'une foule innombrable.

Sur cette terre des hommes où se côtoient l'abondance et la misère, la vie et la mort, rien n'est totalement caché, rien n'est indéfiniment inconnu, tout secret finit par être défloré.

Cet adage, énoncé par Bayab Gondia, souleva une vive discussion parmi les pêcheurs installés dans la cabane au bord de la mer, occupés à réparer leurs filets tout en devisant des choses de la vie, du temps, des saisons, de l'océan, des poissons, de la condition humaine.

— Moi, je ne suis pas d'accord ! objecta Maniéna qui n'allait jamais dans la même direction que les autres. Je suis en mesure de me cacher et de faire une chose que personne, je dis bien personne, à moins que je lui en fasse la révélation, ne pourra jamais savoir.

— Aaha Maniéna, aide-nous ! jeta Bayab Gondia, décidé à ne pas croiser le fer avec lui. Tu contestes toujours tout ce qu'on dit sans rien remettre à la place, tu aimes prolonger les paroles.

— Non, non ! insista Maniéna. Tu soutiens que rien ne reste secret, inconnu ou caché. Moi, Maniéna, je dis que ce n'est pas vrai. Demain, je me cacherai, je ferai quelque chose que nul, toi comme un autre, ne saura jamais. Celui qui parviendra à me le dire pourra m'appeler chien !

— A an ! N'en arrivons pas là, toi aussi, Maniéna.

— Bayab Gondia, j'ai dit et je maintiens que celui qui parviendra à me dire demain ce que j'aurai fait en me cachant pourra chercher des écorces de baobab, tresser une corde, en faire une laisse, me la passer au cou, m'appeler Kuti-le-chiot, m'emmener en me battant avec une branchette si je devenais par hasard réticent à le suivre chez lui ou dans son champ, où, apprivoisé et devenu grand, je serai son fidèle chien de garde !

— Tu parles trop, Maniéna, tu ne saurais rien faire qu'on ne pourrait savoir.

— Si, Bayab Gondia, demain je le ferai et je te mettrai au défi de me le dire.

— C'est bon, on verra demain.

Le lendemain, à l'aube, de retour de la pêche, seul à bord de sa pirogue monoplace, après une nuit passée en mer, Maniéna cessa soudain de pagayer à quelques encablures du rivage, jeta un regard circulaire, ne vit aucune embarcation autour de lui, se déshabilla, et plongea tout nu dans l'eau tiède à cette heure matinale. Il eut un petit sourire malicieux sur les lèvres en enfonçant son index droit dans son anus, refit surface, remonta dans sa pirogue au moment où le soleil pointait à l'orient, et rentra chez lui.

Lorsqu'ils se retrouvèrent après le déjeuner, alors que l'ombre de la cabane s'allongeait vers l'est, Maniéna remit la question sur le sable.

— Toi, toi Bayab Gondia, c'est à toi que je m'adresse, moi, moi Maniéna. N'as-tu pas oublié nos paroles ?

Bayab Gondia fouilla dans sa mémoire, mais ne

se souvint pas d'une causerie particulière avec Maniéna.

— Quelles paroles ? finit-il par demander.

— Hé, hé ! Tu feins d'oublier, Bayab Gondia, tu n'as rien oublié, tu ne peux pas avoir oublié nos paroles d'hier, paroles que tu as toi-même provoquées.

— Ah, Maniéna ! Ce sont des paroles d'hier comme tu dis. Il faut avancer dans ce monde. Laissons les paroles d'hier à hier, occupons-nous des paroles d'aujourd'hui, aujourd'hui ! C'est mieux ainsi.

— Jamais, non, non jamais, je refuse ! Tu ne vas pas soulever des paroles et te défiler après. On ne peut pas laisser nos paroles d'hier à hier pour nous occuper des paroles d'aujourd'hui aujourd'hui. Nos paroles d'hier ne sont pas du tout mortes et enterrées et celles d'aujourd'hui ne sont pas encore nées. Je te demande ce que j'ai fait de particulier, ce matin, étant caché. Qu'ai-je fait ? Je te le demande, toi Bayab Gondia. Je te le demande devant tout le monde. Réponds-moi !

— Toi, toi Maniéna, tu adores, adores vraiment les paroles ! Soit. Mais, auparavant, je voudrais que tu me donnes l'assurance que tu auras la bonne foi de reconnaître que j'ai révélé exactement ce que tu as fait de particulier ce matin, quand tu t'es caché.

— Waay ! Mettre en doute ma bonne foi, toi aussi, Bayab Gondia, vraiment tu m'insultes, s'offusqua Maniéna. Cependant, je peux te le permettre. Quand nous portions des habits courts, nous nous sommes assis sur le même mortier le même matin et nous avons partagé la même case. Si tu dis la vérité, et je suis convaincu que tu ne diras pas la vérité, je serai le premier à le reconnaître, sinon je boirai l'eau sale avec laquelle se sont lavé les mains tous les membres mâles et femelles de ma famille.

Bayab Gondia interpella l'assistance.

— Vous êtes témoins ? Je vous demande.

Et tous de répondre en chœur :

— Témoins, nous le sommes tous, en vérité !

Ils tendaient tous l'oreille dans un silence absolu. On entendait le déferlement monotone des vagues venues s'échouer sur la grève. Bayab Gondia était reconnu comme l'un des hommes les plus sérieux du village. Nul ne l'avait jamais entendu dire ce qu'il ne savait ou qui n'existait pas, même en plaisantant, et tous reconnaissaient qu'on pouvait se fier aveuglément à sa parole en toute circonstance.

— Maniéna, je vais te dire le geste enfantin que tu as fait ce matin quand tu croyais t'être bien caché, que personne ne te voyait. Maniéna, en revenant de la mer, où tu as passé la nuit à poser, à surveiller et à relever tes lignes, à l'aube, peu avant d'arriver à l'endroit où les vagues commencent à se briser en direction du rivage, tu as arrêté ta pirogue. Sûr de n'être pas vu, après avoir contrôlé autour de toi et t'être rassuré, tu t'es dévêtu, tu as plongé tout nu dans l'eau que tu as trouvée tiède, et en souriant, convaincu que personne ne te voyait, tu as enfoncé profondément, regarde bien avec tes deux yeux mon second doigt, le doigt indicateur de ma main droite, tu l'as vu, n'est-ce pas que tu l'as bien vu ? Le tien, toi, Maniéna, ton doigt indicateur de ta main droite, tu l'as enfoncé profondément, dis-je, dans le trou de ton cul. Tu es remonté dans ta pirogue juste au moment où le soleil se levait, puis tu es rentré à la maison.

— Tu mens, ce n'est pas vrai, toi, Bayab Gondia, tu sais mentir ! s'écria Maniéna, avec une mauvaise foi manifeste, contrairement à ce qu'il avait affirmé en parlant d'eau sale à boire, mais demeurant bouche bée de stupéfaction devant l'étonnante précision des révélations de Bayab Gondia. Waaay ! Qui a mis profondément son doigt indicateur de sa main droite dans son trou de cul ? Hééy, toi, je te le dis tout de suite, ce n'est pas parce que nous avons fréquenté la même case ensemble que tu dois te permettre de déverser sur ma tête toutes les vilaines pensées qui traversent ton esprit, je n'aime pas ça, je ne l'aime pas aujourd'hui, je ne l'aime pas demain. Qui a fait ce geste enfantin de si bon matin ?

— Toi, toi Maniéna. Au moins reconnais-tu que c'est un geste enfantin !

— Ce n'est pas vrai, tu mens ! persista Maniéna. Tu ne m'as pas vu, tu ne pouvais pas me voir. Est-ce que tu étais là pour me voir ?

— On peut bien voir sans être présent.

— Comment ? Comment peut-on voir en étant absent ?

— Si je te le dis, tu contesteras encore. Tu contestes toujours tout ce qu'on dit.

— Ce n'est pas vrai, tu mens, tu ne m'as pas vu, menteur que tu es !

— Si, je t'ai vu comme je te vois et t'entends à présent, toi, Maniéna.

C'était aux temps très anciens. L'islam et le christianisme n'avaient pas encore pénétré dans le pays. Il existait beaucoup de détenteurs de connaissances noires, souvent méconnus, et il n'était pas rare d'assister dans une assemblée quelconque, sous l'arbre à palabres, en brousse, au village, à des faits étonnants, voire miraculeux.

Bayab Gondia était de ceux-là. À partir de ce jour, il se révéla le plus grand voyant, comme il n'en avait point existé, comme il n'en existera plus jamais, et le restera jusqu'à sa mort à un âge avancé. On racontait qu'enfant il avait prélevé de la chiasse de l'œil d'un chien et l'avait mis dans ses yeux. Depuis, il voyait aussi bien que l'animal, de jour comme de nuit, les choses et êtres visibles et invisibles.

Il énucléa l'un de ses yeux, le posa sur la paume de sa main ouverte.

— C'est cet œil, que j'ai envoyé, qui t'a suivi partout, qui t'a bien vu, toi, Maniéna ! déclara-t-il à la surprise générale avant de remettre l'organe en place.

Tout finit donc par se savoir, ainsi que le soutenait Bayab Gondia.

L'édition de *L'Œil du Témoin*, parue quinze jours après le décès de Matar Samb, fit l'effet d'une bombe comme l'hebdomadaire avait si bien l'habitude d'en faire éclater. C'était un article de quelques lignes dans la première des fameuses bulles de la deuxième page, titré : « Crise cardiaque ou pendaison ? » « Contrairement à ce qui avait été annoncé, l'ancien ministre d'État Matar Samb ne serait pas mort d'un arrêt cardiaque. Il se serait pendu à l'aide d'une corde. La tragédie a eu pour théâtre la chambre à coucher située au troisième étage de la nouvelle résidence de l'ex-ministre à Ranrhar. Nous reviendrons plus en détail dans notre numéro de la semaine prochaine sur ce qu'on peut appeler d'ores et déjà l'affaire Matar Samb pour révéler au grand jour les raisons graves et obscures qui ont pu pousser le sémillant homme du gouvernement à mettre fin à ses jours de manière aussi brutale. À suivre… »

De tous les nombreux organes de la presse écrite, mensuels, bimensuels, hebdomadaires, bi-hebdos, quotidiens du matin et du soir, qui ont fait avec bonheur éclosion durant ces quinze dernières années, *L'Œil du Témoin*, paraissant chaque vendredi après-midi, battait tous les records de citations devant le tribunal, de condamnations à des peines de prison pour le moment sursitaires et d'amendes. Les procès pleuvaient comme pluies lors d'un généreux hivernage et certains ne manquaient pas de se demander, à juste raison d'ailleurs (nul n'est plus malin que tout le monde), si le rédacteur en chef ne le faisait pas exprès dans le but inavouable de provoquer l'agitation autour de sa personne, et, ainsi, de faire vendre son journal sérieusement malmené par la forte concurrence.

Comme l'affaire du poste de douane de Séléty, dans le Fogny, en Moyenne Casamance, près de la frontière gambienne. Une nuit, des éléments armés attaquent le poste, tuent le chef et l'un de ses adjoints et blessent grièvement le troisième douanier. Officiellement, ce sont les rebelles du MFDC qui ont fait le coup. Le même jour, par la voix de son porte-parole représentant en Europe basé à Paname, le mouvement indépendantiste dément formellement. Qui a raison ? Qui a tort ?

Pour *L'Œil*, toujours égal à lui-même, ce n'était rien d'autre qu'une histoire de fesses, quand bien même elle serait sanglante et tragique. Et de raconter que le chef de poste se tapait la seconde femme du commissaire de police de la capitale gambienne, Banjul, qui avait fini par être averti par lettre anonyme. S'il ne voulait pas y croire, déclarait le corbeau, qu'il se donne la peine de se rendre, telle nuit vers les coups de minuit, au poste de douane de Sélèty où il trouvera son épouse en galante compagnie.

La nuit indiquée, le commissaire gambien, à la tête d'un commando de six hommes armés jusqu'aux dents, débarqua à Sélèty à bord d'une camionnette Toyota bâchée. Il n'avait aucun doute : le jour même où il avait reçu la lettre, sa femme lui avait demandé la permission de se rendre à Sérékunda pour soixante-douze heures afin de rendre visite à sa vieille tante malade. Il défonça la porte de la chambre qu'il semblait connaître, trouva l'épouse indigne et son amant à poil sur le pieu, abattit l'homme d'une rafale et mit la femme K.-O. d'un direct au plexus solaire. Les deux autres douaniers, alertés par le bruit des pas, les détonations, les cris de la femme, sortis imprudemment de leurs chambres pour prendre leurs armes dans le râtelier, furent l'un et l'autre tué et blessé par les membres du commando. Puis le commissaire gambien, estimant son honneur lavé, récupéra son épouse toujours évanouie et retourna à Banjul.

Les familles des douaniers portèrent plainte contre le journal.

À l'audience, le rédacteur en chef déclara se trouver dans l'impossibilité d'apporter la moindre preuve de ce qu'il avait écrit, parce que son informateur, malgré l'assurance qu'il lui avait donnée de venir apporter son témoignage devant le tribunal, avait fait, au dernier moment, faux bond.

Nouvelle condamnation.

Mais *L'Œil*, comme l'appelaient les lecteurs, était loin d'être freiné pour autant dans sa croisade. Dans une émission très suivie d'une radio FM de la place dénommée le Club de la presse, interrogé en tant qu'invité vedette, son rédacteur en chef, provocateur, avait déclaré que la ligne éditoriale de son canard était le sensationnalisme, en fouillant sans relâche au fond des poubelles, des en haut d'en haut surtout, à la recherche des ordures sordides dont on veut se débarrasser, qui, exposées au grand jour, créaient toujours le scandale. Mais pourquoi cette recherche effrénée de scandale ? avait demandé l'intervieweur. Les Sénégalais sont si friands de scandales, pardi ! Ils en raffolent, ils l'adorent même plus que le *ceebu jën*[1] national ! s'était-il exclamé en guise de réponse. Bien sûr, cela provoquait toujours des grincements de dents, bien compréhensibles du reste, allant parfois jusqu'à la menace, souvent à la plainte, rarement à l'agression. Les risques du métier quoi ! Qu'il faut accepter stoïquement comme un sacerdoce. L'essentiel étant et demeurant d'informer juste et vrai, la devise mise en exergue à la première page du journal, avait-il expliqué.

Quelquc temps après, *L'Œil* avait révélé, sans être démenti ni faire l'objet d'un procès quelconque, que la jeune épouse du maire d'une vieille ville du nord du pays (la femme, l'édile et la ville cités tous les trois par leurs noms) avait payé une cinquan-

1. Riz au poisson.

taine de millions à un marabout chargé de travailler le président de la République soi-même, pour que, n'étant plus accompagné de son esprit, il nomme son vieux mari Premier ministre du prochain gouvernement de Notre pirogue. Rien de moins.

Le fringant et beau marabout, en réalité habile charlatan, avait gagné la confiance totale de sa commanditaire. Logé dans une villa des Almadies, pouponné et choyé comme un petit prince héritier durant un semestre plein, ne manquant de rien, mets de choix aux trois principaux repas, le matin bouillie de mil relevée avec des raisins secs, du beurre de vache de Normandie, des dattes de Médine, du lait caillé sucré, parfumé de vanille et de fleurs d'oranger, à midi poulet du pays braisé, accompagné de tous les ingrédients nécessaires, poivre, olives noires d'Espagne, oignons de Hollande et moutarde forte de Dijon, suivi de la séance des trois verres normaux de thé vert de Chine à la menthe, le soir petit en-cas avec gâteaux de Gentina et la nuit côtelettes et gigot de mouton grillés au feu de bois et mayonnaise Calvé, ne buvant que l'eau minérale en bouteille et de la bière en pot, son long séjour enfin souvent agrémenté par les visites fréquentes d'une riche clientèle féminine, jeune ou d'âge mûr, recommandée par la femme du maire, dont beaucoup d'entre elles avaient joué des parties de jambes en l'air en position horizontale avec lui. La veille du remaniement ministériel tant attendu, profitant de sa promenade matinale habituelle sur la plage, il s'était taillé en douce.

Madame le maire, ne le voyant pas revenir à l'heure du déjeuner, avait commencé à s'inquiéter. Pas follement mais un petit peu quand même. À l'heure du dîner, puis du coucher, torturée par le doute, elle n'avait pu avaler un seul morceau ni trouver le sommeil dans son lit durant la nuit interminable, se forçant à ne pas concevoir sa fuite, espérant son retour, jusqu'au matin.

Longue, très longue avait été la journée suivante. Elle était restée tout le temps assise dans le canapé du salon, la tête soutenue par une main, muette, plongée dans une profonde méditation, rongée par l'incertitude, avait gardé la même position, espérant toujours. À vingt heures, au début du journal télévisé, lorsque la présentatrice, après les salutations d'usage, avait annoncé en première nouvelle la nomination de Mamadou Lamine Loum en remplacement de Habib Thiam à la primature, madame le maire s'était relevée brusquement comme si on lui avait planté une longue aiguille dans la fesse, avait poussé un gigantesque « Wooy, il m'a trompée ! » les deux mains posées sur la tête, avant de tomber en syncope sur la moquette.

Pendant un mois, elle avait été gravement malade de déception et avait perdu le tiers de son poids. À la clinique des Almadies où elle avait été hospitalisée, les médecins en dépit de tous les examens possibles, analyses, radios, scanners, ne parvinrent pas à poser un diagnostic précis et la traitèrent comme une malade psychosomatique.

Les bagages abandonnés par la fripouille ne représentaient pas grand-chose : deux grands boubous en basin bleu et blanc, deux djellabas à rayures noires, accrochés au portemanteau, deux paires de babouches marocaines jaunes et blanches, rangées près du matelas à ressort posé à même la moquette de la chambre, qu'elle avait payées de ses propres deniers, et une grosse valise contenant de vieux journaux, trois bouteilles remplies de *safara*, deux longs chapelets, un morceau de percale, une tête et une patte de chien momifiées et deux cornes de koba et de bélier. Aucun papier. Parti sans laisser d'adresse.

À peine remise sur pied, tout rêve d'occuper le Petit Palais[1] brisé, elle s'était lancée dans des investigations effrénées et avait fini par retrouver celui qui avait éparpillé son espérance aux Parcelles Assainies Unité 18, près de l'église, au dernier des cinq étages d'un immeuble de construction récente, engagé par un socialiste ayant perdu son poste de député, battu par un opposant libéral lors des élections législatives de cette année, qui rêvait d'une mairie d'arrondissement aux municipales de l'an prochain, à qui il avait rejoué son coup habituel. Elle n'avait pas voulu faire des histoires, tout ce qu'elle désirait était de rentrer dans ses fonds. Rien d'autre. Elle préférait dialoguer avec lui plutôt que l'entraîner à la police, ce qui aurait forcément ébruité l'affaire. À éviter à tout prix.

Dans le numéro précédant celui évoquant la mort de Matar Samb, *L'Œil* avait dénoncé en termes virulents le propriétaire d'une boîte de nuit, coupable d'avoir organisé une soirée sénégalaise au cours de laquelle un concours original avait été organisé et avait eu un vif succès. Des femmes avaient défilé nues afin de permettre à un jury composé de trois membres de déterminer celle qui possédait le mont de Vénus, rasé ou hirsute, le plus important, le plus bombé et le vagin le plus propre. L'heureuse élue, une jeune fille de vingt-cinq hivernages, aux formes étonnantes, chair de femelle adulte enveloppée dans un corps d'enfant, avait remporté le sac de riz de

1. Résidence du Premier ministre.

cinquante kilos mis en jeu. Ce concours satanique, s'indignait le rédacteur en chef dans son éditorial, pour un prix aussi modique, véritable insulte à toutes les femmes de notre pays, nos braves grands-mères, mères, sœurs, tantes, traduisait bien le profond délabrement moral de notre société, touchée dans ce qui constitue sa plus importante richesse, sa jeunesse, qu'on a voulu qualifier de malsaine, qui ne l'est pas plus qu'une autre, et démontrait que la grande pauvreté qu'on tient à nier, dont le PNUD avait publié récemment le seuil effrayant, élevé et intolérable, escortée par la hideuse fille aînée de sa lugubre et épouvantable famille, la famine, frappait durement comme un coup de tête en plein visage une grande partie de toute la population en général, des ruraux en particulier. Il était grand temps de revoir ces soirées sénégalaises, et même tout bonnement de les interdire, concluait l'article. Cela n'avait rien à voir avec un déni de la liberté d'expression garantie par la Constitution, mais bien un arrêt brutal à une nouvelle forme de dépravation des mœurs. Car, il y a moins d'un mois, au cours d'une de ces fameuses soirées organisées au Monaco Plage, la gendarmerie de Hann avait surpris quinze couples de tapettes en pleins ébats sur le sable du rivage et les avait mis sous les verrous.

Les nombreuses associations musulmanes, de concert, à travers les ondes de toutes les radios, avaient crié haro sur le gérant du dancing, un impie qui méritait d'être flagellé en public. Une ONG islamique avait déposé une plainte, cette fois-ci non pas contre *L'Œil du Témoin*, mais contre le mécréant qu'il vilipendait. Il fut arrêté, et son dancing, le Cinq sur Cinq, à M'boro, petit village maraîcher et touristique de la région des Niayes, avait été fermé dès le lendemain de la parution de l'article.

*

Mamadou Moustapha Marone, qui signait ses articles par le sobriquet d'Emme Trois, rédacteur en chef de *L'Œil du Témoin*, fut réveillé par le tintillement mélodieux de son portable déposé sur la table de chevet, alors qu'il venait à peine de s'endormir après avoir éteint la veilleuse de la chambre à coucher.

Il se retourna tout doucement dans l'obscurité, tendit le bras et s'empressa de prendre l'appareil, voulant éviter que la lumière allumée, ses mouvements trop brusques et la sonnerie prolongée du cellulaire ne dérangent sa femme, Salimata Badiane, et sa fille Yaye Ndoumbé, âgée de neuf mois, retirée de son berceau, qui dormaient à ses côtés. Yaye Ndoumbé était souffrante depuis hier. Le corps brûlant de fièvre et toujours diarrhéique malgré la prise des médicaments prescrits par le pédiatre chez qui il l'avait emmenée dans la matinée, elle n'avait cessé de crier durant une grande partie de la nuit. À tour de rôle, la dorlotant dans leurs bras, jeunes père et mère très inquiets, leur enfant malade pour la première fois, avaient veillé jusqu'aux environs de l'aube quand elle avait enfin retrouvé le sommeil peu avant que Salimata ne s'endorme à son tour.

— Emme Trois ? entendit-il une voix mâle, douce et traînante, lui demander.

— Lui-même à l'écoute, répondit-il d'un ton rude qu'il ne tenta guère de dissimuler, furieux d'avoir été tiré des bras de Morphée et maudissant au fond de lui son correspondant si matinal. Qui m'appelle ?

— Mon nom ne vous dira rien. Êtes-vous intéressé par des renseignements concernant ce que votre journal appelle l'affaire Matar Samb ?

— Bien sûr ! s'exclama Emme Trois, agréablement surpris. Où et quand pouvons-nous nous rencontrer, heure et lieu à votre convenance bien sûr, s'il vous plaît ?

Il sentit sa femme s'approcher et se serrer contre lui en lui chuchotant à l'oreille dans le noir :

— Parle moins fort, tu vas réveiller Yaye.

— Tout de suite, si vous voulez, répondit la voix douce et traînante. Je suis garé devant votre portail.

— Non, ce n'est pas croyable ! Je sors tout de suite.

Emme Trois reposa le portable sur la table de chevet, repoussa sa femme et se mit debout en allumant la veilleuse de la chambre à coucher.

— Où vas-tu à cette heure ? s'enquit Salimata après avoir jeté un rapide coup d'œil à la montre réveil posée sur la coiffeuse. Cinq heures quarante-cinq, il fait encore nuit.

— Je m'arrête juste à l'entrée de la maison. Un gus m'attend pour me donner des renseignements sur l'affaire Matar Samb ! annonça-t-il d'un ton excité.

Yaye Ndoumbé se réveilla au son élevé de sa voix, se signalant par ses grands cris. Salimata se mit sur son séant, la souleva du lit, la prit dans ses bras, dégagea son sein de sa chemise de nuit, lui introduisit le téton dans la bouche et ses pleurs cessèrent aussitôt.

— Le docteur avait dit de cesser de l'allaiter complètement jusqu'à l'arrêt total de la diarrhée, observa-t-il.

Oh, elle a faim, il faut que je lui donne le sein, ça ne lui fera pas du mal, estima-t-elle, tête baissée, caressant l'enfant avec sa joue frottée contre sa chevelure.

— Bon, j'y vais !

— Est-ce bien prudent ? s'inquiéta-t-elle. C'est peut-être un piège, il y a trop d'agresseurs dans le quartier, il fait encore nuit, Yaye est très malade, moi, j'ai peur. Ne sors pas.

Emme Trois ne l'attendit pas terminer. Il sortit de la chambre en pyjama, pénétra dans le salon, alluma la lumière et le néon du dehors, traversa la petite cour au jardin minuscule, arriva à la case sans faire attention à Reporter, le perroquet qui semblait dormir dans sa cage et parvint au portail.

Il se dit qu'il avait encore visé juste, sa bulle avait certainement fait l'effet effervescent d'un coup de pied en pleine fourmilière. Il avait reçu l'info alors que le journal était déjà bouclé et n'avait pas hésité à supprimer une autre bulle relatant les mésaventures d'un *oustaz*, un maître d'arabe, tabassé, la jambe fracturée par un père de famille fou furieux armé d'une barre de fer, qui avait fait irruption dans sa classe pour le punir d'avoir exercé des attouchements sur sa fillette âgée de huit hivernages. Sa bombe avait fait grand bruit comme d'habitude, au-delà de toute espérance, et en avait étonné et surpris plus d'un. Tout le monde élucubrait. « Hé, tu as lu *L'Œil* de ce vendredi-ci ? — Non, j'ai pas lu. — Donc, tu n'es pas au courant, il faut le lire, le ministre d'État Matar Samb n'est pas mort d'une crise cardiaque, il s'est suicidé dans sa chambre à coucher à Ranrhar ! » Ainsi, ameutés par le bouche-à-oreille, les lecteurs s'étaient jetés sur le canard comme les mouches sur le noyau d'une mangue. En fin de journée, il était impossible de trouver un seul exemplaire dans les kiosques de la ville, toute l'édition étant épuisée. Dans le prochain numéro, comme promis, en doublant le tirage, il revisitera en profondeur cette affaire. Il était convaincu de la fiabilité du renseignement balancé par son informateur, Ngagne Demba Thiongane, qu'il connaissait bien. Ils avaient grandi dans le même quartier, avaient fréquenté les mêmes cours secondaires et avaient réussi à la même série de bac ensemble. Leurs chemins s'étaient séparés à l'université lorsque Ngagne Demba avait été orienté à la faculté de droit et de sciences juridiques, alors que lui réussissait premier de la liste à l'examen d'entrée à l'école de journalisme, le CESTI, d'où il sortira deux ans plus tard muni de sa peau d'âne, à nouveau major.

La vie n'avait pas fait un grand sourire à Ngagne Demba. Il avait la guigne qui ne le lâchait pas, le suivant partout comme son ombre. Il n'avait pas pu suivre le rythme infernal du campus et des amphis, s'était engagé dans l'armée, avait été libéré au bout de vingt-quatre mois sans avoir dépassé, en dépit de son bac, le grade de première classe, et après une longue et difficile période de chômage, durant laquelle il avait vécu des jours sombres et avait commis des actes dont il ne voulait pas se souvenir, il était parvenu grâce à l'intervention de son frère aîné, ingénieur des Télécom, qui avait parlé avec réticence, sur sa demande insistante et répétée, à son ami directeur de société, à trouver un emploi à l'agence de gardiennage et de nettoiement Sénégal Sécurité Service. Ngagne Demba l'avait contacté il y a trois jours, pris par la nécessité de résoudre au plus vite un épineux problème ne pouvant attendre auquel il se trouvait confronté, disait-il, et lui avait vendu le secret qu'il avait surpris il y a quinze jours, le matin de sa garde chez feu le ministre d'État Matar Samb.

Il lui avait demandé de glaner d'autres renseignements qu'il était prêt à payer au double même, auprès du personnel domestique, femmes de ménage, cuisiniers, maître d'hôtel, pour savoir ce qui s'était passé exactement entre le couple à son retour en Pajero à la maison tôt dans la matinée, à l'intérieur de la chambre à coucher, avant la sortie précipitée quelques instants après y être entrée avec son mari et le départ en catastrophe de l'épouse à bord de sa Jaguar. Les domestiques, comme toujours lorsque surviennent des drames familiaux de ce genre, alors que personne ne fait guère attention à eux, sont au courant de tout ce qui se passe dans les moindres détails. Ngagne Demba parviendra à leur tirer les vers du nez. Ils avaient rancart au restaurant Ali Baba aujourd'hui même à treize heures.

Mais mieux encore, voilà que les Dieux des journaleux se mettaient de la partie et venaient à son aide ; quelqu'un, que la lecture de son bref article révélant l'affaire Matar Samb avait sans doute poussé à soulager sa conscience d'un secret trop lourd à porter, se présentait presque chez lui dans le but de lui apprendre ce qu'il savait.

Emme Trois ouvrit le portail et vit dans la grisaille de l'aube naissante l'homme tout de blanc vêtu, debout à l'avant de sa grosse Mercedes à la couleur assortie à ses vêtements. De taille moyenne, pas costaud de carrure, il devait être fou de la couleur blanche. Son bonnet blanc laissait échapper sur les rebords des cheveux aussi blancs que sa moustache épaisse soigneusement taillée en guidon de vélo de course, et son ensemble boubou, froc-pique la gorge, pantalon bouffant, ses chaussures Marakis, tout comme le chapelet qu'il tenait dans sa main droite, les perles égrenées contre le pouce et l'index, étaient également blancs comme du lait frais.

À l'apparition d'Emme Trois, il traversa la rue en rassemblant son chapelet dans les deux paumes réunies de ses mains, souffla dessus, le frotta sur son visage, puis le remit dans la poche latérale de son boubou au moment de parvenir auprès de lui.

— Bonjour, Mamadou Moustapha, salua-t-il chaleureusement de sa voix douce et traînante qui avait fait penser à Emme Trois, tant elle était un brin efféminée, d'avoir affaire à un homme-femme. Marone, Marone ! Vous avez un très grand nom, le nom de la meilleure des créatures du Tout-Puissant, mille fois plus beau que le pâle surnom d'Emme Trois.

Le red chef crut entendre la voix de feu son propre père qui souvent, quand il était bambin, lui répétait à peu près les mêmes paroles. Il paya l'homme en blanc dont la poignée de la main qu'il serra, contrairement à sa voix, était ferme et énergique. Il l'observa brièvement et fut frappé par la lueur féroce, cruelle même, qui brillait dans ses yeux. Il pensa alors qu'il s'était gouré. Cet homme aux traits durs n'était guère une pédale, il était dangereux, implacable et devait être capable d'étrangler de ses propres mains un imprudent lui cherchant des crosses. Il se dit qu'il n'aimerait pour rien au monde avoir à se heurter à lui.

— Bonjour, tonton, jeta-t-il. Vous ne voulez vraiment pas me dire votre nom ?

L'homme eut un petit sourire découvrant une dentition d'une blancheur scintillante qui, au lieu d'éclairer son visage, renforça la dureté de ses traits et la cruauté de son regard.

— Mon nom, je vous le répète, ne vous dira rien,

déclara-t-il. Mais pouvons-nous entrer, Mamadou Moustapha ? Pas dans le salon où nous pourrions déranger par nos voix votre femme et votre enfant malade couchées dans la chambre contiguë mais juste dans la case aux chaises et au hamac verts édifiée au milieu de la cour.

— Décidément, vous semblez bien informé sur mon compte ! s'étonna Emme Trois en s'écartant pour lui céder le passage.

Il pénétra dans la cour et se dirigea vers la case. Emme Trois, après avoir refermé le portail, vint le rejoindre. Ils s'installèrent sur les chaises en plastique vert disposées en face du hamac tissé avec du fil en nylon de même couleur.

— Mes félicitations, Mamadou Moustapha, reprit le visiteur. Votre nouvelle maison est très belle. Un homme doit aimer sa propre personne, ce n'est pas du narcissisme mais simplement se respecter. Habiter dans une demeure confortable, s'habiller de manière impeccable, manger une nourriture saine et succulente, avoir une ou, mieux, quatre bonnes épouses, c'est la clé d'une existence heureuse le temps de notre passage éphémère sur terre. À nouveau, toutes mes félicitations. Mamadou Moustapha, puis-je vous tutoyer ?

— Bien sûr, tonton, répondit Emme Trois, la bouche grande ouverte, ses paroles gargouillées, déformées par un bâillement irrépressible.

— Merci, Mamadou Moustapha. Il va sans dire que moi aussi, je te permets de me dire tu. Je t'ai demandé l'autorisation d'entrer parce que j'ai à te parler longuement, très longuement, et je suis d'un naturel très bavard. Là où un homme a besoin de trois mots pour s'exprimer, moi j'en emploie bien douze. Il ne serait pas bien séant de nous tenir dans la rue, même déserte à cette heure-ci, à nous parler tels des arrivés récemment en ville. Tantôt, tu as dit « Vous semblez bien informé sur mon compte ! ». Tu te trompes un peu. Apprends, Mamadou Moustapha, que je suis au courant de tout, je dis bien de tout ce qui te touche, de près ou de loin, depuis deux décennies. Si tu savais combien je te connais, tu serais effrayé…

Emme Trois voulut parler, mais gagné à nouveau par l'envie de bâiller il ouvrit encore largement la bouche en poussant avec force une longue et bruyante expiration.

— Mets la paume de ta main devant ta bouche ouverte, Mamadou Moustapha, recommanda l'homme en blanc. Comme tous les jeunes, tu négliges les bons enseignements. Ne sais-tu pas que, lorsque tu bâilles sans protéger ta bouche ouverte par ta main, le diable parvient à pénétrer par ce passage dans ton corps et provoque des maladies toujours difficiles à guérir ? C'est ça, Mamadou Moustapha, mets toujours ta main devant ta bouche quand tu bâilles en guise de protection comme tu le fais à présent. C'est bien !

Emme Trois commençait à être horripilé par cet inconnu dont il n'arrivait pas à cerner les contours. Il voulut refuser d'obtempérer, par bravade et parce qu'il ne croyait guère à ces histoires de diable. Mais les yeux de l'homme fixés sur lui l'en dissuadèrent. Malgré lui, il suivit son conscil comme s'il était obligé d'exécuter un ordre qui ne lui plaisait pas, ne pouvant s'empêcher de penser à son défunt père non voyant qui lui faisait toujours la même recommandation quand il l'entendait bâiller en sa présence.

— Mais qui êtes-vous, à la fin ? s'empressa-t-il d'interroger alors qu'il n'avait pas fini de souffler, sa paume encore placée devant sa bouche.

— Cette question a été évacuée par deux fois, je crois. Mais, puisque tu y tiens, je vais te donner mon nom. Je pouvais te dire Mamadou Ndiaye, le nom le plus commun des Sénégalais, tu ne m'aurais pas cru, avec juste raison d'ailleurs. En vérité, je me nomme Mamadou Moustapha Marone, comme toi, nous sommes homonymes, tu vois, et cela ne s'arrête pas là, mon père, que Dieu lui accorde son saint paradis, décédé sous les roues d'un camion il y a vingt ans, s'appelait Massamba Marone qui est le nom de ton propre père, mort lui aussi dans les mêmes tristes conditions, ma mère s'appelle Ndoumbé Fall comme la tienne, ma première fille de mon unique épouse, Salimata Badiane, du même nom que ta seule femme, s'appelle comme ta fille de neuf ans, Yaye Ndoumbé. Étranges, bien étranges ces cas d'homonymie qui n'existent nulle part ailleurs. Ce n'est pas tout, mes deux grandes sœurs ont nom respectivement Khady et Yama Marone, et enfin mes deux demi-frères, Massamba et Lamine Niang, nés du second mariage de ma mère avec celui à qui je dis père, Bassirou Niang, sont les homonymes de tes sœurs aînées, de tes demi-frères et de ton père adoptif. Vraiment étrange, non, Mamadou Moustapha Marone, mon plus qu'homonyme ?

— Non, ce ne sont pas des cas d'homonymies ! s'écria Emme Trois, épouvanté. Tu t'es renseigné et bien renseigné sur…

Il ne put continuer sa phrase, pris encore par le besoin de bâiller.

— Tu n'as pas bien dormi, je sais, observa l'homme. Voilà pourquoi tu bâilles sans arrêt. Comme je te l'ai recommandé, mets toujours ta main devant ta bouche ouverte. Salimata n'a pas bien dormi, elle non plus, car nos précieuses épouses, en cas de maladie de bébé, se mettent beaucoup plus dans tous leurs états que nous, les maris. Tous les enfants du monde, lorsqu'ils tombent malades, surtout la première fois comme Yaye Ndoumbé, sont source d'inquiétude pour leurs parents. Mais, ne t'en fais pas, comme t'a rassuré le professeur Macodé Thiam, le pédiatre de la clinique Dieynaba chez qui tu l'as emmenée hier matin, sa maman la portant à califourchon sur son dos bien qu'elle n'en ait pas l'habitude. Le professeur Thiam, surnommé le docteur des enfants, les connaît très bien. Une simple poussée dentaire des deux prémolaires, une otite non purulente de l'oreille interne droite et une petite diarrhée se guérissent facilement avec de la Catalgine poudre, un sachet le matin, le midi et le soir contre la fièvre et la douleur, de l'Antibio Synalhar, gouttes auriculaires, deux dans l'oreille malade, la droite, celle où elle porte toujours sa petite main en pleurant, matin, midi, soir, sans boucher le conduit auditif avec du coton, n'oublie pas, et enfin, contre la diarrhée, de l'Arabon, poudre chocolatée très agréable au goût, trois cuillerées matin, midi et soir aussi. Plus l'arrêt total de l'allaitement remplacé par la soupe de carotte, la bouillie non lactée, l'eau minérale, l'eau de riz jusqu'à l'apparition des selles solides. Cette dernière recommandation, aussi importante que la prise des médicaments, n'est jamais respectée par nos braves femmes. Elles disent toutes « Oh, le docteur raconte des histoires, le sein de sa mère ne peut en aucun cas faire du mal à son petit bébé ! » et n'hésitent pas à l'allaiter. Comme l'a fait Salimata, sans aucun doute. Mais, rassure-toi, tout ira bien pour Yaye Ndoumbé bientôt. Tu as déjà acheté les trois médicaments à la Grande Pharmacie dakaroise en payant avec un billet de dix mille et un de cinq mille francs, tu as reçu la monnaie de quatre cent vingt-huit francs. Les médicaments coûtent horriblement cher comme tu l'as constaté, de même que tous les frais médicaux, d'ailleurs. Malade, pas d'argent, pas de consultation, pas de soins, la mort survient rapidement. Toi, mourir par manque de consultation et de médication ne t'arrivera pas, tu as largement de quoi. Seulement, tu pourrais trépasser de manière horrible, pénible et soudaine si…

Salimata, en chemise de nuit, s'encadra dans le rectangle lumineux de la porte d'entrée du salon et regarda en direction de son mari en train de discuter avec un étranger habillé tout en blanc, installés à l'intérieur de la case.

L'homme l'aperçut le premier, prévint le rédacteur en chef d'un discret mouvement de la tête. Emme Trois se détourna, vit à son tour son épouse, lui fit un signe rassurant de la main.

— Va vite tranquilliser Salimata, Mamadou Moustapha ! lança-t-il. Comme je l'ai dit, je suis naturellement bavard, notre causerie commence à durer. Elle s'est mise peut-être à s'inquiéter, à s'affoler même. Ah, nos braves et indispensables épouses ! À la fois bons matelas et chaudes couvertures pour les uns, champs à la terre fertile ou stérile pour les autres, elles s'inquiètent et s'affolent bien vite, souvent pour rien du tout. Va la rassurer, vite !

Emme Trois n'avait nulle envie de se lever et d'aller tranquilliser qui que ce soit. Il avait les foies, c'est lui-même qui avait grand besoin d'être tranquillisé. Il voulait rester assis, écouter les surprenantes révélations étonnamment précises de cet étrange homme. Il ne put s'empêcher de frémir et sentit, sans savoir pourquoi, comment et quand il avait frôlé la mort de très près et avait eu la vie sauve par miracle. La panique, tel un violent coup de vent dans une porte ouverte, s'infiltra en lui. Qui était cet homme étrange ? Que lui voulait-il ? Du bien ou du mal ? Comment diable était-il parvenu à si bien le connaître, le connaître jusqu'à le finir, sachant tout, absolument tout sur lui, jusqu'aux doses des médicaments prescrits à son enfant, son âge, ce dont elle souffrait, son médecin traitant, l'officine où ils avaient été achetés... Cet adorateur dingue de la blancheur, au regard de serpent à sonnette hypnotisant un lièvre avant de le frapper fixé avec insistance sur lui, n'était pas venu le voir à cette heure indue, alors que le premier appel du muezzin à la prière matinale venait à peine de retentir au haut-parleur du minaret de la mosquée du quartier voisin, que les honnêtes gens s'apprêtaient à faire leurs dévotions ou étaient encore dans leurs lits, ce fou de la blancheur n'était pas seulement venu lui faire une visite à domicile dans l'unique but de le renseigner sur l'affaire Matar Samb comme il l'avait prétendu. Il venait pour autre chose. Mais quoi ? Quelles raisons, à n'en pas douter un seul instant, très, trop importantes l'emmenaient chez lui de si bon matin au moment où les coqs chantent ?

— Va vite la tranquilliser, répéta-t-il. Après, je répondrai aux questions qui s'agitent dans ton esprit en ce moment. Va vite.

Effrayé, Emme Trois se releva de sa chaise, et à pas rapides, se demandant s'il n'avait pas affaire à un vrai sorcier capable de lire dans ses pensées, arriva près de Salimata.

— Et Yaye ? interrogea-t-il sans quitter des yeux l'homme qui l'avait totalement subjugué.

— Elle s'est endormie à présent, déclara-t-elle. La fièvre est tombée, elle ne gémit plus, n'est plus agitée. Elle s'est calmée, elle va mieux. C'est qui, c'est un *oustaz*, avec son habillement ? Il a beaucoup de choses à te dire, il me semble !

Emme Trois pensa qu'il avait eu la même impression que son épouse quand il l'avait vu se tenant debout à côté de son véhicule stationné dans la rue devant le portail de sa maison ; il l'avait pris aussi pour une personne aux mœurs perverties comme il en courait tant par les rues. Mais il n'était pas maître d'arabe, pas homo, non plus, il en était tellement sûr et certain qu'il n'hésiterait pas à parier sa main à couper.

— Retourne vite auprès de Yaye, fit-il.

— Qui c'est ? insista-t-elle.

— Quelqu'un qui a des révélations importantes à me faire. Retourne près de Yaye, je poursuis avec lui.

Emme Trois abandonna Salimata sur le pas de la porte du salon, revint à la case, reprit place sur la chaise en face de l'énigmatique homme en blanc.

Salimata resta encore debout à les regarder pendant un bon moment avant de disparaître dans la pièce.

— Continue, tonton, s'il te plaît, débita-t-il d'un ton empressé.

— Bien, Mamadou Moustapha, reprit l'homme. Je vois que mon bavardage t'intéresse, que tu es bien prêt à m'écouter de tes deux oreilles. Je continue donc en te redisant que tu pourrais trépasser de manière horrible, pénible et soudaine si tu n'exécutais pas intégralement les ordres que je vais te donner, Mamadou Moustapha Marone. Cesse, une fois pour toutes, de salir la mémoire de celui qui est allé à Dieu Matar Samb, que le Tout-puissant lui accorde une place de choix au septième paradis. Il n'y a pas, il n'y aura pas d'affaire Matar Samb. Sinon, les foudres du ciel s'abattront sur ta petite famille, ton épouse, ta fille, et sur toi, vous serez tous carbonisés comme du charbon de bois. Tu as eu une chance inouïe, tu ne devrais plus vivre après la parution du nom du regretté Matar Samb dans un article aussi diffamatoire. La preuve irréfutable que tu as été induit en erreur par l'agent de Sénégal Sécurité Service, Ngagne Demba Thiongane, t'a sauvé d'une mort certaine. Tu lui as déjà payé cent vingt-cinq mille francs pour un faux renseignement qu'il t'avait vendu, vous aviez rendez-vous au restaurant Ali Baba à treize heures pour d'autres renseignements que tu promets de lui payer au double. (Tout en parlant, il tira de la poche avant de son boubou des billets qu'il remit à Emme Trois.) Reprends ton argent, on ne débourse pas une telle somme pour un mensonge aussi odieux. Car ce que Ngagne Demba Thiongane avait prétendu avoir vu est un odieux mensonge, destiné, dans un dessein bien connu, à ternir l'image posthume d'un homme irréprochable, un grand homme aux mérites innombrables. Des ennemis irréductibles s'acharnent encore sur sa mémoire comme les charognards qu'ils sont sur le cadavre d'un âne et ne veulent même pas le laisser dormir en paix dans sa tombe du sommeil du juste. Et toi, manipulé pire qu'une marionnette, tu as été l'instrument de ces oiseaux malfaisants. Heureusement, pour toi, tu ne savais pas ce que tu faisais. Par contre, Demba Thiongane, si. Il avait été recruté par cette bande d'anthropophages. C'est pourquoi il a été puni, définitivement puni, il ne viendra pas au Ali Baba aujourd'hui ; depuis cette nuit, il est en route pour l'enfer et doit y être arrivé à cette heure. Tu iras vérifier sur la plage, près de l'endroit où l'on fusillait jadis les condamnés à mort. Tu auras de quoi faire un excellent papier pour ton canard, des faits véridiques et vérifiés. Mais, je te préviens, son cadavre n'est pas beau à voir. Si tu veux avoir une idée exacte de son état, jette un coup d'œil à Reporter dans sa cage.

Emme Trois se releva vivement, le regard posé sur la cage suspendue à la toiture de la case, la décrocha et vit l'oiseau mort à l'intérieur, gisant sur le dos, décapité avec une lame de rasoir posée en même temps que la tête sur son thorax, une aile arrachée, les viscères pendants, retirés de l'abdomen.

C'était un splendide perroquet, spécimen rare, aux vives couleurs jaune, orange et bleu au cou, le bec rouge vermeil, la tête et le reste du corps verts, ramené d'un voyage au Gabon, cadeau d'un confrère qui lui avait affirmé qu'avec un long apprentissage et une grande patience on pouvait parvenir à lui faire prononcer quelques mots, des phrases même, en commençant par le sifflement. Il l'avait surnommé Reporter en souvenir de son reportage en Afrique centrale. Le volatile s'était rapidement habitué à la maison, en connaissait tous les recoins, reconnaissait son nom et répondait par un cri révélateur qu'il comprenait bien qu'on l'appelait. Il lui avait appris à siffler les premières notes de *Set*, le célèbre tube de Youssou Ndour, qu'il arrivait à moduler sans faute, mais ne parvenait pas encore à prononcer exactement le diminutif de son journal, *L'Œil*, qu'il s'évertuait à lui répéter sans cesse. Maintenant, le pauvre Reporter était inerte, sans vie, victime innocente d'un règlement de comptes auquel son maître et lui-même ne comprenaient rien.

Emme Trois, envahi par un mélange de peur et de dégoût, se mit à trembler si violemment que la cage lui tomba des mains. Une émission involontaire d'urine lui échappa et il sentit le liquide tiède ruisseler sur ses jambes flageolantes jusqu'aux chevilles. Il fut incapable de se tenir sur pied et se rassit sur la chaise.

— Qui a tué Reporter ainsi ? demanda-t-il d'une voix atone, la gorge, la bouche et les lèvres asséchées.

— Celui qui a tué Demba Thiongane, qui te tuera immanquablement mais qui tuera avant Yaye Ndoumbé et Salimata, ta fille et ton épouse. Il y a beaucoup de vérités te concernant, que tu ignores totalement, qu'il faut que tu apprennes pour que tu saches enfin qui tu es vraiment, car tu ne te connais pas, et que tu comprennes combien tu as manqué de reconnaissance envers la famille de celui qui est allé à Dieu Matar Samb, que le Seigneur ait pitié de lui, à qui, toi et ta propre famille devez absolument tout. Cela a commencé il y a très longtemps, il y a deux décennies exactement, tu avais alors huit ans. Tu étais un enfant à l'époque. Cependant, à cet âge-là, on se souvient très bien des faits importants de son existence, et rien n'est plus marquant que la mort horrible d'un père sous les yeux de son enfant. Tu as encore en mémoire donc cette froide matinée du mois de mars, lorsque tu conduisais ton vieux père aveugle, en le guidant par sa canne tenue dans ta main, au pont de Colobane, où il mendiait matin et soir, près de votre domicile, une misérable baraque faite de bidons et de pots de conserve aplatis rafistolés les uns contre les autres, parmi celles qui restaient du quartier Alminkou. En traversant la chaussée, un camion descendant du pont à vive allure a fauché ton pauvre père qui a été tué sur le coup. Toi, averti par le hurlement des freins et les cris des passants, tu as sauté, tu as ainsi réchappé de l'accident, la canne du vieil aveugle restée dans ta main. Un policier du commissariat de Bel Air, pas éloigné, de faction non loin de là, faisait partie des nombreux témoins. Le constat a été vite fait. Pour l'enquête, ton père et toi traversiez alors que les feux étaient rouges, aucune indemnité ne devait par conséquent être payée à ta famille par la société qui assurait le camion fatal. C'est la loi, elle est dure, inhumaine, mais c'est la loi. Cependant, le camion appartenait à une entreprise de travaux publics et bâtiments, tout comme la société d'assurances, à la famille de celui qui est allé à Dieu Matar Samb. À cette époque, son père, le vénérable Mapaté, vivait encore. C'était un saint homme, à la générosité sans limites et aux bienfaits aux quatre coins du pays innombrables. Mis au courant du dénuement complet dans lequel vivait la famille du vieil aveugle défunt, une femme, ta mère Ndoumbé Fall, tes deux sœurs Khady et Yama, et toi, le benjamin Mamadou Moustapha Marone, le vénéré Mapaté Samb la prit entièrement en charge. À quelque chose malheur est bon ! Cet adage traduit très bien ce qui vous est arrivé à toi et aux tiens : la tragédie qui vous frappait vous ouvrait en même temps les portes de l'aisance et de la prospérité. D'abord, la compagnie d'assurances vous indemnisa en totalité sans l'aide d'un avocat et du jour au lendemain vous quittiez le taudis d'Alminkou pour un bel appartement de cinq chambres, salon, cuisine, salle de bains avec baignoire, entièrement équipé, dans le nouveau quartier de Liberté 5. Rien, absolument rien, ne vous a manqué depuis, vous avez toujours reçu plus que vous n'aviez besoin, denrées alimentaires, vêtements, argent liquide, eau, électricité, téléphone même, payés, un gros bélier, non seulement lors de chaque fête de Tabaski, mais aussi celle de Korité et de Tamkharite. Khady et Yama, quinze et treize ans, travaillant déjà comme bonnes à tout faire, trop âgées pour entrer à l'école, restèrent à la maison et donnèrent des ordres aux deux domestiques que leur mère avait engagées, l'une pour le linge et le ménage, l'autre la cuisine et la vaisselle. Toi, avec un léger retard, à huit ans, tu as été inscrit aux cours Sainte-Marie de Hann, la meilleure école, privée comme publique, du pays, tous frais de scolarité payés, de la classe d'initiation à la terminale. Tu avais déjà fait des études coraniques ; quand tu déposais ton père à l'entrée du pont de Colobane, tu retournais à Alminkou, chez le marabout toucouleur dont l'école était installée en plein air dans la cour de la petite mosquée construite près des rails, que ton père se faisait un devoir de payer tous les mercredis matin sans jamais y manquer, parce que tu ne pouvais pas, comme les autres *talibés*[1], aller mendier. Tu avais l'esprit bien ouvert par la mémorisation des versets du saint Coran, aussi, tu fus un excellent élève, toujours premier, partout, de la classe du C1 au CESTI. Toutes ces bonnes actions ont été faites dans la plus entière discrétion, selon l'habitude du vénérable Mapaté. Ce que je t'apprends là, ta propre mère Ndoumbé Fall ne le sait pas. Elle a toujours ignoré d'où lui tombait cette manne. Tout ce qui lui était demandé était de ne jamais tenter d'en connaître la source sous peine de la voir tarir, et de prier chaque matin à son réveil, chaque soir à son coucher pour son bienfaiteur qui tient à demeurer inconnu. Les années ont passé, le vénérable Mapaté a été

1. Élèves d'une école coranique.

rappelé à Dieu, sa fille Dieynaba l'a remplacé. C'est une femme plus capable que dix hommes. L'œuvre philanthropique de son père, elle l'a maintenue et l'a même majorée après la dévaluation du franc CFA. Ta mère, encore jeune et belle, s'est remariée avec Bassirou Niang, beaucoup moins âgé qu'elle, ce qui est le rêve secret de toutes les femmes, a eu deux enfants de ce second lit, Massamba, qui porte le nom de feu ton père et a maintenant dix-huit ans, et Lamine, son cadet de deux ans. Elle est allée plus de quinze fois en pèlerinage à La Mecque, la moitié du temps en compagnie de son jeune mari. Aujourd'hui, elle est l'une des plus importantes notabilités du quartier, responsable politique du parti socialiste, avec le drapeau vert à l'étoile rouge flottant à l'entrée de sa maison. Elle est arrivée, comme on dit, et bien arrivée. Tes deux sœurs, Khady et Yama, aussi, sont arrivées, elles ont fait de beaux mariages, l'une avec Mor Djigo, un grand entrepreneur, et l'autre avec Samba Ndir, un riche commerçant, ont des enfants en bon nombre, non délinquants, vont visiter la Kaba et le tombeau du Prophète à Médine et sont heureuses en ménage. Enfin, toi, Mamadou Moustapha Marone, toi aussi tu es arrivé, tu es le patron de ton propre journal, chef d'entreprise donc, à la tête d'une quinzaine d'employés, tu as une belle villa, une BMW série 500 neuve, une jeune femme charmante, une petite fille mignonne, un verger productif à Diander, et à la Bicis, un compte bancaire, le numéro 11965800094, bien approvisionné. Tu es très bien loti, il n'y a pas à dire. Cependant, tu pourrais ne plus jouir de ces commodités si tu continues à jeter l'opprobre sur la famille du vénérable Mapaté Samb qui vous a sortis, ta famille et toi, alors que rien ne l'y obligeait, voulant seulement plaire au bon Dieu, de la misère noire. Ce serait la vipère mordant le sein qui l'a réchauffée. Elle a fini, d'après la fable, la tête écrasée. Son sort, comparé au tien et à celui de ta famille, te paraîtra très doux et souhaitable si tu t'obstines à salir la mémoire de celui qui est allé à Dieu Matar Samb. Tu regretteras très amèrement d'être né, mille fois, tu appelleras mille fois à grands cris qui ne sortiront pas de ta bouche, qui éclateront dans tes entrailles, frappé par l'incapacité totale de hurler, pour qu'enfin vienne la mort libératrice tardant tant à venir. Quand tu verras le cadavre de Demba Thiongane, tu auras une claire idée de ce qui pourrait arriver à ta petite fille Yaye Ndoumbé, à ta femme Salimata Badiane, et, bien sûr, à toi, Mamadou Moustapha Marone en dernier lieu. Ngagne Demba n'a eu que ce qu'il méritait, c'était un toquard, qui avait toujours échoué dans la vie, qui n'avait touché un salaire au cours de sa minable existence que grâce aux œuvres de bienfaisance que sont les sociétés et entreprises montées par le vénérable père de celui dont il mangeait les restes en racontant à son sujet une histoire montée de toutes pièces, qui n'arrivait même pas à rassembler la somme qu'on lui demandait pour obtenir la main de la jeune fille qu'il voulait épouser et n'avait trouvé rien d'autre, pour arriver à cette fin, qu'à vendre un lamentable mensonge à un jeune journaliste, certes brillant mais sot et sans expérience, trop pressé, assez con pour ne pas regarder où il pose le pied, qui risque de faire une chute fatale et mortelle. J'ai dit ton nom, Mamadou Moustapha Marone, entièrement redevable en tout, ainsi que tous les tiens, à la famille du grand homme dont tu as foulé au pied la mémoire dans ton journal. La famille de celui qui est allé à Dieu

Matar Samb ne portera pas plainte contre toi, ce serait te faire trop d'honneur, en plus, ce serait ajouter des paroles sordides à d'autres paroles tout aussi sordides que tu as déjà soulevées. Ça suffit. Tu vas ravaler tes insanités sans laisser aucune trace dans le prochain numéro de ton canard, en gros caractères, sur la moitié de la première page, en présentant tes excuses les plus sincères à la famille du très regretté Matar Samb et en reconnaissant ta lourde faute professionnelle. Elle estime que ce sera suffisant comme *mea culpa* et réparation. Tout le monde reconnaît que tu es une belle plume, tu sauras aisément trouver les termes appropriés pour ton article. Je te fais confiance. Comme je l'ai dit au début, je suis d'un naturel très bavard, j'ai été très long, je le reconnais volontiers ; j'ose espérer que ce ne sera pas inutile. Je vais terminer par un adage bien de chez nous qui enseigne que si tu savais ce qui te guette, tu aurais laissé ce que tu guettes pour t'occuper de ce qui te guette. Toi, Mamadou Moustapha Marone, tu sais très bien, trop bien même ce qui te guette. À bon entendeur, salut !

L'homme fétichiste du blanc se leva de sa chaise, se dirigea vers la sortie en retirant de la poche latérale droite de son boubou son chapelet.

Emme Trois, paralysé, les cheveux hérissés de frayeur sur sa tête, le corps secoué par un violent tremblement faisant bouger la chaise sur laquelle il était assis, le suivit d'un regard hagard et continua à fixer ses yeux agrandis sur le portail bien après qu'il l'a refermé derrière lui, se demandant avec qui, au fond, en toute vérité, il venait de converser : un homme, un diable, un ange protecteur, ou l'ange de la mort venu exceptionnellement le mettre en garde ?

Le bruit du moteur allumé et de la Mercedes qui

démarrait lui fit enfin détourner la tête avec lenteur. Il fut surpris de remarquer la cage tombée à ses pieds. Il se baissa, la ramassa, se redressa, la posa sur ses cuisses, ouvrit la petite porte, introduisit sa main tremblante et ramena le corps mutilé, l'aile, la tête de Reporter et la lame qui l'avait tranchée. Il se sentit soudain vidé de toute énergie. Le moindre mouvement lui coûtait des efforts douloureux. Il fallait être un sadique monstrueux pour avoir le cœur d'effectuer un acte aussi bestial. Le cadavre du perroquet était froid et raide, il était mort depuis longtemps, tué durant la deuxième moitié de la nuit. Il avait fait rentrer l'oiseau lui-même dans sa cage la nuit dernière, avait refermé la porte, lui avait lancé un « À demain, Reporter ! », il avait répondu par un sifflement strident. Il avait regardé sa montre à son poignet, il était exactement minuit moins cinq, il avait éteint la lampe de la cour et avait retrouvé Salimata et Yaye Ndoumbé souffrante dans la chambre à coucher, son ordinateur portable dernier cri branché sur Internet sur lequel il venait de travailler. Il se dit qu'il allait remplacer l'oiseau assassiné par deux chiens-loups, identiques à ceux de la gendarmerie.

À grand-peine, il parvint à se lever de sa chaise, partit à la cuisine en emportant Reporter qu'il cacha dans un sac à ordures en plastique noir. Il ne voulait pas dire un seul mot de cette histoire à son épouse ; la vue du perroquet supplicié, auquel elle était très attachée, l'impressionnerait et l'affligerait trop profondément. Il quitta la cuisine, pénétra dans la chambre. La veilleuse était restée allumée. Salimata et Yaye Ndoumbé suçant le sein de sa mère couchée près d'elle dormaient toutes deux à poings fermés. Il entra dans la salle de bains, prit une douche rapide, ressortit, s'habilla, repartit à la cuisine, se fit un café expresso, l'avala, revint dans la chambre, prit son portable sur la table de chevet et, dans le tiroir du meuble, les clés de son véhicule. Il ressortit en laissant femme et enfant dormant toujours.

Il faisait clair au-dehors à présent. Il rencontra, peu avant de pénétrer dans le garage la bonne, Yvonne, qui venait d'arriver, rapportant le pain du petit déjeuner pris au kiosque situé au coin de la rue et répondit à ses salutations par un grommellement incompréhensible. Une demi-heure plus tard, il traversa la piste du parcours sportif et arrêta sa BMW bleue sur l'esplanade de l'ancien champ de tir. Il prit le sac en plastique noir contenant la dépouille de Reporter déposé sur l'autre siège avant du véhicule, mit pied à terre et verrouilla les portières. Le cœur rempli de chagrin, il jeta le sac dans les hautes herbes après avoir hésité à plusieurs reprises, comme on le fait quand on doit quitter le cimetière où l'on vient d'ensevelir un être aimé. Il descendit le chemin escarpé en pente menant à la plage et aperçut un groupe d'une demi-douzaine d'hommes, des coureurs en tenue de jogging, qui criaient et faisaient de grandes gesticulations des bras autour d'une forme humaine couchée à leurs pieds. Il pressa le pas et arriva rapidement auprès d'eux.

Ngagne Demba, couché sur le dos, les yeux grands ouverts qui semblaient effrayés, portait la chemise couleur vert herbe fraîche de son uniforme percée de plusieurs trous aux bords nets et ensanglantés, causés par les multiples coups de couteau reçus. Les joues étaient fendues des deux côtés, des commissures des lèvres coupées aux pavillons des oreilles, sectionnés eux aussi, mettant toutes les dents à nu, lui donnant l'impression de faire un sourire diabolique. La langue sectionnée était déposée dans la paume fermée de sa main droite, les deux pavillons dans la gauche ouverte, les lèvres supérieures et inférieures sur la poitrine à côté du macaron portant son nom. La ceinture était débouclée, son pantalon vert olive et son slip noir étaient baissés jusqu'aux genoux, son pénis et ses testicules, émasculés à ras, étaient enfoncés dans sa bouche faisant place à une horrible chose qui ressemblait vaguement de façon curieuse et étrange à un appareil génital femelle.

Emme Trois, pris de vertiges et de nausées, tomba à genoux, se mit à dégueuler sans retenue.

Un peu plus d'une demi-heure après, alors que le soleil était déjà levé, de retour à la maison, il retrouva Salimata qui tenait dans ses bras Yaye Ndoumbé souriante, en compagnie d'Yvonne, prenant le petit déjeuner à l'intérieur de la case. Il les salua brièvement, se dirigea vers le bâtiment, entra dans la chambre et se coucha sur le lit sans avoir la force d'enlever ses chaussures.

Aussitôt après, Salimata vint le retrouver, tenant leur fille, s'assit près de lui sur le rebord du lit.

— Yaye va mieux ! renseigna-t-elle en l'aidant à se déchausser.

— Hum ? Oui… oui, elle va mieux, bredouilla-t-il.

— Mais qu'est-ce qui ne va pas ? Tu as l'air bizarre.

— Je suis malade.

— Ah oui, c'est bien visible et bien évident sur ton visage et tes yeux ! Qu'est-ce que tu as, qu'est-ce qui te fait mal ?

— Sais pas.

— Allons à la clinique Dieynaba alors.

— Ça va.

— Comment ça va ? Tu dis que tu es malade…

— Oh, Saly, ça va, je t'en supplie !

— D'accord, d'accord, Tapha. Dis, tu n'as pas vu Reporter ?

— Non.

— Donc, le chat noir qui rôde souvent dans les parages l'a certainement mangé comme le pense Yvonne. Elle a vu sur le sol de la case, en balayant, de ses plumes tachées de sang. Ce chat de malheur en a fait son petit déjeuner. Pauvre Reporter !

— Pauvre Reporter, répéta Emme Trois d'une faible voix.

DS déposa l'exemplaire de *L'Œil du Témoin* sur la vaste table, redressa la tête, enleva ses lunettes et tenta vainement de refouler le flot des larmes qui perlait à ses yeux. La lecture de la première bulle du journal, qui démentait le décès des suites d'une crise cardiaque et révélait le suicide par pendaison de Matar Samb, l'avait surprise et touchée de plein fouèt comme une rafale de mitraillette.

Déjà très choquée par la mort brutale de son frère bien-aimé, davantage secouée par la démence de sa belle-sœur trois jours plus tard, elle avait gravement flirté avec la dépression. Mais, forte de nature, elle avait vite repris le dessus. Il lui fallait s'occuper des affaires, encore et toujours des affaires. Elle était aussi nécessaire à la bonne marche de ses entreprises et sociétés que le carburant pour faire tourner le moteur d'un véhicule. Elle ne pouvait se permettre, en ces temps difficiles ressemblant fort à une atmosphère de fin de règne, tant le marasme, la stagnation et le laisser-aller annihilaient tous les efforts, de prendre une petite semaine de repos ainsi que l'ordonnait son médecin personnel. Plongée dans le travail jour et nuit, elle était parvenue à surmonter son grand chagrin et commençait à oublier.

Voilà que cet article de malheur venait remettre tout en cause.

Elle prit son sac Chanel à côté du journal, en retira un mouchoir d'un blanc immaculé, plaça les lunettes dans leur étui, essuya ses yeux, se moucha trois fois en se levant, remit le mouchoir dans le sac, réajusta son carré Hermès jeté sur ses frêles épaules, croisa les bras sur sa poitrine, puis laissa errer, l'air abattu et triste, son regard voilé de larmes du côté de la large baie à l'épaisse vitre teintée, aux lourds et somptueux rideaux tirés en velours or, qui occupait toute la façade orientale de son immense bureau logé au vingt-cinquième et dernier étage du grand immeuble siège de la Holding Samb, et, tout en se demandant intensément quel était l'individu qui avait bien pu informer le journaliste et comment il avait su la vérité, se mit à contempler les bateaux minuscules, pareils à des jouets d'enfants dans leurs manœuvres d'entrée ou de sortie des bassins du port aux eaux turquoise, pas plus grand qu'une baignoire, frôlant les nombreuses pirogues des pêcheurs, qui flottaient à la surface de la mer tranquille telles des brindilles de paille, ancrées autour de l'île chargée d'histoires où retentissaient encore les lourds gémissements, les cris déchirants et les hauts hurlements des infortunés esclaves fouettés, enchaînés, chargés entassés pire que du bétail dans les cales sombres des caravelles aux voiles gonflées par les vents du large, dont beaucoup mourraient au cours de la traversée, surveillés par des négriers inhumains et impitoyables, Gorée, semblable à un cétacé surgi des profondeurs de l'océan vert émeraude scintillant sous les puissants rayons du soleil d'hivernage, bordé par une mince bande blanche formée par l'écume bouillonnante des vagues venues inlassablement se jeter sur le sable du rivage, les petits villages traditionnels vivant de la pêche, installés le long de la côte à partir de la baie de Hann dangereusement polluée par le déversement des ordures solides et liquides des habitants et des industries riveraines, la flamme de la torchère de la raffinerie de pétrole de Mbao, visible en pleine journée, brûlant jour et nuit, qu'il pleuve ou qu'il vente, l'immense colonne de fumée noire de la centrale électrique de la Sénélec au cap des Biches à Diokoul, suivie un peu plus loin de celles plus énormes, quadruples et crayeuses, vomies par les énormes gueules des quatre gigantesques fours de la cimenterie située entre Rufisque et Bargny, à Lendeng près de Gouye Mouride, qui montaient très haut en oblique inclinés par le souffle de la brise pour aller se mélanger aux nuages gris du ciel bleu, jusqu'aux lointaines falaises rouges de Toubab Dialaw où s'arrêtait sa vue, terminant la longue chaîne montagneuse ressemblant à un boa interminable couché dans la brume, pointe la plus élevée du pays après les deux collines jumelles des mamelles dont l'une portait à son sommet le phare mobile de Ouakam au couchant, habité par les Lébous connaisseurs de la mer et les solides contreforts des massifs du Fouta Dialon au levant, chez les Bassaris adeptes de la polyandrie, qui surplombaient comme une sentinelle vigilante l'autre cap, plus grand, le cap des Chèvres où commençait le territoire sérère et séparaient en une frontière naturelle la région de Thiès de la presqu'île du Cap-Vert à l'est.

DS détourna son regard de la baie à la vitre teintée, s'interrogeant toujours. Soudain, elle se martela le front de la paume de sa main droite ouverte. « Eurêka ! » s'écria-t-elle avec force, muettement, en son for intérieur.

Elle n'avait pas eu à réfléchir pendant longtemps pour se dire qu'il ne devait pas être bien difficile de connaître le nom de celui qui avait joué au petit mouchard. Ce jour-là, la villa de Ranrhar était vide de tous ses domestiques, mis en congé depuis deux semaines du fait de l'absence de la maîtresse de maison. Seuls, Armando Gomis, Ramata et elle-même avaient été les témoins oculaires de la tragédie. Le professeur Gomis, victime d'un AVC à la fin de la semaine dernière, évacué sanitairement à Paris le même jour, et Ramata, folle quarante-huit heures auparavant, n'avaient pas suinté. Pas le moindre doute là-dessus. Elle, n'en parlons pas. Il ne restait que le gardien au portail de la maison. C'était lui, et personne d'autre, qui avait donné l'information au journaliste de *L'Œil du Témoin*. Il savait que la chambre à coucher se trouvait au troisième étage. Ce détail, le journaliste ne pouvait pas le savoir et ne l'avait pas inventé non plus, il lui avait été fourni par le gardien.

Elle se réinstalla dans son fauteuil en appelant d'une voix basse :

— Ndiaye Diop !

Le rideau placé derrière DS s'écarta aussitôt. Un homme de taille moyenne, moustache toute blanche, de même que ses vêtements, son bonnet et ses chaussures, la cinquantaine environ, pénétra dans le bureau, contourna la grande table occupant d'un bout à l'autre la pièce et s'inclina légèrement devant elle.

— Samb ! Samb, madame le directeur, salua-t-il respectueusement de sa voix douce et traînante, presque efféminée, après s'être décoiffé, découvrant des cheveux tout blancs.

— Seck ! Seck ! paya-t-elle. Comment vont vos femmes et vos enfants ?

L'homme s'installa dans l'un des fauteuils indiqués par sa patronne, posa son bonnet sur ses genoux.

— Ils sont en paix, madame le directeur, dit-il en croisant ses mains sur son ventre.

— Avez-vous vu *L'Œil du Témoin* de ce vendredi, Ndiaye Diop ?

— Oui, madame, je l'ai lu. Je suis mortifié par cet odieux mensonge. Ce journaliste, avec tout ce que votre famille, du vivant de votre vénérable père, a fait pour lui et pour sa famille, et que vous continuez de faire, doit être sévèrement puni, madame le directeur !

— Il doit être puni, vous avez raison, mais pas sévèrement. Le journaliste est fautif, certes, mais n'a commis qu'une faute professionnelle. Tout ce qu'on peut lui reprocher, c'est de n'avoir pas enquêté là où il fallait afin de vérifier la véracité de l'information avant d'en faire un scoop. Il n'a fait que mal pratiquer son métier qui est d'informer. Et puis, comme tant d'autres, il ignore complètement que lui et sa famille sont bénéficiaires de nos œuvres sociales. Mets-le au courant. Il est temps qu'il apprenne qui il est. Flanque-lui une sacrée trouille, oblige-le à présenter ses excuses dans son prochain numéro, ayant été abusé par un informateur pas du tout sérieux, et à reconnaître sa faute professionnelle. Ce sera suffisant comme punition.

— Vous êtes trop bonne, madame le directeur !

— Non, Ndiaye Diop, ce n'est pas de la bonté, c'est de l'équité. Ensuite, même s'il l'ignore complètement, ce journaliste fait un peu partie de la famille, et il est brillant, encore une fois, il n'a fait que son job, il l'a mal fait, on est d'accord. Par contre, celui qui m'a tuée, qui mérite bien une très sévère punition, c'est le gardien !

— Quel gardien, madame le directeur ?

— Le gardien du portail de la villa, le jour du décès de mon frère. C'est lui qui a menti au journaliste. Il mérite une très sévère punition.

— Bien, madame. Il sera très sévèrement puni, dès ce soir. L'agence Sénégal Sécurité Service qui l'emploie est une boîte de chez nous. Je verrai son directeur tout à l'heure après la prière du vendredi, nous devons déjeuner ensemble. Je saurai qui était son agent de garde à la villa de Ranrhar ce jour-là.

— Amène-le-moi dans mon bureau à dix-neuf heures, je veux l'interroger moi-même, il avouera.

— Très bien, madame le directeur. Le garde sera devant vous, ce soir à dix-neuf heures.

Ndiaye Diop Seck, l'homme sans prénoms mais aux trois noms, était à la fois le conseiller et le serviteur des basses besognes de DS. Il avait été engagé très jeune par le vieux Mapaté qui l'appelait mon fils, avait toujours travaillé à ses côtés, ne le quittant pas d'une semelle, fidèle comme une ombre, même dans ses voyages à l'étranger. Il l'avait recommandé à DS lorsqu'il lui remettait les rênes de la Holding peu de temps avant sa mort en lui disant qu'elle pouvait, si elle le voulait, se séparer de tous ses anciens collaborateurs sauf de Ndiaye Diop Seck qui devra toujours être à ses côtés, elle n'aura pas à le regretter.

Elle ne l'avait jamais regretté en effet.

Effacé, cultivé, pieux, le propriétaire des trois noms s'était révélé rapidement un homme précieux et était devenu indispensable. Toutes les missions, périlleuses et peinardes, qu'elle avait eu à lui confier, et Dieu sait qu'elle lui en avait confié, avaient été remplies sans bavures, à sa grande satisfaction. Il était toujours de bon conseil, d'une discrétion totale, inconnu des milieux huppés de la capitale mais informé de tout ce qui s'y passait, des bas-fonds misérables aux quartiers les plus modernes. Les rares personnes qui le connaissaient murmuraient que si sa patronne le lui demandait, Ndiaye Diop Seck n'hésiterait pas à se rendre en pleine nuit dans un cimetière pour déterrer un cadavre inhumé le même jour et lui rapporter les yeux, le nez et les lèvres.

Il se releva en remettant avec ses deux mains son bonnet sur sa tête, s'inclina à nouveau devant DS, puis regagna son bureau contigu caché derrière les rideaux.

Ngagne Demba Thiongane, installé depuis un quart d'heure dans sa cabine de surveillance vitrée au dernier étage de l'immeuble de la Holding Samb, n'arrivait toujours pas à trouver réponse aux nombreuses questions qui s'agitaient dans son esprit.

À son arrivée à la direction de l'agence Sénégal Sécurité Service sur l'avenue Cheikh Anta Diop, face à l'université du même nom, une dizaine de minutes avant dix-huit heures, son chef de service lui avait annoncé sans explication qu'il devait monter au siège de la holding sise à la rue Parchappe et non plus à l'ambassade des États-Unis, comme établi sur le planning hebdomadaire affiché sur le tableau à l'entrée de son bureau. Pourquoi cette affectation de dernière minute ? Y avait-il une relation quelconque entre elle et l'information qu'il avait vendue à Emme Trois ? L'avait-on découvert déjà, et qui ? Durant tout le transport par le car de ramassage de l'agence en compagnie d'autres collègues débarqués à tour de rôle sur les lieux de leur garde, de la direction au siège, il n'avait cessé de se triturer les méninges. Il avait voulu interroger son chef mais son visage fermé lui avait fait changer d'avis. De toute façon, songeait-il pour se donner bonne contenance, seuls les meilleurs agents avaient la chance et le privilège d'être affectés au siège de la Holding Samb. Ils ne faisaient plus de rotation d'un endroit à l'autre et étaient couverts de gratifications. Était-il passé à ce statut envié ? Pourquoi, dans cet heureux cas, le chef ne le lui avait-il pas notifié, avec félicitations à l'appui, comme à l'accoutumée ? Ngagne Demba tâta les cent vingt-cinq mille francs gardés dans la poche arrière de son pantalon. La présence des billets lui redonna momentanément assurance. Il n'avait pas à se faire de bile, surtout pour une affectation fort recherchée qui devrait dans les nonnes être fêtée. Nul ne pouvait savoir son rôle d'informateur ; les journalistes, c'est bien connu, se faisaient toujours un point d'honneur de ne jamais révéler la source de leurs informations, il pouvait donc être tranquille. Il devait plutôt gamberger à trouver une histoire crédible à raconter à Emme Trois lorsqu'ils se retrouveraient à leur rancart au Ali Baba demain à treize heures, pour qu'il allonge encore, non pas le double comme promis, mais seulement vingt-cinq mille francs. Son problème serait définitivement réglé, la somme qu'on exigeait de lui, qu'il avait recherchée comme un enfant de sexe masculin, serait enfin complète, il pourrait épouser Rokhaya Sarr, la fille qu'il aimait.

Il lui fallait faire vite car il avait un sérieux concurrent qui, lui, était déjà prêt. Sinon, il perdrait Rokhaya. La dame Diouma Dial, sa mère, avait été très claire : il devait amener dans une semaine, et le délai expirait après-demain, s'il voulait obtenir la main de sa fille, qu'il avait déjà demandée depuis l'année dernière en même temps qu'elle veuille bien lui accorder un délai pour se préparer, qu'il fréquentait voilà bientôt cinq ans, ce qui était très long, il faut avoir l'honnêteté de le reconnaître, il devait apporter donc, une chambre à coucher complète en bois de venne à la mode, lit, armoire à six battants et coiffeuse, plus, bien sûr, le matelas, à ressorts, pas en mousse, accompagné d'une paire de draps capitonnés et leurs oreillers assortis, et enfin une somme de cent cinquante mille francs. S'il n'en était pas capable, qu'il ait la franchise de le lui dire comme elle avait eu la franchise de lui parler sans détour. Si vraiment il ne pouvait pas, qu'il lui prête sa maison en n'y remettant plus les pieds et cède la place à un autre qui, au moins, savait attacher son pantalon. Le délai qu'il avait demandé et obtenu avait assez duré et était terminé à présent. Elle, Diouma Dial, lui avait donné sa parole et tenait à la respecter, mais si lui, Ngagne Demba, ne montrait pas du sérieux, elle était décidée à la reprendre et traiter avec le jeune homme en grand boubou basin bleu avec qui il s'était télescopé hier soir dans le salon, un brave immigré, débarqué il y a trois jours de New York, qui avait vu le lendemain matin Rokhaya pendant qu'elle revenait du marché, l'avait déposée à bord de son véhicule, était entré dans la maison, avait causé avec elle, assurant être tout prêt à épouser sa fille et n'attendant que son signe pour donner dix fois plus que ce qu'elle lui demandait, avant de repartir en laissant, en homme d'une immense générosité visiblement, deux billets de cent dollars, cent quarante mille francs, uniquement pour le prix de la cola de salutation. Qui aime une personne doit faire beaucoup pour elle ! C'est à cela qu'on reconnaît l'homme capable, qui mérite de se voir confier une femme. Celui qui ne peut pas et n'abandonne pas est responsable de tout ce qui est gâté. Et elle, Diouma Dial, connue noire et laide mais pleine de caractère, quelqu'un qui ne peut pas et ne veut pas abandonner ne lui gâchera point ses affaires.

Ngagne Demba avait promis ferme qu'il rapporterait la dot exigée à la date indiquée. Mais les choses n'avaient pas été faciles. Il courait derrière le diable pour pouvoir lui tirer la queue et ne possédait aucune économie. Il avait remué ciel et terre pendant quatre jours sans être plus avancé qu'au premier. Il se dit que s'il continuait à faire le mollasson en ne se décarcassant pas, il allait perdre Rokhaya Sarr, sa Daba bien-aimée comme il l'appelait, piqué jusqu'à l'os, tout son sang vidé par le venant d'Amérique. Sa mère avait raison, Daba valait ce qu'elle lui demandait. À chacun son problème, le sien paraissait cependant insoluble. Mais non, un problème insoluble n'existait pas, il fallait chercher, chercher encore, chercher toujours, sans répit, la solution finissait par se trouver, le plus souvent de façon inattendue.

Il avait rendu visite à son grand frère des mêmes père et mère, un homme très prospère, habitant à la cité Mermoz, et lui avait parlé longuement de sa préoccupation. Son frangin l'avait écouté jusqu'au bout, mais comme à son habitude ne lui avait apporté aucune aide. Il l'avait abreuvé de paroles inutiles sur les difficultés d'un nouveau ménage désargenté que serait le sien et avait fini par lui conseiller de laisser tomber cette idée de mariage puisqu'il n'avait pas de quoi faire face. Ngagne Demba avait rétorqué à son aîné qu'il était un grand méchant et d'autres dures paroles dont il ne se souvenait plus, qui lui avaient déplu. Son frère l'avait traité d'impoli, de parasite, de mal éduqué, l'avait chassé de sa maison. Il avait refusé de partir. Ils avaient failli en venir aux mains. Sa femme était sortie de la chambre à coucher, son bébé dans les bras, au ton élevé de leurs voix. Elle l'avait supplié de se calmer en l'appelant « Petit mari ». Il était reparti, bouillonnant de colère et de déception après avoir jeté à la face de son frère qu'il ne lui adresserait plus jamais la parole. Ngagne Demba avait contacté ensuite son chef pour solliciter un prêt mais, mauvais type, il avait refusé, prétextant que les avances de Korité et de Tabaski n'étaient pas entièrement remboursées. Il avait encore vu des proches parents, oncles et cousins, qui tous l'avaient bien reçu et trouvaient qu'il était temps pour lui de prendre femme. Malheureusement, les difficultés de la vie actuelle faisaient qu'ils ne pouvaient rien pour lui.

Il avait fini, guidé par un collègue à qui il s'était ouvert, par aller faire l'hyène auprès d'un des hommes aux aguets près de la boutique d'un Libanais situé en face du Service d'hygiène, qui vendait du matériel d'ameublement à tempérament, avait engagé près de lui son salaire pendant trois ans et demi et avait enfin obtenu une chambre à coucher complète. Ne restaient que les cent cinquante mille francs. Une longue réflexion l'avait mené à penser à son ami d'enfance, Emme Trois, à qui il avait fait part de son problème et auquel il avait révélé ce qu'il avait vu le matin de sa garde à la villa de Ranrhar, contre espèces sonnantes et trébuchantes. Le journaliste avait promis de doubler la mise pour d'autres renseignements à lui fourguer.

Malheureusement, le maître d'hôtel et les autres domestiques, à présent tous au chômage, à qui il avait rendu visite individuellement à leur domicile, avaient soutenu être dans l'ignorance la plus totale, étant en congé, non pas seulement ce jour-là, mais depuis le départ de madame la femme de monsieur le ministre d'État, partie en voyage deux semaines auparavant, qui devait revenir ce même jour à la maison, et eux le lendemain.

Quand il reverra Emme Trois demain au Ali Baba, il aura trouvé entre-temps une histoire plausible, qu'il aura brodée avec intelligence, au point de valoir non pas le double de la précédente, bien vraie elle, mais au moins cinquante ou même vingt-cinq mille francs, somme minimum qu'il ne touchera pas avant d'ouvrir la bouche.

La sonnerie de l'un des trois téléphones posés sur la petite table en face de lui le tira de ses profondes pensées. Il s'empara du récepteur, le porta à son oreille en appuyant sur le bouton rouge allumé qui indiquait un appel intérieur.

— Ngagne Demba Thiongane, vous êtes demandé dans le bureau de madame le directeur qui se trouve devant vous, entendit-il une voix lui annoncer.

Le temps d'un bref instant, l'appareil dans sa main tremblante, ses doutes devinrent certitudes, il eut réponse d'un seul coup à toutes les interrogations qui l'obnubilaient. Ça y est ! Je suis bien découvert, je vais perdre mon emploi, songea-t-il en reposant le récepteur, envahi par une soudaine bouffée de chaleur, la sueur perlant sur son front.

Il sortit de la cabine en marmonnant des versets coraniques censés le protéger contre toute déconvenue, franchit le hall à la moquette épaisse, arriva à la porte directoriale en crachotant quelques particules de salive dans les paumes de ses deux mains ouvertes, jeta un rapide regard derrière lui pour voir si personne ne le regardait, se passa les mains à la figure, appuya enfin son doigt posé sur le bouton vert de la sonnerie, poussa la lourde porte et entra.

Le bureau était impressionnant par sa taille gigantesque, son ameublement raffiné et design, la lumière tamisée, le silence feutré qui y régnait.

DS, le visage impénétrable, assise droite dans son fauteuil, derrière sa table immense, lui indiqua du doigt le siège qu'avait occupé Ndiaye Diop Seck dans la matinée.

— Asseyez-vous, Ngagne ! l'invita-t-elle d'un ton aimable, presque maternel, qui le surprit.

Il s'installa, tête baissée, ses yeux fuyant le regard inquisiteur de madame le directeur qu'il ne voyait pas mais qu'il ressentait douloureusement vrillé sur lui. Le silence s'épaissit. Si profondément qu'il entendait le sifflement aigu de l'air sortant de ses narines à un rythme précipité. Il se sentait à l'étroit, oppressé, étouffant de chaleur dans cette vaste pièce à l'air conditionné. Il était sur le point de se lever d'un bond, de s'enfuir à toutes jambes hors du bureau, hors de l'immeuble, de la ville, de la région, du pays même, pour se réfugier au Mali, en Gambie, n'importe où, mais bien loin de ce lieu, et vite, lorsqu'il entendit la voix aimable, maternelle, de madame le directeur.

— Redresse la tête et regarde-moi les yeux dans les yeux, Ngagne, ordonna-t-elle.

Il obéit, tentant d'être aussi naturel que possible. Mais c'était au-dessus de ses forces, il était trop tendu, trop inquiet à la pensée de son licenciement futur et de ses terribles conséquences dont la plus immédiate était la perte de Daba, trop envahi par un complexe de culpabilité, qu'il ne put supporter une fraction de seconde le regard brûlant de DS et rebaissa aussitôt la tête.

— Allez, avoue, c'est bien toi qui as informé le journaliste de *L'Œil du Témoin* !

— Oui, madame ! fit-il sans hésiter, étonné de

ressentir aussitôt un immense soulagement, comme un homme aux pieds pleins de cors et de durillons enserrés pendant longtemps dans des souliers étriqués, qui s'en libère pour une paire de pantoufles.

— Comment se fait-il que tu sois au courant de ce qui s'est passé ?

Ngagne Demba avait perdu ses freins.

— Ce matin-là, intrigué par les allées et venues, j'ai quitté le portail où je montais la garde, j'ai pris l'ascenseur au rez-de-chaussée, je suis arrivé au troisième étage, la porte de la chambre à coucher était restée ouverte, j'entendais des voix et des pleurs à l'intérieur, je me suis approché par curiosité, sans bruit, j'ai tiré tout doucement un coin du rideau, j'ai jeté un coup d'œil dans la pièce… et… j'ai… j'ai vu…

Il se tut, avala difficilement sa salive, remua les lèvres sans prononcer un mot comme si les faits s'étaient soudain effacés et qu'il fouillait dans sa mémoire pour les faire resurgir.

— Qu'as-tu vu, mon petit ? Continue ! l'encouragea DS.

— Au nom de Dieu, je ne voulais pas regarder, madame, c'est la curiosité…

— Je sais, Ngagne ! Vas-y, qu'as tu vu ?

— Je… j'ai vu madame la femme de monsieur le ministre d'État, couchée sur le lit, monsieur l'ami, le docteur, se tenait debout au milieu de la chambre, l'air affolé, vous, madame le directeur, vous étiez près de la fenêtre, en larmes, à genoux, essayant d'enlever la corde serrée au cou de votre frère, monsieur le ministre d'État, habillé d'un boubou indigo, étendu sur la moquette. J'ai eu peur, j'ai repris l'ascenseur, j'ai regagné mon poste, le portail.

— Bien, mon petit ! Ce que tu as vu, tu l'as raconté à qui ?

— À personne, au nom de Dieu, sur la tête de mon père et de ma mère, je ne l'ai raconté à personne, au nom…

— Sauf à un journaliste, quand même, mon petit Ngagne !

— Oui… au journaliste… au journaliste Emme Trois.

— Mais pourquoi à lui, précisément ?

— Nous avons fait les cours Sainte-Marie et avons obtenu le bac ensemble…

— Et pour quelles raisons ?

Ngagne Demba Thiongane raconta, sans rien omettre, comment il en était arrivé là ; DS l'écouta sans l'interrompre, secoua la tête de temps à autre d'un signe compréhensif qui l'encouragea.

— D'ailleurs, l'argent qu'il m'a payé est encore dans ma poche, madame, fit-il après avoir fini son histoire, comme pour donner la preuve qu'il disait la vérité. Je suis prêt à le lui restituer quand je le verrai au Ali Baba où nous avons rendez-vous à treize heures demain. Je vous en supplie, madame le directeur, ne me faites pas renvoyer, de grâce ! Si je perds mon boulot, je ne pourrai jamais épouser…

— Perdre ton boulot ? s'exclama-t-elle. Que non, mon petit ! Tu es un brave garçon, et je suis sincèrement touchée par ton histoire d'amour. Eh bien, je vais t'aider à résoudre définitivement ton problème. Je veux lier de solides liens d'amitié avec toi. Pour commencer, dorénavant, tu ne porteras plus la tenue de gardien, tu vas travailler ici, en costume-cravate, près de moi, on te trouvera bien quelque chose d'intéressant, puisque tu as le bac. Ensuite (elle prit dans un tiroir de son bureau une grande enveloppe kaki non oblitérée qui laissait déborder quelques bouts de billets neufs, la tendit à Ngagne Demba qui s'en empara vivement) je vais t'aider à compléter ta dot, prends ces cinq cent mille francs, ils pourront te permettre de régler quelques petites affaires. N'est-ce pas, Ngagne Demba, mon petit ?

— Oh oui, madame le directeur ! s'écria-t-il, fou de joie.

Il se releva de son fauteuil, contourna la grande table en courant, arriva auprès de DS, s'agenouilla lourdement sur la moquette et lui baisa les pieds.

— Mille fois merci, un million, mille millions de milliards de fois merci, madame le directeur ! lança-t-il en se redressant, le visage illuminé, les yeux pétillant d'allégresse.

— Pas de quoi, mon petit, fit-elle. Maintenant, tu sais ce que tu vas faire ? Tu remplis une demande de permission à partir de maintenant pour une semaine, tu la remets au chef de la sécurité, tu rentres tout de suite chez toi et tu commences à t'occuper de ton mariage. N'oublie pas de me dire la date choisie quand tu reviendras dans huit jours te présenter devant moi, j'y tiens, je te promets de faire un autre petit geste identique. Je te donne un conseil, prends un taxi pour rentrer chez toi, on se fait agresser en traînant dans les rues ou en prenant un Ndiaga Ndiaye les poches pleines. Tu habites dans quel quartier ?

— Aux Parcelles Assainies, mais je passe avant chez Rokhaya, ma fiancée, à Grand Yoff.

— Bien, prends un taxi, encore une fois, c'est plus prudent. Allez, mon petit, au revoir, à la semaine prochaine ! Avec tous mes vœux anticipés d'heureux ménage.

— Au nom de Dieu, mon premier enfant, même si c'est un garçon, portera votre nom, madame !

Un quart d'heure plus tard, lorsque Ngagne Demba, tout guilleret, ressortit de l'immeuble, la nuit était tombée. Il se sentait prêt tel un lutteur très bien entraîné, en super-forme, il piaffait même d'impatience, à affronter le venant d'Oncle Sam, ce faiseur de malin comme la plupart des immigrés, ces balayeurs de rues, vendangeurs de vigne, vendeurs de babioles, de bibelots, de drogue même, en Europe ou en Amérique, qui trimaient plus dur que des esclaves et qui, pour se laver des longues frustrations accumulées dans les pays du Nord, revenaient ici faire le gros dos, en jeter plein la vue aux braves gens et essayer de leur arracher leur fiancée avec des dollars, marks, francs français, livres et autres monnaies étrangères. Lui, Ngagne Demba Thiongane, ne craignait et n'avait peur de personne !

Juste au moment de descendre la dernière marche de l'escalier du rez-de-chaussée, un taxi jaune et noir s'arrêta à ses pieds. Le client à l'arrière descendit, son attaché-case à la main, et pénétra dans l'immeuble à pas pressés.

Ngagne Demba le remplaça et lança au chauffeur :

— À Grand Yoff, vite !

Le taxi démarra, vira à droite, quitta la rue Parchappe, prit la rue El Hadji Amadou Assane Ndoye, vira encore au bout de quelques centaines de mètres à gauche, descendit la courte rue Car en pente, s'engagea sur l'avenue Albert Sarrault, contourna la place de l'Indépendance, parvint sur l'avenue du Président Pompidou, arriva sur l'avenue Blaise Diagne, traversa le marché Sandaga, désert à cette heure du fait de la nuit, au sol jonché d'innombrables sacs de plastique multicolores, stoppa à l'essencerie située en face de la Pharmacie de l'Islam, au niveau de la pompe gaz-oil, et éteignit son moteur.

— Je me ravitaille, prévint le chauffeur.

Au même instant, une grosse Mercedes blanche s'arrêta à proximité du taxi, à la pompe essence.

— Waay, mais c'est grand Ndiaye ! s'exclama le chauffeur en reconnaissant le propriétaire du puissant véhicule aux bonnet et boubou blancs comme sa moustache. Salut, mon grand !

— Boy Guéye, comment vas-tu ?

— Bien, mon grand. Où vas-tu comme ça ? Ça fait un temps !

— Je vais à Grand Yoff. J'ai mes trois enfants avec moi. C'est vrai Boy Guéye, on ne s'est pas vus depuis pas mal de temps !

Le pompiste, après avoir terminé avec le taxi, se retourna vers la Mercedes.

Le chauffeur essaya de redémarrer ; le moteur refusa de repartir. Au bout de plusieurs tentatives infructueuses, il finit par admettre des ennuis mécaniques.

— Grand Ndiaye ! appela-t-il. Vous ne pouvez pas m'emmener mon client, il va à Grand Yoff, comme vous. Je suis en panne de démarreur.

— Bien volontiers, il n'a qu'à venir, il reste une place derrière. Qu'il vienne !

L'un des passagers à l'arrière, un colosse en ensemble jean, ouvrit la portière et mit pied à terre.

Ngagne Demba remercia le chauffeur qui avait refusé de se faire payer, quitta le taxi, monta dans la Mercedes, à côté de l'autre passager en casquette et T-shirt rouges sans manches découvrant des biceps saillants d'haltérophile. Il ne voyait pas distinctement le troisième, assis à côté du conducteur, mais sa nuque de taureau et ses épaules puissantes débordant de l'appuie-tête et du deuxième siège avant révélaient un géant aussi. Il se dit que le propriétaire de la Mercedes, sans doute un riche commerçant de Sandaga, homme d'affaires ou banquier, devait rentrer chez lui accompagné de ses trois fils en même temps gardes du corps. Celui qui avait cédé le passage remonta à sa place, à l'arrière. Le pompiste ayant rangé sa pompe, reçut un billet et rendit la monnaie. La Mercedes repartit, continua sur l'avenue Blaise Diagne, parvint au rond-point de la Médina, vira à gauche pour prendre l'avenue El Hadji Malick Sy, vira de nouveau à droite et emprunta la corniche ouest.

— Mais ce n'est pas la route de Grand Yoff ! s'étonna le gardien.

— C'est vrai, mon petit Ngagne Demba ! jeta le propriétaire de la Mercedes. On t'emmène dans un endroit désert pour te couper la langue, les lèvres et le sexe pour que tu saches, avant de mourir, qu'il ne faut jamais s'occuper de ce qui ne te regarde pas. En attendant, donne-moi les cent cinquante mille francs que le journaliste Emme Trois t'a payé pour ton ignoble mensonge et l'enveloppe contenant le demi-million que t'a remise madame le directeur.

Stupéfait, vert de peur, Ngagne Demba Thiongane, fébrilement, obtempéra.

— Arrêtez ! Arrêtez ! Arrêtez ! se mit-il à hurler soudain à pleins poumons. Par pitié, laissez-moi descendre ! Wooyaayooy ! Laissez…

L'homme au T-shirt rouge le prit à la gorge d'une main, serra si fortement sa pomme d'Adam qu'il entendit le bruit du cartilage éclaté entre ses doigts. Il sursauta si vivement que sa tête heurta avec force le plafond du véhicule. L'homme le relâcha. La douleur faillit le faire s'évanouir, ses yeux sortaient de leurs globes, les morves lui décoraient la lèvre supérieure. Ses mains posées sur sa gorge meurtrie, il ne se rendit même pas compte qu'il avait déshonoré son pantalon. L'odeur abominable envahit l'habitacle de la Mercedes aux vitres remontées.

— Quoi, il a pété ? Ça sent drôlement mauvais ! s'exclama le passager à l'avant en appuyant sur l'abaisse-vitres.

Une bouffée d'air pur traversa le véhicule sans pour autant assainir l'atmosphère empuantie.

— Pire, il a cabiné dans son vêtement ! ricana le tortionnaire.

— Hé, attendez que nous soyons arrivés pour commencer, les enfants. Ce con va salir par votre faute le siège de mon véhicule, déclara Ndiaye Diop Seck.

— Ses cris m'importunaient, je l'ai fait taire !

Ngagne Demba Thiongane, fou de terreur, voulut encore hurler, supplier ces hommes qui semblaient bien le connaître, qu'il voyait comme dans un rêve, de le laisser descendre pour l'amour de Dieu. Il ouvrit grandement la bouche, la main toujours sur la gorge, se força à crier, mais aucun son ne sortit : il était devenu aphone. Il avait toujours pensé que ce genre de chose n'existait qu'au cinéma, dans les films policiers, où, souvent, on assistait à une scène poignante montrant un petit groupe de tueurs entraîner un infortuné déjà mort de peur dans un terrain vague et désert pour le saigner comme un cochon. Ainsi cela pouvait se passer ici même à Dakar, il constituait un exemple type. Il avait compris qu'il avait été piégé comme un rat par madame le directeur, que ce qu'il avait raconté au journaliste l'avait perdu, que le venant d'Amérique lui prendra sa Daba. Ces hommes, il en était convaincu, ne s'amusaient pas, ils allaient le buter.

— D'accord, les enfants ! approuva Ndiaye Diop. Maintenant qu'il s'est bien tu, fichez-lui la paix, pour le moment. D'ailleurs, on y est !

Cinq minutes plus tard, il attendait, seul dans l'obscurité, son chapelet à la main, debout près du capot de sa Mercedes.

Ses trois nervis, ses enfants comme il les appelait, avaient entraîné le pauvre Ngagne Demba qui se débattait comme un forcené sans un cri, en bas sur la plage. Pour lui apprendre une fois pour toutes, définitivement, qu'un homme doit savoir tenir sa langue protégée dans sa bouche par une solide barrière de trente-deux dents, et à l'extérieur par deux couvercles, les lèvres, et qu'en vérité la curiosité tue. Il se pencha, passa sa main par la vitre baissée de la portière avant, prit dans la boîte à gants une bombe désodorisante parfumée au jasmin, vaporisa en abondance l'intérieur du véhicule.

Maintenant, au tour du petit journaliste ! songea-t-il en se redressant. Dommage que madame le directeur n'ait pas ordonné de le liquider lui aussi mais seulement de l'effrayer. Elle avait raison, elle avait toujours raison, ses décisions étaient sacrées. Il allait s'atteler à cette tâche au mieux possible. Il lui flanquera une trouille dont il se souviendra jusqu'au jour de sa mort. Il possédait déjà une mine de renseignements sur Emme Trois, que le journaliste même ignorait, complétés par Yvonne, sa bonne, contactée par un de ses enfants et payée grassement. Elle avait révélé le nom Salimata, Yaye Ndoumbé, de sa maladie, du perroquet Reporter, de la case, et d'autres informations, avait rapporté l'ordonnance qui avait été photocopiée et retournée. Il n'avait pas été difficile, grâce à elle, de connaître la pharmacie où les médicaments avaient été achetés et, avec la facture, d'en savoir le prix, les billets payés, la monnaie rendue, de contacter le professeur Macodé Thiam à la clinique Dieynaba, appartenant à la Holding Samb et portant le nom de son directeur.

Ndiaye Diop Seck pensa qu'il devait envoyer l'un des enfants s'occuper de Reporter, cette nuit même, dans sa cage accrochée à la toiture de la case aux hamac et chaises de couleur verte dans la cour de la nouvelle maison de Emme Trois à Sacré Cœur 3 sur la colline, avant de le tirer du lit tout ensommeillé, à l'aube. (Avec un enfant malade, on perdait toujours le sommeil.) Il sera alors plus malléable qu'une motte de glaise.

Le vendredi suivant, à la surprise générale des nombreux lecteurs qui attendaient la sortie de l'hebdo en comptant les jours de la semaine, le numéro de *L'Œil du Témoin* ne revint sur ce qu'il avait dénommé l'affaire Matar Samb que pour présenter sous la signature d'Emme Trois les plus sincères excuses, en caractères gras et à la une, de l'ensemble du personnel du journal, à commencer par son rédacteur en chef, Mamadou Moustapha Marone.

Le journaliste reconnaissait avoir commis une faute professionnelle lourde, impardonnable, pour n'être pas tout simplement remonté à la source, afin de vérifier la fiabilité d'un renseignement qui s'est révélé par la suite être très éloigné de la vérité, monté de toutes pièces, donné par un mauvais plaisantin malintentionné, pas du tout sérieux, grand menteur et mythomane. Il regrettait d'avoir porté un grand préjudice à la famille Samb, un os gigantesque, et à la mémoire impérissable de celui qui est allé à Dieu, le très regretté Matar Samb, que le bon Dieu Tout-Puissant lui accorde une place enviable au septième paradis, de son vivant grand homme d'État, membre du gouvernement reconnu le plus brillant, ministre d'État, garde des Sceaux, ministre de la Justice.

En quatrième page, à la rubrique des faits divers, l'assassinat de Ngagne Demba Thiongane, déjà relaté par toute la presse, radios, télé, quotidiens, le lendemain même de la découverte du cadavre, était traité avec une description macabre et détaillée de ses nombreuses blessures. Selon l'enquête de la police, concluait l'article, les mutilations atroces relevées sur le corps du gardien faisaient penser à un règlement de comptes par la langue sectionnée, les joues déchirées des commissures des lèvres aux pavillons des oreilles, et à un crime passionnel par l'émasculation du sexe et des bourses.

Par un soir de septembre où tout le paysage était inondé par une pluie diluvienne qui n'avait cessé de tomber depuis le milieu de la matinée, Tiguis arriva au Copacabana peu avant le crépuscule. Il n'y avait pas beaucoup de monde dans le bar tenu par Moro, un émigré gambien, engagé par Golda Meir quelque temps après la venue de Ramata Kaba, tout au plus une demi-douzaine de clients, quatre filles et deux garçons, des indécrottables, qu'une pluie, si puissante soit-elle, ne pouvait empêcher de venir fréquenter leur endroit familier.

Tiguis fut fort surpris de trouver dans la chambre Ramata en compagnie de Golda Meir et de Diodio. Au premier coup d'œil, il remarqua qu'elle n'était pas normale. Du reste, elle ne le reconnut pas, ne manifesta aucun intérêt à son égard et ne répondit point à son salut. Tiguis déposa son sac au pied du bahut, enleva son imper, le secoua du côté de la porte pour en débarrasser les gouttes d'eau, l'accrocha à un clou, puis vint s'installer sur le lit, auprès de Golda Meir.

— Je vois que vous avez une étrangère ! constata-t-il en indiquant de la tête Ramata assise en face de lui, sur l'autre lit, avec Diodio.

— Oh, elle n'est plus étrangère ici, elle est de la maison depuis bien longtemps, renseigna Golda Meir.

— Depuis exactement trois ans et trois mois, renchérit Diodio. Qu'est-ce que tu prends, oncle Tiguis, de la bière ou du vin ?

— Du vin, ma nièce, opta-t-il. Depuis trois ans et trois mois ? Comment ça, elle habite avec vous depuis tout ce temps ?

Diodio se leva, prit sous le lit une bouteille de Valpierre, puis chercha un verre sur le bahut.

— Comme tu vois, Tiguis ! répondit Golda Meir. Ta nièce a raison, ça fait bien trois ans et trois mois qu'elle habite avec nous. Elle a débarqué ici une nuit, sans aucun vêtement sur elle, complètement folle. Pour Diodio, elle était déjà folle un an avant, quand elle était venue, deux nuits de suite, rechercher Ngor Ndong après votre départ avec Hobou Nguer. Au fait, où est Ngor Ndong ? Ils sont ensemble ?

Après avoir décapsulé la bouteille de Valpierre à l'aide de ses dents, Diodio remplit le verre et le tendit à Tiguis en fléchissant un genou.

Tiguis s'empara du verre, en but une gorgée, le déposa sur la table à carreaux, avant d'annoncer :

— Ngor Ndong est mort, le pauvre !

— Mort ? s'étonnèrent la mère et la fille à l'unisson en regardant Tiguis, avant d'ajouter l'une après l'autre : Depuis quand ? De quoi ?

— Avant d'en venir à Ngor Ndong, éclairez-moi d'abord sur la présence de celle-là, car je n'ai pas bien saisi les explications de Golda, déclara Tiguis.

— Comment tu n'as pas bien saisi mes explications ? s'insurgea Golda Meir. Pourtant, j'ai été très claire. Je vais reprendre, alors écoute-moi bien. Au lendemain de la fameuse rafle, elle est venue ici, aux environs de minuit, demander après Ngor Ndong avec insistance. Comme convenu entre nous à votre départ, je lui ai dit que je ne savais pas où il était. Elle a insisté, insisté, mais je ne l'ai pas affranchie. Elle est partie en me demandant de tout faire pour lui dénicher Ngor Ndong. La nuit d'après, elle est revenue encore, sans rien retirer de concret...

— En ce moment, elle était déjà malade, intervint Diodio qui avait repris sa place sur le lit.

— C'est vrai et tu l'avais dit. Tu es plus perspicace que moi, ma fille, admit Golda Meir. Où est-ce que j'en étais déjà ? Ah oui ! Après sa deuxième visite, elle a disparu pendant une année entière. Ni vue ni entendue, aucune nouvelle d'elle, cela durant un an. Puis, une nuit, en début d'hivernage, elle est réapparue alors que, Diodio et moi, nous nous apprêtions à nous coucher. La frayeur que nous avons eue cette nuit-là en la prenant pour une djinn !

— Je refermais la porte quand elle a fait irruption dans la chambre, après s'être déshabillée à l'entrée, raconta Diodio.

L'obscurité, d'un seul coup, avait envahi la pièce. Diodio se releva, trouva une boîte d'allumettes dans un tiroir du bahut, alluma la lampe à pétrole posée sur la table à carreaux. La lumière dissipa les ombres de la nuit, et des formes énormes et étranges, représentant leurs quatre silhouettes, se dessinèrent sur les façades de la baraque.

— J'ai eu tellement peur que j'ai mouillé mon pagne ! reprit Diodio en se réinstallant auprès de Ramata.

— Il fallait la voir ! poursuivit Golda Meir. Nue, les mains posées sur la tête, les yeux agrandis, elle appelait sans arrêt Ngor Ndong comme si sa respiration en dépendait. Impossible de la raisonner ou de la faire taire. Alors, je lui ai administré mon remède à moi, un puissant mélange de gin et de Ricqlès, que je lui ai fait ingurgiter de force, aidée par Diodio, remède qui s'est révélé fort efficace et l'est resté par la suite. Elle s'est endormie aussitôt après avoir avalé le mélange. Mais, le matin à son réveil, elle s'est remise à appeler Ngor Ndong. En plus, elle refusait toute nourriture. Je lui ai donné de la bouillie, de force aussi, avant d'y aller encore avec mon fameux remède.

— Elle a failli en mourir, surtout les premiers jours ! jeta Diodio.

— De toute façon, cela ne l'a pas tuée, se défendit Golda Meir. Et puis, je n'avais pas d'autre solution. Au bout d'une semaine, elle s'est réveillée, muette, ne faisant partie de rien, absente, comme tu la vois maintenant. Aucun moyen de lui tirer la moindre parole, ou de l'intéresser à quoi que ce soit. Depuis plus de trois ans qu'elle est ici, j'ai fini par remarquer que c'est au début de la saison des pluies, quand les flamboyants à l'entrée du Copacabana fleurissent, qu'elle devient agitée et appelle Ngor Ndong, refusant de manger, de dormir. Cela dure toujours une semaine. Après, elle se tait, devient impénétrable, comme elle est à présent, jusqu'au début du prochain hivernage. Depuis qu'elle est ici, ça se passe ainsi, toujours. Sa dernière crise remonte à un peu plus d'un trimestre, au début de cet hivernage, pendant la deuxième quinzaine du mois de juin. Tu es éclairé maintenant, Tiguis ?

— Tu as été très claire, cette fois-ci ! approuva-t-il.

— Ce qui est étonnant, annonça Diodio, c'est que, depuis tout ce temps qu'elle est avec nous, nous n'avons vu ou entendu personne la rechercher. Ceux que nous avons interrogés ne la connaissent pas et ne nous ont fourni aucun renseignement. Nous ignorons tout d'elle, où elle habite, qui elle est, jusqu'à son nom !

— Moi, je l'appelle Jolie Madame ! déclara Golda Meir. Et il faut reconnaître que c'est un nom qui lui va très bien, car même folle, elle reste une femme très jolie.

— Jolie, elle l'est vraiment ! fit Diodio. Sans son regard, on la prendrait pour normale. En dehors de sa semaine de crise, comme dit ma mère, elle ne dérange personne, reste toujours très propre. On ne sent presque pas sa présence. Le problème est de la faire parler ou de l'intéresser à quelque chose ; elle est indifférente à tout. Et Ngor Ndong, oncle Tiguis ? Depuis quand, et de quoi est-il mort ?

— Oui, Tiguis, raconte maintenant à propos de Ngor Ndong, appuya Golda Meir.

Il secoua son verre devant lui pour signifier qu'il était vide et Diodio le lui remplit à nouveau.

— Moi, je sais comment elle s'appelle, elle se nomme Ramata Kaba. Ngor Ndong m'a dit son nom peu de temps avant de mourir, trois jours après notre départ d'ici, en me chargeant d'une commission pour elle.

— Daba Camara, tu dis qu'elle se nomme ! jeta Golda Meir. Et elle habite où, Daba Camara ? Ngor Ndong t'a donné sûrement son adresse en te confiant une mission pour elle. Nous allons enfin être renseignées sur elle.

— On ne t'a jamais dit Daba Camara, mais Ramata Kaba ! corrigea Diodio en riant. Ramata Kaba, Ramata Kaba, tu as entendu, mère ?

— Ramata Kaba, oui, j'ai entendu. Ngor Ndong t'a donné son adresse, Tiguis ? réinterrogea-t-elle.

— Non, répondit-il. Ngor Ndong ne m'a donné que son nom. Il n'était même pas certain, et moi non plus d'ailleurs, que j'allais la revoir un jour. Je ne connais d'elle que son nom. Probablement, elle habite à Dakar, mais vous savez, tous ceux qui ont de l'argent habitent dans la capitale, même s'ils n'en sont pas originaires. Et de l'argent, elle devait en posséder beaucoup, car Ngor Ndong m'a dit qu'elle lui avait donné cinq millions de francs, comme argent de poche, en plus d'une belle villa au bord de la mer à Dakar.

— Une villa et cinq millions ! s'exclama Golda Meir. Celle-là, qu'est-ce que Ngor Ndong lui a fait goûter ? Est-elle mariée ?

— Je ne sais pas, Ngor Ndong ne me l'a pas dit. Comme je l'ai déclaré, je ne connais d'elle, en tout et pour tout, que son nom, Ramata Kaba. Ce gosse n'avait vraiment pas de chance, il voulait fuir cette femme et m'avait supplié, à notre sortie de la gendarmerie, de l'emmener avec moi pour être le plus loin possible d'elle. Il ne savait pas qu'il allait à la rencontre d'une mort abominable et atroce, trois jours après.

— Le soir même de notre départ de Diamniadio, Hobou Nguer, Ngor Ndong, et moi, commença à raconter Tiguis, au lendemain de la fameuse rafle, nous sommes arrivés à Médina Gounass en passant par Basset en Gambie au moment de la troisième prière de la journée. Après un solide repas et un peu de repos, nous avons laissé notre véhicule au village et sommes partis rejoindre, à bicyclette, le parc national du Niokolokoba, peu avant le coucher du soleil. Ayant rendez-vous au petit matin avec Kali, le pisteur, un Bassari qui m'avait signalé la présence dans le parc d'un troupeau d'éléphants venu de la Guinée Conakry, il nous a fallu marcher durant toute la nuit. Au lever du jour, au lieu de Kali, nous sommes tombés, on ne sait comment, sur une patrouille de gardes forestiers qui semblaient nous attendre. Il s'en est suivi un sérieux accrochage. Sans sommation, les forestiers, encore échaudés par l'assassinat de deux de leurs collègues par des braconniers, il y a deux mois, ont ouvert le feu. J'ai répliqué. J'avais une kalachnikov, une très bonne arme, mais j'étais le seul parmi nous trois à être armé et les gardes étaient nombreux, et surtout, comble de malheur, dès le début de la bataille, Ngor

Ndong a été touché : une balle lui a fracassé le genou droit. Il a fallu se replier après un quart d'heure d'échange de coups feu en abandonnant nos bicyclettes. Hobou Nguer a pris Ngor Ndong sur le dos ; moi, je protégeais nos arrières en lâchant de longues rafales de temps à autre. Longtemps après, certains que les forestiers ne nous poursuivaient plus, nous nous sommes arrêtés. Hobou Nguer a déposé Ngor Ndong par terre. Il était livide, serrait les dents, mais ne pouvait s'empêcher de gémir de douleur. La balle était sortie par le creux poplité en coupant une grosse artère, le sang jaillissait de la blessure, en nappe, comme du cou d'un bouc égorgé. À l'aide d'une solide liane, je lui ai posé un garrot au-dessus du genou après avoir déchiré son pantalon. Ensuite, nous avons repris la route, Ngor Ndong sur le dos de Hobou Nguer. C'était décidément un mauvais jour : nous étions perdus en pleine forêt. Sans doute avions-nous piétiné une herbe maléfique qui désoriente, comme on en rencontre parfois en brousse. Toute la journée, nous avons tourné en rond dans le parc sans pouvoir trouver une seule piste menant à Gounass. Quand les gémissements de Ngor Ndong devenaient plus insistants, nous nous arrêtions. J'enlevais le garrot, l'hémorragie reprenait aussitôt de plus belle, je le replaçais. Le soir, perclus de fatigue, affamés, assoiffés, nous nous sommes endormis comme des souches au pied d'un grand arbre. Le garrot est resté en place toute la nuit durant. Au petit matin, j'ai été réveillé par les cris de Ngor Ndong. Sa jambe avait triplé de volume, était devenue noire comme du charbon, luisait comme si elle avait été enduite de beurre de karité et dégageait une odeur caractéristique de putréfaction, particulièrement nauséabonde. Hobou Nguer a certainement été tiré du sommeil par la puanteur insoutenable, car il s'est relevé, les yeux interrogateurs, se tenant le nez entre le pouce et l'index. La jambe entière de Ngor Ndong, des orteils à l'aine, était tellement enflée que la liane avait disparu dans les chairs, et, à partir de la cuisse, là où s'arrêtait la déchirure du pantalon, le tissu était si distendu qu'on voyait la peau luisante et noire s'échapper à travers la trame.

« Il était impossible de déplacer Ngor Ndong, maintenant. Bientôt, ses gémissements se changèrent en hurlements. En plus, il demandait à boire, à boire, à boire, sans arrêt. Et malheur de malheur, il n'y avait point d'eau. En cette période de l'année, si c'est le début de l'hivernage ici, là-bas, au Niokolo-koba, c'est la pleine saison des pluies. Tout le temps, il pleut, le jour ou la nuit, le matin ou le soir, n'importe quand, il pleut toujours. Mais, ce mercredi funeste, je me souviens bien que c'était un mercredi, rien, aucune goutte de pluie. Il n'y avait pas non plus, aux alentours, de petite rivière serpentant entre les buissons, ni de l'eau dans le creux d'un arbre, ni même une petite mare boueuse. Et le pauvre petit qui ne cessait de hurler qu'il voulait boire. "De l'eau, de l'eau, pour l'amour de Dieu ! De l'eau, de l'eau, pour l'amour de Dieu !" suppliait-il. Quand Ngor Ndong a prononcé le nom de Dieu, je me suis souvenu de lui, et je ne sais pourquoi, sans doute, parce qu'Il affirme qu'Il est le Très-Haut, j'ai levé la tête, j'ai regardé intensément le ciel où, normalement, Il doit habiter, comme si je pouvais L'apercevoir assis sur Son trône, et je Lui ai adressé, avec ferveur, une prière du fond du cœur afin qu'Il fasse tomber la pluie que je recueillerais dans les paumes de mes mains pour donner à boire au petit. Justement, le ciel était tout couvert de gros nuages noirs, un petit vent frais s'était levé, secouant les branches des arbres. Dans leurs nids, les oiseaux s'étaient tus, on sentait l'odeur de la pluie même. Mais, Lui, oui Lui Dieu, quand tu as vraiment besoin d'un coup de main, que le cœur contrit, tu fais appel à Sa magnanimité, il te nourrit d'espoir mais refuse d'exaucer ta prière, en définitive. Durant toute la journée, le temps demeura menaçant, le soleil, étouffé par les nuages, n'apparut pas une seule fois. Cependant, Dieu ferma les vannes du ciel. Si je pouvais supporter la puanteur dégagée par la jambe de Ngor Ndong, il n'en était pas de même de ses cris. À chaque fois qu'il demandait de l'eau, j'avais l'impression qu'on me lacérait le dos avec un tesson de bouteille.

« En début d'après-midi, la jambe éclata en plusieurs endroits, reprit Tiguis après avoir avalé une gorgée de vin, craché bruyamment par terre et s'être essuyé les lèvres avec le dos de la main. Excusez-moi, j'ai la nausée chaque fois que j'y pense. Je n'ai jamais vu quelqu'un pourrir avant de mourir, je ne l'aurais jamais imaginé, celui qui me l'aurait raconté, je l'aurais démenti, si je ne l'avais pas vu de mes propres yeux. Un liquide purulent, jaune-noir sanguinolent, putride, suintait de la jambe éclatée, en même temps qu'une multitude d'asticots qui se mirent à marcher sur tout le corps de Ngor Ndong jusqu'à son visage, pénétrant dans sa bouche et ses narines. Hobou Nguer, épouvanté à la vue des vers et incommodé par la puanteur, s'était enfui au loin. J'ai veillé Ngor Ndong, seul, durant la deuxième nuit qui fut très longue. Jusqu'au petit matin, il n'a pas arrêté de demander à boire. Peu après le lever du soleil, il s'est reposé, enfin. Hobou Nguer, revenu, m'aida à l'enterrer sur place.

« Au même moment, comme si son refus ne suffisait pas, pour me narguer, Dieu commença à faire tomber la pluie, alors que le ciel était complètement dégagé.

— Pauvre gosse, il a eu une fin horrible ! jeta Golda Meir en guise d'oraison funèbre, lorsque Tiguis eut fini de raconter les péripéties de la mort de Ngor Ndong.

— Que Dieu ait pitié de son âme, formula Diodio.

— Même à mon pire ennemi, je ne souhaite pareilles souffrances, déclara Tiguis en mâchant bruyamment le morceau de cola que Golda Meir venait de lui passer. Être en décomposition, avec des vers qui sortent du corps, tout en respirant, si incroyable que cela puisse paraître, cela existe ; Dieu n'est pas une personne, il peut tout faire ! Peu de temps avant de mourir, Ngor Ndong, demeuré conscient et lucide jusqu'au bout, m'a demandé de lui enlever la chaîne qu'il avait au cou et de la remettre, au cas où je la reverrais, à Ramata Kaba. C'est à ce moment qu'il m'a donné son nom, sans plus. J'ai juré que je la lui remettrais. J'ai toujours la chaîne avec moi.

Tiguis demanda à Diodio de lui donner son sac de voyage, au pied du bahut. Elle se leva et l'apporta. Il bougea un peu pour faire de la place, posa le sac sur le lit, entre Golda Meir et lui. Il fit glisser la grosse fermeture, prit à l'intérieur, dans une pochette munie d'un bouton-pression, une petite boîte métallique dont le couvercle était décoré d'une tête de tigre, la gueule grande ouverte.

— Fais voir, Tiguis ! lança Golda Meir, quand il eut retiré la chaîne de la boîte.

Tiguis se leva du lit en secouant la tête d'un signe négatif.

— Je vais la remettre à sa propriétaire comme je l'avais juré à Ngor Ndong. Je ne te la donnerai pas, déclara-t-il.

Golda Meir partit d'un énorme éclat de rire.

— Dis donc, je ne te savais pas si vertueux, Tiguis ! Tu me surprendras toujours ; chaque jour avec du nouveau.

— La question n'est nullement là, objecta-t-il. C'est qu'il faut toujours tenir parole, surtout quand on a juré à un mourant. Et dans ce cas précis, si l'on est parjure, on est poursuivi sa vie durant par une série de grands malheurs.

— C'est pour ça que tu as gardé la chaîne pendant près de quatre ans ?

— Jusqu'à ma mort, je l'aurais gardée, s'il l'avait fallu !

— Tu me surprendras toujours, répéta Golda Meir. Donne-la-moi, Tiguis. Je regarde seulement, par simple curiosité ; après, je te la rendrai.

Il finit par lui passer la chaîne.

Elle s'inclina vers la table à carreaux, observa le bijou à la lumière de la lampe, puis revint prendre place auprès de Tiguis qui claqua son pouce contre le majeur et tendit la main.

— Je reconnais cette chaîne, fit Golda Meir en la rendant à Tiguis comme promis. Je l'ai remarquée au cou de Ngor Ndong la nuit de la rafle, dès qu'il est entré dans le bar accompagné de Jolie Madame. As-tu une idée de son prix, Tiguis ?

— Oui, bien sûr. Mes quatre épouses, celle de Kaolack, celle de Ziguinchor, celle de Sérékounda, celle de Bissau, m'ont créé des histoires terribles à cause d'elle. Chacune d'entre elles me l'a demandée, et comme j'ai refusé, chacune croyait que je la destinais à l'autre. Elles ont toutes eu la même réflexion. Pour elles, apporter ce bijou de valeur à la maison, le leur montrer, leur chauffer le cœur en refusant de le leur offrir au profit d'une autre femme qui attachait son pagne de côté et avec la main gauche comme elles était une moquerie malsaine, une injure même. Un jour, à l'hôtel Adonis de Banjul, un homme d'affaires sarokolé m'a proposé un demi-million pour l'acheter, je lui ai dit qu'elle n'était pas à vendre. Un ami suédois m'a affirmé qu'elle valait trois fois plus en francs CFA dévalués. Chaque fois que je l'ai portée, j'ai fait sensation, surtout auprès des femmes, et on m'a toujours demandé où je l'avais achetée. J'ai fini par ne plus la mettre au cou, mais je l'ai toujours à portée de main lors de mes déplacements, si je ne l'ai pas sur moi. Je ne m'en suis jamais séparé, je ne l'ai jamais mise en gage même quand j'étais serré à la gorge par un problème pécuniaire pressant. Je suis grandement soulagé de pouvoir tenir la promesse faite à Ngor Ndong.

Tiguis contourna la table à carreaux, se pencha vers Ramata Kaba, lui tendit la chaîne en lui disant le vœu de Ngor Ndong avant de mourir.

— Reprends ton bien !

Elle demeura indifférente.

Il lui prit la main, ouvrit sa paume, y déposa le bijou, la referma et retourna s'asseoir sur le lit.

— Je me suis toujours dit que si un jour elle

revoyait Ngor Ndong, elle retrouverait la raison. À présent, aussi sûr qu'elle ne le reverra plus, elle ne redeviendra jamais normale, annonça Diodio.

— Même si elle l'avait revu, elle serait restée folle, fit Golda Meir. Du reste, il n'est pas prouvé que sa maladie soit provoquée par Ngor Ndong…

— Comment expliquer alors qu'elle l'appelle toujours, et lui seul, quand elle est en crise chaque année ?

— Je n'ai aucune explication et les marabouts que j'ai consultés ne m'ont pas donné de renseignement sur ce point. Ils m'ont tous déclaré qu'elle était folle et le resterait jusqu'à la fin de sa vie, parce qu'il y a très, très longtemps, elle avait taquiné jusqu'à le piétiner quelqu'un dont la tête était plus grande que la sienne. Bien des années plus tard, alors que toute trace de l'incident était effacée de sa mémoire, l'esprit de l'homme qu'elle avait offensé jadis a décidé de le venger en troublant son esprit pour toujours. J'ai vu trois marabouts différents, pas des charlatans, des connaisseurs qui voient clairement. Ils m'ont fait les mêmes révélations, ils ont ajouté aussi que je l'aurai à ma charge jusqu'à ma mort, car ses parents, quoi qu'ils fassent, ne la retrouveront jamais et que je ne saurai jamais rien de consistant sur elle. C'est pourquoi je me dis que Jolie Madame est pour moi un fardeau dont le bon Dieu m'a chargée, dans le but de m'éprouver, que je dois porter ma vie durant.

— Si elle est un fardeau de Dieu, comme tu penses, observa Tiguis, tu parviendras à le supporter sans peine. À présent, parlons d'autre chose. Comment vont les affaires ici ? Je n'ai même pas eu le temps de demander de vos nouvelles.

— Rien de neuf, tonton Tiguis, annonça Diodio.

Si ce n'est ton arrivée ce soir après une longue absence.

— C'est bien vrai ! approuva Golda Meir. Où étais-tu, Tiguis, pendant tout ce temps ?

Tiguis demanda à Diodio de lui remplir à nouveau son verre avant de répondre :

— Un peu partout. J'ai séjourné longuement en Sierra Leone pendant la guerre pour faire des affaires, puis je suis allé en Afrique du Sud, que j'ai quittée quelque temps après que les problèmes de la Guinée-Bissau ont commencé. Tous les biens que j'avais dans ce pays ont été saccagés, il me faudra tout reprendre de zéro. Depuis la fin des hostilités, j'ai voyagé plutôt entre Bissau, Ziguinchor et Banjul, mais ces derniers mois, je suis assez fréquent dans les parages.

— Et c'est seulement aujourd'hui que tu viens nous saluer, Mamadou Lamine ? s'insurgea Golda Meir en l'apostrophant par son vrai nom sénégalais. Ce n'est pas bon ça, entre parents. As-tu oublié que nous avons le même sang, que mon arrière-grand-père paternel, Samba Dièye, avait deux sœurs de père et de mère uniques, Coumba et Farry Dièye, qui sont vos arrière-grands-mères, à Hobou Nguer et toi ? La parenté est comme une plante, il faut l'arroser, l'entretenir, sinon elle se fane et meurt.

— Je sais, tu as raison, Ndiaba ! se justifia Tiguis qui, comme elle, l'appela aussi par son nom, alors que Diodio achevait de lui servir du vin. Je n'ai point oublié nos liens de parenté ; c'est que toutes les fois que je suis venu, c'était toujours en pleine nuit, à une heure indue pour rendre visite à quelqu'un, même à un parent.

— Qu'est-ce qui t'empêche de venir le matin ou dans la journée ? insista Golda Meir.

— Parce que je repars aussitôt débarquée la marchandise que j'amène de Banjul par pirogue. J'en possède deux qui font la navette entre le Sénégal et la Gambie. D'ailleurs, je ne reste pas longtemps ce soir, après le dîner je m'en vais.

— Où vas-tu sous cette pluie ?

— Une de mes pirogues à bord de laquelle se trouve Hobou Nguer doit arriver lorsque la terre sera froide, venant de Banjul. J'avais quelques problèmes à régler à Kaolack, c'est pourquoi je suis venu par la route, sinon on serait ensemble. Cependant, je retourne par voie maritime avec lui, cette nuit même. J'espère qu'avec la pluie qui a duré toute la journée et qui continue de tomber, les douaniers ne seront pas dans les environs de Yène où la pirogue débarquera et que tout se passera bien.

Vers vingt-deux heures, Tiguis prit congé en promettant de passer le plus souvent possible. Golda Meir, la tête abritée sous une grande calebasse retournée pour se protéger de la pluie, l'accompagna jusqu'à l'entrée du Copacabana. En retournant, elle en profita pour inspecter le bar.

La clientèle, qui buvait en Suisse, avait à peine doublé, du fait du mauvais temps. Même les baraques de passage étaient vides. Elle regagna sa chambre et retrouva sa fille et Ramata Kaba.

— Diodio, je ne savais pas que tu étais une vraie personne lança-t-elle en s'installant sur le lit libre.

— Que veux-tu dire, mère ?

— Pas une seule fois tu ne t'es trahie comme je le craignais. Tu sais bien tenir ta langue. Tiguis sait tout sur la présence de Jolie Madame chez nous sans que notre secret ne soit défloré.

— Hé, mère ! C'est toi qui m'as éduquée, jeta Diodio avec un sourire. Moi aussi, je craignais que tu ne révèles à oncle Tiguis ce qu'elle nous a donné.

— Moi, révéler à Tiguis quoi ? Tu peux te rassurer, ma fille. J'avais même oublié que Jolie Madame nous a donné quelque chose.

Le lendemain matin, Golda Meir et Diodio furent frappées de stupéfaction en voyant Ramata Kaba à leur réveil.

Elle était méconnaissable : en une nuit, elle s'était complètement métamorphosée. Elle avait vieilli, son visage était couvert de rides, ses traits s'étaient affaissés, sa longue chevelure, de même que ses cils et ses sourcils, était devenue blanche comme de la percale.

Elle s'était couchée la veille, la chaîne enfermée dans la paume de sa main, en se réveillant, elle la portait autour du cou.

La mère et la fille ne lui enlevèrent pas le bijou.

Une semaine après la visite de Tiguis, Golda Meir finit par estimer que si les parents de Ramata Kaba, qu'elle continuera toujours d'appeler Jolie Madame, avaient mené des investigations pour la retrouver, ils avaient certainement dû les abandonner, découragés par la longue période qui s'était écoulée depuis sa disparition.

Elle en parla une nuit à Diodio qui partagea son avis.

Rien n'était venu perturber leur existence au Copacabana depuis ces trois ans et trois mois que Ramata y résidait. Elle demeurait toujours dans la chambre, sous la surveillance constante de la mère ou de la fille qui ne la laissaient jamais seule un instant. De très rares personnes, une ou deux, pas plus, étaient au courant de sa présence chez Golda Meir. Elle leur avait expliqué que Ramata était une proche parente du Boundou dont le mari et leurs trois enfants avaient été assassinés par des voleurs de bétail venus du Mali ou de la Mauritanie. Depuis, elle avait perdu la raison et refusait de parler. Alors, on la plaignait, la pauvre !

Golda Meir et Diodio n'avaient modifié en rien leur environnement et leur manière de vivre, si ce n'était ce que la mère nommait « le lourd fardeau dont le bon Dieu l'avait chargée », s'occuper de Ramata. Elles le firent de manière fort admirable. Du reste, elle n'était guère difficile à entretenir car en dehors de la semaine pendant laquelle elle était en crise, refusait toute nourriture et avait tendance à se dénuder, à s'en aller et à appeler Ngor Ndong, mais au cours de laquelle on lui faisait ingurgiter de force la bouillie et le fameux remède, toujours efficace, elle demeurait toute la journée assise sur le lit, impénétrable, indifférente à tout, ne quittant la chambre que pour aller faire ses besoins naturels.

Le Copacabana était resté en l'état. Toutefois, l'urinoir où était caché le trésor avait fait place dès le lendemain à un abri construit avec les briques entreposées dessus, doté d'une toiture en fibrociment et d'une porte munie d'une serrure de sûreté.

La même nuit, bien après la fermeture du bar, elles déterrèrent le fût métallique...

Golda Meir commença par achever son bâtiment en construction à Diamniadio, du côté de la route de Mbour, acheta deux maisons jumelées à la nouvelle cité Dalifort qu'elle fit transformer en villas grand standing qu'elle mit toutes en location. À la même période, elle entendit que le Brise de Mer, un bar de Rufisque, était à vendre. Son propriétaire, François Beaujan, avait décidé de rentrer dans l'Hexagone pour soigner son épouse. Ils étaient les derniers Toubabs survivants de la belle époque coloniale, pendant laquelle le wharf, les huileries-savonneries et les poissonneries étaient en pleine activité, le commerce florissant, qui vivaient encore dans la vieille cité tombée en décrépitude. Ils n'avaient pas d'enfants et étaient nonagénaires tous les deux. L'épouse, Huguette, s'était brisé le col du fémur en glissant dans la salle de bains. Le vieux Beaujan liquidait ses affaires qui ne marchaient plus depuis belle lurette, le bar avec une vaste cour, situé au rez-de-chaussée de sa maison, un grand bâtiment comprenant les appartements à l'étage, construit au bord de la mer.

Conseillée par Diodio, elle contacta François Beaujan et régla l'affaire en payant comptant. Elle vendit le Copacabana et vint habiter à Rufisque avec sa fille et Ramata Kaba. Très rapidement, le Brise de Mer, dont elle avait conservé le nom, retapé à neuf devint le bar le plus fréquenté de la vieille ville.

L'année suivante, Golda Meir, après avoir passé la main à Diodio, effectua le pèlerinage à La Mecque. Revenue gravement malade, elle fut transportée dans le coma, de l'avion à l'hôpital de Fann, où elle mourut trois jours plus tard sans avoir repris connaissance.

Avec le mois d'octobre, s'acheva le dernier hivernage du siècle. Jamais hivernage n'avait été aussi pluvieux, aussi long, aussi catastrophique. Les pluies avaient été particulièrement abondantes, et depuis le début de la saison, précoce cette année (dès la première quinzaine du mois de mai alors qu'elle démarrait toujours dans le courant des derniers jours du mois de juin, ou même en début juillet), il ne s'était pas passé une seule semaine sans qu'il y ait trois ou quatre fortes précipitations noyant ciel et terre sur l'ensemble du pays.

Tous les villages de la vallée en amont du barrage de Diama, de Donaye au Fouta à Gandiol à l'embouchure, avaient été inondés, la plupart évacués. Le même sort avait frappé plusieurs grandes villes de différentes régions, Kaolack, Pikine, Guédiawaye, Mbour, Thiès, Ziguinchor, et surtout Saint Louis où, en dépit de la construction d'une digue de protection d'un coût de trois milliards et demi, emportée par les flots tumultueux dès le lâcher des eaux du fleuve, toute l'île, du quartier Sud au quartier Nord, avait été envahie, faisant craindre l'effondrement de pont Faidherbe, emblème qui est pour la vieille cité ce que la tour Eiffel représente pour la ville de

Paname. Comme si cela ne suffisait pas, le cyclone Cindy avait dévasté Joal et la zone environnante et fait disparaître en mer, corps et biens, près de deux cents pêcheurs.

Seule note de consolation, les prochaines récoltes s'annonçaient très prometteuses…

Malheureusement, le prix de l'arachide, principale source de revenu du monde rural après l'effondrement de celui du coton attaqué l'année passée par la mouche blanche, avait été baissé sans consultation des paysans qui, n'ayant pas encore vendu leurs produits, se frottaient déjà les mains. Cette mesure, fort impopulaire, prise à un trimestre du scrutin présidentiel, avait provoqué la sourde colère et le profond mécontentement de la paysannerie et fut la dernière des nombreuses bourdes du régime socialiste au pouvoir depuis bientôt un demi-siècle car les braves péquenots avaient été, de tout temps, le vivier fécond et constant dans lequel le parti puisait à chaque élection et lui avaient toujours assuré la victoire, même à l'époque difficile de ce que Senghor appelait « le malaise paysan » où les chefs d'arrondissement, pour les obliger à rembourser les dettes contractées en semences, bœufs de labour, intrants agricoles, n'hésitaient pas à les exposer en public, le torse nu, au chaud soleil, saupoudrés de la tête aux pieds d'engrais et d'insecticide. Et désemparés, découragés, ne sachant plus à quel saint se vouer, ils se demandaient : à quand la fin de l'indépendance ?

L'an 2000, tant de fois chanté depuis l'ère de Sédar Senghor comme étant l'année de l'abondance et de la prospérité pour tous, arriva enfin.

L'entrée dans le nouveau siècle, tombée en plein mois de Ramadan, n'eut pas un grand retentissement. Pas de grandes fêtes, pas de retraites au flambeau, pas de bals populaires. Même le fameux bogue, dont on avait tant parlé et redouté les terribles conséquences, ne survint pas.

De toutes les façons, la gaieté avait déserté les cœurs depuis bien longtemps. Notre pirogue voguait sur une houleuse mer de marasme et de difficultés frappant toutes les couches de la société, surtout les plus défavorisées, et d'ordures de toute nature envahissant villes et villages. Tout le monde, affligé du mal-vivre, avait un mauvais goût de cendre dans la bouche et Dakar était très loin d'être aussi jolie que Paris. Peut-être en l'an 3000…

Cependant, partout, les élections présidentielles qui devaient avoir lieu vers la fin du mois prochain, le 27 février précisément, se préparaient dans une effervescence et une frénésie extraordinaires.

Huit candidats étaient en lice.

Conseillé par un grand maître sorcier blanc appelé

de l'Hexagone, réputé très très fort, ayant déjà fait treize miracles aux quatre coins du monde et affirmant dès son arrivée en effectuer un quatorzième ici, le candidat président Abdou Diouf, affublé du thème du changement, un bien d'autrui avéré comme slogan de campagne, serinant sur son passage des montagnes de promesses toutes plus mirobolantes les unes que les autres, mal servi paradoxalement par une splendide affiche qui le représentait debout au milieu d'un vaste champ, un sourire angélique sur les lèvres, annonçant que les fruits mûrissent, une grosse aubergine, légume purement ornemental du plat national, le *ceebu jën*, que personne ne mange, qu'on jette à la poubelle en même temps que les arêtes de poisson, tenue entre ses deux mains, ne parvint pas à convaincre sa majorité habituelle et fut mis en ballottage.

Un second tour fut donc organisé trois semaines plus tard, le dimanche 19 mars. Événement historique : tout s'était toujours joué à chaque scrutin dès le premier tour, engendrant des contentieux postélectoraux lourds et sanglants, parfois même avant l'annonce des résultats.

Appuyé par tous les autres partis d'opposition, Maître Abdoulaye Wade, le pape du *sopi*, le vrai changement, après un quart de siècle de lutte opiniâtre, jalonné de plusieurs procès et séjours en prison, une grève de la faim et quatre tentatives malheureuses, assurant que Moustapha Niasse, candidat arrivé après lui en troisième position, sera son Premier ministre en cas de victoire, Maître Wade donc fut triomphalement élu, soulevant un immense espoir, particulièrement au niveau des jeunes frappés en grande partie par le chômage, qui avaient massivement voté pour lui, président de la République.

À la surprise générale et à l'étonnement du village planétaire dans son ensemble, les deux tours, remarquables dans leurs organisation et régularité, s'étaient déroulés dans le calme, la transparence et la sérénité les plus absolus. Malgré les cris d'orfraie des Cassandres qui s'étaient élevés de partout (le ministère des Affaires étrangères de l'Hexagone et le département d'État de l'Oncle Sam avaient vivement recommandé à leurs ressortissants de se prémunir en victuailles, eau potable en bouteilles, groupes électrogènes, carburant, de se barricader solidement chez eux le jour du vote, de rassembler leurs bagages et de se tenir prêts à être évacués en cas de coup dur par une section de commandos) prédisant bombes, grenades, sang, feu, flammes, cendre, pas même une petite fourmi ne fut victime de la moindre violence.

C'était méconnaître la puissance des génies protecteurs des Lébous. Pour conjurer le mauvais sort, afin que la paix ne fût point perturbée, surtout à Dakar qui se trouvait sur leur territoire et leur appartenait avant et malgré tout, ils avaient organisé une grande cérémonie propitiatoire : un taureau de sept hivernages au pelage noir et blanc avait été immolé sur le rivage et de la bouillie de mil et du lait caillé avaient été déversés dans la mer en offrandes.

Alors que la cérémonie n'était pas encore terminée, que les femmes dansaient le *ndeupeu*[1] au son du tam-tam, un énorme barracuda, poisson de haute mer ne fréquentant jamais les côtes, d'un bond formidable hors de l'eau, s'était échoué tout près du bovin sacrifié, frétillant vigoureusement dans le sang

1. Danse consacrée aux génies dans un but thérapeutique, pour éloigner la catastrophe, les mauvais yeux, les mauvaises langues.

échappé de la gorge tranchée qui s'écoulait dans les vagues venues mourir sur la grève.

Le grand prêtre des féticheurs qui officiait avait interprété l'étonnant événement comme un signe de très bon augure et avait annoncé que Ndogal, Leuk Daour Mbaye, Ndiaré, Coumba Castel et Mame Coumba Lamp, les génies tutélaires de la presqu'île du Cap-Vert, avaient exaucé leurs vœux.

Beau perdant, le vaincu téléphona dans la nuit même au vainqueur, alors que les résultats du scrutin n'étaient pas encore officiellement proclamés et que certains de ses proches collaborateurs, à son insu, s'apprêtaient à perpétrer un coup de force dans le but de conserver le pouvoir perdu, pour reconnaître sa défaite et adresser ses plus sincères et chaleureuses félicitations à son vieil adversaire qu'il avait tant de fois battu. Geste fort rare en Afrique pour être souligné, salué de toutes parts à travers le monde et singulièrement sur le continent déshérité où, le plus souvent, pour ne pas dire toujours, l'alternance, brutale et sanglante, se passait au petit matin, sous la forme d'une confiscation pure et simple du pouvoir par une soldatesque armée.

Le 1er avril, par un après-midi ensoleillé, dans un stade Léopold Sédar Senghor rempli comme un œuf, devant cent mille personnes transportées d'allégresse, le nouveau propriétaire du pays prêta solennellement serment. Quelques instants plus tard, la passation de service au sommet de l'État se fit de façon cordiale, civilisée, entre les deux hommes à la présidence de la République, puis Abdou Diouf, aux commandes depuis dix-neuf hivernages, sortit du palais. De fort belle manière, le visage ferme, la tête haute, entouré uniquement de sa famille, son épouse dévouée, ses enfants et ses petits-enfants.

Raccompagné par Maître Wade le tout nouveau locataire des lieux, il traversa à pied la vaste cour ombragée, aux allées fleuries où, jadis, se dandinaient les grues couronnées si chères au président-poète dont il se réclamait l'héritier, qui disait qu'elles étaient aussi belles, aussi majestueuses, lorsqu'elles survolaient le palais présidentiel, que Concorde quand il prend son envol pour monter dans le ciel, qu'il avait renvoyées au Parc national des oiseaux dès son arrivée au pouvoir, geste qui traduisait avec éloquence combien, plus que tout, le maître et celui qui se voulait le disciple étaient différents en tout, et franchit le portail de la haute grille. La grande foule massée aux abords de l'avenue Léopold Sédar Senghor le gratifia d'un tonnerre d'applaudissements. Visiblement ému, il leva les deux bras pour saluer une dernière fois, puis, sans prononcer un seul mot, dignement, il s'engouffra dans une banale Mercedes bleue, et, suivi de ses proches, s'en alla vers un autre destin.

Ramata Kaba survivra encore quinze autres années à Golda Meir, toujours plongée dans sa longue nuit, tous liens entre le monde réel et elle rompus. Et chaque année, quand les autres arbres, comme pour accueillir les premières pluies, portent de nouveaux bourgeons, que les flamboyants, seuls, se parent de fleurs pourpres contrastant harmonieusement avec la nature qui reverdit, elle traversait une phase d'excitation aiguë durant huit jours, puis retombait dans une dépression voisine de la léthargie jusqu'au prochain début d'hivernage…

Ces derniers temps, depuis six mois environ, un fait notable s'était produit dans son comportement, sans aucune raison apparente et sans qu'aucun événement important ou mineur ne soit intervenu : lorsque le bar était fermé, les clients rentrés chez eux, il lui arrivait de quitter sa chambre à l'étage, de descendre dans la cour déserte du Brise de Mer.

Elle venait alors s'accouder sur le rebord du mur de barrage surplombant l'océan, protégé des vagues par de grands pneus et des rochers enfermés dans des grillages métalliques. Elle laissait errer son regard dans le lointain, vers le phare à éclats du cap Manuel qui balayait par intermittence, d'un puissant flux de lumière rouge, la surface sombre de la mer.

Là-bas se trouvait la villa où, pendant deux semaines, en compagnie de Ngor Ndong, elle avait connu un bonheur ineffable.

Pensait-elle à son amant perdu ? Était-elle même en mesure de penser ?

Elle restait plantée là, immobile, emmurée dans son mutisme que rien ni personne ne pouvait perturber, pendant des heures et des heures, avant de remonter se coucher, au petit matin.

Mais parfois, elle ne regagnait pas sa chambre, elle s'endormait couchée au pied du mur et passait là le reste de la nuit.

Comme en cette veille de la fête nationale, où, par une vague de froid qui, de mémoire d'homme, ne s'était jamais abattue sur le pays, Diodio, à son réveil, l'avait retrouvée morte.

ÉPILOGUE

Gobi laissa tomber son verre vide près du grand coquillage faisant office de cendrier, rempli de mégots, et, ivre à ne plus savoir s'il faisait jour ou s'il faisait nuit, s'affala, le buste, les deux bras et un côté du visage, posés sur le plateau de la table, le torpédo toujours enfoncé sur la tête.

Il avait bu comme un trou, une bouteille de vin terminée aussitôt remplacée par une autre, avait fumé cigarette sur cigarette, tout au long de sa narration.

J'avais réservé le même sort à la bière, que je supportais très bien, et aux Mecarillos, en l'écoutant avec une attention soutenue, sans l'interrompre une seule fois.

À trois reprises, poussés par l'impérieux besoin naturel de vider nos vessies trop pleines, nous nous étions levés d'un commun accord, nous étions sortis du bar, nous avions traversé à grands pas la vaste cour jonchée de détritus de toute nature, filtres et mégots de cigarettes, enveloppes de bonbons, arêtes et têtes de poisson, sachets en plastique, brins d'allumettes, écorces de citrons pressés, nous avions regagné les toilettes situées à un angle du mur de barrage qui dégageaient une prenante odeur d'ammoniaque. Debout côte à côte, les jambes écartées, chacun tenant sa bouteille dans sa dextre, son appareil dans sa gauche, nous nous étions soulagés en poussant des grands soupirs sans que Gobi n'abandonnât un seul instant son formidable récit. Une première fois, il avait envoyé un pet spectaculaire, remarquable par sa sonorité, sa durée et sa fétidité.

J'étais parvenu cependant à demeurer flegmatique devant l'ahurissante émission gazeuse sortie de son fondement. Mais quand il annonça, ses lèvres fendues par un large sourire découvrant ses dents pourries, ouvrant ainsi une parenthèse sur sa narration, qu'il était tout à fait normal d'entendre le tonnerre qui gronde quand il pleut, je fus secoué par un rire inextinguible. Les deux fois suivantes, à mon grand étonnement, Gobi avait reproduit exactement un grondement tout à fait identique au premier, même longueur, même son, même odeur, comme s'il avait été programmé. Sans faire de commentaire.

J'avais pu garder tout mon sérieux.

Une unique question trottait dans mon esprit : de qui Gobi tenait-il cette histoire ?

Pas de Diodio ou de Golda Meir, certainement, car, selon toute apparence, il connaissait la vie de l'infortunée Ramata Kaba mieux qu'elles. De Moro, encore moins.

À présent, Gobi était terrassé par le vin. Ce soir ou demain, quand il redeviendra lucide, je l'interrogerai. Mais au fond, à quoi cela m'avancerait, et qu'est-ce que cela changerait ? L'important n'était-il pas, comme l'avait affirmé Gobi en me quémandant un verre pour me la raconter, que c'était une fort intéressante histoire ? Et elle l'était, assurément.

Étrange destinée que celle de Ramata Kaba ! Elle avait tout pour être heureuse, mais ne l'était pas.

Dans sa quête effrénée de bonheur, elle ne rencontra que folie.

Au cours de sa longue narration, pêle-mêle, tour à tour, j'ai été ému jusqu'aux larmes, j'ai été content, j'ai souri, j'ai frémi, je me suis exclamé *ndeyssane* pour exprimer ma pitié, j'ai énormément appris, j'ai bandé, j'ai été attendri, j'ai songé à Dieu, à son prophète Mamadou, paix et salut sur lui, j'ai été circonspect, j'ai applaudi des deux mains, je me suis posé des questions, j'ai tremblé, j'ai eu la nausée, j'ai ri aux éclats, j'ai eu le cœur serré, j'ai dit bravo, je me suis égayé, j'ai été attristé, je me suis révolté, j'ai pensé à l'au-delà, à l'enfer, au paradis et au Jugement dernier, j'ai hurlé au scandale, j'ai eu des doutes, j'ai eu un sentiment de malaise, j'ai été frappé d'étonnement, j'ai eu les cheveux hérissés, j'ai été mortifié...

Bref, pas un seul instant, je n'ai eu à m'ennuyer. Bien mieux, j'ai eu à réfléchir profondément sur moi-même et le sens à donner à mon existence future : convaincu que nul ne peut tout obtenir à la fois, je me contenterai toujours de ce que j'ai.

Je me levai en allumant le dernier Mecarillos qui me restait. Aucun autre client n'était venu au Brise de Mer. Moro somnolait derrière son comptoir. Je le réveillai, payai le paquet de Dunhill et nos consommations, puis sortis au moment où la cloche de l'église Sainte-Agnès toute proche commençait à égrener le premier des douze coups de midi.

Dehors, les rues étaient désertes, le vent soufflait en rafale, la pluie parasite ou précoce, glaciale et fine, semblable à du brouillard enveloppant la nature d'un linceul gris sale, tombait toujours, tenace.

Mar Loodj, le 30 mai 2000.

DU MÊME AUTEUR

Aux Éditions Gallimard

Dans la collection La Noire

RAMATA, 2000, Folio Policier nº 520.

Dans la collection Série Noire

LA VIE EN SPIRALE, nº 2485, 1998.

Dans la collection Continents noirs

MBËKË MI. À L'ASSAUT DES VAGUES DE L'ATLANTIQUE, 2008.

COLLECTION FOLIO POLICIER

Dernières parutions

324. Dan Simmons	*L'épée de Darwin*
325. Colin Thibert	*Noël au balcon*
326. Russel Greenan	*La reine d'Amérique*
327. Chuck Palahniuk	*Survivant*
328. Jean-Bernard Pouy	*Les roubignoles du destin*
329. Otto Friedrich	*Le concasseur*
330. François Muratet	*Le Pied-Rouge*
331. Ridley Pearson	*Meurtres à grande vitesse*
332. Gunnar Staalesen	*Le loup dans la bergerie*
333. James Crumley	*La contrée finale*
334. Matti Y. Joensuu	*Harjunpää et les lois de l'amour*
335. Sophie Loubière	*Dernier parking avant la plage*
336. Alessandro Perissinotto	*La chanson de Colombano*
337. Christian Roux	*Braquages*
338. Gunnar Staalesen	*Pour le meilleur et pour le pire*
339. Georges Simenon	*Le fils Cardinaud*
340. Tonino Benacquista	*Quatre romans noirs*
341. Richard Matheson	*Les seins de glace*
342. Daniel Berkowicz	*La dernière peut-être*
343. Georges Simenon	*Le blanc à lunettes*
344. Graham Hurley	*Disparu en mer*
345. Bernard Mathieu	*Zé*
346. Ian Rankin	*Le jardin des pendus*
347. John Farris	*Furie*
348. Carlene Thompson	*Depuis que tu es partie*
349. Luna Satie	*À la recherche de Rita Kemper*
350. Kem Nunn	*La reine de Pomona*
351. Chester Himes	*Dare-dare*
352. Joe R. Lansdale	*L'arbre à bouteilles*
353. Peppe Ferrandino	*Le respect*
354. Davis Grubb	*La nuit du chasseur*
355. Georges Simenon	*Les Pitard*
356. Donald Goines	*L'accro*
357. Colin Bateman	*La bicyclette de la violence*
358. Staffan Westerlund	*L'institut de recherches*
359. Matilde Asensi	*Iacobus*
360. Henry Porter	*Nom de code : Axiom Day*
361. Colin Thibert	*Royal Cambouis*
362. Gunnar Staalesen	*La Belle dormit cent ans*
363. Don Winslow	*À contre-courant du Grand Toboggan*

364. Joe R. Lansdale — *Bad Chili*
365. Christopher Moore — *Un blues de coyote*
366. Jo Nesbø — *L'homme chauve-souris*
367. Jean-Bernard Pouy — *H4Blues*
368. Arkadi et Gueorgui Vaïner — *L'Évangile du bourreau*
369. Staffan Westerlund — *Chant pour Jenny*
370. Chuck Palahniuk — *Choke*
371. Dan Simmons — *Revanche*
372. Charles Williams — *La mare aux diams*
373. Don Winslow — *Au plus bas des Hautes Solitudes*
374. Lalie Walker — *Pour toutes les fois*
375. Didier Daeninckx — *La route du Rom*
376. Yasmina Khadra — *La part du mort*
377. Boston Teran — *Satan dans le désert*
378. Giorgio Todde — *L'état des âmes*
379. Patrick Pécherot — *Tiuraï*
380. Henri Joseph — *Le paradis des dinosaures*
381. Jean-Bernard Pouy — *La chasse au tatou dans la pampa argentine*
382. Jean-Patrick Manchette — *La Princesse du sang*
383. Dashiell Hammett — *L'introuvable*
384. Georges Simenon — *Touriste de bananes*
385. Georges Simenon — *Les noces de Poitiers*
386. Carlene Thompson — *Présumée coupable*
387. John Farris — *Terreur*
388. Manchette-Bastid — *Laissez bronzer les cadavres !*
389. Graham Hurley — *Coups sur coups*
390. Thierry Jonquet — *Comedia*
391. George P. Pelecanos — *Le chien qui vendait des chaussures*
392. Ian Rankin — *La mort dans l'âme*
393. Ken Bruen — *R&B. Le gros coup*
394. Philip McLaren — *Tueur d'aborigènes*
395. Eddie Little — *Encore un jour au paradis*
396. Jean Amila — *Jusqu'à plus soif*
397. Georges Simenon — *L'évadé*
398. Georges Simenon — *Les sept minutes*
399. Leif Davidsen — *La femme de Bratislava*
400. Batya Gour — *Meurtre sur la route de Bethléem*
401. Lamaison-Sophocle — *Œdipe roi*

402.	Chantal Pelletier	*Éros et Thalasso*
403.	Didier Daeninckx	*Je tue il...*
404.	Thierry Jonquet	*Du passé faisons table rase*
405.	Patrick Pécherot	*Les brouillards de la Butte*
406.	Romain Slocombe	*Un été japonais*
407.	Joe R. Lansdale	*Les marécages*
408.	William Lashner	*Vice de forme*
409.	Gunnar Staalesen	*La femme dans le frigo*
410.	Franz-Olivier Giesbert	*L'abatteur*
411.	James Crumley	*Le dernier baiser*
412.	Chuck Palahniuk	*Berceuse*
413.	Christine Adamo	*Requiem pour un poisson*
414.	James Crumley	*Fausse piste*
415.	Cesare Battisti	*Les habits d'ombre*
416.	Cesare Battisti	*Buena onda*
417.	Ken Bruen	*Delirium tremens*
418.	Jo Nesbø	*Les cafards*
419.	Batya Gour	*Meurtre au Kibboutz*
420.	Jean-Claude Izzo	*La trilogie Fabio Montale*
421.	Douglas Kennedy	*Cul-de-sac*
422.	Franco Mimmi	*Notre agent en Judée*
423.	Caryl Férey	*Plutôt crever*
424.	Carlene Thompson	*Si elle devait mourir*
425.	Laurent Martin	*L'ivresse des dieux*
426.	Georges Simenon	*Quartier nègre*
427.	Jean Vautrin	*À bulletins rouges*
428.	René Fregni	*Lettre à mes tueurs*
429.	Lalie Walker	*Portées disparues*
430.	John Farris	*Pouvoir*
431.	Graham Hurley	*Les anges brisés de Somerstown*
432.	Christopher Moore	*Le lézard lubrique de Melancholy Cove*
433.	Dan Simmons	*Une balle dans la tête*
434.	Franz Bartelt	*Le jardin du Bossu*
435.	Reiner Sowa	*L'ombre de la Napola*
436.	Giorgio Todde	*La peur et la chair*
437.	Boston Teran	*Discovery Bay*
438.	Bernhard Schlink	*Le nœud gordien*
439.	Joseph Bialot	*Route Story*
440.	Martina Cole	*Sans visage*
441.	Thomas Sanchez	*American Zazou*

SURCOUF HAUSSMANN
21-23,Boulevard Haussmann
75009 PARIS
Telephone : 0892 707 620

Un problème technique ?
Appelez le 0811 65 33 33
prix d'un appel local

ISO ACC LECT UNISU 13.99€
0000009652995

= T O T A L [illegible] 13.99€

[illegible]R REPRIS [illegible]
Réf. 00310[illegible]

[illegible]aux [illegible] TVA [illegible] H.T
2>19.60 [illegible] 2.29 [illegible]
Totaux: [illegible]

009 / 00[illegible]
Numéro [illegible]

Grâce à [illegible]
[illegible]
5% DE REMISE
en e-avantages utilisables pour
un prochain achat.

SURCOUF
21, Boulevard Haussmann
75009 PARIS
Tél.: 01 40 22 65 01 Fax: 01 40 22 65 19
RCS PARIS B 388 237 927
SIRET 388 237 927 00073 - NAF 524 Z

442. Georges Simenon — *Les clients d'Avrenos*
443. Georges Simenon — *La maison des sept jeunes filles*
444. J.-P. Manchette & B.-J. Sussman — *L'homme au boulet rouge*
445. Gerald Petievich — *La sentinelle*
446. Didier Daeninckx — *Nazis dans le métro*
447. Batya Gour — *Le meurtre du samedi matin*
448. Gunnar Staalesen — *La nuit, tous les loups sont gris*
449. Matilde Asensi — *Le salon d'ambre*
450. Jo Nesbø — *Rouge-gorge*
451. Olen Steinhauer — *Cher camarade*
452. Pete Dexter — *Deadwood*
454. Keith Ablow — *Psychopathe*
455. Batya Gour — *Meurtre à l'université*
456. Adrian McKinty — *À l'automne, je serai peut-être mort*
457. Chuck Palahniuk — *Monstres invisibles*
458. Bernard Mathieu — *Otelo*
459. James Crumley — *Folie douce*
460. Henry Porter — *Empire State*
461. James Hadley Chase — *Pas d'orchidées pour Miss Blandish*
462. James Hadley Chase — *La chair de l'orchidée*
463. James Hadley Chase — *Eva*
464. Arkadi et Gueorgui Vaïner — *38, rue Petrovka*
465. Ken Bruen — *Toxic Blues*
466. Larry Beinhart — *Le bibliothécaire*
467. Caryl Férey — *La jambe gauche de Joe Strummer*
468. Jim Thompson — *Deuil dans le coton*
469. Jim Thompson — *Monsieur Zéro*
470. Jim Thompson — *Éliminatoires*
471. Jim Thompson — *Un chouette petit lot*
472. Lalie Walker — *N'oublie pas*
473. Joe R. Lansdale — *Juillet de sang*
474. Batya Gour — *Meurtre au Philharmonique*
475. Carlene Thompson — *Les secrets sont éternels*
476. Harry Crews — *Le Roi du K.O.*
477. Georges Simenon — *Malempin*
478. Georges Simenon — *Les rescapés du Télémaque*

Composition Interligne
Impression Novoprint
le 11 août 2008
Dépôt légal: août 2008

ISBN 978-2-07-035870-0/Imprimé en Espagne